mtb

Der Preis dieses Bandes versteht sich einschließlich der gesetzlichen Mehrwertsteuer.

Umwelthinweis:
Dieses Buch wurde auf chlor- und säurefreiem Papier gedruckt.

Chelsea M. Cameron

My Sweetest Escape – Die schönste Zeit meines Lebens

Roman

Aus dem Amerikanischen von
Sophie Schweitzer

mtb

MIRA® TASCHENBUCH
Band 25811
1. Auflage: Februar 2015

MIRA® TASCHENBÜCHER
erscheinen in der Harlequin Enterprises GmbH,
Valentinskamp 24, 20354 Hamburg
Geschäftsführer: Thomas Beckmann

Deutsche Erstveröffentlichung

Titel der nordamerikanischen Originalausgabe:
My Sweetest Escape

erschienen bei: HQN Books, Toronto

Published by arrangement with
Harlequin Enterprises II B.V./S.àr.l

Konzeption/Reihengestaltung: fredebold&partner GmbH, Köln
Umschlaggestaltung: pecher und soiron, Köln
Redaktion: Thorben Buttke
Titelabbildung: Getty Images, München
Autorenfoto: © Harlequin Enterprises S.A., Schweiz
Satz: GGP Media GmbH, Pößneck
Druck und Bindearbeiten: CPI books GmbH, Leck – Germany
Printed in Germany
Dieses Buch wurde auf FSC®-zertifiziertem Papier gedruckt.
ISBN 978-3-95649-102-3

www.mira-taschenbuch.de

1. KAPITEL

„Ich kann einfach nicht fassen, dass deine Eltern dich zwingen, von hier wegzugehen. Ist das nicht illegal? Schließlich bist du schon über achtzehn. Warum weigerst du dich nicht einfach?" Kelly saß auf einer der Kisten, in die ich schon fast alle meine Sachen aus meinem Zimmer im Studentenwohnheim gepackt hatte, und ließ ihr Kaugummi knallen. Als wir uns kennenlernten, hatte mich diese Angewohnheit von ihr ohne Ende genervt, doch inzwischen hatte ich mich daran gewöhnt.

„Ich wünschte, das könnte ich, aber sie zahlen mein Schulgeld, daher kann ich im Moment nichts machen", sagte ich. Mal ganz abgesehen davon, dass niemand sich meiner Mutter widersetzte. Absolut niemand.

„Warum brichst du das Studium nicht einfach ab?" Tja, darüber hatte ich schon mindestens tausend Mal nachgedacht. Aber es war unmöglich, die Dynamik meiner Familie jemandem wie Kelly zu erklären, die schon auf der Highschool bei ihren Eltern aus- und in eine eigene Wohnung gezogen war.

„Keine Ahnung", erwiderte ich achselzuckend und verschloss eine weitere Kiste mit Klebeband. Kelly warf ihre blonden zum Pferdeschwanz gebundenen Dreadlocks nach hinten und ließ ihr Kaugummi wieder knallen. Sie hatte mir zwar ihre Hilfe beim Packen angeboten, doch bisher hatte sie mich eher nur davon abgehalten.

„Du kommst doch wenigstens mal zu Besuch, oder?", fragte sie.

„Ja, klar", sagte ich mit einem kleinen Lächeln. Wir wussten beide, wie unwahrscheinlich es war, dass ich jemals wieder herkommen würde. Ich legte meine University-of-New-Hampshire-Decke zusammen und stopfte sie in eine weitere Kiste. Meine Mom hatte sie mir im Sommer vor zwei Jahren zum College-Einstand geschenkt.

Ich war eins von nur zwei Kindern unter meinen zahlreichen Geschwistern und Stiefgeschwistern, die die Highschool abgeschlossen hatten und an einem College angenommen worden waren. Weder meine Mom noch mein Dad noch eines meiner Stiefelternteile hatte überhaupt die Schule zu Ende gemacht. Für jemanden aus unserer Familie war es also eine ziemlich große Sache, es so weit geschafft zu haben. Die Einzige, der das ebenfalls gelungen war, war Renee, und das war auch der Grund, weshalb sie mich zurück nach Maine schickten, um bei ihr zu wohnen, nach ... nach allem, was passiert war.

Kellys Handy vibrierte. Sie schrieb eine kurze Antwort auf die SMS und grinste mich an.

„Mac will mich auf einen Kaffee treffen." Wie üblich wünschte ich mir, sie würde *Kaffee* in Anführungszeichen setzen, denn wie wir beide wussten, bedeutete das eigentlich, dass sie sich zukifften und auf dem Rücksitz seines verrosteten Pontiac rummachten. Kelly und ihr Freund waren berühmt-berüchtigt; sie waren sogar schon mal am hellichten Tag von der Campus-Security erwischt worden. Es war ein Wunder, dass sie noch nicht vom College geflogen waren. Meiner Meinung nach hing ihre akademische Laufbahn an einem extrem dünnen Faden.

„Dann viel Spaß." Ich hatte schon geahnt, dass sie mich für Mac sitzen lassen würde; das tat sie immer. Kelly war eine lausige Freundin, aber sie war die einzige, die ich hatte. Die anderen hatten mich schon vor Monaten fallen gelassen.

„Ruf mich an, bevor du losfährst. Ich will mich wenigstens noch von dir verabschieden." Sie stand auf und umarmte mich halbherzig. Es war mehr ein Vorbeugen, das die Arme mit einschloss, und schon vorbei, ehe es richtig begonnen hatte.

„Bis später", sagte sie und knallte die Tür hinter sich zu. Kelly war einfach nicht in der Lage, einen Raum leise zu verlassen.

Ich starrte auf meine zusammengepackten Sachen. Meine Mitbewohnerin mied mich, und das schon seit Anfang des Semesters. Wir hatten gerade mal zwei Gespräche miteinander geführt – das eine am Tag unseres Einzugs und das andere, als sie mich eines Nachts bewusstlos vor der Tür fand, nach einem etwas aus dem Ruder gelaufenen Abend mit Kelly, Mac und ein paar anderen Leuten, die ich nie wieder gesehen hatte. Vermutlich hätte ich mich sowieso nicht an sie erinnern können.

Ich setzte mich auf die Kiste, auf der Kelly zuvor gesessen hatte, zog die Knie an die Brust und stützte mein Kinn darauf.

Der Streit mit meiner Mutter, als sie mir mitgeteilt hatte, dass ich wieder zurück nach Maine ziehen müsse, ging mir wieder und wieder durch den Kopf. Eigentlich hatten die ganzen Weihnachtsferien aus einem einzigen, nicht enden wollenden Streit bestanden.

Was ist nur los mit dir, Joscelyn? Reiß dich mal zusammen. Du kommst gefälligst zurück nach Maine, andernfalls komme ich zu dir und schleife deinen Hintern persönlich hierher, verstanden?

Reiß dich mal zusammen? Zu Befehl, Mom. Das kam gerade von der Richtigen. Meine Eltern brachten es gemeinsam auf ein halbes Dutzend Ehen und jede Menge Kinder und Stiefkinder. Es war allein schon ein Vollzeitjob, den Überblick über sie alle zu behalten.

Ich hatte mich heiser geschrien, aber das hatte nichts bewirkt. Sie hatte sogar kurzzeitig das Kriegsbeil mit Dad begraben, ihn angerufen und dazu gebracht, mich ebenfalls anzuschreien.

Gegen beide auf einmal kam ich nicht an.

Und dann war da noch Renee.

Wenn meine Mom mich nicht zurück nach Maine gezerrt hätte, dann hätte Renee das übernommen. In gewisser Weise war sie fast schlimmer als Mom.

Wenn man vom Teufel spricht … Mein Handy klingelte, und als ich sah, wer es war, überlegte ich, ob ich überhaupt rangehen sollte.

„Hey“, sagte ich und duckte mich unwillkürlich in Erwartung des Redeschwalls, der sich garantiert über mich ergießen würde.

„Du solltest besser deinen Kram zusammenpacken und endlich losfahren“, sagte sie anstelle einer Begrüßung.

„Freut mich auch sehr, dich zu hören, liebe Schwester.“

„Hör auf mit dem Scheiß, Jos. Davon hab ich so die Schnauze voll. Entweder du machst dich innerhalb der nächsten Stunde auf den Weg oder …"

„Ich weiß, ich weiß. Oder du schneidest mir die Finger ab und nähst sie mir eigenhändig an den Hintern. Ich *weiß*." Eine Schwester zu haben, die sich mit chirurgischen Eingriffen auskennt und außerdem gerade wütend auf einen ist, kann echt nerven.

„Hey, solche Sprüche kannst du dir sparen. Du kannst echt froh sein, dass du hier bei mir wohnen wirst und nicht bei Mom." Da war was dran. Bei Mom wäre ich in einem Meer aus Stief- und Halbgeschwistern untergegangen, darunter ein vierjähriges Zwillingspärchen, neben dem der Teufel wirkte wie Mutter Teresa.

„Ich weiß", sagte ich. Das schien gerade mein Lieblingssatz zu sein.

„Dir soll nur klar sein, dass ich an dir kleben werde wie der Reis am Sushi, und wenn ich nicht da bin, dann wird das jemand anders für mich übernehmen. Du ziehst in ein Haus voller Leute, die jede deiner Bewegungen beobachten und dich im Bedarfsfall zur Rede stellen werden. Verstanden?"

Großer Gott.

„Jupp."

„Okay. Ich warte auf dich. Ruf mich an, sobald du losfährst."

„Mach ich. Bis dann."

Bevor sie noch irgendetwas sagen konnte, legte ich auf. Dann schlug ich die Hände vors Gesicht und schrie hinein. Das Ganze war ein Albtraum, der kein Ende mehr zu nehmen schien.

Ob ich schlief oder wach war, er ließ mich nicht mehr los.

Doch jetzt war ich wach und musste langsam in die Gänge kommen. Also erhob ich mich von der Kiste und hievte sie hoch.

2. KAPITEL

Nachdem ich ungefähr zwölf Mal hin und her gelaufen war und ohne Ende geschwitzt und geflucht hatte, war endlich mein ganzer Kram im Auto verstaut. Obwohl es draußen eiskalt war und mein Atem deutlich in der Januarluft zu sehen war, hatte ich meine Winterjacke ausgezogen und nur noch mein verlottertes Sweatshirt an. Die Leute, die an mir vorbeigingen, warfen mir wissende Blicke zu. Ich wusste, was sie dachten: Noch eine Studentin, die es nicht gepackt hat und der mitgeteilt wurde, dass sie nach den Weihnachtsferien gar nicht erst wieder erscheinen müsse.

Die hatten ja keine Ahnung.

Ich ging zurück in das halb leere Zimmer und schaute mich ein letztes Mal um.

Freiheit ade.

Ich machte mir noch nicht mal die Mühe, meiner Mitbewohnerin eine Nachricht zu hinterlassen, sondern zog einfach nur die Tür hinter mir zu. Sie hätte sowieso keinen Wert darauf gelegt.

Dann schrieb ich Kelly, dass ich jetzt losfuhr, doch sie antwortete nicht. Das überraschte mich nicht. Und außer Kelly gab es niemanden an der University of New Hampshire, von dem ich mich noch hätte verabschieden müssen. Von Matt hatte ich nichts mehr gehört, seit er im Sommer mit mir Schluss gemacht hatte. Und die Leute aus meinem alten kleinen Freundeskreis hatten schon vor langer Zeit den Kontakt mit dem durchgeknallten Emo-Girl abgebrochen, das ich für sie war. Ich hatte mehr als einmal mitbekommen, wie meine Freundinnen hinter meinem Rücken darüber getuschelt hatten, wie sehr ich mich verändert hatte.

Als ich zu meinem Auto zurückkam, fing es gerade an zu schneien. Im Rückspiegel konnte ich kaum etwas erkennen, doch das war egal, ich würde ohnehin die meiste Zeit auf dem Highway fahren.

Ich schloss meinen iPod an das Autoradio an und stellte ihn auf Shuffle. Es würde eine lange Fahrt werden und Musik meine einzige Gesellschaft sein. Der Ärmel meines Sweatshirts rutschte hoch und ließ das Armband zum Vorschein kommen, das ich niemals abnahm. Es war schlicht und bestand nur aus einer Kette mit einem kleinen Elefantenanhänger daran. Ich behielt es als Mahnung, als ständige Mahnung.

Kopfschüttelnd ließ ich das Wohnheim hinter mir und machte mich auf in Richtung Highway und in das nächste Kapitel meines Lebens. Doch ein Neuanfang hat keine Bedeutung, wenn die Schatten der Vergangenheit einen überallhin begleiteten.

Ich brauchte länger als erwartet von New Hampshire zum Haus meiner Schwester in Bangor, Maine. Eigentlich war es gar nicht ihr Haus. Sie wohnte bei einem Typen namens Hunter, der angeblich steinreich war und das Haus gekauft hatte. Renee war gut darin, reiche Freunde zu finden. Außerdem war sie auch wieder mit ihrem Freund Paul zusammen, was ich nur gutheißen konnte, denn sie war eine noch größere Nervensäge als sonst, wenn sie gerade nicht mit ihm zusammen war.

Ich hatte das Haus noch nie gesehen und war daher leicht schockiert, als ich vor der Adresse parkte, die Renee mir gegeben hatte.

„Scheiße", entfuhr es mir. Es war einfach riesig. Viel größer als Renee hatte durchblicken lassen. Ich hatte mir ein in die Jahre gekommenes, kleines Häuschen vorgestellt, doch dieses hier war größer als sämtliche Häuser, in denen ich je mit Mom oder Dad gewohnt hatte.

Ich nahm meinen Rucksack und stieg die Treppe zur Veranda hinauf. Dabei warf ich einen Blick auf die in der Einfahrt geparkten Autos. Ich erkannte gleich Renees darunter, die Adresse musste also stimmen.

Das Haus hatte sogar eine richtige Klingel. Ich wollte sie gerade betätigen, als die Tür aufflog.

„Da bist du ja! Ich hatte schon Angst, du bist irgendwo im Graben gelandet", sagte Renee und drückte mich an sich. Überrumpelt von der Umarmung blieb ich stehen und erwiderte sie halbherzig.

„Da bin ich."

Irgendwie hatte ich es geschafft, ausgerechnet das rezessive Rothaar-Gen aus dem Genpool unserer Familie abzugreifen. Ich hatte karottenfarbenes Haar, Sommersprossen und grüne Augen. Renee hingegen hatte die guten Gene erwischt, mit ihren blauen Augen und ihrem blonden Haar, das sie kaum aufhellen lassen musste. Unsere Gesichtszüge ähnelten sich, doch in der Farbgebung waren wir so unterschiedlich, dass nie jemand uns als Schwestern erkannte.

Schließlich entließ sie mich aus ihrer Umarmung, hielt jedoch meine Schultern fest umklammert und schob mich sogleich ins Haus, als hätte sie Angst, ich würde sofort wieder weglaufen. Wohin ich laufen sollte, war mir allerdings schleierhaft. Renee hatte irgendetwas davon gesagt, dass Stephen King gleich die Straße runter wohnte, aber ich bezweifelte, dass ich mich in seinem Haus sicherer fühlen würde.

„Wie war die Fahrt?" Renee schloss die Tür hinter uns. Das Geräusch des einrastenden Schlosses hatte etwas Endgültiges.

„Gut", sagte ich und sah mich um. Scheiße. Ich hatte keine Ahnung, wer das Haus eingerichtet hatte, aber die Person hatte sich ganz offensichtlich an einem dieser Hochglanz-Wohnmagazine orientiert.

Eins war jedenfalls sicher – es sah hier nicht aus wie in einer typischen College-WG. Zum einen war alles blitzsauber, und zum anderen schien die gesamte Einrichtung aufeinander abgestimmt zu sein. Es waren außerdem ziemlich viele Pfauenfedern zu sehen, und auch alles andere war in Pfauenfedernfarben gehalten. Renee hatte irgendwann erwähnt, dass ihre Mitbewohnerin Taylor eine Pfauenfeder-Manie hatte. Ich wusste nicht mehr, weshalb. Ich hatte damals irgendwann aufgehört zuzuhören, wenn Renee von ihrem großartigen und spannenden Leben erzählte, während meines sich in einer Abwärtsspirale befand, die kein Ende zu nehmen schien.

„Hey, Jos. Wie geht's?“ Paul kam um die Ecke. Er war auf seine nerdige Mittelklasseart ganz niedlich. Mein Typ war er jedoch nicht. Auch wenn ich nicht wirklich einen bestimmten Typ hatte, jedenfalls nicht mehr …

„Alles gut.“ Das war eine Stufe besser als einfach nur „gut“. Niemand fragte groß nach, wenn man „alles gut“ sagte. Aber wenn man nur „gut“ sagte, dann dachten alle, es stimme etwas nicht.

Er umarmte mich etwas ungelenk. Zuletzt hatte ich ihn an Weihnachten gesehen, wo er sich fast durchgehend darum bemüht hatte, Mom und Renee davon abzuhalten, sich gegenseitig zu erwürgen – mit wechselndem Erfolg. Ich hatte versucht, ihm klarzumachen, dass das völlig aussichtslos war, doch er hatte sich nicht davon abbringen lassen.

„Wo sind die anderen alle?“ Ich freute mich darauf, Darah zu sehen und ihren neuen Freund kennenzulernen. Sie gehörte zu den nettesten Menschen, die ich kannte, und ich wusste, wenn mich jemand nicht verurteilen würde, dann war sie es.

„Die wollten uns ein bisschen Zeit alleine geben. Sie kommen später.“ Irgendetwas an der Art, wie sie das sagte, ließ mich misstrauisch werden.

„Sie werden doch keine große Sache draus machen, oder?“

„Nein“, sagte Renee, sah jedoch dabei nicht mich an, sondern warf Paul einen vielsagenden Blick zu. Irgendetwas war hier faul.

„Wie wär's, wenn wir erst mal deine Sachen reinbringen? Komm, Paul.“ Renee packte Paul an der Hand und zerrte ihn zur Tür hinaus.

„Äh, okay.“ Ich blieb alleine im Flur zurück und beschloss, mir das Wohnzimmer anzuschauen. Es war wunderschön eingerichtet, bis auf einen schäbigen Sessel und die Videospiele, die vermutlich die Jungs hatten herumliegen lassen. Ich entdeckte die Hülle von „Skyrim“ und musste lächeln. Renee konnte nicht genug von diesem Spiel bekommen; über Weihnachten hatte sie stundenlang davorgesessen.

Ich ließ mich auf die Couch fallen und starrte an die Decke. Sogar die war sauber.

Kurze Zeit später war ein dumpfes Geräusch zu hören, und Renee und Paul kamen mit ein paar meiner Taschen herein.

„Da wir nur drei Schlafzimmer haben, wirst du, liebe Schwester, im frisch renovierten Souterrain wohnen. Du kannst froh sein, dass wir beschlossen haben, dort ein Gästezimmer einzurichten", sagte Renee keuchend.

„Warum zeigst du ihr nicht das Haus und ich hole ihre restlichen Sachen?", schlug Paul vor. Ich erhob mich von der Couch, und Renee führte mich die Treppe hinunter ins Untergeschoss.

„Willkommen im Jungskeller", sagte Renee und machte eine ausholende Geste mit dem Arm. Eindeutig ein Jungskeller. Eine Bar, ein Billardtisch, eine weitere riesige Couch und ein Fernseher, der die Größe einer Kinoleinwand hatte. An den Wänden hingen Poster verschiedener Sportteams, darunter die Red Sox, die Patriots und die Celtics.

Renee führte mich zum anderen Ende des Raums, von dem ein kleines Gästezimmer abging, mit einem Bad gleich daneben. Gott sei Dank. Ich würde mir das Bad also nicht teilen müssen. Im Wohnheim hatte ich das so lange gemusst, dass es mir für den Rest des Lebens reichte.

„Also, das ist das Zimmer." Der Raum war in Hellbraun und Schwarz gehalten, was etwas langweilig, aber ganz hübsch aussah.

Ich setzte mich auf das große Bett und sah mich in meinem neuen Zuhause um.

„Also, es gibt da ein paar Grundregeln", sagte Renee und lehnte sich gegen die Kommode. Komm zum Punkt, Schwester, dachte ich.

„Nummer eins", sagte sie und hielt einen Finger hoch. „Du hältst mich zu jeder Zeit darüber auf dem Laufenden, wo du mit wem zusammen bist. Du wirst über Handy mit mir in

Kontakt bleiben und jederzeit rangehen, wenn ich anrufe, egal, was ist."

Ich hielt den Mund. Ich wollte sie nicht provozieren, indem ich ihre Ansprache unterbrach, die sie eindeutig vorher geprobt hatte – wahrscheinlich mit Paul.

„Zweitens ...", sie hielt einen weiteren Finger in die Luft, „... keine Partys. Kein Alkohol. Keine Drogen. Keine Pillen außer Aspirin. Keine Filmrisse. Drittens wird es immer eine Zeit geben, zu der du zu Hause zu sein hast. Du wirst dich daran halten oder die Konsequenzen tragen. Viertens, auch wenn ich nicht Mom bin: Du wirst mich mit Respekt behandeln, und das gilt auch für die anderen in diesem Haus. Und fünftens ..." Sie schien jedoch keine Nummer fünf parat zu haben.

„Fünftens?", fragte ich nach ein paar Sekunden Stille.

„Ich hatte noch etwas Fünftes, aber daran kann ich mich gerade nicht mehr erinnern", blaffte sie. „Das ändert jedoch nichts an den ersten vier Punkten. Erklärst du dich mit denen einverstanden?"

„Ja", erwiderte ich. Als ob ich eine Wahl hätte ...

„Das Ja kam mir ein bisschen zu schnell. Ich glaub dir nicht."

Guter Gott, jetzt wurde ich noch dafür kritisiert, zu einsichtig zu sein.

„Wie auch immer, Renee. Kann ich jetzt einfach mal alleine sein?" Ich legte mich auf den Bauch und strich über die Bettwäsche, die zweifelsohne aus hochwertiger Baumwolle bestand und unglaublich weich war. Wie sollte es auch anders sein in diesem Haus.

„Hör mal", sagte sie und setzte sich neben mich. Oh Mann, so fing sie immer ihre Predigten an. Genau wie Mom. Nur dass Renees immer sehr viel mehr Schimpfwörter enthielten als die von Mom.

„Du machst da einfach gerade eine schwierige Zeit durch. Die hatte ich auch mal, sogar Paul." Das konnte ich nicht so recht glauben. Und selbst wenn sie dachte, sie wüsste, was ich gerade durchmachte, hatte sie keine Ahnung, was wirklich in mir vorging. Das hatte niemand, und ich konnte es auch nicht erklären. Ich fummelte an dem Elefantenanhänger an meinem Armband herum.

Plötzlich boxte sie mir gegen die Schulter. Es schmerzte.

„Aber jetzt ist es an der Zeit, dass du den Arsch hochkriegst und langsam wieder klarkommst. Verstanden?"

„Wieso so brutal?" Ich drehte mich auf den Rücken, sprang auf und schubste sie weg. „Es ist nicht meine Schuld, dass Mom mich bei dir abgeladen hat. Ich will genauso wenig hier sein, wie du mich hier haben willst."

Sie funkelte mich wütend an, ihr Gesicht wurde ganz rot.

„Mir gefällt es nicht, dass meine früher immer so perfekte Schwester – die einzige, von der ich immer wusste, dass sie keinen Scheiß bauen würde – auf einmal so abrutschen würde. Du warst diejenige, um die ich mir nie Sorgen gemacht habe. Du hattest bessere Noten, als ich mir je hätte erhoffen können. Du warst immer die Gute. Und dann …"

Sie brauchte gar nicht weiterzureden. Und dann war all das passiert, und das Mädchen, das immer nur Einsen bekam, das in jedem Club die Vorsitzende werden wollte, das stets nichts Geringeres angepeilt hatte, als Jahrgangsbeste zu werden und eines Tages eine große Firma zu leiten oder für die Regierung zu arbeiten und irgendwas Bedeutendes aus ihrem Leben zu machen, war verschwunden.

Vor neun Monaten hatte sich auf einen Schlag mein ganzes Leben geändert, und alles, was ich früher gewollt hatte, war mir plötzlich dumm und sinnlos erschienen. Oder mir war nur endlich klar geworden, wie dumm und sinnlos es war. Das hatte weniger mit dem zu tun, was passiert war, sondern vor allem mit *ihm*. Allein der Gedanke an ihn fühlte sich an, als bekäme ich eine Kugel in die Brust.

„Ja, und dann hab ich mir in den Kopf gesetzt, alles zu versauen, ich weiß. Ich kenne die Geschichte, ich war dabei. Du brauchst sie mir nicht noch mal zu erzählen."

Sie zuckte mit den Schultern. „Na ja, da sonst alles nichts gebracht hat, dachte ich, ich versuch's mal. Ich hatte auch erwogen, dich bewusstlos zu prügeln, aber so was ist ja heutzutage verpönt."

„Mach ruhig", sagte ich und setzte mich wieder hin. Das würde ihr auch nichts bringen.

„Oh, das würde ich gerne, das kannst du mir glauben. Aber dann wärst du erst mal ausgeknockt, und ich würde nichts mehr aus dir rausbekommen, daher …"

„Und was willst du aus mir rausbekommen?"

„Was ist passiert, dass du so geworden bist?"

Das war eine Info, die sie ruhig versuchen konnte, aus mir rauszuprügeln, sie würde sie nicht bekommen. Ich schob sie zur Seite und ging zurück in den Hauptraum des Untergeschosses.

„Ich hab wohl einfach nur festgestellt, dass dieser ganze Kram Bullshit ist. Gute Noten bekommen, die brave Tochter sein. Wohin hat mich das gebracht? Nirgendwohin. Und ich war unglücklich. Ich hatte nie einfach mal Spaß, weil ich immer nur gearbeitet oder mich bemüht habe, gute Noten zu bekommen, oder irgendein Event für einen der eine Million Clubs geplant habe, in denen ich Mitglied war. Ich war es einfach leid, okay?" Ich verstand ja, dass sich alle Sorgen machten, weil ich ständig Party machte und so, aber nur weil ich keine Einsen mehr nach Hause brachte, mussten sie ja nicht gleich einen Herzinfarkt bekommen.

Renee packte mich an der Schulter, um mich davon abzuhalten, die Treppe hochzurennen. Ich versuchte sie abzuschütteln, doch sie riss mich zu sich um, sodass wir einander ansahen.

„Nein, das kann es nicht sein. Du hast dich dein ganzes Leben an die Regeln gehalten. Man legt dann nicht einfach einen Hebel um und dreht sich um hundertachtzig Grad, nur um sich zu ändern. Menschen verändern sich nicht einfach so, es sei denn, irgendetwas bringt sie dazu." Dieses Gespräch hatte ich schon x-mal mit ihr geführt, ebenso wie mit meinen Eltern, meinem

Exfreund und meinen ehemaligen Freundinnen. Ihnen allen hatte ich das Gleiche gesagt.

„Lass mich einfach in Ruhe." Und irgendwann hatte das auch jeder getan.

Renee funkelte mich an; ihre Augen waren stahlblau, wie immer, wenn sie sich etwas in den Kopf gesetzt hatte. Es würde nicht leicht werden, sie davon abzubringen, etwas aus mir herauszubekommen. Ein sturer Bock war nichts gegen sie.

„Also gut. Dann hol mal den Rest deiner Sachen." Sie ließ meinen Arm los und deutete mit einer Kinnbewegung auf die Treppe.

„Also gut", erwiderte ich und stapfte die Stufen hoch.

3. KAPITEL

Hey, Jos", rief Darah, die plötzlich in meinem Zimmer stand, als ich gerade meine Klamotten in die Kommode räumte. Sie hatte mir einen solchen Schrecken eingejagt, dass ich das Fall-Out-Boy-Shirt fallen ließ, das ich gerade neu gefaltet hatte.

„Hey." Ich hob das Shirt auf und drehte mich um. Ich hatte nie richtig verstanden, wie Darah und Renee sich hatten anfreunden können, denn sie waren verschieden wie Tag und Nacht. Doch von allen Freundinnen, die Renee hatte, mochte ich sie am liebsten. Taylor hatte ich noch nicht kennengelernt, daher konnte ich über sie nichts sagen.

„Findest du dich gut ein?" Erst jetzt bemerkte ich, dass sie einen Teller Kekse in der Hand hielt. Oh Gott, was würde noch kommen? „Willst du einen? Taylor und ich haben sie gestern Abend gebacken. Es sind Zimtkekse. Die magst du doch am liebsten, oder?" Ja, das tat ich, aber das spielte gerade keine große Rolle.

„Danke, aber ich hab keinen Hunger." Ich faltete das T-Shirt erneut und legte es zu den anderen. Darah seufzte und setzte sich auf mein Bett, den Keksteller stellte sie neben sich ab.

„Hör mal", begann sie. *Da wären wir also wieder.* „Ich weiß, dass alle dich unter die Lupe nehmen und ausfragen werden, aber du sollst wissen, dass ich für dich da bin. Ob du nun reden willst oder nicht. Egal, was es ist. Sogar wenn du … keine Ahnung, mitten in der Nacht Eis essen oder einfach nur heulen willst. Ich bin da, okay?"

Sie stand auf und rieb mir die Schulter. Warum mussten nur ständig alle in meine Privatsphäre eindringen? Das fing langsam wirklich an zu nerven. Wenn Darah nicht einer der nettesten Menschen auf Erden gewesen wäre, hätte ich ihre Hand abgeschüttelt und sie angeschnauzt, dass sie mich in Ruhe lassen sollte. Doch sie war die liebste Person, die ich kannte, und sie hatte mir Kekse gebracht, also ließ ich ihre Berührung mit zusammengepressten Zähnen über mich ergehen.

„Okay, also lass uns einfach wissen, wenn du etwas brauchst. Und übrigens, Hunter und Taylor kochen heute Abend, irgendwas Vegetarisches, falls das in Ordnung für dich ist." Ich nickte. Früher war ich mit Unterbrechungen auch Vegetarierin gewesen. Damals, als ich im Klimawandelclub gewesen war und eingetragenes Mitglied bei PETA. Die Mitgliedskarte musste immer noch irgendwo in meinem Portemonnaie stecken. Oh Mann, bin ich damals beschäftigt gewesen. Ich habe auch sehr viel weniger geflucht.

„Komm einfach hoch, wenn du so weit bist." Sie tätschelte mich noch einmal und zog die Tür hinter sich zu. Den Keksteller hatte sie dagelassen. Erwarteten sie etwa, dass ich die Kekse verputzte und dann auch noch zu Abend aß? Ich zuckte mit den Achseln und nahm mir einen. Sie musste sie in die Mikrowelle getan haben, denn sie waren warm und krümelig. Mmh. Ich kaute langsam und genoss die würzige Süße des Kekses.

Von oben waren Schritte und Stimmen zu hören, Gelächter und Chaos. Über mir war das Haus so voller Leben, Freude und Menschen. Und dann war da noch ich, die hier im Keller herumhing, sich versteckt hielt wie ein Geist. Ich verscheuchte den Gedanken mit einem Kopfschütteln, schob mir den Rest des Kekses in den Mund und fuhr fort, meine Kleidung zusammenzulegen.

Der Geruch, der von oben aus der Küche zu mir herunterdrang, wurde schließlich zu unwiderstehlich, sodass ich mich schließlich die Treppe hinaufwagte.

„Da bist du ja", sagte Renee, mit der ich beinahe zusammenstieß, als ich die Tür am Ende der Treppe öffnete. Sie war ganz offensichtlich auf dem Weg zu mir gewesen, um mich aus meiner Höhle zu holen.

„Ja, da bin ich." Ich schenkte ihr ein angespanntes Lächeln und ging weiter in Richtung Küche, die zugleich als Esszimmer diente. Als Renee und ich eintraten, wurde es mucksmäuschenstill im Raum.

„Super, auf genau die Reaktion hatte ich gehofft. Danke, allerseits“, sagte ich, während alle sich bemühten, ihre Tätigkeiten wieder aufzunehmen. Es war seltsam, diejenigen leibhaftig vor mir zu haben, die ich bisher nur von Fotos kannte. Sie waren tatsächlich dreidimensional.

Hunter war der Erste, der herüberkam und mir die Hand reichte. So hatte ich gleich Gelegenheit, ihn mir genauer anzuschauen, und mir wurde sofort klar, was Renee meinte, wenn sie sagte, dass man ihn nicht in die Nähe von leicht entflammbarem Material lassen durfte. Er war tatsächlich so heiß, dass er es auf der Stelle in Brand setzen würde. Und ja, er war tätowiert und muskulös. Außerdem wirkte sein Lächeln ehrlich, als er sagte, er freue sich, mich kennenzulernen. Taylor war die Nächste, doch sie rührte mich nicht an. Gott sei Dank. Sie war ebenfalls umwerfend nett und hübsch, genau wie auf den Fotos, die ich von ihr gesehen hatte. Es war nicht schwer zu erraten, weshalb Renee und Darah sie damals gefragt hatten, ob sie mit ihnen zusammenziehen wollte.

„Ich hoffe, das Essen ist in Ordnung für dich. Ich wusste nicht, was du so magst. Wir wollten eigentlich etwas Aufwendigeres kochen, aber Renee … Ach, egal“, sagte Taylor, nachdem sie einen bösen Blick von Renee geerntet hatte. Ich musste noch nicht mal hinschauen, um zu wissen, wie der aussah. Ich hatte ihn selbst schon so oft abbekommen, dass ich aufgehört hatte zu zählen. Paul, der neben Renee stand, warf mir einen tröstenden Blick zu.

Zuletzt kam ein Mase dran, an dem ein professioneller Footballspieler verloren gegangen war. Oder ein Wrestler. Oder ein attraktiver Türsteher. Das sexy Aussehen lag wohl bei Hunter und ihm in der Familie.

„Little Ne“, sagte er und schüttelte mir so fest die Hand, dass er mir beinahe sämtliche Finger brach. „Es ist doch okay, wenn wir dich so nennen, oder? Irgendwann werden wir schon noch einen besseren Spitznamen für dich finden. Es sei denn, du hasst Spitznamen so sehr wie deine Schwester.“ Er sah ein wenig verlegen aus, was komisch wirkte in Anbetracht der Stärke, die er ausstrahlte.

„Wie ihr wollt", erwiderte ich und bewegte meine Finger, um wieder Gefühl hineinzubekommen. „Spitznamen sind mir egal." In meinem Leben hatte ich schon unzählige davon gehabt. Die meisten hatte ich einfach ignoriert, zum Beispiel den, mit dem mich meine Schwester Cari einen ganzen Sommer lang gerufen hatte: „Stinkepo". Fairerweise musste man dazu sagen, dass sie damals erst drei und „Joscelyn" für sie nicht so leicht auszusprechen war.

„Danke für die Kekse", sagte ich zu Darah, die gedankenversunken den Arm von Mase streichelte. „Die waren wirklich gut."

„Oh, schön. Ich hatte gehofft, dass du sie magst", sagte Taylor, während sie in einem der Töpfe auf dem Herd rührte. „Das Essen ist fast fertig, setz dich doch schon mal."

„Kann ich, ähm, irgendwie helfen?" Man hatte mich zwar gezwungen, hierherzukommen, aber sie hätten mich nicht aufnehmen müssen. Sie hätten auch Nein sagen können.

„Keine Sorge, Schwesterchen. Du wirst schon noch früh genug auf dem Haushaltsplan stehen", sagte Renee und schob mich zum Esstisch. Jemand hatte ihn bereits gedeckt, und es gab sogar einen Platz für mich mit einer handgefertigten Karte.

„Die haben Taylor und Darah gebastelt, darum sei bitte begeistert, auch wenn sie dir nicht gefällt", zischte Renee, als ich sie aufklappte. Was hätte mir daran nicht gefallen können? Sie hatten mit bunten Farben eine Art Feuerwerk daraufgemalt, und in aus Zeitschriften ausgeschnittenen Buchstaben stand darunter *WILLKOMMEN IN YELLOWFIELD HOUSE*.

„Yellowfield House?", fragte ich.

Renee rollte mit den Augen und setzte sich neben mich, Paul nahm auf ihrer anderen Seite Platz. Ich sah, wie er unter dem Tisch ihre Hand nahm und sie drückte.

„Das war Taylors Idee. Sie wollte, dass das Haus einen Namen hat, wie in den englischen Romanen aus dem neunzehnten Jahrhundert. Das war ihre Bedingung, bevor wir alle hier eingezogen sind. Es war ihre einzige Forderung", erklärte Renee achselzuckend.

„Sie wollte sogar ein Schild malen, aber wir haben alle dagegengestimmt", fügte Paul hinzu. „Eigentlich war es echt süß, sie war ganz aufgeregt. Und dann haben wir sie so abgebügelt."

„Hm, seltsam", sagte ich.

„Sch", zischte Renee, während die anderen Töpfe und Pfannen auf den Tisch stellten und Servierbesteck dazulegten. Sobald alle saßen, begann ein großes Durcheinander; Teller wurden hin und her gereicht, und Ellbogen stießen gegeneinander, bis alle versorgt waren. Taylor hatte Spaghetti mit einer Soße aus Olivenöl und Tonnen von Gemüse gemacht, dazu gab es Knoblauchbrot und Salat. Es war einfach köstlich, und obwohl ich schon mehrere Kekse gegessen hatte, vertilgte ich mehr als eine Portion. Das Mensaessen und millionenfach Take-away vom Asiaten hatten mir schon zum Hals rausgehangen.

Alle lachten und erzählten von ihrem Tag, und zum ersten Mal stand ich nicht im Mittelpunkt des Interesses. Es war wirklich … nett. Sie waren alle so verdammt glücklich und verliebt und strahlten um die Wette. Eigentlich hätte mir übel davon werden müssen, doch aus irgendeinem Grund hatte es den gegenteiligen Effekt. Auch wenn ich es eigentlich hier hassen wollte. Es wäre wirklich angebrachter gewesen, wenn ich es hier total gehasst hätte.

„Ähm, ich muss noch … ein paar Sachen auspacken", sagte ich und stand auf, sobald ich konnte. Ich musste zurück in die Einsamkeit des Kellers. Von dem ganzen Glück hier oben wurde mir schwindelig. Renee warf mir einen prüfenden Blick zu, nickte dann aber zustimmend.

„Bist du sicher, dass du nicht hier oben mit abhängen willst? Und du hast ja auch noch gar nicht den Rest des Hauses gesehen", sagte Darah und schenkte mir ein hoffnungsvolles Lächeln. Da konnte ich schlecht Nein sagen.

„Ja, okay." Sie führte mich die Treppe hinauf und zeigte mir ihr Zimmer, das so picobello war, als wollten sie das Haus verkaufen und hätten einen Innenarchitekten engagiert, der das Haus für mögliche Käufer herrichten sollte. Renee hatte sich geweigert, uns in ihr Zimmer zu lassen, und Taylor ließ mich nur einen kurzen Blick in ihre und Hunters Suite im Dachgeschoss werfen.

„Ignorier einfach die Klamotten auf dem Boden. So mach ich das jedenfalls." Hunter und Taylor hatten sich unserer kleinen Führung angeschlossen. Es war ja auch schließlich ihr Haus.

„Danke. Dass … dass ich herkommen durfte." *Danke, dass ihr meinen Eltern erlaubt habt, mich euch aufzuzwingen. Ich bin mir sicher, sie haben euch absolut die Wahl gelassen.*

„Gern geschehen. Alle Familienmitglieder von Renee gehören für uns auch zur Familie", sagte Hunter und legte einen Arm um Taylor. Mussten sie sich die ganze Zeit anfassen? „Ich hoffe, es wird … alles für dich gut werden. Ich weiß, wie es ist, eine schwierige Zeit durchzumachen." Ja, ja, ja. Ich hatte schon alles über Hunters und Taylors tragische Vergangenheit gehört und wie sie schließlich „ihren Scheiß geregelt" hatten. Wahrscheinlich planten sie gerade meine Kriseninterventionion. Wiegten mich in falscher Sicherheit, bevor sie sich auf mich stürzen würden.

„Ja, danke", sagte ich, während er die Zimmertür schloss und wir wieder nach unten gingen.

„Bist du sicher, dass du nicht ein bisschen Musik mit uns machen willst?", fragte Darah, die mit Mase auf der Couch kuschelte. War das hier die Partridge-Family oder was? Im Ernst, man kam sich hier vor, als wäre man mitten in einer herzerwärmenden Familienserie aus den Fünfzigern gelandet. „Hunter spielt echt gut Gitarre."

„Ja, ich … hab noch was zu tun, so dies und …"

„… und das?", fragte Renee und warf mir einen stechenden Blick zu. *Ja, so dies und das, Renee.*

„Darf ich jetzt noch nicht mal mehr so dies und das machen? War das die fünfte Regel auf deiner Liste?", blaffte ich. Erst als es raus war, wurde mir klar, dass mich alle hatten hören können.

„Ach, Scheiß drauf", sagte ich und machte mich auf in Richtung Kellertreppe. „Ich geh ins Bett." Es war erst acht, doch ich konnte sie nicht mehr ertragen. Sie waren alle so verdammt glücklich, das machte mich fertig. Ich musste einfach zurück in den dunklen Keller und mich mit noch mehr Keksen und herzzerreißender Musik trösten.

„Gute Nacht", flöteten sie beinahe einstimmig. Das war einfach nur krank. Vielleicht dünsteten die Wände irgendeine Substanz aus, die sie im Schlaf einatmeten. Oder war es vielleicht das Wasser?

Ich schüttelte den Kopf und ging zurück in das, was ich bald als „meine Höhle" bezeichnen würde. Meinen einsamen Keller.

Mein Zimmer duftete nach den köstlichen Keksen, und obwohl ich vom Abendessen proppenvoll war, aß ich noch zwei davon, bevor ich duschen ging. Der Wasserdruck war bedeutend besser als im Wohnheim, und ich ließ mir Zeit und genoss die Wassermassage auf meinem Nacken. Sämtliche Duschen der Welt hätten die Schwärze meines Lebens nicht wegwaschen können, doch das hielt mich nicht davon ab, sie zu genießen.

Während ich mein Haar bürstete, verfing sich mein Armband darin, und ich verbrachte gute fünf Minuten damit, es fluchend wieder herauszulösen.

Wir sind doch Freunde, oder? Und Freunde machen sich Geschenke. Ich weiß, wie sehr du Elefanten liebst, daher ... hier, hatte er gesagt und mir die Schachtel hingehalten. Ich erinnerte mich daran, wie ich sie öffnete und mich sofort in das Armband verliebte. Solch eine einfache, süße Geste. Er hatte mir geholfen, es umzulegen, und seitdem trug ich es jeden Tag. Vor allem, nachdem ...

Mit einem Kopfschütteln verscheuchte ich den Gedanken und machte Musik an. Ich brauchte irgendetwas Hartes und Lautes, um die Mitsing-Session zu übertönen, die sich oben abspielte. Als ich durch meine aktuellsten Einkäufe scrollte, fand ich das neue Skillet-Album. Perfekt.

Da ich den fröhlichen Gesang immer noch von oben durch den Boden sickern und in meine Höhle eindringen hörte, drehte ich die Musik so weit auf, dass mir die Trommelfelle schmerzten. Ich hätte einfach meine sündhaft teuren Kopfhörer aufsetzen sollen, doch das tat ich nicht. Stattdessen packte ich den Rest meiner Sachen aus und löschte die Mailboxnachrichten von meiner Mutter und meinem Vater, die mich darum baten, sie anzurufen, sobald ich bei Renee angekommen sei. Ich war mir jedoch sicher, dass Renee sie bereits angerufen und sie über meine sichere Ankunft informiert hatte.

Mein Zimmer war mit einem kleinen Fernseher und einem DVD-Player ausgestattet, doch ich stellte beides nicht an, sondern packte meinen Laptop aus und sah mir Fotos von letztem Jahr an. Dass ich mich damit nur selbst folterte, war mir klar.

Ich konnte mich noch an dieses Mädchen erinnern, dessen Haar immer perfekt mit niedlichen Haarklammern frisiert war und das jede Menge Strickjäckchen und Pumps besaß. Das Mädchen, dessen Freund auf dem direkten Wege ins Weiße Haus war und das Freundinnen hatte, die es nie hätten hängen lassen. Es war nicht ganz wie aus dem Bilderbuch, aber fast. Doch all das war einfach nur Zeit- und Energieverschwendung gewesen.

Ich knallte den Laptop zu, schlug die Bettdecke zurück und legte mich darunter. Meine Musik plärrte immer noch laut, doch oben schien es still geworden zu sein. Endlich. Wahrscheinlich mussten sie morgen alle in die Uni oder so. Ich war überrascht, dass Renee mir noch nicht im Nacken saß und mich drängte, mich für meine Kurse anzumelden. Ich war jetzt in der University of Maine eingeschrieben, genau wie sie.

Ich drehte mich auf die Seite und schloss die Augen. Vom Schlafen war ich weit entfernt, doch so war es jetzt immer. Ich hatte mich daran gewöhnt, stundenlang meine Augenlider von innen zu betrachten.

Einige Stunden später hatte ich schließlich doch die Schnauze voll. Ich musste hier raus, und wenn es nur war, um mir die Sterne anzugucken. Ich zog eine Jogginghose über meine Shorts, schnappte mir meine Winterjacke und schlich auf Zehenspitzen die Treppe hinauf. Eine Sekunde lang lauschte ich in die beinahe vollkommene Stille des Hauses, bevor ich die Tür langsam aufschob und zur Haustür schlich. Die Böden waren alle aus Holz, das Quietschen der Dielen könnte zu einem Problem werden.

Plötzlich ließ mich eine männliche Stimme zusammenzucken.

„Wohin willst du denn?" Mases Kopf erhob sich urplötzlich von der Couch im Wohnzimmer, auf der er lag. Heilige Scheiße.

„Spazieren gehen", sagte ich, nachdem ich verzweifelt überlegt hatte, was ich sagen sollte.

„Nennt man das heutzutage so?"

„Was?"

Er stand auf, stellte sich vor mich und blockierte damit den Weg zur Tür. An ihm würde ich auf keinen Fall vorbeikommen. Noch nicht einmal mit einer Waffe.

„Setz dich." Er packte mich an den Schultern und führte mich zur Couch. Ich versuchte ihn abzuschütteln, doch er war sogar noch stärker, als er aussah.

„Wer bist du? Mein Dad?" Obwohl mein Vater sich nie darum geschert hatte, was ich machte. Er war immer zu sehr mit seinem eigenen Leben oder mit einem meiner zahlreichen Geschwister beschäftigt gewesen, um mitzukriegen, wenn ich in Schwierigkeiten war.

Er seufzte und setzte sich neben mich. „Hör mal, ich weiß, dass du eine schwierige Zeit durchmachst. Ich kenne mich mit so etwas aus. Hunter ging es lange Zeit echt übel. Ich kann zwar nicht behaupten, ich wüsste, was du durchmachst, aber eins weiß ich: Aus welchem Grund auch immer du mitten in der Nacht das Haus verlassen willst, es wird dir nicht helfen."

„Aber ..." Ich versuchte aufzustehen, doch er hielt mich erneut davon ab. „Ich hatte gar nichts Bestimmtes vor. Ich ... brauche nur ein wenig Luft."

Er schüttelte lächelnd den Kopf. „Du wirst dieses Haus jetzt nicht verlassen, *capito*?" Er zog mich von der Couch hoch und schob mich in Richtung Kellertür. „Und wenn ich vor deiner Zimmertür sitzen bleiben muss."

„Was kümmert dich das überhaupt?", fragte ich, während ich die Treppe hinunterstolperte.

Er lachte. „Renee hat mir damit gedroht, mich zu betäuben, mir den Schwanz abzuschneiden und ihn mir ins Gesicht zu nähen, sollte ich zulassen, dass dir irgendwas passiert. Und er gefällt mir eigentlich ganz gut da, wo er gerade ist."

Ich hatte beinahe ebenfalls angefangen zu lachen.

„Das klingt tatsächlich nach Renee." Ich blieb vor meiner Zimmertür stehen, und er setzte sich auf die Treppe.

„Ich fürchte außerdem, dass ihre Sturheit genetisch bedingt ist, lass mich also bitte nicht wieder hier runterkommen. In …", er warf einen Blick auf die Uhr am DVD-Player, „… ein paar Stunden muss ich zur Uni, daher würde ich gern ein bisschen schlafen." Er drehte sich gähnend um. „Gute Nacht, Little Ne."

„Nacht", erwiderte ich und sah zu, wie er die Treppe hinaufging. Ich wartete, bis ich die Tür oben an der Treppe zufallen hörte, bevor ich einen frustrierten Seufzer ausstieß. *Ist das dein Ernst, Renee? WIRKLICH?*

4. KAPITEL

Obwohl ich erst spät in den Schlaf gefunden hatte, war ich am nächsten Morgen um sieben schon wieder wach. Vermutlich lag das am Geruch von gebratenem Speck, der unter der Tür durch in mein Zimmer kroch.

Ich zog ein abgetragenes Langarmshirt an, in das ich selbst Daumenlöcher geschnitten hatte, dazu ein Paar löchrige Jeans und beschloss, mich die Treppe hinaufzuwagen. Irgendwie erwartete ich, Mase hinter der Tür zum Keller vorzufinden.

„Du bist schon auf?“, fragte Renee, die gerade gähnend aus dem ersten Stock kam. „Ich hatte nicht so früh mit dir gerechnet.“ Ihr Haar war völlig zerzaust. Entweder hatte sie Sex mit Paul gehabt oder sich die ganze Nacht im Bett hin und her gewälzt.

„Du meinst, vor allem nachdem ich gestern Nacht versucht habe, mich rauszuschleichen, stimmt's?“, erriet ich ihre Gedanken. Sie verschränkte die Arme und kniff die Augen zusammen.

„Darüber reden wir später. Jetzt wirst du mit uns frühstücken, denn das ist die wichtigste Mahlzeit des Tages.“

Woher hatte sie nur diese lahmen Sprüche?

„Du bist nicht Mom“, erwiderte ich, ließ sie stehen und ging in die Küche. Vor allen würde sie keine Szene machen. Das hoffte ich jedenfalls.

„Hey, Little Ne“, sagte Mase strahlend und blickte von seiner Kaffeetasse auf. Darah jonglierte mit mehreren Pfannen, und Taylor hing müde über dem Küchentisch.

„Warum hab ich mich noch mal für einen Kurs um halb neun eingeschrieben?“, stöhnte sie, während Renee zur Kaffeekanne ging und sich eine Tasse einschenkte, ehe sie wieder die Treppe hinaufstapfte.

„Weil es die einzige Möglichkeit war, diesen Kurs zu belegen, den du für deinen Abschluss brauchst?“, schlug Darah vor und packte einen Berg Speck auf einen Teller, auf dem ein Blatt Haushaltspapier lag.

„Willst du welchen?“, fragte sie mich, doch ich schüttelte den

Kopf. So gut er auch roch, ich würde jetzt keinen Speck herunterbekommen. „Es gibt auch Rührei und Toast. Irgendwelche Frühstücksflocken haben wir auch immer da, und ich glaube, irgendwo sind auch noch Kürbis-Muffins.“ Gott, das war ja wie im Hotel.

„Ähm, habt ihr auch Tee?“ Ich setzte mich neben Taylor, die sich sichtlich Mühe geben musste, aufrecht genug zu sitzen, um ihren Kaffee schlürfen zu können.

„Ja, klar.“ Darah öffnete ein paar Schränke, bis sie eine verstaubte Packung Ingwer-Zitronen-Tee fand. Es würde ein wenig mehr als das brauchen, um meine Probleme zu lösen, aber das war schon mal ein Anfang.

Ein paar Minuten später kam Hunter herunter, frisch geduscht und mit einem Grinsen im Gesicht.

„Morgen, Missy-Mädchen“, sagte er und gab Taylor einen Kuss. „Bist du schon wach?“

„Nein“, stöhnte sie und lehnte den Kopf gegen seine Brust. Er lachte und zog sie auf seinen Schoß, und mir fiel wieder ein, weshalb ich letzte Nacht aus diesem Haus hatte flüchten wollen.

„Mach, dass es weggeht“, sagte sie.

„Das würde ich, wenn ich könnte, Baby.“

Kurz darauf kamen Renee und Paul dazu. Sie hatte ihr Haar gekämmt, und beide waren angezogen für den Tag.

„Also, hier ist mein Vorschlag: Da ich dir nicht traue, wenn du alleine bist, kommst du heute mit mir mit“, sagte Renee und setzte so ein breites Lächeln auf, dass es ihr beinahe wehtun musste. Alle Augen waren auf mich gerichtet.

„Und da ich meine erste Vorlesung in weniger als einer Stunde habe, ziehst du dich lieber mal schleunigst an und machst dich fertig.“

„Was soll ich denn den ganzen Tag da machen?“ Ich nippte an meinem Tee und starrte in die Tasse, um den Blicken der anderen zu entgehen.

„Keine Ahnung. Dir wird schon was einfallen. Solange es dir keinen Ärger einbringt oder mir, geht alles klar. So wird’s jedenfalls laufen.“ Noch eine gut eingeübte Rede.

„Wie du meinst“, sagte ich achselzuckend.

„Ich hab doch gesagt, sie könnte auch bei mir mitkommen“, sagte Darah und durchbrach endlich die bedrohliche Stille, die sich über den Raum gelegt hatte.

„Nein, ist schon okay. Ich bin für sie verantwortlich“, lehnte Renee das Angebot ab und ging sich Kaffee nachschenken.

„Ähm, ich sitze auch noch hier“, warf ich ein. „Und ich brauche keinen Babysitter.“

„Da hab ich aber anderes gehört“, giftete Renee. Mase musste husten und schob sich ein Stück Speck in den Mund. Er kaute und formte dabei ein an mich gerichtetes lautloses „Sorry“ mit den Lippen. Natürlich hatte er es ihr erzählt. Ich wäre erstaunt gewesen, wenn nicht.

Ich schlürfte meinen Tee und schluckte eine passende Antwort herunter.

Zwei Stunden später saß ich gähnend vor einem von Renees Unilabors. Ich hatte vergessen, was sie genau darin machte. Es hatte kompliziert und ekelerregend zugleich geklungen. Zum Glück war ich so schlau gewesen, meinen Computer mitzunehmen, um mich auf meinen liebsten Video- und Musikblogs herumzutreiben.

Dann spielte ich mein Lieblingsspiel, das darin bestand, neue Musik zu entdecken, indem ich auf gut Glück irgendwelche Videos anklickte. Ich hatte diesen Sommer einen eigenen Musikblog gestartet, doch diese Woche war ich nachlässig mit dem Posten gewesen. Da ich erst so frisch dabei war, suchte ich immer noch meine Nische, was das Thema des Blogs betraf. Meine Seite wurde nur selten angeklickt, doch ich hatte festgestellt, dass das Einzige, das ich mehr liebte als Musik, das Schreiben über Musik war. Vor … der ganzen Sache hätte ich nie darüber nachgedacht, über Musik zu bloggen. Ich hatte immer noch niemandem davon erzählt. Sie würden es sowieso nicht verstehen – so viel war sicher.

Renee hatte mir für nach dem Mittagessen eine Tour über den Campus versprochen. Nach dem, was ich bisher gesehen hatte, unterschied er sich nicht groß von dem der University of New Hampshire. Uni-Campus unterschieden sich meist nicht groß voneinander, vor allem, wenn es staatliche Universitäten waren. Ich hatte nach der Highschool darüber nachgedacht, mich hier einzuschreiben, doch die Vorstellung, von meiner durchgeknallten Familie wegzukommen, war reizvoller gewesen als die Aussicht, ein paar Dollars zu sparen, indem ich auf ein College in meinem Heimatstaat ging. Ich war auch in Bowdon und Bates angenommen worden, zwei angesehene Unis in Maine, doch sie waren viel zu kostspielig gewesen, und mein Stipendium hätte dort nicht gereicht. So ein Pech aber auch.

Als sie endlich aus ihrem Labor kam, roch Renee nach Formaldehyd und hatte dieses verrückte Glänzen in den Augen. Sie musste irgendetwas seziert haben.

„Hattest du Spaß?“, fragte ich und stand auf. Mein Rücken tat schon weh vom vielen Sitzen.

„Wir durften einen Schweinefötus aufschneiden. Es war großartig“, sagte sie, als würde sie vom neuesten Mädchenfilm schwärmen, dessen Hauptfigur ein gut aussehender Vampir war.

„Manchmal frage ich mich, ob wir wirklich verwandt sind“, bemerkte ich, während ihre Kommilitonen aus dem Saal strömten. Sie schienen nicht annähernd so begeistert zu sein wie Renee.

„Diese Frage stelle ich mir schon seit Jahren“, sagte sie, während wir uns auf den Weg in die Mensa machten. Im Gegensatz zu manch anderen, die nach der Sektion eines Schweinefötus nichts herunterbekommen hätten, entschied Renee sich für einen Cheeseburger mit Speck und verschlang ihn, als hätte sie seit Wochen keine Nahrung mehr gesehen. Ich hatte einen Erdbeer-Walnuss-Salat genommen, in dem ich nun lustlos herumstocherte.

„Ich hab heute noch eine Drei-Stunden-Schicht im Krankenhaus“, sagte sie, nachdem sie den Burger vertilgt hatte und sich über die Fritten hermachte. Wie sie dabei so schlank sein konnte, war mir ein Rätsel. Ich musste immer sehr darauf achten, was ich aß, um einigermaßen dünn zu bleiben.

„Und?“

„Und du kommst mit. Ich hoffe also, du hast was zu tun. Zum Beispiel die letzten Formulare für den Uniwechsel ausfüllen."

Lieber hätte ich mich einer Wurzelbehandlung unterzogen, doch ein Blick in Renees Gesicht sagte mir, dass ich keine Wahl hatte.

„Du spielst also jetzt meine Gefängniswärterin?"

„Tja, das müsste ich nicht, wenn du dich verdammt noch mal an die Regeln gehalten hättest." Gott, sie klang genau wie Mom. Viel zu sehr wie Mom. Sie setzte sogar die gleiche enttäuschte Miene auf.

„Na schön. Darf ich wenigstens noch aufs Klo gehen, oder willst du mitkommen, um mir beim Pinkeln einen Becher drunterzuhalten?"

„Herzallerliebst", sagte sie, während ich aufstand und zu den Toiletten ging.

Den Rest des Tages verbrachte ich damit, Filme auf meinem Computer zu gucken. Ab und zu schob ich auch ein paar Filmbesprechungen auf meinem Blog ein, um das Ganze etwas aufzulockern. Sie erhielten meist gar nicht so wenige Klicks, vor allem wenn es um Filme aus den Achtzigern ging. Es hat etwas so Tröstliches, sich einen Film anzuschauen, den man schon hundert Mal gesehen hat. Ich begann mit „Das darf man nur als Erwachsener", und da ich dann schon mal in der Stimmung für Filme von John Hughes war, machte ich gleich weiter mit „Ferris macht blau" und schließlich „Pretty in Pink", womit ich beinahe schon Renees gesamte Krankenhausschicht überbrückt hatte.

Mein Lager hatte ich in einer der Sitzecken aufgeschlagen, in der es für ein Krankenhaus ziemlich ruhig war, mal abgesehen vom gelegentlichen Quietschen von Krankenschwesternschuhen auf Linoleum, einem unruhigen Kind, das lärmte, oder einer Herzmaschine, die Alarm schlug. Ich hatte in der Cafeteria zu Abend gegessen, doch das war schon einige Stunden her, und ich brauchte etwas Süßes. Renee hatte mir einen Automaten in der Empfangshalle gezeigt, also durchsuchte ich meine Tasche nach Kleingeld und stellte den Film auf Pause.

„Jawoll“, sagte ich, als ich sah, dass es sowohl M&Ms als auch Skittles gab. Ich konnte die einen nicht ohne die anderen essen. Das hatte ich schon als Kind so gemacht, und es hatte sich bis heute nicht geändert.

Die M&Ms kamen raus, wie sie sollten, doch die blöde Skittles-Packung blieb stecken. Na toll. Das Universum hatte es darauf angelegt, mich fertigzumachen. Ich schlug auf den Automaten ein, damit die Packung sich löste. Zum Glück war weit und breit niemand zu sehen. Ich hatte keine Lust auf eine Anzeige wegen Sachbeschädigung. Das wäre definitiv ein Verstoß gegen Renees Regeln.

Ich drehte mich ein Stück zur Seite und rammte meine Schulter gegen die Maschine, in dem verzweifelten Versuch, das Süßigkeitentütchen aus ihrem Griff zu befreien.

„Komm schon, du verdammtes Scheißding“, sagte ich und verpasste dem Automaten noch einen Schulterstoß.

„Du musst deine Hüften mit einsetzen“, erklang plötzlich eine Stimme und ließ mich aufblicken.

„Was?“

Ein Typ in einem weiten Kapuzenpulli und ebenso weiten Jeans, zu denen er abgetragene Basketballstiefel trug, sah mich an wie etwas, das er noch nie zuvor gesehen hatte. Er hatte ziemlich dunkle Haut, kurzes schwarzes Haar, jedoch überraschenderweise grüne Augen. Im Gegensatz zu meinen, die mehr ins Blaue hineingingen, waren seine fast goldgelb. Sie stachen aus seinem Gesicht hervor, zumal er sie auf mich fixiert hielt. Er deutete mit einer Kinnbewegung auf den Automaten.

„Du musst die Hüften einsetzen. Schau mal“, sagte er und vergewisserte sich mit einem Blick über die Schulter, dass uns niemand beobachtete, bevor er mir bedeutete, ein wenig zurückzutreten. „Entscheidend ist, dass der Stoß mit dem ganzen Körper ausgeführt wird.“

War es nur Einbildung, oder ließ er das Ganze bewusst zweideutig klingen? Ich starrte ihn an, und er lachte. Nein, keine Einbildung. Es war die Art von Lachen, die einen unweigerlich selbst zum Lachen brachte, wie ein Reflex. Es gelang mir so gerade eben, das Lächeln zu verbergen, das drohte sich auf meinem Gesicht auszubreiten.

„Auf drei“, sagte er und legte seine Hände neben meine an die Automatenwand. Von Nahem waren seine Augen noch leuchtender. Sie glühten beinahe.

„Eins. Zwei. Drei“, sagte er, und dann warfen wir uns beide gegen das Gerät, das sich jetzt um einiges mehr bewegte als bei meinem einsamen Versuch. Und tatsächlich war endlich das befreiende Geräusch der fallenden Skittles-Packung zu hören. Der Typ ging zur Vorderseite des Automaten und nahm den Beutel aus dem Ausgabeschlitz.

„Mission erfüllt.“ Er zwinkerte mir zu und hielt ihn mir hin.

„Danke“, sagte ich und nahm die Packung, wobei ich darauf achtete, seine Hand nicht zu berühren. Ich wollte mich schon umdrehen und gehen, als er ein Geräusch von sich gab, das so klang, als wollte er etwas sagen. Ich blieb stehen und wartete.

„Ich muss zurück“, stieß ich schließlich hervor, um das unbehagliche Schweigen zu brechen, das zwischen uns stand.

„Oh, tut mir leid, klar“, sagte er und schüttelte den Kopf, als wäre ihm gerade etwas eingefallen, das er vergessen hatte. Er lächelte und schob die Hände in die Hosentaschen.

„Okay. Also, mach’s gut.“ Ich winkte ihm leicht und wandte mich um. Komischer Typ.

„Und nicht vergessen, nächstes Mal mit vollem Körpereinsatz, Rotschopf“, sagte er und brachte mich dazu, mich noch einmal umzudrehen. Er grinste wieder. Rotschopf? Als hätte ich das noch nie zu hören bekommen. Wenigstens hatte er mich nicht „Karottenkopf“ genannt.

„Ich werd’s mir merken, danke.“

Nun wandte ich mich endgültig um und ging zurück zu meiner Sitzecke. Sein Gelächter hallte mir hinterher.

Die Ecke war immer noch leer, als ich zurückkam, und all meine Sachen waren noch da, also machte ich es mir wieder bequem, um einen weiteren Film anzuschauen.

Doch schon im nächsten Moment rüttelte jemand an meiner Schulter.

„Hey, Jos. Zeit zu gehen", sagte Renee mit einer so sanften Stimme, wie ich sie schon lange nicht mehr gehört hatte. Wahrscheinlich sprach sie so mit ihren Patienten. Ich war wohl auf der Couch eingeschlafen, ohne es zu merken. Mein Computerbildschirm war dunkel; auch er war im Schlafmodus.

Renee setzte sich neben mich, hob meine Füße auf ihren Schoß und stieß einen tiefen Seufzer aus.

„Was hast du die ganze Zeit gemacht?"

„Nichts", erwiderte ich und bewegte den Kopf, um meinen verkrampften Nacken zu entspannen. „Wie viel Uhr ist es?"

„Zehn. Bist du so weit, nach Hause zu gehen?" Nach Hause. War ihr Haus also jetzt mein Zuhause?

„Ja." Ich schwang die Beine von der Couch und setzte mich.

„Wie ich sehe, hast du den Automaten geplündert", sagte sie und hob die leeren Packungen auf. „Du und deine seltsamen Süßigkeitenkombinationen." Sie knüllte die Tütchen zusammen und warf sie in den Mülleimer, während ich meinen Kram zusammenpackte.

„Hast du irgendwas Interessantes erlebt?", fragte sie, während wir zu ihrem Auto gingen.

Außer der Begegnung mit dem Automatenhelden? Ich war kurz davor, ihr davon zu erzählen, überlegte es mir dann aber doch anders.

„Nö", sagte ich gähnend. Vielleicht würde ich ja heute Nacht endlich mal schlafen. Meist kam ich irgendwann an einen Punkt, an dem ich so müde war, dass mein Körper sich einfach von selbst abschaltete. Es fühlte sich an, als wäre es gerade so weit.

„Du weißt, dass du Mom anrufen solltest."

Ich hatte keine Lust dazu. Ich wusste, dass das nur in weiterem Gezeter enden würde, und dafür war ich gerade zu müde.

„Mach ich schon noch."

Renee schien etwas sagen zu wollen, schluckte es jedoch herunter. „Okay."

5. KAPITEL

Die anderen waren alle im Lernmodus, als wir zurück ins Haus kamen. Paul hatte beinahe den ganzen Esstisch mit irgendwelchen Matheaufgaben in Beschlag genommen, die viel zu kompliziert aussahen, als dass ich sie auch nur annähernd verstehen könnte.

Taylor und Hunter saßen im Wohnzimmer, die Köpfe tief in ihren Unibüchern vergraben. Darah hockte an einem kleinen Schreibtisch in einer Ecke neben der Treppe, und ich vermutete, dass Mase auch nicht weit sein konnte. Vor neun Monaten hätte ich wahrscheinlich genauso dagesessen. Jetzt dachte ich nur noch, dass sie ihre Zeit verschwendeten.

„Little Ne", sagte Mase, der in diesem Moment die Treppe herunterkam – mit einem Buch in der Hand, was für eine Überraschung. „Wie läuft's?"

„Super", sagte ich und stellte meine Taschen auf der Bank neben der Eingangstür ab. Die ins Schloss fallende Tür schien auch die anderen aus ihrer Trance gerissen zu haben, und sie kamen alle auf uns zu. Es waren so viele, es war beinahe erdrückend. Und dann waren sie alle so glücklich. Auch das war erdrückend. Paul ging zu Renee und gab ihr einen Kuss, und sie setzte sich zu ihm an den Esstisch, um von ihrem Tag zu erzählen.

„Ich gehe runter in mein … Zimmer", sagte ich und konnte mich gerade noch davon abhalten, „meine Höhle" zu sagen. Es war nicht wirklich eine Höhle. Und wenn doch, dann war es die komfortabelste Höhle, die man sich vorstellen konnte. Mit WLAN und allen Extras.

„Bist du sicher? Das ist jetzt auch dein Haus. Du musst nicht ständig da unten bleiben", sagte Hunter. „Und so Furcht einflößend sind wir doch auch wieder nicht, oder?" Er wandte sich zu Taylor um, die ganz glasige Augen hatte.

„Was ist los? Ich bin immer noch bei meinen Suffragetten."

Er warf ihr einen belustigten Blick zu und schüttelte den Kopf.

„Ernsthaft, Jos, das hier ist dein Zuhause." Das war es zwar nicht wirklich, aber es war nett von ihm, das zu sagen.

„Ich bin nur einfach echt müde. Ich geh ins Bett." Ich sagte allen Gute Nacht, auch Renee.

„Keine nächtlichen Aktivitäten geplant?", fragte sie.

„Nö", erwiderte ich knapp.

„Na ja, nur für den Fall: Ich hab dich im Blick", sagte sie und deutete mit Zeige- und Mittelfinger auf ihre Augen und dann auf mich. „Gerade, wenn du denkst, dass ich nicht hinsehe, stehe ich hinter der nächsten Ecke."

„Oh Mann, Schluss mit dem Kreuzverhör. Ich hab's verstanden. Botschaft angekommen, Mission erfüllt." Ich stampfte die Treppe hinunter und knallte die Tür hinter mir zu.

Ahh, endlich Ruhe.

Die restliche Woche verlief ziemlich genau wie der erste Tag, mit der Ausnahme, dass Renee mich alleine zum Studentensekretariat gehen ließ, um mich für meine Kurse einzutragen und alle nötigen Unterlagen von der University of New Hampshire überstellen zu lassen. Da ich im ersten Jahr so gut abgeschnitten hatte, war man, trotz der miesen Noten des letzten Semesters, bereit, mich zum Studium zuzulassen.

Was die Kurse betraf, so wählte ich einfach irgendwelche. Ich hatte beschlossen, bei meinem Hauptfach Politikwissenschaften und meinem Nebenfach Jura zu bleiben, da mir das einfacher erschien, als mir etwas Neues auszusuchen. Ich hatte gedacht, der Uniwechsel würde eine nervige Angelegenheit werden, doch er lief relativ unkompliziert ab, und schon vor Ablauf der Woche war ich eingeschrieben und bekam den Uniaufkleber für mein Auto und eine CD mit dem offiziellen Unilied, dem „Stein Song", in die Hand gedrückt. Ich war sicher nicht die Erste, die es seltsam fand, dass ein College ein Trinklied zum Schulsong gewählt hatte. Was war das denn bitte für eine Botschaft?

Ich hatte eigentlich nur die ersten zwei Wochen des Unterrichts verpasst, würde den Stoff also problemlos aufholen können. Das sagten zumindest die Profs, die mir die Lehrpläne ihrer Kurse zugemailt hatten.

Wegen eines Treffens ihrer Krankenpflegegruppe konnte Renee mich nicht begleiten, um meine Lehrbücher zu besorgen, daher fiel die Aufgabe Hunter und Taylor zu. Sie fuhren mich am Samstag zum Campus.

Die ganze Fahrt über stritten sie darüber, welche Musik laufen sollte.

„Ich glaube, Jos sollte was aussuchen", sagte Taylor schließlich, als wir schon beinahe am Campus angekommen waren.

„Mir ist das ganz egal."

„Die Regel lautet, dass der Fahrer die Musik aussuchen darf", sagte Hunter und sprang von dem Song, den Taylor ausgesucht hatte, zum nächsten.

„Äh, nein, die Regel ist, dass ich sie auswählen darf."

„Seit wann das denn?"

„Seit du mir diesen duften Ring hier an den Finger gesteckt hast", sagte sie und hielt den atemberaubenden Klunker in die Luft, den Hunter ihr geschenkt hatte, als sie zusammengekommen waren. Er war riesig und ließ einen fast erblinden, wenn man ihn ansah – ein weiterer Beweis für seinen Reichtum. Es war einfach nicht gerecht, dass manche Leute so viel Geld hatten und andere weniger als nichts. Nicht dass Renee und ich arm gewesen wären, doch bei den vielen Kindern, die unsere Eltern insgesamt hatten, waren wir doch auf finanzielle Unterstützung durch den Staat angewiesen.

„Dieser Ring gibt dir nicht die absolute Macht über das Autoradio." Hunter nahm ihre Hand und küsste sie.

„Gott sei Dank", flüsterte ich, als er einen Parkplatz in der Nähe des Buchladens fand. Sie stritten immer noch, als wir das Gebäude der Studentenvertretung betraten und die Treppe hinunter in die Buchhandlung gingen. Ich wollte ihnen gerade sagen, dass ich meine Bücher gut selbst finden konnte, als Hunter mir die Liste aus der Hand nahm und anfing, sie zusammenzusuchen.

„Warte mal." Taylor knuffte ihn in den Bauch und schnappte sich die Liste. „Nicht alle von uns können sich die Bücher aussuchen, die sie gerne hätten." Sie lächelte mich verständnisvoll an. Hunter hatte nur neue Bücher aus den Regalen genommen, die zum Teil noch eingeschweißt waren. Die würde ich mir auf keinen Fall leisten können. Ich würde gebrauchte kaufen müssen, und sogar dann würde es noch knapp werden mit meinem Budget.

Taylor fing an, Bücher aus den Regalen zu ziehen, auf denen ein leuchtend gelber Aufkleber mit der Aufschrift „Gebraucht" pappte. Sie blätterte sie rasch durch, um sicherzugehen, dass sie keine störenden Flecken aufwiesen und keine Seiten fehlten.

„Ist das hier okay?" Sie hielt eines hoch. Ich nahm es und besah es mir. Es hatte nur ein paar leicht verknickte Seiten, und die Bindung war in Ordnung. Ich nickte, und sie legte das Buch in den Korb, den Hunter in der Hand hielt. Wer hätte je gedacht, dass Bücherkaufen ein Akt der Erniedrigung sein konnte?

„Könntest du nach diesen hier suchen?" Sie riss die Liste entzwei und schob Hunter weiter zum nächsten Regal. Als er weg war, lächelte sie mich an.

„Das hättest du nicht tun müssen", sagte ich, während ich die Bücherreihen anstarrte, als würde ich nach einem suchen, dabei nahm ich noch nicht mal wahr, wie die Titel lauteten.

„Nein, ist schon in Ordnung. Ich weiß, wie sich das anfühlt, glaub mir. Da bin ich auch schon durch. Wie wäre es mit dem hier?" Sie reichte mir ein weiteres gebrauchtes Buch, in dem ich einen mysteriösen braunen Fleck fand.

„Ich will noch nicht mal drüber nachdenken, was das für ein Fleck ist", sagte sie, nahm es mir mit Fingerspitzen wieder ab und stellte es zurück. Dann suchten und fanden wir die restlichen Bücher von der Liste und füllten den Korb damit.

„Also, jetzt wär mal so ein Moment, in dem man sich über einen starken Typen freuen würde." Wir hatten beide versucht, den Korb hochzuheben, doch das war schlicht unmöglich. Als hätte sie nach ihm gerufen, kam im selben Moment Hunter um die Ecke, mit einem weiteren, genauso vollen Korb, den er mühelos trug.

„Habe ich richtig gehört? Wurde da gerade nach einem starken Mann verlangt?“, fragte er mit einem neckischen Grinsen auf dem Gesicht. Renee hatte nicht übertrieben, dieser Typ war einfach umwerfend.

„Halt den Mund und trag das für mich.“ Sie schob ihm den Korb mit dem Fuß zu. Hunter blickte über seine Schulter.

„Hey, Dusty, kannst du mir mal helfen?“

„Klar“, antwortete ein Typ, der soeben um die Ecke kam. „Hey, Tay“, sagte er und lächelte Taylor an. „Und … ah, Rotschopf, so sieht man sich wieder.“ Er schenkte mir ein noch breiteres Lächeln. Das durfte doch nicht wahr sein!

„Ihr beiden kennt euch?“, fragte Taylor und sah mich an. Ich wusste, was dieser Blick bedeutete und was er unterstellte. Ich musste diese Befragung unbedingt beenden, bevor sie ungemütlich wurde.

„Nein“, sagte ich im selben Moment, in dem der Typ, der anscheinend Dusty hieß, „Ja“ sagte.

„Wir kennen uns“, sagte Dusty und zwinkerte mir zu. Oh Mann, dieser Typ hielt sich wirklich für das größte Gottesgeschenk.

„Wir haben uns schon mal gesehen. Einmal“, versuchte ich richtigzustellen.

„Wo denn?“, fragte Taylor. Hunter sagte nichts, ließ jedoch seinen Blick zwischen Dusty und mir hin und her wandern, und ich spürte, wie ich ganz heiße Ohren bekam. Einer der größten Nachteile, rothaarig zu sein, war, dass es gleich alle Welt mitbekam, wenn einem etwas unangenehm war. Und genau das passierte in diesem Moment, woran Dusty seine helle Freude zu haben schien. So ein Idiot.

„Letztens im Krankenhaus. So, ich glaub, ich hab alles. Wir sollten mal los“, sagte ich und beugte mich herunter, um einen der Körbe hochzuheben. Ich war fest entschlossen, ihn selbst zu tragen, doch ein Paar starker Arme kam mir zuvor.

„Lass mich das machen, kleine Lady", sagte Dusty, und als ich aufsah, war sein Gesicht nur Millimeter von meinem entfernt. Er lachte leise, und ich richtete mich so schnell auf, dass mir das ganze Blut auf einmal in den Kopf schoss.

„Ich brauche deine Hilfe nicht."

Er sah aus, als wollte er mit irgendeinem schlagfertigen Kommentar kontern, schien es sich dann jedoch anders zu überlegen.

„Aber du kriegst sie trotzdem."

„Also gut. Können wir dann los?" Taylor nahm mich am Arm und schob mich zur Kasse. Ich hörte Hunter und Dusty hinter mir leise reden und Hunter eindeutig meinen Namen sagen. Als würde ihn das Ganze irgendwas angehen.

Nachdem ich gezahlt hatte und dabei einen guten Teil meines Bankguthabens losgeworden war, trugen wir die Bücher zu Hunters Auto. So hilfsbereit wie er war, war Dusty natürlich auch mit von der Partie.

„Hunter hat mir erzählt, dass du dich hier einschreibst", sagte er, während wir die Bücher in den Kofferraum luden. Taylor und Hunter waren in ein eigenes Gespräch vertieft, in dem es vermutlich auch um mich ging.

Ich nickte nur.

Er lehnte sich gegen das Auto. „Hör mal, ich sehe schon, dass du so ein Fass-mich-nicht-an-sieh-mich-nicht-an-und-wag-es-noch-nicht-mal-an-mich-zu-denken-Ding am Laufen hast, aber ich versuche nur, nett zu sein. Du könntest dich eigentlich mal bedanken."

„Danke", sagte ich und schenkte ihm ein durch und durch falsches Lächeln. Ja, ich wusste, dass ich mich diesem Typen gegenüber wie ein totales Arschloch verhielt, aber er hatte einfach etwas an sich, das mich auf die Palme brachte. Außerdem gab es etwas an ihm, das sich seltsam vertraut anfühlte, mir unter die Haut kroch und dort wie verrückt juckte.

Er schüttelte den Kopf.

„Okay, schon klar." Er wandte sich zum Gehen.

„Hey", sagte ich. Er blieb stehen. „Tut mir leid, dass ich so ein Arsch bin. Das ist irgendwie gerade mein Ding." Ich musste lachen, da das tatsächlich stimmte.

„Nein, das glaube ich nicht", erwiderte er und fixierte mich mit seinen grünen Augen, die alles zu durchschauen schienen. „Sehen wir uns morgen, Hunter?"

„Ach ja, genau", sagte Hunter, als wäre es ihm gerade erst wieder eingefallen. „Bis morgen."

„Mach's gut, Rotschopf", sagte Dusty und ging ein Stück rückwärts, die Hände in den Hosentaschen vergraben.

„Du auch", erwiderte ich und schlug den Kofferraum zu.

„Was in Teufels Namen war das denn bitte?" Taylor verschränkte die Arme und warf mir einen Blick zu, der beinahe aussah wie Renees. Verdammt, die beiden hatten schon aufeinander abgefärbt.

„Nichts", sagte ich und machte Anstalten, in das Auto einzusteigen.

„Habt ihr Hunger?", fragte Hunter in dem mehr als offensichtlichen Versuch, das Gespräch auf ein anderes Thema zu lenken.

„Ich weiß nicht, wieso du so eine große Sache daraus machst", sagte ich und kletterte auf den Rücksitz. „Wir haben im Krankenhaus gerade mal fünf Minuten miteinander gesprochen. Ende der Geschichte. Darf ich jetzt mit niemandem mehr sprechen? Ist das eins der ungeschriebenen Gesetze, von denen meine Schwester mir nichts gesagt hat?"

Hunter warf Taylor einen Blick zu, und diese schüttelte den Kopf.

„Vergiss es. Ich hab überreagiert. Dazu neige ich manchmal, das solltest du wissen", sagte sie.

„Ach, ist das so?", sagte Hunter, woraufhin sie ihm einen Klaps gab und die Musik aufdrehte, was zu einer weiteren Auseinandersetzung über die Songauswahl führte.

Wie hoch waren denn überhaupt die Chancen, dass ich Dusty öfter sehen würde? Ich meine, Hunter und er waren zwar

Freunde, aber der Campus der University of Maine war riesig. Und wenn er zu uns nach Hause käme, könnte ich mich jederzeit unten in meiner Höhle verstecken. Oder irgendwo anders hin flüchten, wenn Renee es zuließ. Irgendwann musste sie die Zügel ja mal ein bisschen lockern. Und wieso war es überhaupt so wichtig, ob ich ihn wiedersah oder nicht? Er war doch nur irgendein Typ.

Einfach nur irgendein Typ.

6. KAPITEL

Sonntag war Putztag in Yellowfield House. Liebenswerter Kontrollfreak, der sie war, hatte Darah einen Plan erstellt und die Aufgaben gerecht aufgeteilt, und das Ganze im Rotationsprinzip, sodass niemand ständig das Gleiche machen musste. Das Lustige daran war, dass sich alle klaglos an den Plan hielten. So als wäre sie ihre Mom, die für jede erledigte Aufgabe goldene Sternchen verteilte.

„Ich dachte, du könntest vielleicht noch eine Woche brauchen, um dich einzugewöhnen, aber nächste Woche stehst du auch auf der Liste", sagte Darah, als würde sie mir einen Teller von ihren köstlichen Keksen versprechen.

„Super", sagte ich und lächelte gezwungen. Natürlich wollte ich keine Schnorrerin sein, aber sie schienen einfach alles zu kontrollieren. Ich hielt ja schon mein Zimmer und mein Bad sauber und half beim Abwasch. Doch sie versuchten immer wieder, mich in die Maschinerie des Hauses zu integrieren, von der ich jedoch kein Teil sein wollte. Und das war ich auch nicht, nicht wirklich.

Alle anderen beteiligten sich an den Kosten des Hauses. Ich war jedoch nur eine Unannehmlichkeit. Die nervige kleine Schwester, die ihnen aufgebürdet worden war.

Am späten Vormittag waren alle Putzaufgaben erledigt, und das ohnehin schon makellose Haus war noch makelloser. Ich machte meine erste Wäsche, und alle anderen wandten sich ebenfalls ihren eigenen Aktivitäten zu. Renee hielt ein „Call of Duty"-Turnier mit Dev und Sean, zwei Freunden von Hunter und Mase, ab, Darah schrieb an einer Hausarbeit, und Taylor las irgendeinen Vampirroman auf ihrem E-Reader, während Hunter Gitarre spielte.

Renee hatte mir erzählt, er sei eine Art musikalisches Genie und könne so gut wie alles spielen. Jetzt gerade spielte er zumindest jeden einzelnen Song, den Taylor ihm zurief, darunter Stücke von Taylor Swift, Bruno Mars, Seal und Matchbox Twenty.

Ich holte meine Wäsche aus der Maschine und steckte sie in den Trockner. Als ich mich gerade ins Wohnzimmer setzen wollte, um den anderen beim Spielen zuzusehen, klingelte es an der Tür.

„Ich geh schon." Hunter sprang auf und rannte zur Tür, als würde er uns unbedingt allen zuvorkommen wollen. Dabei war noch nicht mal irgendwer anders aufgestanden. Sehr merkwürdig.

„Hey, Alter, du weißt doch, dass du nicht klingeln musst. Die Tür ist immer offen." Er trat zur Seite, um den Ankömmling einzulassen, und ich schielte in den Flur.

„Ich weiß, aber ich hab ein Faible für Türklingeln", sagte eine wohlbekannte Stimme, und kurz darauf trat eine ebenso wohlbekannte Person ins Wohnzimmer. Dusty Sharp.

Ich war überrascht, ihn zu sehen, doch er schien seinerseits überhaupt nicht überrascht zu sein.

„Rotschopf", sagte er und verbeugte sich leicht. „Schön, dich wiederzusehen." Ich sah zu Hunter, der sich wiederum große Mühe gab, mich nicht anzusehen. Und langsam fiel der Groschen bei mir. Gestern hatte Dusty zu Hunter „bis morgen" gesagt. Na ja, und morgen war inzwischen heute. Hm, Hunter hatte jedoch nichts davon gesagt, dass Dusty vorbeikommen würde; ich fragte mich, weshalb.

„Hey, Sharp!", rief Mase, während auf dem Bildschirm etwas explodierte, woraufhin Dev aufstöhnte und entnervt seinen Controller wegwarf.

„Hey." Dusty kam ins Wohnzimmer und ließ sich mit einer derartigen Selbstverständlichkeit auf der Couch nieder, als hätte er seit Jahren nichts anderes gemacht. Außerdem nahm er mir damit den Platz weg. „Schon wieder ‚Call of Duty'? Wie übel verlierst du diesmal?"

Mase grummelte irgendetwas, und ich sah Hunter an. Der ging um mich herum und setzte sich wieder auf den Sessel. So blieb mir nichts anderes übrig, als mich auf die Armlehne der Couch zu hocken.

„Ach, Dusty, das ist meine Schwester Jos“, stellte Renee mich vor, wobei sie kaum die Augen vom Bildschirm abwandte. Wenn sie spielte, konnte sie an nichts anderes denken.

„Wir kennen uns schon.“ Er warf mir einen Blick über die Schulter zu und schaute dann wieder zum Spiel auf dem Bildschirm.

„Ach echt, woher denn?“, fragte Renee, die den Controller mit vollem Körpereinsatz bediente, als würde sie ihrem Spiel damit mehr Kraft verleihen können. Ich drohte ihr regelmäßig damit, sie dabei zu filmen und sie irgendwann damit zu erpressen.

„Ich weiß nicht mehr genau. Wo haben wir uns noch mal getroffen?“ Da ich ihm keinen bösen Blick zuwerfen konnte, ohne dass die anderen es mitbekamen, biss ich die Zähne zusammen. Er wusste ganz genau, wo wir uns kennengelernt hatten; er wollte mich nur verarschen, und das vor allen anderen. Ha, das Spiel konnte ich auch spielen. Nicht umsonst hatte ich rote Haare.

„Das war im Krankenhaus, und du hast nach dem Weg zur Apotheke gefragt. Jucken deine Kronjuwelen immer noch?“ Den letzten Teil hatte ich laut geflüstert und mit der Hand in Richtung seines Geschlechts gefuchtelt.

Dustys Augen wurden eine Sekunde lang ganz groß, bevor sie sich wieder verengten und sich ein Grinsen auf seinem Gesicht ausbreitete. Alle anderen lachten nervös und schienen sich zu fragen, ob ich das ernst meinte oder nicht.

Sie kannten mich noch nicht gut genug. Renee rollte natürlich nur mit den Augen.

„Zu viel Info, Alter“, sagte Mase kopfschüttelnd, und Dev rutschte auf der Couch ein Stück von Dusty ab.

„Guter Zug, Rotschopf, wirklich gut.“ Er lachte und klatschte langsam in die Hände. „Nein, mein Sack juckt jetzt nicht mehr.“ Er rutschte demonstrativ auf der Couch hin und her und zog sich die Hose zurecht. Mal im Ernst, was hielt diese Hosen bloß oben? Das war eines der Rätsel, denen die Wissenschaft noch nicht auf die Spur gekommen war. Genau wie der Frage, wieso immer ein zweiter Socken fehlte, wenn man seine Wäsche in den Trockner steckte. Als er bemerkte, dass ich auf seine Hose starrte, räusperte er sich. Oh Mann, wahrscheinlich dachte er, ich würde sein Teil auschecken. Nicht, dass in der weiten Hose etwas auszumachen gewesen wäre …

„Dann hätten wir das ja geklärt." Hunter räusperte sich und warf mir einen Blick zu, bevor er sich wieder seine Gitarre nahm. „Okay, ich nehme Wünsche an, außer von Taylor."

„Hey!", protestierte sie und sah von ihrem Buch auf.

„Sorry, Missy, jetzt muss auch mal jemand anders von meinem musikalischen Genie profitieren dürfen."

„Na schön", sagte sie und zwinkerte ihm kurz zu, bevor sie sich wieder ihrem E-Reader zuwandte. Alle anderen schienen in das vertieft zu sein, was sie gerade machten, oder schwer damit beschäftigt, sich einen Song zu überlegen.

„‚Sunday Morning'", stieß ich hervor. Das war der erste, der mir einfiel.

Hunter sah von seiner Gitarre auf. „Von Maroon 5?"

„Ja."

Er lächelte und sah Dusty an. „Kannst du mir einen Beat dazu geben?" Dusty nickte und setzte sich auf. Er überlegte kurz, dann fing er an, Geräusche mit dem Mund zu produzieren. Und zwar nicht einfach nur Geräusche, sondern lupenreines Beatboxing. Hunter hörte eine Sekunde lang zu und fing dann an, ein paar Saiten anzuschlagen, während Dusty immer mehr Sounds darüberlegte, bis er den ganzen Schlagzeuganteil des Songs nur mit seinem Mund spielte.

Ich konnte nicht umhin, erstaunt die Augenbrauen hochzuziehen, doch von den anderen schien niemand überrascht zu sein. Dusty drehte den Kopf zu mir, und ich beeilte mich, ein neutrales Gesicht aufzusetzen, doch er grinste mich trotzdem an. Ganz schön eingebildet, der Junge. Dann fing Hunter an zu singen, und ich versuchte, mich in einer halbwegs bequemen Position auf der Couchlehne zurückzulehnen und gleichzeitig so zu tun, als würde ich interessiert das Chaos und die Explosionen beobachten, die sich auf dem Bildschirm abspielten. Eher würde ich mein Haar in Brand stecken, als Dusty zu bitten, mir seinen Sitzplatz abzutreten oder mir einen Stuhl aus der Essnische zu holen. Ich hätte einfach in meiner Höhle bleiben sollen.

Okay, Dusty war also ein *richtig* guter Beatboxer. Nicht, dass ich Expertin auf dem Gebiet gewesen wäre, doch er produzierte Geräusche mit seinem Mund, von denen ich nicht mal gewusst hatte, dass ein menschliches Wesen sie produzieren konnte. Na und? Im Internet gab es eine Million Leute, die das auch konnten. Das war nichts Besonderes, nichts, worüber man ins Schwärmen geraten musste. Also ich zumindest nicht.

Sie beendeten den Song, und Dusty machte zum Abschluss einen raffinierten Sound, der sich anhörte wie ein Beckenschlag mit Nachhall.

„Gut genug für dich?“, fragte Dusty und sah mich an.

„Na ja.“ Ich zuckte gelangweilt mit der Schulter und wandte mich wieder dem Fernseher zu, vor dem Renee vor Siegesfreude auf und ab hüpfte, während die Jungs enttäuscht aufstöhnten und ihre Controller fallen ließen.

„Nehmt das, Bitches“, sagte Renee und deutete mit beiden Zeigefingern auf sie. „Da hab ich euch aber echt fertiggemacht.“ Sie fing an zu tanzen, eine Mischung aus nuttigem Clubtanz und dem seltsamen Getänzel, das Footballspieler bei einem Touchdown vollführten. Die Jungs buhten und bewarfen sie mit Gegenständen. Ich hingegen konnte einfach nur den Kopf schütteln. Das war halt meine Schwester, wie sie leibte und lebte.

„Ich hoffe, dieses Tanztalent liegt in der Familie“, sagte eine Stimme so nah an meinem Ohr, das ich von der Armlehne rutschte. Glücklicherweise konnte ich mich noch fangen, bevor ich mit dem Hintern auf dem Boden landete. Und die anderen waren ohnehin zu sehr mit Renees Siegestanz beschäftigt, um etwas mitzubekommen.

„Es ist unhöflich, sich so an Leute ranzuschleichen“, sagte ich und wandte mich nach Dusty um, der es irgendwie geschafft hatte, unbemerkt über die Couch zu klettern und sich hinter mich zu stellen.

„Es ist unhöflich, allen zu erzählen, dass ein Typ Ausschlag hat, wenn das gar nicht stimmt." Er verschränkte die Arme und lehnte sich drohend vor. „Also, was hast du dazu zu sagen, Rotschopf?"

Ja, ich hätte definitiv in meiner Höhle bleiben sollen.

„Nichts, ich habe dir gar nichts zu sagen."

Zum Glück unterbrach Mase uns in diesem Moment.

„Little Ne, willst du auch mal?" Der Videospielmeister hatte wohl das Gefühl, mich übergangen und sich zu sehr auf Renee konzentriert zu haben. Ich wandte mich von Dusty ab und bemerkte, dass Hunter uns interessiert beobachtete. Argh, das war das Letzte, was ich gebrauchen konnte.

„Nein, alles okay", sagte ich, ging um Dusty herum und setzte mich auf seinen Platz. Ich warf ihm ein kurzes Lächeln zu, und er deutete nur kurz ein anerkennendes Klatschen an, bevor er in die Küche ging und mit einem der Esstischstühle zurückkehrte.

Renee war immer noch mit ihrem Freudentanz beschäftigt, als mein Handy klingelte. Es war Mom. Genau das, was ich jetzt brauchte. Ich erhob mich von der Couch und ging hinunter in meine Höhle. Auf keinen Fall würde ich vor allen anderen mit ihr sprechen.

„Hey, Mom." Ich hörte Geschrei im Hintergrund, doch das war normal. Mom rief mich immer an, während sie gerade noch tausend andere Dinge nebenher erledigte.

„Hey, Jos." Ihre Stimme klang angespannt, doch nicht mehr so schlimm wie noch vor ein paar Tagen. Wir hatten uns schon auf sichereres Terrain vorgearbeitet, was aber nicht hieß, dass sie nicht mehr sauer auf mich war. „Fühlst du dich bereit für deinen ersten Unitag morgen?" Ein Kreischen ließ mich vermuten, dass sie den Zwillingen gerade irgendetwas weggenommen hatte.

„So bereit wie man nur sein kann." Mir blieb ja auch keine andere Wahl. Als ich als mögliche Lösung für meinen akademischen Super-GAU vorgeschlagen hatte, das Studium abzubrechen, war sie strikt dagegen gewesen. Dabei hätte ich mir dann einen Job und eine eigene Wohnung suchen können, und sie hätte mich vom Hals gehabt. Ich hätte ihr Geld nicht mehr verschwendet – genauso wenig wie die staatliche Unterstützung, die ich bezog. Es wäre eine Win-win-Situation gewesen. Fand ich zumindest. Mom hingegen hatte sich benommen, als hätte ich ihr gerade erzählt, dass ich ein paar Leute abgeschlachtet hatte. Und als ich Dad den Vorschlag unterbreitet hatte, nachdem ich bei Mom gescheitert war, hatte er einfach nur aufgelegt. Renee hatte damit gedroht, mich auf der Stelle zu erwürgen, wenn ich es auch nur noch einmal erwähnte.

„Also, ich will einen vollständigen Bericht, wenn du zurückkommst, hörst du? Ich schwöre, wenn ich von deiner Schwester höre, dass du geschwänzt hast, bricht die Hölle los."

„Ich weiß, ich weiß."

„Also gut. Nein, du darfst keine Kekse zum Abendessen haben. Wie oft muss ich dir das noch sagen?" Ich wartete, bis sie damit fertig war, dasjenige meiner Geschwisterchen anzuschreien, das es gewagt hatte, Kekse zum Abendessen zu verlangen.

„Hör mal, ich hab hier einen Trotzanfall zu regeln, und Chuck arbeitet heute lang, daher bin ich allein. Kann ich dich später noch mal anrufen?"

„Ja, klar." Sie würde es ohnehin nicht tun.

„Okay, mach's gut, Jos. Sagt Tschüs zu Jos, alle zusammen!" Sie schien das Telefon in die Luft zu halten, denn ich hörte meine Geschwister im Chor „Tschüs" schreien.

„Tschüs, ihr alle", schrie ich zurück. Dann erstarb die Geräuschkulisse, sie hatte aufgelegt. So viel also dazu. Ich schob mein Handy zurück in die Hosentasche und ging wieder nach oben.

Hunter und Dusty gingen gerade auf ihrer Interpretation des Songs „Everybody Talks" von den Neon Trees ab. Dusty trommelte zusätzlich den Rhythmus auf seinem Stuhl. Die anderen hatten das Videospiel beendet und summten mit, inklusive

Renee. Ich blieb stehen, da ich nicht in ihre Musikblase hineinplatzen wollte. Als der Song zu Ende war, warf mir Renee einen ihrer Blicke zu. Vermutlich erwartete sie einen detaillierten Bericht über mein Gespräch mit Mom. Da wir jedoch nun wirklich nichts Weltbewegendes besprochen hatten, setzte ich mich einfach wieder auf die Couch.

„Okay, ich bin dran. ‚Scream' von Usher. Und los", sagte Dusty und fing an, Geräusche mit seiner Mundakrobatik hervorzubringen, die noch beeindruckender waren als alles, was er zuvor von sich gegeben hatte. *Okay, okay, du hast es drauf, wir haben's verstanden.* Sobald Hunter anfing zu singen, sprang Mase auf und fing an zu tanzen. Dev kam dazu, und irgendwie schafften sie es, auf der kleinen Fläche zu performen, ohne etwas kaputt zu machen. Ich hätte gedacht, dass Darah entsetzt aufschreien würde angesichts der Gefahr, dass bei den kranken Dance-Moves ihres Freundes eines der sorgsam arrangierten Bilder, eine der Vasen oder sonst irgendetwas Hübsches zu Bruch gehen könnte. Doch sie lächelte nur und sah ihm, das Kinn in die Hand gestützt, einfach nur zu. Idioten. Das waren doch einfach alles Idioten.

Das Gesinge ging noch eine Weile so weiter, doch dann sagte irgendwer etwas von Essen, und plötzlich gab es nur noch das eine Thema. Es wurde sich darauf geeinigt, dass definitiv ein Ausgehabend anstand.

„Ja, wir hatten ja auch noch gar keine Gelegenheit, das neue Mitglied der Yellowfield-House-Familie zu feiern", sagte Taylor, während die anderen schon Restaurantvorschläge durcheinanderriefen. Jetzt wandten sich alle mir zu, inklusive Dusty.

„Also soll sie auch aussuchen, wo wir hingehen", fuhr Taylor fort. Obwohl sie nicht viel älter war als ich und außerdem die Kleinste hier, schienen alle auf sie zu hören, wenn sie etwas sagte.

„Ähm, ich weiß ja gar nicht, was es hier so gibt." Ich hatte die ganze Zeit schon ausgehen und Bangor erkunden wollen, doch Renee war absolut dagegen gewesen. Dann hätte ich ja vielleicht so was wie Spaß haben können, und das war definitiv ein Verstoß gegen die Regeln.

Jetzt fingen alle an, gleichzeitig zu reden, in den höchsten Tönen von ihrem Lieblingsrestaurant zu schwärmen und mir zu erzählen, wo es die besten Steaks, die leckerste Pizza und die tollsten Burger gab. Und das in einer Lautstärke ...

„Hey, immer mit der Ruhe", sagte ich. „Ich kann nicht klar denken, wenn ihr mich alle anschreit. Wir müssen das irgendwie demokratisch lösen."

Darah meldete sich zu Wort.

„Wie wär's, wenn alle ihr Wunschrestaurant auf ein Stück Papier schreiben und Jos zieht eins?"

Daraufhin brachen alle außer Dusty in dreckiges Gelächter aus.

„Ja, das hat ja schon mal ziemlich gut funktioniert", sagte Taylor und knuffte Hunter in die Brust. Er nahm einfach nur ihre Hand und küsste sie.

„Ziemlich dufte, würde ich sogar sagen."

Ich warf Dusty einen Blick zu, denn er war die einzige weitere Person im Raum, die den Insiderwitz nicht zu verstehen schien.

„Also gut", sagte Dusty und riss ein Blatt aus einem Notizblock, den vorhin irgendwer für seine Hausaufgaben benutzt hatte. „Mein Vorschlag lautet ‚Sea Dog'. Wer ist jetzt dran?" Er schrieb alle Vorschläge auf kleine Zettel, die er dann herausriss, faltete und in eins von Mases Baseballcaps schmiss.

„Dir gebührt die Ehre, Rotschopf", sagte Dusty, verbeugte sich und hielt mir die Kappe hin, als würde er mir ein großes Geschenk überreichen.

Alle warteten gespannt, als würde ich nun eine Wahl treffen, die ihre Leben veränderte. Ich nahm einen Zettel, entfaltete ihn und las vor.

„Sea Dog." Dusty zwinkerte mir zu. War ja klar, dass ich seinen Vorschlag ziehen würde. Die anderen befanden jedoch auch, dass es nett dort war, und machten sich gleich daran, ihre Sachen zusammenzusuchen.

„Soll ich dich mitnehmen, Rotschopf?“ Er hatte sich schon wieder von hinten an mich herangeschlichen, während ich gerade meine Jacke anzog.

„Ich schwör’s dir, Dustin, irgendwann kriegst du mal meine Faust zu spüren, wenn du dich immer so anschleichst.“

„Kommst du, Jos?“, fragte Renee, während Paul ihr in den Mantel half und die anderen bereits in ihre Autos stiegen. Ich beschloss, die Gelegenheit zu nutzen, ihrer Überwachung zu entgehen, auch wenn das bedeutete, dass ich ein paar Minuten mit Dusty verbringen musste.

„Ich fahr mit Dusty.“ Einen Moment lang sah er überrascht aus, dann lächelte er. Lächelte er eigentlich ununterbrochen? War das eine Art Reflex bei ihm?

Renee sah aus, als wollte sie protestieren, doch dann flüsterte Paul ihr etwas ins Ohr. Sie stritten kurz, und schließlich hob Renee resignierend die Hände in die Luft.

„Na schön, dann sehen wir uns da.“ Ich hatte keine Ahnung, warum sie so ein Theater darum machte; das Restaurant war nur ein Stück die Straße runter.

„Ladies first“, sagte Dusty und zeigte auf einen schwarzen VW Golf, der schon mehr als eine Schramme abbekommen hatte. „Übrigens, ich hab auf alle Zettel ‚Sea Dog‘ geschrieben“, flüsterte er.

Natürlich hatte er das.

„Wow, wie raffiniert“, sagte ich und tat so, als sei ich beeindruckt. Er schloss die Beifahrertür hinter mir, und ich widerstand dem Drang, ihn dafür zu beschimpfen. Matt, mein Ex, war ganz groß darin gewesen, mir Türen aufzuhalten, und damals hatte mir das immer gefallen. Ja, mir war klar, dass das gegen alle Regeln des Feminismus und dergleichen verstieß, aber ich mochte es trotzdem. Matt hatte das wirklich draufgehabt: Blumen zu Feiertagen, einem den Stuhl ranschieben und Krawatten tragen.

Sein Ziel war kein geringeres gewesen, als Präsident der Vereinigten Staaten zu werden, und er sagte immer, der erste Schritt dahin wäre, wie einer auszusehen. Zugegeben, ich hatte mich zu der Zeit auch ganz anders angezogen als jetzt. Ich trug damals Röcke, Blazer und Pumps und sogar Broschen, mit denen ich meine Halstüchlein feststeckte. All das hatte ich jedoch in Kisten gepackt und zu Hause bei Mom gelassen, als ich im letzten Jahr in mein Wohnheimzimmer gezogen war. Ich brauchte nichts mehr davon. Schließlich war ich aus sämtlichen Clubs ausgetreten, in denen ich Mitglied gewesen war, sogar aus der studentischen Fachschaft, sehr zum Leidwesen der anderen dort – was hauptsächlich daran lag, dass ich immer die Protokolle führte, wozu sich niemand anders herablassen wollte.

„Also, wie lautet deine Geschichte, Joscelyn Archer?“, fragte Dusty, während er hinter Taylors Dodge Charger herfuhr. „Warst du immer schon so reizbar, oder ist das neu?“

Was zur Hölle ging ihn das an?

„Wie lautet denn *deine* Geschichte, Dustin Sharp? Renee hat dich noch nie vorher erwähnt.“ Anstatt das Radio einzuschalten, machte er seine eigene Musik, indem er auf dem Lenkrad trommelte und Schlagzeuggeräusche mit dem Mund produzierte. Langsam hatte ich den Eindruck, dass er unter ADHS litt. Das würde eine Menge erklären.

„Ich wette, deine ist interessanter als meine“, sagte er und schaute mich an. Ich starrte aus dem Fenster und tat so, als sei ich fasziniert von den Häusern, die an uns vorbeizogen.

„Okay, in Ordnung. Du hast gewonnen“, sagte er, als ich keine Antwort gab. „Sagen wir mal, ich war nicht immer schon so gut aussehend und talentiert. Ich, ähm, bin in ziemlich viel Ärger reingeschliddert, als ich jünger war, falls du dir das vorstellen kannst.“ Und ob ich mir das vorstellen konnte.

„Ich hab ganz schön viel kaputt gemacht, und dann ist etwas passiert … ja, ich weiß, der Teil klingt ein bisschen abgedroschen, aber es ist was passiert, das die Dinge ins richtige Licht gerückt hat, weißt du? Und da hab ich dann aufgehört, mir ständig alles selbst zu versauen, und angefangen, mir zu überlegen, was ich wirklich will in meinem Leben.“

„Und wie hast du dich mit Hunter angefreundet?“ Das war das, was mich am meisten interessierte.

„Hunter hab ich in einem meiner Seminare kennengelernt und, na ja, auch wenn das nicht sehr männlich klingt, seitdem sind wir unzertrennlich. Wir sehen uns jetzt ständig, da er ja sein Studienfach gewechselt hat. Tja, das ist, so in groben Zügen, meine etwas schräge Geschichte.“

Es war nicht die, die ich erwartet hatte, doch bevor ich antworten konnte, bog er in den Parkplatz ein.

„Auf dem Rückweg bist du dran, Rotschopf.“

Diesmal öffnete ich meine Tür selbst, bevor er um den Wagen herumkommen konnte.

7. KAPITEL

Das Abendessen war … interessant. Alle außer Dusty und mir erfreuten sich an der großen Auswahl an Bier vom Fass. Obwohl Taylor noch nicht legal trinken durfte, hatte Hunter einfach zwei Gläser auf einmal bestellt und ihr eines davon gegeben, als der Kellner nicht hinsah. Ich dachte noch nicht mal daran, so etwas zu versuchen, denn Renee ließ mich nicht aus den Augen. Sie beschränkte sich auf nur ein Bier, doch ich wusste aus Erfahrung, dass sie sich so einige hinter die Binde kippen konnte, wenn sie nur wollte.

Je mehr Alkohol floss, desto dreckiger wurden die Geschichten. Renee versuchte, die anderen zum Schweigen zu bringen, als würden mir davon die empfindsamen Ohren abfallen. Dachte sie wirklich, ich hätte derlei noch nie gehört? Das war schließlich nicht mein erstes Jahr am College. Außerdem hatte ich sowieso schon geahnt, dass alle sich vor mir bisher immer nur von ihrer besten Seite gezeigt hatten.

„Oh Mann, weißt du noch, wie ich mal ins Bad geplatzt bin, als du unter der Dusche standst?“, fragte Mase Renee.

„Nein, da kann ich mich nicht dran erinnern“, sagte sie und schien sich plötzlich verstärkt für ihr halb aufgegessenes Steak zu interessieren. „Aber selbst wenn ich mich erinnern würde, heißt das noch lange nicht, dass das die Art von Geschichte ist, die ich vor meiner leicht zu beeindruckenden jüngeren Schwester erzählen würde.“ Ihre Worte klangen scharf wie Rasiermesser; jedenfalls schien die Botschaft bei Mase und allen anderen angekommen zu sein. Darauf folgte einer dieser stillen Momente, in denen alle sich unwohl fühlten und nicht wussten, was sie sagen sollten. Die Stille hielt an, bis Dusty sich laut räusperte und dann das pfeifende Geräusch eines abstürzenden Flugzeugs imitierte, gefolgt von einer Riesenexplosion. Es klang verdammt echt und ließ alle nervös auflachen. Unser Kellner nutzte den Moment, um zu uns zu kommen und uns zu fragen, ob wir noch etwas trinken wollten. Ich bestellte noch ein Dr. Pepper und Dusty ein Mountain Dew.

„Du wirst die ganze Nacht wach bleiben, wenn du noch mehr von dem Zuckerzeug trinkst", sagte ich. Natürlich waren wir als Letzte ins Restaurant gekommen, weshalb wir die letzten beiden Stühle am Ende des Tisches erwischt hatten und nun nebeneinander saßen.

„Vielleicht ist das genau mein Plan. Vielleicht schlafe ich einfach nicht."

Alles, was mir dazu einfiel, waren Wesen mit übernatürlichen Kräften. „Vampir, Werwolf oder Zombie?"

„Alles auf einmal", flüsterte er und zwinkerte mir zu. Weshalb redete ich eigentlich schon wieder mit ihm?

Ich warf Renee, die am anderen Ende des Tisches saß, einen Blick zu, doch Paul erzählte ihr gerade irgendetwas, und sie lachte. Danke, Paul. Ich fing seinen Blick auf und hielt den Daumen hoch.

„Deine Schwester ist, ähm, sehr fürsorglich", sagte Dusty.

„Das ist erst seit Kurzem so."

Er bedeutete mir mit einer Geste, das weiter auszuführen. „Weil ..."

Ich verdrehte die Augen.

„Das geht dich nichts an." Ich würde ihm meine Lebensgeschichte *nicht* erzählen, auch wenn er mir seine erzählt hatte. Ich hatte ihn schließlich nicht darum gebeten. Und sie hatte mich auch nicht interessiert.

„Ich glaube, wir müssen mal auf jemanden anstoßen", sagte Darah und erhob ihr Glas. Ich wusste, dass sie eigentlich nie eine große Biertrinkerin gewesen war, doch das schien sich geändert zu haben. „Auf unsere neue Mitbewohnerin, auf Jos."

„Möge sie weisere Lebensentscheidungen treffen als wir", beendete Mase für sie den Satz. Alle nahmen ihre Gläser und stießen miteinander an, wobei ein wenig Bier über den Tisch spritzte. Ich spürte, wie meine Ohren heiß wurden, und versuchte, niemandem in die Augen zu schauen. Ja, meine Lebensentscheidungen gingen niemanden etwas an, außer mich selbst.

Ich hasse es, wenn Leute sagen „Nutze den Tag". Das klingt so nüchtern. Wie wäre es mit „Liebe den Tag" oder einfach nur „Lebe den Tag"?

Lebe den Tag.

Plötzlich sah ich zwei Finger vor meinem Gesicht schnippen. Erschrocken sprang ich auf.

„Komm zurück auf die Erde, Rotschopf. Du warst gerade irgendwo ganz da oben. Das ist gefährlich, weißt du?" Ich wandte mich ihm zu, eine spitzzüngige Erwiderung auf den Lippen, doch dann ließ ich sie ersterben. Er war es nicht wert. Er verstand einfach gar nichts. Also schenkte ich ihm mein süßestes Lächeln und stellte mir vor, wie ich ihm das Glas Limonade über dem Kopf ausgoss. Das wäre sicher ungemein befriedigend gewesen, doch ich wollte keine Szene machen.

„Okay, okay, für einige von uns ist es langsam Zeit, nach Hause zu fahren, weil sie morgen zur Uni müssen", sagte Renee.

„Damit bin ich gemeint", sagte ich in lautem Flüsterton zur gesamten Tischrunde. Es lachten alle – einige mehr als andere, doch das lag vermutlich eher am Bier als daran, dass ich so unglaublich witzig war.

„Ich kann sie fahren", sagte Dusty, während die anderen damit beschäftigt waren, auszurechnen, wie viel sie zahlen mussten und wie viel Trinkgeld sie geben wollten. Die Jungs spielten ihr übliches Männerspiel und lehnten es strikt ab, die armen, zarten Damen auch nur einen Gedanken daran verschwenden zu lassen, selbst zu zahlen. Nach verschiedenen Vorträgen über die Errungenschaften des Feminismus und die Tatsache, dass es heutzutage gang und gäbe war, getrennt zu zahlen, gewannen die Jungs die Schlacht, und die Frauen gaben das Trinkgeld. Paul zahlte auch für mich, in erster Linie weil ich vollkommen pleite war.

„Aber dann müsstest du extra zu uns fahren, das liegt doch gar nicht auf deinem Weg. Es ist echt kein Problem, ich kann noch fahren", sagte Renee.

„Nein, wirklich, ich hab sowieso mein Handy bei euch liegen gelassen." Das war eine schamlose Lüge. Ich hatte es gerade noch in seiner Tasche gesehen, doch ich hielt den Mund.

„Wenn es dir nichts ausmacht ..."

„Nein, wirklich nicht, Ne", sagte er. Anscheinend wurde sie inzwischen von allen so genannt. Sie hatte es immer gehasst, wenn Paul sie „Nene" genannt hatte, doch das schien vorbei zu sein. Man kann sich nur so lange gegen einen Spitznamen wehren, bis alle einfach beschließen, einen so zu nennen – ob man nun wollte oder nicht.

Wie wär's, wenn ich dich ... Josie nenne? Oder Jo? Jojo? Lyn?

Wir hatten uns schließlich darauf geeinigt, dass er mich Jossy nannte. Das war der einzige Vorschlag gewesen, mit dem ich leben konnte.

„Du bist schon wieder weggedriftet, Rotschopf. Ist das eine Angewohnheit von dir?", fragte Dusty und holte mich damit zurück in die Gegenwart.

„Das geht dich nichts an."

Er lachte, während wir alle – manche von uns torkelnd – das Restaurant verließen.

„Du klingst wie ein Roboter, wenn du das sagst. Das heißt wohl, ich bin auf etwas gestoßen, das du lieber verborgen halten willst. Du bist eins von diesen Zwiebelmädchen."

„Zwiebelmädchen?" Für einen Moment sah ich ein Mädchen im Zwiebelkostüm vor mir. „Willst du mir sagen, dass ich nach Zwiebeln rieche?"

Wir kamen zum Auto, und ich ließ ihn zu meiner Tür gehen, während ich mit verschränkten Armen stehen blieb. Verdammt, es machte echt Spaß, ihn zu ärgern. Er wollte sie gerade öffnen, doch in letzter Sekunde zog er die Hand zurück und ging um das Auto herum zu seiner Seite. Ich riss sie auf, stieg ein und schnallte mich an.

„Nein, ich meine, dass du eines dieser Mädchen mit mehreren Schichten bist. Du hast mehr als nur ein hübsches Gesicht zu bieten. Außerdem muss man bei dir nicht erst eine Schicht

Make-up wegkratzen, um es zu sehen." Es stimmte, dass ich mich nicht mehr groß schminkte; im Gegensatz zu früher, als ich öfter Röcke als Hosen getragen und jederzeit hatte fotogen sein müssen. Damals stand ich jeden Morgen früh auf, um mein Haar zu glätten und mir sorgfältig die Augen zu schminken. Den Katzenaugen-Look hatte ich zu meiner Wissenschaft erklärt. Doch im Moment wusste ich noch nicht mal, wo mein Eyeliner war. Ich hatte ihn seit Monaten nicht gesehen; vermutlich hatte Renee ihn mir geklaut.

„Ist das eine nette und leicht schräge Art, mir zu sagen, dass ich beschissen aussehe?"

„Oh Mann, fasst du eigentlich alles negativ auf? Ich geb mir doch nur Mühe, nett zu sein." Er schüttelte den Kopf und gab ein paar Schlagzeugsounds von sich. „Jetzt bist du dran."

„Ich werde dir nicht meine Lebensgeschichte erzählen, Dusty."

„Ich frag dich doch nicht nach deiner ganzen Lebensgeschichte. Erzähl mir nur … einfach irgendwas."

„Warum? Was willst du von mir?"

Wieder schüttelte er den Kopf und lächelte, doch diesmal sah sein Lächeln anders aus. Es war beinahe schüchtern. Falls an ihm überhaupt jemals etwas schüchtern wirken konnte.

„Nichts, Rotschopf. Absolut nichts."

Bis mir etwas einfiel, das ich hätte erzählen können, waren wir schon vor unserem Haus angekommen.

„Ich weiß, dass du dein Handy nicht hier vergessen hast, du Lügner", sagte ich, als wir die Treppe zum Haus hochgingen.

Er erwiderte nichts, sondern streckte den Arm aus und klingelte. Ich zog erstaunt die Augenbrauen hoch; ich wäre einfach so reingegangen. Die Klingel machte „ding" und dann „dong", und Dusty ahmte den Klang originalgetreu nach. Wie auch immer er das machte. Die Tür ging auf, und Hunter musterte uns beide, bevor er die Tür weiter aufzog, um mich einzulassen.

„Danke fürs Fahren", sagte ich zu Dusty, doch es klang mehr wie eine Frage. Er tippte sich mit zwei Fingern an die Stirn und hob sie dann zu einem kleinen Gruß. Ja, schon klar, immer cool bleiben.

„Bis dann."

Hunter sah Dusty immer noch an. Hmm. Ich beobachtete sie interessiert, als plötzlich ein würgendes Geräusch aus dem oberen Badezimmer kam und Mase kurz darauf rief, er bräuchte mal Hilfe. Renee und Taylor klapperten in ihren Pumps wie eine Horde panischer Models die Treppe hinauf, um sich um ihren gestrauchelten Kameraden zu kümmern.

„Jos, kannst du mir ein Glas Wasser hochbringen?", rief Renee mir über die Schulter zu, während die Kotzgeräusche immer lauter wurden. Entzückend.

„Ja, sofort", rief ich und ging in die Küche. Ich stellte ein Glas in die Spüle, ließ das Wasser laufen und schlich auf Zehenspitzen zur Küchentür, von wo aus ich Hunter und Dusty hören konnte, ohne dass sie mich sahen.

„Sehen wir uns morgen bei den Steiners?", fragte Hunter.

„Ja. Ich komm vielleicht erst später, aber ich sag Kent Bescheid." Dusty ging ins Wohnzimmer, und ich hörte, wie er irgendwas murmelte wie „Ich such noch mein Handy". Kurz darauf dann: „Hab's gefunden. Also, bis morgen, Alter. Und danke für die Einladung."

„Cool, dass du da warst." Ich hörte, wie sie ihre Hände oder Fäuste gegeneinanderschlugen oder sonst irgendein Männerabschiedsritual vollführten. Dann fiel die Tür ins Schloss, und ich bemerkte, dass das Glas schon lange überlief. Ich ging zurück zum Spülbecken und stellte das Wasser ab.

Unzertrennlich war wohl wirklich das richtige Wort für die beiden.

Am nächsten Morgen riss mich mein Wecker so brutal aus dem Schlaf, dass ich laut fluchte. Verdammte Uni. Ich rollte aus dem Bett und taumelte ins Bad. Ich saß gerade auf dem Klo, als eine Faust gegen die Tür hämmerte und Renees Stimme durch meinen morgendlichen Hirnnebel drang.

„Du solltest an deinem ersten Tag lieber nicht zu spät kommen.“

„Danke, *Mom*, aber es wäre nett, wenn ich wenigstens ungestört pinkeln dürfte.“

„Schieb einfach nur deinen Hintern in den nächsten zehn Minuten die Treppe hoch, oder ich komm wieder runter und zerr dich persönlich in die Vorlesung, egal wie du aussiehst.“

„Heilige Scheiße“, murmelte ich unhörbar. Noch nicht mal meine Mutter hatte jemals so ein Theater gemacht, um mich in den Kindergarten zu kriegen.

„Beeil dich“, sagte Renee und rüttelte sicherheitshalber noch mal am Türknauf. Ich überlegte ernsthaft, splitterfasernackt die Treppe hochzugehen und zu sagen, dass ich startklar wäre, einfach nur um ihre Reaktion zu sehen. Doch mir war nicht danach, vor all den Jungs nackt dazustehen, daher verwarf ich den Plan gleich wieder.

Acht Minuten später schob ich mir ein Käsesandwich mit Ei in den Mund, das Taylor mir gemacht hatte, und schob Bücher und Schreibblock in meine Kuriertasche. In meinem „Vorher-Leben“ hatte ich Designerhandtaschen getragen, genau wie all die anderen Mädchen. Selbstverständlich hatte ich damals auch eine kleine Clutch, in der ich mein Make-up, meine Tampons und solches Zeugs aufbewahrte. Jetzt war mein ständiger Begleiter eine schwarze Kuriertasche mit ganz vielen Ansteckern und Buttons, die ich gesammelt hatte. Ich hatte mein rotes Haar geflochten, meine Lieblingsjeans angezogen und es damit gut sein lassen.

Da wir alle unterschiedliche Stundenpläne hatten, durfte ich endlich mit meinem eigenen Auto fahren. Renee hatte mir einen Parkausweis für den Campus besorgt und mir die Autoschlüssel zurückgegeben, die sie mir bei meinem Einzug weggenommen hatte, aber nur unter der Bedingung, dass ich keinen Scheiß machte. Seit ich hergekommen war, hatte ich das nicht auch nur annähernd, doch das schien niemanden zu interessieren. Ich stand immer noch unter Beobachtung, und alle warteten darauf, dass ich einen Fehler beging. Vielleicht sollte ich das einfach tun, nur um sie aus ihrem Elend zu befreien.

Ich verabschiedete mich von allen und versprach, in einem Stück wieder nach Hause zu kommen.

Auf der Fahrt zum Campus hörte ich Ingrid Michaelson und sang lauthals mit. Ich musste ein paar Mal um das Footballfeld fahren, bevor ich einen freien Studentenparkplatz fand. Angeblich war man hier verdammt streng, wenn jemand auf einem nicht für Studenten freigegebenen Parkplatz parkte.

Schließlich fand ich einen zwischen einem Minivan und einem riesigen Truck, der jedoch so eng war, dass ich mich beim Aussteigen seitlich durch die Tür quetschen musste. Ich hatte noch zehn Minuten, bis mein erster Kurs losging: „Einführung in das amerikanische Rechtssystem". Ich hatte zwar darüber nachgedacht, meine Studienfächer zu wechseln, doch da ich wusste, dass ich die Politikwissenschaftskurse im Schlaf bewältigen würde, war ich beim Altbekannten geblieben.

Der Kurs war voller Klone der Kommilitonen, die ich in New Hampshire zurückgelassen hatte. Ich sah sogar ein Mädchen mit exakt der gleichen Handtasche, die ich besaß und in einer der Kisten bei Mom gelassen hatte. Da es sich um ein Seminar des zweiten Studienjahrs handelte, waren die meisten Leute, die es mit dem Fach nicht ernst meinten, schon ausgesiebt worden, doch ein paar sahen immer noch so aus, als würden sie keine vier Jahre durchhalten. Und da wir hier in Neuengland waren, gab es natürlich auch ein paar Birkenstock tragende, nach Patchouli riechende Sonderlinge, die ihre Zeit hauptsächlich mit Demonstrieren verbrachten – für oder gegen jedwede Sache, die gerade angesagt war.

Sie waren fast noch schlimmer als die Studenten von der zugeknöpften, prüden Sorte, denn sie waren immer selbstgerecht, egal, worum es ging. Außerdem hörten sie sich selbst zu gerne reden. Zum Glück hatte ich meine Kopfhörer dabei, denn da sie so viel rumlaberten, würden sie einen Großteil der Seminarzeit für sich beanspruchen und dem Rest von uns genügend

Zeit für andere Beschäftigungen lassen. Ich fuhr meinen Laptop hoch und hörte zu, wie der Prof, ein Typ in Anzug und Krawatte – große Überraschung –, lang und breit über den Fall Marbury gegen Madison schwadronierte. Das hatte ich alles schon durch.

Ich hielt ein Ohr offen und hörte über das andere leise ein paar neue Songs, die ich kürzlich entdeckt hatte. Ein paar neue Alben hatte ich auch gekauft, die ich rezensieren wollte, also hörte ich mir auch die an. Das erste war von einer Ska-Band, die aber vielmehr Punk als Ska machte und mir nicht besonders gefiel. Andererseits war sie wiederum auch nicht schlecht genug, als dass man sie sich zu Zwecken der Belustigung angehört hätte. An Streetlight Manifesto oder Reel Big Fish kam sie einfach nicht ran.

Ich machte mir ein paar Notizen zu den Songs und hörte mir dann das zweite Album an, das eher folkig klang. Es war viel besser als das erste; ich fühlte mich von den komplexen Melodien und den eindringlichen Texten regelrecht verzaubert. Es gab wohl kaum etwas, das einen so leicht an einen anderen Ort befördern konnte wie Musik, selbst wenn man in einem Seminar voller Fremder saß.

Endlich war die Vorlesung vorbei, und die Hausaufgaben wurden verteilt. Es war mir gelungen, einen Platz ganz hinten zu ergattern und sämtlichen Augenkontakt und jegliches Gespräch zu vermeiden. Daher verbuchte ich das erste Seminar als erfolgreich überstanden.

In der zweiten Vorlesung – „Amerikanische Staats- und Kommunalverwaltung“ – hatte ich weniger Glück. Der Titel klang nach einem Langweilerkurs, doch als ich den Raum betrat, redeten und lachten alle, als wäre das Ganze mehr ein geselliges Beisammensein als ein Seminar. Ich setzte mich wieder nach ganz hinten, in die Nähe der Tür, und ließ mindestens zwei Reihen Abstand zu den anderen. Ich dachte schon, ich hätte es geschafft, als ein Mädchen hereineilte und sich fast direkt neben mich setzte, nur ein freier Stuhl lag noch zwischen uns.

„Bin ich zu spät?“, fragte sie, wobei sie mich noch nicht mal ansah, sondern hektisch ihre Tasche durchwühlte. Alles, was ich sehen konnte, war eine Menge blonder, sehr lockiger Haare, die sie versucht hatte mit einem Gummiband zu bändigen – jedoch ohne großen Erfolg.

Ich sah mich um, doch da war niemand anders, der ihr hätte antworten können, also tat ich es.

„Ähm, es sind noch ein paar Minuten.“ Ihre Arme steckten bis zu den Ellbogen in ihrer Tasche, und als sie sie schließlich wieder hervorzog, hatte sie eine Packung Skittles in der Hand. Ich öffnete und schloss meinen Mund ein paar Mal, während sie die Tüte mit den Zähnen aufriss und sie mir dann hinhielt.

„Willst du welche?“ Endlich sah ich ihr Gesicht und wünschte mir sogleich, ich hätte es nicht gesehen. Die eine Hälfte war von makelloser weißer Haut bedeckt, doch die andere sah aus, als hätte sie eine schwere Verbrennung erlitten. „Hab ich was im Gesicht?“, fragte sie, riss entsetzt die Augen auf und fasste sich an die verunstaltete Stelle. „Oh Gott, da ist ja tatsächlich was. Das gibt’s ja nicht.“

Sie ließ die Hand fallen und grinste mich an. Aus irgendeinem Grund waren ihre Augen verschont geblieben, doch die eine Seite ihres Mundes und ihres restlichen Gesichts bis zum Ohr glänzte unnatürlich und wies ein seltsames Muster auf. Die Narben verliefen weiter über ihren Hals, und obwohl sie etwas Langärmeliges trug, war zu erahnen, dass sie sich über ihren gesamten Arm bis hin zu ihrer Hand erstreckten.

„Also, ich werd dir jetzt meinen Namen sagen und außerdem, dass du mich gerne anstarren kannst, wenn du willst. Ich bin Hannah, und Anstarren ist okay.“ Sie warf ein paar Haarsträhnen zurück, und ich gab mein Bestes, ihr in die Augen zu schauen, die mit ihrer dunkelbraunen Farbe einen schönen Kontrast zu ihrem hellen Haar und ihrer blassen Haut bildeten.

„Jos. Ich bin Jos“, sagte ich, denn was hätte ich sonst tun sollen?

„Schön, dich kennenzulernen. Und falls du dich nächstes Mal lieber auf die andere Seite setzen willst, werd ich dich nicht hassen oder so. Es kommt gerne mal vor, dass ich Leute abstoße – aus offensichtlichen Gründen." Sie kicherte ein wenig, und ich wandte mich wieder nach vorn, wo eine extrem große Frau im dunkelgrauen Kostümchen etwas auf eine der vielen Tafeln schrieb. Sie sah aus, als würde sie geradewegs aus einer Senatssitzung kommen. Als sie damit fertig war, einen halben Roman an die Tafel zu schreiben, drehte sie sich um und klatschte in die Hände. Augenblicklich wurde es still.

„Okay, wie ich sehe, habt ihr es alle geschafft, zu einer weiteren Sitzung der geistigen Horizonterweiterung zu erscheinen. Ich gratuliere euch dazu, dass ihr letzte Nacht nüchtern genug geblieben seid, um euch hierherzuschleppen." Alle lachten, und ich lachte ein wenig mit. Sie nahm sich ein Klemmbrett und las unsere Namen vor. Da mein Nachname mit dem ersten Buchstaben des Alphabets anfing, war ich natürlich als eine der Ersten dran.

„Joscelyn Archer?"

„Hier", sagte ich und hörte meine Stimme in dem großen Saal widerhallen.

Sie sah von ihrem Klemmbrett auf und suchte die Reihen nach mir ab. „Sie sind neu bei uns, oder? Uniwechsel?"

„Ähm, ja." Ich spürte, wie mir das Blut in den Kopf stieg und meine Ohren heiß wurden.

„Nennt man Sie Joscelyn, oder gibt es einen Spitznamen, den Sie lieber haben?"

„Ähm, Jos ist gut."

Sie lächelte und zeigte dabei die perfektesten – und dabei vermutlich sogar echten – Zähne, die ich je gesehen hatte.

„Jos. Wunderbar. Schön, Sie bei uns zu haben."

Sie ging zum nächsten Namen über, und ich sackte wieder auf meinem Sitz zusammen.

„Ich hoffe, das wirst du nicht die ganze Zeit so machen. Wenn sie merkt, wie sehr du das hasst, wird sie dich nur umso mehr drannehmen", flüsterte Hannah, während jemand anders „Hier!" rief.

„Na super."

Hannah hatte recht. Da ich neu war, rief die Dozentin, die sich Pam nannte, mich noch nicht auf, doch alle anderen waren Freiwild. Sie feuerte die Fragen wie Gewehrschüsse auf sie ab, und wenn jemand zu langsam antwortete, ging sie gleich zum nächsten über. Es gab viel Gestotter und jede Menge rote Gesichter, aber auch zahlreiche Hände, die in die Luft flogen, damit ihre Besitzer aufgerufen wurden und allen zeigen konnten, wie verdammt schlau sie waren.

Und dann gab es diejenigen, die antworteten, wenn sie gefragt wurden, und ansonsten nichts ohne Aufforderung von sich gaben – so wie Hannah. Alle drehten sich zu ihr um, wenn sie etwas sagte, und ich konnte sehen, dass die meisten sich beim Anblick ihrer verbrannten Haut schnell wieder von ihr abwandten. Doch entweder schien sie es nicht zu bemerken, oder es war ihr egal.

Das gesamte Seminar über holte ich meine Kopfhörer kein einziges Mal raus. Es war einfach zu interessant. Wie sie ein potenziell so langweiliges Thema wie Kolonialregierungen dermaßen fesselnd rüberbringen konnte, war mir ein Rätsel.

Als das Seminar vorbei war, gingen wir alle wie in Trance aus dem Saal.

„Ist das immer so?", konnte ich nicht umhin, Hannah zu fragen, die ihre leere Skittles-Packung zusammenknüllte.

„So ziemlich. Cool, oder?"

„Es wird wahrscheinlich weniger cool werden, wenn sie anfängt, mich auch dranzunehmen."

„Lies einfach nur die Texte, die sie uns aufgibt. Du scheinst nicht auf den Kopf gefallen zu sein, daher wirst du dann schon klarkommen. Von welcher Uni hast du denn gewechselt?"

„University of New Hampshire."

„Buh! Sag das nicht zu laut vor Leuten, die irgendwas mit Eishockey zu tun haben, sonst kriegst du hier den Arsch voll."

Davon hatte ich schon gehört: Die Eishockey-Rivalität zwischen der University of Maine und der University of New Hampshire existierte, seit es Eishockey gab. Ich war dort nie zu einem Spiel gegangen, doch der Campus machte mehr oder weniger dicht, wenn eines stattfand, damit jeder hingehen konnte. An der University of Maine war es sicher nicht viel anders.

Da ich noch ein bisschen Zeit bis zu meinem nächsten Kurs hatte und jetzt schon ausgehungert war, beschloss ich, in die Mensa zu gehen.

„Hast du jetzt noch ein Seminar?“, fragte Hannah, als wir gemeinsam zur Tür gingen. „Denn auch wenn die Skittles mich vollkommen befriedigt haben, wäre mir noch nach etwas mehr. Hm, warum hört sich das bloß so an, als würde ich dich um ein Date bitten? Das tu ich nämlich nicht.“ Sie schüttelte den Kopf.

„Äh, nein, ich bin frei. Fürs Mittagessen jedenfalls. Nicht für ein Date.“

Hannahs dunkle Augen wurden größer. „Denn ich steh auf Jungs, ich schwöre es.“

„Ja, ich auch.“

Wir brachen in nervöses Kichern aus, das sich schnell zu einem Lachanfall ausweitete, und als wir an der Mensa ankamen, musste ich mir die Tränen wegwischen.

„Ich schwöre, ich bin sonst nicht so seltsam“, sagte sie, als wir uns in die Mittagessenschlange einreihten. Nur eine Sekunde später sagte sie: „Okay, das ist eine dicke Lüge. Ich bin immer so seltsam.“

„Ich sag's keinem“, flüsterte ich, während wir das Mittagsangebot studierten. Am längsten waren die Schlangen für Pizza, Burger und den Pseudo-„Taco-Bell“, also entschieden wir uns für Wraps, das ging am schnellsten. Ich selbst stand zufälligerweise auf Hannahs „schöner“ Seite, doch ich bemerkte, wie viele Leute sie anstarrten. Es war die übliche Geschichte: Man sah sie, merkte, dass etwas an ihr anders war, sah noch mal hin und konnte dann nicht mehr wegschauen.

Sie lächelte einfach und verhielt sich wie ein ganz normales Mädchen. Sie nahm einen Hummus-Wrap, und ich bestellte den Spezial-Wrap, genannt „Winslow", der eigentlich ein Caesar-Salad-Hühnchen-Wrap war, nur zusätzlich mit zerbröselten Croûtons – was so eine großartige Idee war, dass ich nicht wusste, wieso nicht schon vorher jemand darauf gekommen war.

Einen freien Sitzplatz zu finden stellte jedoch eine Herausforderung dar. Doch schließlich fanden wir einen kleinen Tisch für uns zwei in einer Ecke. Ich wollte gerade etwas sagen, als Hannah mir zuvorkam.

„Also, um mal Klartext zu reden: Ja, es ist eine Verbrennung. Es ist passiert, als ich noch ein Kind war, und eine lange Geschichte, die ich lieber nicht vertiefen möchte, da sie deprimierend ist und ein absoluter Konversationskiller. Meistens sehe ich die Leute nie wieder, denen ich sie erzähle. Was meine schräge Art ist, dir zu sagen, dass ich nicht will, dass du dich zu einem so frühen Zeitpunkt in unserer noch so frischen Beziehung unbehaglich fühlst. Wow, warum mach ich es dann nur immer wieder? Tut mir total leid."

„Kein Ding", sagte ich, unfähig, mit dem Lachen aufzuhören. „Warum erzählst du mir nicht was anderes? Zum Beispiel, wo du herkommst?"

Sie kaute und schluckte ihren Bissen runter, bevor sie sprach. „Oben aus dem Norden. Aus der Provinz. Von da, wo sich Fuchs und Hase Gute Nacht sagen, am Arsch von Maine. Wie auch immer du es nennen willst. Ich konnte es mir nicht leisten, in einen anderen Staat zu gehen, und das hier ist die größte Uni in Maine. Da kann man gut in der Menge untertauchen, falls du weißt, was ich meine."

Ich wusste genau, was sie meinte.

„Was ist dein Hauptfach?", fragte sie, den nächsten Bissen im Mund.

„Politikwissenschaft."

„Meins auch. Allerdings nur weil das besser als Geschichte klang und ich so was wie ein Jura-Junkie bin. Ich hab keine Ahnung, was ich später mal machen will, aber ich dachte, das ist ebenso gut wie alles andere. Außerdem kann man in den späteren Semestern debattieren, und das mach ich mit am liebsten. Und du?"

„Ich wollte früher mal Präsidentin oder zumindest Senatorin oder so was werden", sagte ich. Ich war mir damals noch nicht ganz sicher gewesen und hatte gedacht, es wäre am besten, irgendwo in der Kommunalverwaltung anzufangen und mich dann langsam hochzuarbeiten.

„Früher mal?"

„Das ist auch eine von diesen langen, deprimierenden Geschichten, die ich lieber nicht erzählen würde."

Hannah nickte. Ehrlich gesagt sah ihre Verbrennung gar nicht mehr so schlimm aus, wenn man sie länger ansah. Man gewöhnte sich daran, und die Tatsache, dass sie Hannah nichts auszumachen schien, half auch.

„Das versteh ich gut." Wir beendeten unser Mittagessen und sprachen noch ein wenig über das Seminar. Hannah sagte mir noch einmal, dass ich schon klarkommen würde, solange ich die aufgegebenen Texte las und einigermaßen über die aktuelle politische Lage Bescheid wusste. Ich war mir da nicht so sicher, doch ich verließ mich auf ihr Wort.

„Wohnst du auf dem Campus?", fragte sie, während wir unsere Tabletts wegbrachten und uns auf den Weg zu dem im oberen Stockwerk gelegenen Starbucks machten. Hannah hatte gesagt, sie bräuchte ihre nächste Dosis Koffein.

„Nein, ich wohne in einem Haus in Bangor mit meiner Schwester und ein paar Freunden von ihr." Hannah stieß einen sehnsuchtsvollen Seufzer aus.

„Das klingt großartig. Ich dagegen hänge auf dem Campus fest, Stipendium sei Dank." Sie klang überhaupt nicht begeistert. „Ich wohne erst seit ein paar Wochen mit meiner Mitbewohnerin zusammen, und sie redet jetzt schon nicht mehr mit mir. Zum Glück hat ihr Freund eine eigene Wohnung, daher ist sie meistens bei ihm."

Auch das kannte ich nur zu gut.

„Es ist auch nicht gerade toll, wenn man sich fühlt, als hätte man drei Elternpaare, die jeden einzelnen Schritt verfolgen, den man tut.“ Eigentlich hatte ich gar nicht so viel über mich erzählen wollen, doch ich konnte einfach nicht anders. Seit Langem hatte ich nicht mehr so offen mit jemandem geredet wie mit Hannah. Irgendetwas hatte sie an sich, das mich dazu bewegte. Ich kannte sie noch keine zwei Stunden, aber es war, als hätten wir uns schon einmal getroffen, auch wenn das unmöglich war.

„Das nervt natürlich“, sagte sie, während sie sich in die Schlange einreihte. Ich beschloss, mir auch einen zweiten Tee zu genehmigen. Die Schlange war unglaublich lang, und alle schienen nach ihrer nächsten Ration Koffein zu lechzen wie Junkies, die für ihr Methadon anstanden. Nur dass Methadon wahrscheinlich sogar noch billiger war als der Kaffee von Starbucks.

Als wir endlich unsere heißen Getränke in der Hand hielten und irgendwo in einer Ecke einen Tisch fanden, musste ich fast schon wieder los zu meinem nächsten Kurs. Ich kippte eilig meinen Tee herunter und sagte Hannah, wir würden uns sicherlich am Mittwoch sehen. Wir hatten nicht weiter über unsere Stundenpläne gesprochen, doch die Chancen, dass wir weitere Seminare zusammen hatten, standen ziemlich hoch, und ich hatte das Gefühl, wir würden uns bald wieder treffen.

Ich war gerade auf der Suche nach Neville Hall, dem Gebäude, in dem mein Englischseminar stattfinden sollte, als mir jemand auf die Schulter tippte.

„Cool, dich hier zu sehen, Rotschopf.“ Ich drehte mich um und fand mich dem dauergrinsenden Dusty Sharp gegenüber. Er zog seine Kopfhörer, die fast genauso aussahen wie meine, aus den Ohren und hängte sie sich um den Hals. Er trug die gleichen weiten Klamotten wie immer, und erneut fragte ich mich, wie seine Hose bloß oben blieb.

Ich wollte schon irgendetwas Bissiges von mir geben, doch stattdessen kam eine Frage aus meinem Mund.

„Weißt du, wo die Neville Hall ist?“ Irgendwer rief „Hallo“, und er wandte kurz den Blick von mir ab, um den Gruß zu erwidern.

„Klar. Folge mir einfach, da will ich auch hin. Was hast du jetzt?“

„Englisch.“

„Ich auch.“

Oh nein, das wäre ja mehr als ätzend, wenn wir jetzt auch noch im selben Kurs sitzen würden.

Er musste mir mein Entsetzen angesehen haben. Ich hatte mir auch nicht gerade viel Mühe gegeben, es zu verbergen.

„Ich will dich nur ärgern, Rotschopf. Ich hab Mathe. Aber wäre es *so* schlimm, mit mir im selben Kurs zu sein?“

Ich schwieg, während wir die Straße überquerten und auf ein Gebäude mit der Aufschrift *Neville Hall* zusteuerten. Mit ein wenig Suchen hätte ich es auch selbst finden können, doch dann wäre ich wahrscheinlich zu spät gekommen.

Er hielt mir und den Leuten, die hinter mir gingen, die Tür auf.

„Danke“, sagte ich.

Wir blieben in der Eingangshalle stehen.

„Ich muss in den zweiten Stock“, sagte er und deutete auf die Treppe.

„Ich in den dritten.“

Wir gingen die ersten zwei Stockwerke gemeinsam hoch, und er machte wieder seinen Abschiedsgruß.

„Bis später, Rotschopf.“

„Bis dann.“

Ich hatte in Englisch noch nicht mein Soll an Einführungskursen erfüllt und daher den Kurs für Kreatives Schreiben belegen müssen. Als ich in den Saal kam, saßen nicht mehr als zehn Leute darin. Mist, das sah nicht danach aus, als würde ich mich in einer Ecke verstecken und Musik hören können.

Ich fand einen Platz ganz hinten in der Nähe der Tür und sah mich um. Ich fühlte mich ziemlich jung; die meisten hier sahen aus, als wären sie eine ganze Ecke älter als ich.

In meinem Aufsatzkurs an der University of New Hampshire hatte ich eine ganz gute Note bekommen, aber nur, weil ich eine der wenigen Studentinnen war, die überhaupt Hausarbeiten eingereicht hatten. Ich las gerne, aber diese langweiligen Aufsätze, in denen man analysieren muss, was irgendein Typ, der vor hundert Jahren gestorben war, gemeint haben könnte, als er über Regen oder irgendeinen anderen Mist schrieb, war so ziemlich das Schlimmste überhaupt. Glücklicherweise schien man eine umso bessere Note zu bekommen, je mehr Scheiß man erzählte. Vielleicht konnte ich in diesem Kurs die gleiche Nummer abziehen.

Nach und nach trudelten noch ein paar mehr Studenten ein, bis wir ungefähr fünfzehn waren. Der Professor war der Letzte, der reinkam, und er war genau so, wie man sich einen Englischdozenten vorstellt. Er trug sogar ein Tweedsakko mit Lederflicken an den Ellbogen und eine Hornbrille.

Er bat uns um unsere Aufmerksamkeit, und als er meinen Namen aufrief, fragte er mich, wie ich genannt werden wollte. Ich entschied mich wieder für Jos. Er selbst stellte sich als Greg vor und erklärte uns, wie der Kurs ablaufen würde. Ich hatte den Lehrplan überflogen, aber nicht wirklich wahrgenommen. Als er nun ausführte, was wir machen würden, rutschte mir das Herz in die Hose. Wir würden jede Woche in mindestens einer Unterrichtsstunde etwas schreiben müssen. Und es vorlesen. Und zwar laut. Und als ob das nicht schon genug wäre, würde er unsere Texte auch noch für alle kopieren und mit dem gesamten Kurs diskutieren.

Willkommen in deinem absoluten Albtraum, Jos Archer.

Da ich neu war, hatte ich auch hier erst einmal nicht viel zu tun, doch auf lange Sicht war dies ein weiterer Kurs, in dem ich mich würde beteiligen müssen, ob ich nun wollte oder nicht. Mindestens die Hälfte der anderen Anwesenden sah ebenfalls aus, als würden sie sich lieber das Hirn rausoperieren lassen, als hier zu sein. Ich war also in guter Gesellschaft.

Leidend überstand ich die Stunde, und dann war ich für heute endlich durch mit meinen Seminaren. Ich eilte, so schnell ich konnte, aus dem Gebäude, bevor ich Gefahr lief, wieder auf Dusty zu treffen, und checkte mein Handy. Ich hatte mehrere Nachrichten von Renee, die fragte, wie die Kurse liefen, eine von meiner Mutter und eine von Darah, die nur aus einem Smiley bestand.

Ich hätte zurück zum Haus fahren können, doch ich wollte die kostbare Zeit noch ein wenig nutzen, in der ich nicht auf Schritt und Tritt kontrolliert wurde. Da es nicht allzu kalt war, machte ich einen Spaziergang über den Campus, suchte schon mal nach den Räumen, in denen am nächsten Tag meine Kurse stattfinden würden, beobachtete die anderen Studenten und überlegte, wie es wohl wäre, sie zu sein.

Als trotz der Bewegung meine Beine langsam gefühllos wurden, ging ich zu meinem Auto. Meine Anweisung lautete, direkt nach Hause zu kommen, doch das tat ich nicht. Ich hatte schon die ganze Zeit riesige Lust gehabt, in den Bull-Moose-Laden von Bangor zu fahren, und machte mich daher auf den Weg zum Einkaufszentrum. Bull Moose war so ziemlich der beste Musikladen in ganz Neuengland. Ich hatte ihn während meiner Zeit auf der University of New Hampshire entdeckt und war überglücklich gewesen festzustellen, dass es hier auch eine Filiale gab.

Ich musste ein wenig herumfahren und suchen, doch schließlich fand ich den Laden.

Das Tolle an Bull Moose war, dass sie dort nicht nur CDs hatten, sondern auch Platten und alte Filme, und alle, die dort arbeiteten, wussten, wovon sie sprachen. Als ich das Geschäft betrat, stieß ich einen Stoßseufzer aus – als hätte ich bisher die ganze Zeit die Luft angehalten. Ahh. Ich liebte einfach diese beruhigenden Reihen mit CD-Hüllen, geordnet nach Genre und Musikern. Ja, die meisten Sachen konnte man auch online kaufen, aber das war einfach nicht das Gleiche, wie in einen Laden zu gehen und die Alben mit der Hand durchzugehen.

„Kann ich Ihnen helfen, junge Dame?“ Grundgütiger. Ich ließ meine Hand auf einer Radiohead-CD liegen, die ich noch nicht besaß, und drehte mich um, um sicherzugehen, dass es sich nicht um eine Halluzination handelte.

„Nein, danke. Ich kann meine Musik selbst aussuchen.“ Das war allerdings eine Lüge. Ich hatte kürzlich die Black Keys entdeckt und war nun auf der Suche nach ähnlichen Bands, doch danach würde ich Dusty ganz sicher nicht fragen. Nicht in einer Million Jahren. „Stalkst du mich? Denn so langsam wird das Ganze etwas lächerlich.“

„Vielleicht stalkst du ja *mich*. Ich war zuerst hier. Du bist in *meinen* Laden gekommen.“ Erst jetzt bemerkte ich, dass er ein Schlüsselband um den Hals trug, wie die anderen Typen, die hier arbeiteten.

„Ach, das ist also dein Laden? Gehört er etwa dir?“

„Nein, aber ich arbeite hier. Und außerdem verkehre ich in Yellowfield House auch schon länger als du. Also war ich auch dort zuerst da.“

„Da scheiß ich drauf“, sagte ich und legte die CD zurück. Sogar in meinem Musiktempel war ich nun nicht mehr sicher.

„Du stehst also auf Musik“, stellte Dusty fest und rückte ein paar CDs zurecht, um so zu tun, als würde er arbeiten. „Auf was für welche denn?“

„Taylor Swift“, sagte ich, nur um ihn aus dem Konzept zu bringen. Zugegeben, ich hatte sie tatsächlich schon oft gehört, und einige Songs von ihr waren gar nicht so schlecht. Aber das wusste er natürlich nicht.

„Nun, wir hätten da ein großes Angebot an Swift-Musik für Ihr Hörvergnügen.“ Er gestikulierte in Richtung Popabteilung. „Ich habe eher eine Vorliebe für ihr Frühwerk, aber ihr neuestes Album bekommt gute Kritiken.“ Ich schwieg, um herauszufinden, ob er das ironisch meinte.

„Könntest du mich einfach alles durchschauen lassen, ohne mich zu schikanieren? Ich hab schon genug mit Renee zu tun und brauche nicht noch jemanden, der mich nervt.“ Wow, so ehrlich hatte ich gar nicht sein wollen. Was war nur heute mit mir los? Ich schien alles auszusprechen, was ich dachte, ob ich es nun so meinte oder nicht.

„Hey, ganz ruhig, Rotschopf.“ Er hob abwehrend die Hände. „Ich versuche nur, ein guter Angestellter zu sein und eine Kundin zu beraten, aber wenn du in Ruhe gelassen werden willst, kannst du das haben.“ Bevor ich etwas erwidern konnte, wandte er sich um und ging. Ich sah, wie er mit ein paar anderen Verkäufern sprach und dabei auf mich zeigte. Was zum Teufel sollte das denn jetzt?

Als ich ein paar Minuten später die Alternative-Rock-Abteilung durchforstete, kam er zurück.

„Okay, ich hab jetzt allen gesagt, dass sie dich nicht ansprechen sollen, es sei denn, du kommst selbst auf sie zu. Der Laden gehört also allein dir, Joscelyn.“ Er machte eine ausladende Handbewegung.

„Danke“, sagte ich irritiert.

„Immer gern.“ Ein letztes Grinsen, und er verschwand hinter einer Tür mit der Aufschrift „Zutritt nur für Personal“. Und ich hatte für den Rest meines Aufenthalts im Geschäft meine Ruhe.

Ich fand ein paar CDs, die mich interessierten, sah sie mir aber nicht so genau an, wie ich gewollt hätte, da ich die ganze Zeit Blicke spürte, die auf mich gerichtet waren. Jedes Mal, wenn ich aufschaute, sah mich mindestens einer der Verkäufer an, als würde ich jeden Moment auf ihn zurennen und ihn erdolchen oder etwas in der Art. Gott weiß, was er ihnen erzählt hatte, damit sie mich in Ruhe ließen. Aber eigentlich wollte ich es lieber gar nicht wissen.

Als ich von meinem kleinen Bull-Moose-Trip zurückkam, standen schon mehrere Autos in unserer Einfahrt, sodass ich auf der Straße parken musste.

„Hey, Miss Ich-antworte-meiner-Schwester-nicht-auf-ihre-SMS.“ Renees Stimme war das Erste, was ich hörte, als ich zur Tür reinkam und meinen Mantel aufhängte. Renee sprang von der Couch hoch und kam zu mir, um mich aus der Nähe böse anzufunkeln.

„Ich war beschäftigt.“

„Womit?“ Sie verschränkte die Arme und lehnte sich gegen die Wand. Ich drängte mich an ihr vorbei und ging nach unten, um meine Sachen wegzupacken. Wie zu erwarten war, kam sie mir nach.

„Hör mal, Renee, ich weiß, dass es dir schwerfällt, das zu glauben, aber ich hab nichts Schlimmes getan. Ich war in meinen Seminaren, dann bei Bull Moose, und dann bin ich hierher zurückgekommen. Das ist alles. Wie soll ich denn überhaupt irgendwas anstellen, wo du die ganze Zeit an meinem Arsch klebst?“

Anstatt mich anzuschreien, warf sie nur verzweifelt die Hände in die Luft und ließ sie dann auf ihre Oberschenkel klatschen.

„Warum bist du nur so, Jos? Was ist mit meiner kleinen Schwester passiert, die niemals geflucht hat? Ich hab das Gefühl, ich kenn dich gar nicht mehr.“

„Vielleicht hast du mich ja einfach vorher nicht gekannt. Vielleicht war das Mädchen von früher eine Lüge.“ Das war es tatsächlich gewesen. Dieses Mädchen hatte einen so langen Stock im Arsch, das er ihr zum Mund wieder rauskam. Es hatte so eine Angst davor, mal aus der Reihe zu tanzen oder Wellen zu schlagen, dass es nie auch nur irgendetwas machte. Nie zu spät nach Hause kam. Sich nie betrank. Niemals irgendetwas tat, das als wild, unkontrolliert oder frei gelten konnte.

Es war so verklemmt, dass es kaum jemals lachte. Oder auch nur lächelte. Oder irgendeine Form von Spaß hatte. Dieses Mädchen hätte sich nie in ein dunkles Zimmer gesetzt und einfach nur Musik gehört, ohne einen bestimmten Grund. Dieses Mädchen zu sein war wahnsinnig anstrengend gewesen, doch das wusste keiner.

„Ich weiß einfach nicht mehr, was ich zu dir sagen soll, Jos. Du bist meine Schwester, aber es fühlt sich an, als wärst du eine völlig Fremde. Was soll ich denn nur machen?“ Zum ersten Mal hörte ich so etwas wie Verzweiflung in ihrer Stimme. Dabei war Renee nie verzweifelt, sie zeigte niemals Schwäche. Sie war immer hart wie Stahl; bei unseren verrückten Eltern war ihr kaum etwas anderes übrig geblieben, als so zu werden.

„Du musst gar nichts machen. Lass mir … einfach ein bisschen Raum. Ich krieg so keine Luft." Ich setzte mich auf mein Bett, und sie setzte sich neben mich.

„Ich hätte nie gedacht, dass ich mir mal solche Sorgen um dich machen würde. Du bist doch die Gute. Du hast den Rest von uns immer wie die letzten Loser aussehen lassen. Es war die Hölle, wenn es Zeugnisse gab, und du hattest immer nur Einsen, und wir anderen mussten mit dir konkurrieren. Das hat übrigens echt genervt." Sie stieß mich mit der Schulter an.

„Sorry?"

„Nein, ich wünschte nur, ich wäre diejenige gewesen, die mit gutem Beispiel vorangeht. Na ja, ich bin doch die Älteste und so. Ich hab's auch versucht, aber du warst einfach immer besser."

Warst. Vergangenheitsform.

Sie berührte mein Haar. „Wirst du mir jemals erzählen, was letztes Jahr passiert ist?"

Ich schüttelte den Kopf. „Ich hab nur beschlossen, dass man sein Leben richtig leben muss, und das habe ich vorher nicht."

„So ganz plötzlich? Carpe diem?"

„So in der Art."

8. KAPITEL

Ich traf Hannah schon am nächsten Tag in meinem Biokurs. Es war grausam, doch die Uni verlangte mindestens sechs Credits in Naturwissenschaften, und ich hatte erst drei. Auch diesmal entschied ich mich für Bio, da es ein großer Kurs sein würde, in dem es vermutlich nicht auffiel, ob ich hinging oder nicht.

„Hey, Stalkerin", begrüßte mich Hannah, als ich mich neben sie setzte. Der Raum war einer der größeren auf dem Campus, und die Sitzreihen darin sahen aus wie in einem Stadion. Wie schade, dass wir lediglich etwas über Ribosome lernen und dabei einschlafen würden, anstatt uns einen tollen Film oder ein Rockkonzert anzuschauen.

„Vielleicht stalkst du ja mich." Die Plätze um sie herum waren frei, und ich hoffte, das würde auch so bleiben.

„Ich hab dir doch gesagt, ich schreck die Leute ab", sagte Hannah und lehnte sich auf ihrem Sitz zurück. „Skittles?" Sie hatte wieder eine frische Packung dabei und hielt sie mir hin.

„Nein, danke. Ich kann Skittles nicht ohne M&Ms essen."

„Im Ernst?" Sie warf sich eine Handvoll in den Mund, wobei ein paar auf den Boden fielen.

„Ja. Wenn man mal drüber nachdenkt, ist es gar nicht so verrückt, wie es klingt." Es war nicht das erste Mal, dass ich das erklären musste. „Skittles sind fruchtig, oder? Und M&Ms sind aus Schokolade. Beides zusammen schmeckt also wie mit Schokolade überzogene Früchte. Solltest du mal probieren, könnte eine lebensverändernde Erfahrung werden."

Hannah warf mir einen zweifelnden Blick zu und kaute auf ihren Skittles.

„Ich glaub's dir einfach."

Der Raum füllte sich langsam, und die Plätze in unserer Nähe wurden als letzte von ein paar Nachzüglern besetzt. Hannah und ich verbrachten die meiste Zeit damit, uns Nachrichten hin und her zu schreiben, denn – ganz ehrlich – es war todlangweilig.

Dass ich es trotzdem irgendwie schaffte, wach zu bleiben, lag vor allem an Hannah. Mein zweiter Kurs des Tages, der irgendeinen Titel wie „Natur und Sprache der Mathematik“ hatte, war genauso langweilig und einschläfernd.

Nach der Vorlesung fuhr ich direkt zurück zum Haus und fand es ziemlich ruhig vor. Da wir zu so vielen darin wohnten und alle ihre Beschäftigungen hatten, hatte Darah eine Tafel aufgehängt, auf die jeder schreiben konnte, wo er gerade war. Ich wischte die Info „in der Uni“ neben meinem Namen weg und schrieb „zu Hause“ hin.

Taylor und Mase waren die Einzigen, die auch da waren. Ich hörte die Waschmaschine laufen und laute Musik aus dem Jungskeller. Dann konnte ich wohl nicht in mein Zimmer. Stattdessen ließ ich mich auf das Ledersofa fallen und seufzte.

„Das klang nach einem echt tiefen Seufzer“, wurde die Stille von Taylors Stimme durchbrochen. Ich setzte mich auf und sah sie an die Treppe gelehnt stehen.

„Eigentlich nicht.“

Sie kam rein und setzte sich auf den Sessel, um mir die gesamte Couch zu lassen.

„Also, was denkst du über die University of Maine? Ist alles so, wie du es erwartet hast?“

Ich zuckte mit den Schultern.

„Ist halt College. Das ist wohl überall mehr oder weniger das Gleiche.“

„Trotzdem. Läuft alles okay?“

Sie fischte eindeutig nach Informationen und stellte sich nicht besonders geschickt dabei an.

„Hat Renee dich gebeten, mit mir zu reden?“ Ich schnappte mir die Fernbedienung, stellte den riesigen Fernseher an und zappte herum, bis ich etwas Annehmbares fand. Eine Musiksendung auf MTV.

„Wenn ich Nein sage, weißt du sowieso, dass ich lüge, also sag ich Ja. Sie macht sich nur Sorgen um dich.“

„Na ja, da ist sie nicht die Einzige.“

„Ich weiß, dass bei dir alles gerade etwas durcheinanderläuft, aber ich schwör dir, es wird besser werden. Um sich zu schlagen fühlt sich für den Moment vielleicht gut an, aber mit den Konsequenzen leben zu müssen ist ziemlich scheiße. Ich weiß, wovon ich rede. Ich hab Hunter eine reingehauen, als wir uns kennengelernt haben. Und er hat ein verdammt hartes Gesicht." Diese Geschichte hatte mir Renee nie erzählt.

„Wirklich?"

Sie lächelte, als sei es eine schöne Erinnerung, und schüttelte den Kopf.

„Ja. Er hatte mich irgendwie in die Enge getrieben, und ich bin etwas klaustrophobisch. Und ehrlich gesagt hatte er es auch absolut verdient." Ich konnte mir gut vorstellen, dass er sie provoziert hatte. Das schien eine seiner Lieblingsbeschäftigungen zu sein.

„Das hatte er sicher. Aber wie hast du dich dann so tierisch in ihn verlieben können?"

Sie lachte. „Er ist sehr hartnäckig. Und kann es gut aushalten, wenn ich gemein bin und ihn von mir stoße."

„Hm." Das kam mir bekannt vor.

Sie fuhr die Fußauflage des Sessels aus und sah mich mit zusammengekniffenen Augen an, als würde sie gerade eine Entscheidung treffen.

„Ich wurde beinahe vergewaltigt, als ich ein Kind war. Vom älteren Freund meiner Schwester, der versucht hatte, auch sie zu vergewaltigen. Sie war darüber hinweggekommen, aber ich nicht. Hunter war der erste Typ, dem ich erlaubt habe, mich zu berühren. Er hatte etwas an sich, das mir ein Gefühl von Sicherheit gab, wie ich es nie zuvor gekannt hatte. Ich vertraute ihm, auch wenn ich mir sagte, dass ich es nicht dürfte. Und bevor ich überhaupt kapierte, was ich da tat, hatte ich ihn schon an mich rangelassen. Manchmal begegnet man so jemandem. In dem Moment, in dem dir klar wird, dass du ihn in dein Leben gelassen hast, ist es schon zu spät. Denn meistens kannst du dir an diesem Punkt ein Leben ohne ihn schon gar nicht mehr vorstellen."

Ich wusste genau, wovon sie sprach, und merkte, wie ich mit dem Elefantenanhänger an meinem Armband spielte, während sie erzählte. Ja, ich wusste, was sie meinte. Doch manchmal werden einem diese Menschen weggenommen, und man kann nichts tun, um sie zurückzubekommen.

Selbst wenn sie und Hunter sich trennen würden – was ich keinesfalls kommen sah: Er lebte noch. Sie konnte jeden Morgen in diesem Wissen aufwachen, auch wenn sie ihn nicht sah, irgendwo auf der Welt existierte er.

„Tja, das ist meine Geschichte, jedenfalls die Kurzfassung, und jetzt geht es mir … so richtig gut." Ja, das konnte ich sehen. Sie starrte auf ihren Ring und drehte ihn an ihrem Finger hin und her.

„Wieso kommt eigentlich nie mal jemand auf den Gedanken, dass es mir vorher nicht gut ging, sondern eher jetzt? Nur weil es so ausgesehen hatte, als würde ich alles auf die Reihe kriegen, und so perfekt wirkte, heißt das noch lange nicht, dass es mir gut gegangen ist. Vielleicht war es ja nur mein Masterplan, alle genau das glauben zu machen."

Taylor dachte einen Moment darüber nach.

„Du meinst so eine Art umgekehrte Psychologie? Wow, du bist echt schlau. Ich wünschte, das wäre mir eingefallen, anstatt zu allen so scheiße zu sein. Das hätte wahrscheinlich sehr viel besser funktioniert als Gewalt." Im selben Moment waren Schritte auf der Treppe zu hören. Mase kam aus dem Keller, ein Schweißfilm auf dem Gesicht und die Arme so aufgepumpt, dass sie beinahe das dünne T-Shirt sprengten, das er trug.

„Was treibst du da unten? Wenn ich nicht wüsste, dass Darah bei der Arbeit ist, hätte ich geschworen, dass ihr da gerade bei der Sache wart", sagte Taylor.

Mase lächelte und holte sich eine Flasche Wasser aus dem Kühlschrank.

„Rom wurde nicht an einem Tag erbaut und ebenso wenig diese Arme." Er spannte sie an, sodass die Muskeln noch mehr hervortraten. Seine Oberarme hatten so ungefähr den Umfang meines Halses. „Ich muss mich für Darah in Schuss halten."

„War das wieder eins von diesen durchgeknallten Work-out-Videos?", fragte Taylor und deutete eine Boxbewegung an. Er tat so, als hätte er einen Treffer abbekommen und krümmte sich.

„Du bist herzlich eingeladen, mitzumachen."

„Lieber nicht. Immer nur Kickboxen ist mir zu hart."

Er kippte ein wenig Wasser hinunter und wischte sich das Gesicht an ihrem Ärmel ab.

„Igitt! Du bist ekelhaft!" Sie kreischte, und er fing an, sie durch das Wohnzimmer zu jagen, als die Haustür aufging.

„Kann mir mal jemand erklären, was hier los ist?" Hunter setzte seine Tasche ab und beobachtete, wie Mase Taylor anknurrte und sie sich hinter den Sessel rettete. „Alter, du gehörst zwar zur Familie, aber wenn du meinem Mädchen nachstellst, muss ich dir den Arsch versohlen", sagte Hunter, meinte es jedoch sichtlich nicht ernst.

„Kommst du mich nicht retten? Ist das nicht dein Job?", quiekte Taylor, während Mase sie hinter dem Sessel hervorzerrte und versuchte, ihren Kopf unter seine verschwitzte Achselhöhle zu stecken.

„Oh nein, Baby, da musst du alleine durch. Das ist dein Problem. Ich genieße nur den Anblick."

„Idiot!" Es gelang ihr, Mase in die Seite zu kneifen, sich aus seinem Arm zu winden und zu Hunter zu rennen.

„Dann warte mal ab, ob ich in absehbarer Zeit noch mal nett zu dir bin." Man musste kein Genie sein, um zu begreifen, dass sie von Sex sprach. Igitt.

„Wie war dein Tag, Little Ne?" Mase hob meine Beine vom Sofa und setzte sich neben mich. Ich hoffte, er würde mich nicht auch noch mit seinem Schweiß einreiben. Auch wenn ich so etwas von zu Hause durchaus gewöhnt war, wo meine Geschwister meine Jeans und Shirts gerne mal als Taschentuch benutzten.

„Genauso wie gestern. Und wahrscheinlich genauso wie der Tag morgen."

„Hey, jetzt kling doch nicht so deprimiert. Die meisten Leute deines Alters wären überglücklich, in diesem Haus zu leben. Ich meine, was willst du denn mehr?“ Er machte eine ausladende Geste, die wohl das gesamte, wunderschön eingerichtete Haus einschließen sollte.

Die Freiheit, zu tun, was ich will. Und nicht die ganze Zeit beobachtet und kritisiert zu werden. Doch das würde Mase nicht verstehen.

„Nichts, wahrscheinlich. Du kannst meine Laune gerne einfach ignorieren“, sagte ich.

„Jetzt sag mir wenigstens, dass du deine Periode nicht auch noch mit der der anderen Mädels synchronisierst. Das war vorher schon schlimm genug, und jetzt seid ihr auch noch in der Überzahl“, sagte Mase.

„Ich werd’s versuchen, aber kann nichts versprechen.“

Er hielt mir die Faust hin, und ich schlug mit meiner dagegen, und dann brachen wir beide gleichzeitig in Gelächter aus, und ich konnte nicht mehr aufhören zu lachen. Hunter setzte sich auf den Sessel und Taylor auf seinen Schoß.

„Leute, ich hab übrigens ein Konzert dieses Wochenende. Seid ihr dabei?“, fragte er.

Mase nickte. Irgendetwas hatte ich verpasst.

„Konzert?“

„Ja, ich bin in so einer A-cappella-Band, den Steiners. Oh Mann, das klingt immer noch langweilig, wenn ich es laut ausspreche. Ich wurde sozusagen gezwungen, da mitzumachen, nachdem eine bestimmte Person eine Anzeige gesehen hat, in der stand, dass sie noch Leute suchen“, sagte Hunter und sah Taylor an.

„Diese bestimmte Person bin ich“, sagte sie und hob die Hand. „Und du solltest kommen. Es ist echt cool. Dusty ist auch dabei, als Beatboxer.“

Ich war noch nicht mal mehr überrascht. Anscheinend war es Dusty Sharps Bestimmung, immer wieder in meinem Leben aufzutauchen. Also fand ich mich wohl besser damit ab.

„Wir könnten sogar einen bestimmten Song performen, den du magst. Ich kann ihn mir für dich wünschen", sagte Hunter.

„Klar, warum nicht? Ist ja nicht gerade so, als hätte ich Besseres zu tun." Ich würde mir bald mal einen Job besorgen müssen, doch darüber hatte ich noch nicht mit Renee gesprochen. Mein Plan war, einen zu finden und mich anstellen zu lassen und es ihr erst hinterher zu erzählen, damit sie nichts mehr dagegen sagen konnte.

Nachdem ich herausgefunden hatte, dass es eine Bull-Moose-Filiale in der Nähe des Campus gab, war meine erste Idee gewesen, es dort zu versuchen. Aber jetzt, da ich wusste, dass Dusty dort arbeitete, fiel das weg. Ich wollte einfach nur irgendwas machen, das nicht zu sehr nervte, doch die Chancen, solch einen Job zu finden, waren gering. Trotzdem, ich würde mir bald etwas suchen müssen. Vielleicht hatte Hannah ja ein paar Ideen.

„Cool. Es wird dir gefallen, da bin ich sicher", sagte Taylor und zog Hunters tätowierte Sieben mit dem Finger nach. Paul war der einzige Typ im Haus, der kein Tattoo hatte. Ich hatte mir selbst auch schon überlegt, mir eines stechen zu lassen, jetzt umso mehr. Denn ich wollte irgendwas an meinem Körper haben, das mich an ihn erinnerte. Etwas, das mich an ihn denken ließ und an die kurze Zeit, die er Teil meines Lebens gewesen war, und das mich weiter beeinflussen würde. Denn das war es, was ich, neben ihm selbst, am meisten vermisste: seinen Einfluss.

Doch ich wusste, dass Renee völlig ausrasten würde, wenn sie herausfand, dass ich auch nur darüber nachdachte, mich tätowieren zu lassen. Ich würde warten müssen, bis sie mich nicht mehr mit Argusaugen überwachte. Aber ich zog ein Tattoo ernsthaft in Erwägung – und würde nicht mehr allzu lange damit warten.

Bald waren auch alle anderen eingetrudelt, und das Abendessen wurde vorbereitet. Renee und Paul waren mit Kochen dran und hatten sich mal wieder für Pasta entschieden, da man davon eine Riesenmenge und dazu verschiedene Soßen machen konnte, sodass für jeden Geschmack etwas dabei war. Ich schlich mich vorsichtig in die Küche, denn ich fühlte mich etwas mies wegen des Gesprächs, das ich am Vorabend mit Renee gehabt hatte. Als sie nach Hause gekommen war, hatte ich zunächst so getan, als würde ich meine Seminare für den nächsten Tag vorbereiten, doch ich konnte mich einfach nicht darauf konzentrieren.

Sie war gerade damit beschäftigt, Paul über die richtige Art und Weise aufzuklären, wie man Pasta kochte – was er mühelos wegsteckte. Er war ein wahrer Heiliger. Ich konnte mir nicht erklären, wie er es mit ihr aushielt. Doch seit sie zum zweiten Mal zusammengekommen waren, schien er sie wirklich zu lieben.

„Mein Gott, Paul, das ist doch keine hohe Wissenschaft. Wobei du dich darin ja sogar noch auskennen könntest."

„Ich bin kein Wissenschaftler." Er lehnte sich zurück und warf mir einen vielsagenden Blick zu.

„Eindeutig nicht", sagte sie schnippisch.

„Ich ... bin dann mal woanders", sagte er und flüchtete ins Wohnzimmer, wo der Rest der Hausbelegschaft mit Hausaufgaben kämpfte. Renee hielt sich den Kopf, als habe sie Kopfschmerzen.

„Oh Mann, der Typ strapaziert manchmal ganz schön meine Nerven." Sie schaltete die Herdplatte unter der Pasta aus und lehnte sich gegen die Arbeitsfläche. „Das ist schon eine ziemlich große Sache, weißt du? So zusammenzuwohnen."

„Bereust du es?"

„Nein, auf keinen Fall. Es ist nur ... manchmal frage ich mich, ob wir zu schnell damit waren. Wir waren gerade erst wieder zusammen, und dann kam gleich der Umzug hier ins Haus und all das. Aber das soll nicht deine Sorge sein. Mir geht's gut. Wie war die Uni heute bei dir?" Es war nie meine Mutter gewesen, die mir solche Fragen gestellt hatte, wenn ich nach der Schule nach Hause kam. Sondern immer Renee.

„Gut. Eigentlich wie immer."

„Bist du noch zufrieden mit deinen Fächern?"

„Ja, die sind ganz okay."

Sie schüttelte den Kopf, als könnte sie nicht glauben, was ich da sagte.

„Ich hätte nie gedacht, dass du mal so etwas von dir geben würdest. Ich weiß noch, wie du dich, als wir Kinder waren, aus dem Bett geschlichen hast, um dir die Wahlergebnisse im Fernsehen anzusehen. Du kamst mir immer vor wie ein Roboter. Auf jeden Fall hatte ich das Gefühl, dass mit dir ernsthaft was nicht stimmt."

Ja, ich konnte mich noch an dieses kleine Mädchen erinnern. Es war groß geworden, und mittlerweile war es ganz verschwunden.

„Die Pasta wird kalt", sagte ich und deutete mit meinem Kugelschreiber auf den Topf. Das schien Renee schlagartig zurück ins Hier und Jetzt zu holen und daran zu erinnern, dass sie gerade dabei war zu kochen. Sie nahm den Topf und schüttete die Pasta über dem Spülbecken ab, während ich meine unfertigen Hausaufgaben nach unten trug. Darum würde ich mich später weiter kümmern. Wenigstens hatte ich den anstehenden Stoff für Pams Seminar gelesen und mir Notizen dazu gemacht. In diesem Kurs wollte ich auf keinen Fall wie eine Idiotin dastehen.

Das Essen verlief ziemlich ruhig. Darah war bei der Arbeit, wir waren also eine Person weniger. Es fühlte sich seltsam an, dass sie nicht da war und alle ermahnte, die Hände auf den Tisch zu legen und den Tisch nicht zu zerkratzen.

Renee und Paul schienen sich wieder vertragen zu haben. Ich sah, wie er ihr etwas ins Ohr flüsterte und sie umarmte. Er wusste immer, was er zu ihr sagen musste. Meistens war es das Beste, sie glauben zu lassen, dass sie ihren Willen bekommen hatte, und ihr etwas Zeit zu geben, um einzusehen, dass sie nicht immer recht hatte. Irgendwann kam sie dann schon von selbst darauf, entschuldigte sich und versprach, sich nie wieder so zu verhalten, auch wenn es zwei Stunden später schon wieder so weit sein würde.

„Auch auf die Gefahr hin, dass es so klingt, als würde ich dich um ein Date bitten: Willst du am Wochenende mit mir zu einem Konzert kommen?“, fragte ich Hannah am nächsten Tag vor dem Seminar.

„Was für ein Konzert?“

„Einer der Typen, mit denen ich zusammenwohne, ist bei den Steiners, und die haben einen Auftritt an der Uni. Alle aus meinem Haus gehen hin.“

„Wow, du kennst einen von den Steiners? Es ist sauschwer, bei denen reinzukommen. Außerdem sind Jungs, die singen können, total sexy.“

„Er ist ziemlich sexy, aber leider vergeben.“

Sie seufzte und holte ihre Skittles-Packung raus. Sie musste eine ganze Kiste davon in ihrem Wohnheimzimmer haben. „Das sind die Guten meistens.“

„Trotzdem, du könntest meine Pseudofamilie kennenlernen. Falls du Lust hast.“

„Klar, warum nicht? Besser als in meinem Zimmer zu hocken und zehn Folgen Buffy hintereinander zu schauen.“

„Die Serie habe ich nie wirklich gesehen“, gab ich zu. Sie hatte mich nie gereizt, als sie damals im Fernsehen lief.

Sie schüttelte bedauernd den Kopf. „Ich schlag dir einen Deal vor. Ich komm mit dir zu den Steiners, wenn du am Sonntag zu mir kommst, mit mir rumhängst und zwei Folgen mit mir guckst.“

Renee würde angepisst sein, wenn ich zusagte, ohne sie zu fragen.

„Deal“, sagte ich und streckte ihr die Hand hin.

Pam rief alle Kursteilnehmer zur Ruhe, und ich wandte mich eilig nach vorne. Sie prüfte wieder unsere Anwesenheit und schien erfreut zu sehen, dass ich immer noch da war. Und natürlich war ich diesmal die Erste, die sie drannahm, doch ich war gut vorbereitet. Ihre Fragen schossen durch den Raum wie Pingpongbälle; man musste schnell im Denken sein, um sie zu beantworten. Hannah bekam ein paar schwierige ab, doch sie gab ihr Bestes, sie zu parieren. Pam schien jedenfalls mit unseren Antworten zufrieden zu sein, und am Ende der Stunde war ich froh, das Ganze überlebt zu haben.

„Bravo, Mädchen. Du hast dich gut geschlagen." Ohne darüber sprechen zu müssen, gingen wir einfach ganz automatisch zusammen zur Mensa. Ein Mädchen, das an uns vorbeiging, schnappte hörbar nach Luft, als es Hannahs Gesicht sah.

„Mach doch ein Foto. Dann hast du länger was davon, blöde Kuh", flüsterte sie. „Ich weiß, dass ich wirke, als wäre ich ganz entspannt damit." Sie deutete auf ihre Verbrennung. „Aber manchmal würde ich am liebsten eine Maske tragen oder die Leute anschreien, wenn sie mich anstarren. Ich meine, früher hätte ich wenigstens bei einer Freakshow mitmachen und ein bisschen Geld damit verdienen können." Wow.

Sie riss die Tür zur Mensa auf, ohne sie für die Studentin offen zu halten, die hinter uns kam und daraufhin irgendeinen bösen Kommentar von sich gab.

„Leck mich", erwiderte Hannah, jedoch nicht laut genug, als dass sie es hören konnte.

Wir holten uns etwas zu essen und suchten uns einen Tisch.

„Ja, ich hab eine Verbrennung, aber ich bin nicht behindert, weder körperlich noch geistig. Außerdem bin ich nicht taub. Ich kann es hören, wenn die Leute über mich reden, und es kotzt mich an. Aber weißt du, was passieren würde, wenn ich ausflippen und sie anschreien würde? Absolut gar nichts. Warum also meine Energie verschwenden?" Sie atmete langsam aus. „Okay, jetzt bin ich fertig. Die Selbstmitleidsorgie ist vorbei." Sie machte eine beendende Geste mit der Hand.

„Mach nur weiter, wenn du es brauchst. Mich stört's nicht." Zumindest hatte sie einen richtigen Grund, angepisst zu sein. Im Gegensatz zu so manchen Leuten, die nicht leben konnten, ohne sich ständig über irgendetwas auszulassen, das es nicht wert war.

„Nee, ich mach das nicht gern. Ich lass mich nur manchmal zwischendurch runterziehen, aber ich bin auch schnell wieder oben." Sie lächelte und nahm ihren Burger in die Hand. „Also keiner der Typen, mit denen du zusammenwohnst, ist Single?"

„Nö, kein einziger. Da sind drei Pärchen, und dann bin da noch ich. Es ist ein bisschen, wie in einer schrägen Reality-Show zu leben."

„Das klingt ehrlich gesagt ziemlich toll."

„Hm, ja."

Da sie meinen Widerwillen spürte, wechselte Hannah schnell das Thema.

„Und hast du denn schon irgendeinen süßen Typen entdeckt?"

„Na ja, nur meinen anderen Stalker", sagte ich und hob eine Pommes auf, die auf den Boden gefallen war.

„Aha, Details bitte." Sie schnippte auffordernd mit den Fingern.

„Er ist es noch nicht mal wert, über ihn zu sprechen. Nur so ein Typ, der ständig überall auftaucht. Er ist mit einem meiner Mitbewohner befreundet. Du wirst ihn am Samstag sehen, er ist auch bei den Steiners dabei."

„Ach, echt?" Sie bewegte vielsagend die Augenbrauen. Oh Mann, sie interpretierte das total über.

„Nein, so ist es nicht. Es ist eigentlich gar nichts, und ich hätte ihn gar nicht erwähnen sollen." Warum hatte ich das dann bloß?

„Was ist mit deiner alten Uni? Hattest du da jemanden?"

Na, großartig. Das übliche Exgespräch. „Ja, hatte ich. Aber wir haben uns letzten Frühling getrennt."

Hannahs Augen leuchteten auf.

„Klingt so, als gäbe es eine Geschichte zu erzählen."

Die gab es, aber die würde sie nicht zu hören bekommen.

„Nicht wirklich. Er war in ein Mädchen verliebt, das ich nicht wirklich war. Wir haben beide eine Weile gebraucht, bis wir es gemerkt haben. Er kam irgendwann als Erster darauf."

„Hast du ihn geliebt?"

„Ja, hab ich." Alles andere wäre eine Lüge gewesen. Ich hatte Matt geliebt, doch diese Liebe war Teil des anderen Mädchens, und als ich es hinter mir gelassen hatte, hatte ich auch diese

Liebe hinter mir gelassen. Es war leichter gewesen, als es hätte sein dürfen. „Und was ist mit dir? Wie wär's, wenn wir mal über dein Liebesleben reden?"

Hannah lachte.

„Na ja, das ist eine sehr kurze Geschichte. Die sich so zusammenfassen lässt …" Sie hielt die Hand hoch, formte einen kleinen Kreis mit Daumen und Zeigefinger und schaute mich durch das Loch an. „Mehr ist da nicht. Die Typen stehen nicht gerade Schlange, um einen Freak zu ficken."

Wow, sie nahm echt kein Blatt vor den Mund. Das gefiel mir.

„Normalerweise muss ich sie erst abfüllen, aber dann kriegen sie meist keinen mehr hoch, und ich lass sie einfach ihren Rausch ausschlafen."

Meinte sie das ernst?

Sie brach in Gelächter aus.

„Ich verarsch dich nur. Aber der Ausdruck auf deinem Gesicht war es absolut wert. Eigentlich hatte ich noch keinen Freund."

„Noch nie?"

„Meinen Abschlussball an der Highschool habe ich zu Hause verbracht, zusammen mit meiner Katze. Das dürfte dir ein ziemlich genaues Bild meines bisherigen Liebeslebens liefern. Ich bin nicht verbittert deswegen – versteh mich nicht falsch. Ich glaube, ich bin einfach altmodisch, zumindest, was das betrifft. Ich will meine Zeit nicht mit einem Typen verschwenden, mit dem ich nicht mein Leben verbringen werde, verstehst du? Und ich sehe einfach keinen Sinn darin, eine Reihe von Losern zu daten, nur weil es vielleicht eine klitzekleine Chance gibt, dass darunter einer sein könnte, der einigermaßen annehmbar ist. Wenn es um Menschen geht, vertrau ich meinem Instinkt. Und bisher habe ich nie falschgelegen." Sie zwinkerte mir zu, stahl mir eine Pommes vom Teller und schob sie sich in den Mund.

Ich wünschte, ich hätte genauso viel Vertrauen in meinen Instinkt. Im Moment wollte ich mich einfach nicht auf ihn verlassen.

9. KAPITEL

„Ich hab dir was mitgebracht."

Dusty stand plötzlich in der Eingangshalle von Neville Hall vor mir, als ich zu meinem Englischkurs wollte. Er hatte das übliche Grinsen auf dem Gesicht und eine Tüte Skittles in der einen und eine Tüte M&Ms in der anderen Hand. Er hielt sie mir stolz hin, als wäre er sehr zufrieden mit sich.

„Okay." Ich sah ihn an und dann wieder auf die Süßigkeiten. Ich hatte große Lust auf sie, wollte aber nicht, dass er das mitbekam.

„Ich tu einfach mal so, als hättest du Danke gesagt. Gern geschehen, Rotschopf." Er warf mir die Packungen zu, sodass ich sie auffangen musste. „Machst du es Leuten immer so schwer, die versuchen, dich kennenzulernen?"

„Wenn es so schwer ist, warum versuchst du es dann?" Ich war schon spät dran für mein Seminar, aber ich würde ihm nicht das letzte Wort überlassen.

„Vielleicht mag ich ja die Herausforderung", sagte er, jedoch ohne zu lächeln. Doch es war etwas anderes in seinem Gesicht zu erkennen: Entschlossenheit. Ja, Dusty Sharp war ein Typ, der es gewohnt war zu bekommen, was er wollte; das konnte man sehen. Allein sein lässiger Gang schien dies der ganzen Welt verkünden zu wollen, doch anstatt dabei wie ein eingebildeter Idiot rüberzukommen, wirkte er einfach selbstbewusst. So voller Selbstvertrauen. Es gab viele Frauen, die das sexy fanden.

„Ich muss zu meinem Seminar. Danke für die unnötigen Süßigkeiten. Das war … süß von dir."

„Ich bin halt ein süßer Typ."

Aha.

„Wollen wir?", fragte er.

Gemeinsam gingen wir die Treppe hoch, bis in den zweiten Stock.

„Bis später, Rotschopf." Wieder vollführte er seinen seltsamen Gruß mit zwei Fingern.

Ich ahmte ihn nach, und er lachte. „Bis dann, Dusty."

Meine erste Aufgabe im Kurs für kreatives Schreiben war es, einen zweiseitigen Aufsatz über etwas zu schreiben, das ich noch nie getan hatte. Greg präsentierte uns das Ganze, als sei er der Weihnachtsmann, der armen Waisenkindern glitzernde Geschenke überreicht.

Wie zum Teufel sollte ich über etwas schreiben, das ich noch nie erlebt hatte? Wie sollte das gehen?

Alle anderen schienen genauso perplex zu sein wie ich, und ein Typ, der in meiner Nähe saß, murmelte ein paar nicht gerade schmeichelhafte Beschimpfungen vor sich hin. Wir hatten die gesamte Stunde, um den Aufsatz zu schreiben. Also holte ich meinen Block und einen Stift heraus und versuchte, irgendetwas zu finden, über das ich mich auslassen konnte, nur um die zwei Seiten vollzukriegen.

Das Erste, was mir einfiel, kam auf keinen Fall infrage: meine Jungfräulichkeit, die noch ein Relikt aus meinem anderen Leben war. Ich hatte mich damals viel zu sehr auf die Schule und andere Dinge konzentriert, da alles andere sich nicht gut mit meinen politischen Zielen vertragen hätte.

Es hatte zudem etwas Romantisches, so dachte ich damals, diesen großen Schritt im Leben einer Frau für die Ehe aufzubewahren. Mein Ex war damit vollkommen einverstanden gewesen; eigentlich war er sogar noch mehr dafür gewesen als ich. Hier und da hatten wir mal ein bisschen miteinander rumgemacht, aber jedes Mal, wenn es zu heiß wurde, hatte einer von uns die Notbremse gezogen und unser Keuschheitsgelübde zitiert. Seltsam war allerdings, dass es kaum jemals wirklich heiß geworden war zwischen uns.

Küssen war schön, aber ich kam nie zu dem Punkt, dass ich ihm die Kleider vom Leib reißen wollte, wie in irgendeiner heißen Teenager-Fantasie. Wahrscheinlich stimmte mit mir irgendwas nicht. Ich hatte keine Probleme damit, es mir selbst zu besorgen, mein Geschlechtstrieb war also in Ordnung. Doch ich hatte nie darüber fantasiert, es mit Matt zu tun. Er war einfach nicht so ein heißer Typ.

Ehrlich gesagt war das mittlerweile auch nicht mehr wichtig. Das stand ganz unten auf meiner Sorgenliste. Irgendwo zwischen Sintfluten und Zombie-Apokalypsen.

Ich versuchte mir irgendetwas auszudenken, mit dem ich zwei Seiten in meiner kleinen Handschrift füllen konnte. Ein paar meiner Kommilitonen hatten bereits drauflosgeschrieben, doch andere waren noch genauso planlos wie ich.

Musik. Ich wollte etwas über Musik schreiben.

Das Einzige, was mir zu dem Thema einfiel, war, dass ich nie auf einer Bühne aufgetreten war, zumindest nicht außerhalb eines Tagtraums. Eigentlich hatte ich noch nie in der Öffentlichkeit gesungen. Auf der Schule hatte ich im Schulchor mitgemacht, aber ich hatte mich nie getraut, ein Solo zu singen.

Ich schrieb einen Satz und dann noch einen und dann noch einen. Ich beschrieb die Bühne und die Lichter und das flatterige Gefühl dabei, nur mit meiner Stimme und vielleicht noch mit einer Gitarre ausgerüstet, das Publikum in Bann zu ziehen.

Ehe ich mich's versah, hatte ich drei Blätter vollgeschrieben, und zwar beidseitig.

„So, dann gebt mir mal, was ihr geschrieben habt, und ich gehe Kopien machen. Macht euch keine Gedanken um Schönschrift und Rechtschreibung. Darum geht es bei dieser Übung nicht. Es geht darum, aufzuschreiben, was euch gerade einfällt, und zu sehen, was passiert."

Sobald Greg den Raum verlassen hatte, fingen alle an zu reden – hauptsächlich, um sich über die Übung zu beschweren, darüber, wie langweilig sie war und wie sie sich durchgemogelt hatten. Als würde Greg das nicht auf den ersten Blick erkennen. Wenigstens war ich in meinem Aufsatz ehrlich gewesen. Mit mir sprach jedoch niemand, wofür ich dankbar war. Dann kam Greg mit einem Riesenstapel Kopien zurück und verteilte sie an uns alle.

„Also, eure Aufgabe für nächstes Mal ist es, jeden Aufsatz zu lesen und zu jedem mindestens drei Anmerkungen aufschreiben. Verstanden? Dann seid ihr jetzt entlassen." Er winkte uns zu, und ich fragte mich, ob er in einem früheren Leben Brite gewesen war. Zumindest redete er so, auch wenn er keinen britischen Akzent hatte.

Es machte mir ein wenig Angst, dass nun alle meinen Aufsatz lesen würden, da er sehr persönlich war. Das war nicht so geplant gewesen, die Sätze waren einfach so aus mir herausgeflossen. Doch daran war jetzt nichts mehr zu ändern.

Ich zog die Skittles- und M&Ms-Tüten aus meiner Tasche, riss sie auf und kippte eine gleiche Menge von beiden in meine Hand, bevor ich sie wieder zusammenrollte und wegpackte.

Du und deine komischen Snacks. Manchmal frage ich mich, ob was mit deinen Geschmacksknospen nicht stimmt, Jossy.

Ich zerbiss ein M&M und „spülte“ es mit einem Skittles runter.

An diesem Abend kam ich endlich dazu, meinen Musikblog auf den neuesten Stand zu bringen. Ich hatte in der vergangenen Woche zehn Follower dazugewonnen, weshalb ich beinahe einen Freudentanz aufführte. Das klingt vielleicht nicht nach viel, aber so nach und nach kamen doch immer mehr dazu. Mein Glücksgefühl wurde nur von der Anzahl blöder Spam-Kommentare gedämpft, die ich alle löschen musste.

„Jos!“, rief Renee von oben. Ich hatte meine Kopfhörer nur um den Hals gehängt und auf leise gestellt, sodass ich sie hören konnte, obwohl ich gerade meine neue Lenka-CD eingelegt hatte.

„Ja?“, schrie ich zurück.

„Was machst du da unten?“

„Nichts.“ Das war doch lächerlich. Ich ging die Treppe hinauf. „Wieso?“

„Du bist nur schon seit Ewigkeiten da unten.“

„Na ja, ich steck schon nicht mein Haar in Brand oder schneid mir die Pulsadern auf, falls das deine Sorge ist.“ Ich lehnte mich an den Türrahmen. Jetzt hatte sie mir meinen Blog-Aktualisierungs-Schwung genommen.

„Nein, ich finde es nur doof, wenn du da unten ganz alleine bist.“ Das Wohnzimmer war voller Leute, wie üblich, und ebenso voll von halb erledigten Hausaufgaben, offenen Büchern und viel zu vielen Textmarkern. Darah hatte den Spleen, für jeden Kurs eine andere Farbe zu benutzen.

„Vielleicht bin ich einfach gerne allein.“

Darauf hatte sie keine Antwort. Denn Renee hasste es, allein zu sein. Ich hingegen wusste nach einer Kindheit mit so vielen Geschwistern die Einsamkeit durchaus zu schätzen.

„Ach, komm schon, Little Ne. Warum solltest du allein sein wollen, wenn du mit uns abhängen kannst?“ Mase war damit beschäftigt, Darahs Haar um seine Finger zu wickeln, während sie versuchte, sich auf das Buch auf ihrem Schoß zu konzentrieren.

Da sie mich sowieso nicht in Ruhe lassen würden, ging ich nach unten, holte meinen Laptop und kam wieder hoch. Mase rutschte zur Seite, sodass ich mich neben ihn auf die Couch quetschen konnte.

„Siehst du, wie viel mehr Spaß das macht?“

Hunter und Taylor lasen gemeinsam auf ihrem E-Reader, und er meckerte sie immer wieder an, weil sie zu schnell auf die nächste Seite schaltete. Sobald sie mich im Blickfeld hatte und sicher war, dass ich nichts Schlimmes anstellte, wandte sich Renee wieder ihren Büchern zu, ebenso wie Paul. Ein ganz normaler Abend in Yellowfield House.

Ich stellte meine Musik wieder an und steckte mir die Kopfhörer in die Ohren. Selbst wenn ich gewollt hätte, waren so die Gespräche um mich herum nicht zu verstehen, daher war es fast so, als wäre ich allein. Zumindest bis Hunter den E-Reader klaute und Taylor ihn durchs Wohnzimmer jagte. Schließlich gelang es ihr, ihn am Ohr zu packen und es so lange zu verdrehen, bis er ihn ihr zurückgab.

„Du spielst mit miesen Tricks, Missy. Dafür werde ich dich bestrafen müssen.“

Ich musste innerlich beinahe würgen.

„Sch, darüber reden wir nicht vor anderen“, erwiderte Taylor und setzte sich wieder auf die Couch. Ich war mir sicher, dass sie normalerweise kein Blatt vor den Mund nahmen. Diejenige, die den Sex-Talk nicht hören sollte, war wohl ich.

„Euch ist doch klar, dass ich weiß, dass ihr alle miteinander Sex habt. Ich meine, nicht alle zusammen, denn das wäre schon etwas schräg, aber ich bin doch keine Idiotin.“ Alle Augen richteten sich auf mich. „Ich kann euch von da unten hören.“

Ha, jetzt sahen sie alle verlegen drein. Sogar Mase.

„Ich sag ja nicht, dass es mir was ausmacht. Ich sag nur, dass ich es mitkriege. Ich meine, Taylor und ich sind fast gleich alt. Ihr müsst mal aufhören, mich wie ein Kind zu behandeln.“

Mase räusperte sich.

„Du hast recht, Jos. Ich glaube, wir haben alle irgendwie in den Beschützermodus geschaltet, als du herkamst.“

„Ich frag mich, wo das wohl herkommt“, sagte ich und funkelte Renee an.

„Was soll ich denn machen? Du bist eben meine kleine Schwester. Und das wirst du auch immer für mich sein, selbst wenn wir irgendwann alt und grau sind.“ Es war mir etwas unangenehm, so vor allen mit ihr darüber zu reden, aber früher oder später hatte das wohl mal sein müssen.

„Ich weiß.“

„Du könntest dich aber mal ein bisschen lockermachen, Ne“, sagte Paul. Ich war überrascht. Wenn er es vermeiden konnte, provozierte er Renee nie absichtlich. Ich würde mich später bei ihm bedanken müssen.

„Ja, verbündet euch doch alle gegen mich – ganz toll.“ Sie stand auf und stürmte die Treppe hoch. Tja, die Reaktion hätte ich vorhersagen können.

„Sorry, Jos. Ich wollte nur helfen“, sagte Paul und ging ihr hinterher.

„Ich weiß. Danke, Paul.“

„Ich versteh nicht, wieso sie immer so aus der Fassung gerät“, sagte Mase. „Ich meine, ich weiß, dass du noch nicht lange hier bist, aber du siehst nicht aus wie ein Fall für den Jugendrichter. Nichts für ungut."

„Schon okay. Es ist nur … kompliziert." Ich war erstaunt, dass Renee ihnen nicht alle schmutzigen Details erzählt hatte.

„Das sind die meisten Beziehungen. Kompliziert, meine ich", sagte Mase und sah Darah an. „Aber die Komplikationen können manchmal das Beste daran sein. Stimmt's, Darah?"

Darah nickte, und er küsste sie auf die Schläfe.

10. KAPITEL

Ich schickte Hannah eine SMS, in der ich ihr vorschlug, sie an ihrem Wohnheim abzuholen und mit ihr gemeinsam zum Konzert zu gehen. Sie nahm das Angebot an. Taylor und Hunter waren schon früher hingefahren, da er zum Soundcheck musste. Sie sagte auch etwas davon, dass sie ihre Freundin Megan treffen würde, die ich noch nicht kennengelernt hatte.

Hunter hatte sich an diesem Morgen ziemlich seltsam verhalten, das war allen aufgefallen. Er hatte versucht, es auf die Nervosität vor seinem Auftritt zu schieben, doch ich war mir ziemlich sicher, dass er noch nie in seinem Leben wegen so etwas nervös gewesen war. Eigentlich strahlte er immer Selbstbewusstsein aus; er musste also irgendetwas vorhaben oder hatte irgendeinen Mist gebaut. Oder beides zusammen.

„Ich treffe mich mit einer Freundin", sagte ich zu Renee bei meiner zweiten Tasse Ingwer-Zitronen-Tee. Ich war regelrecht abhängig von dem Zeug geworden und hatte mir sogar eine eigene kleine Ecke im Küchenschrank eingerichtet, in der ich mehrere Packungen hortete.

„Und wer ist das?" Ich hatte Hannah ihr gegenüber noch nicht groß erwähnt, da sie am Abend vorher so angepisst gewesen war. Ganz klar war mir jedoch nicht, weshalb ich sie verschwiegen hatte. Wahrscheinlich wollte ich einfach nicht mit Renee über sie reden. Sie würde alles über sie wissen wollen, und ich wollte Hannah mit niemandem teilen. Sie war meine Freundin.

„Keine Sorge. Du wirst sie bald kennenlernen. Sie kommt mit zu Hunters Konzert. Ich hol sie nur auf dem Weg dorthin ab."

Sie sah misstrauisch aus, doch so und nicht anders würde ich es machen.

„Okay, dann treffen wir uns dort. Fahr vorsichtig." Wow, das war das erste Mal, dass sie mich ohne Riesenpredigt aus dem Haus ließ. Ich fing Pauls Blick auf und formte unhörbar das Wort „Danke" mit den Lippen. Er nickte mir zu.

Ich parkte vor Oxford Hall, Hannahs Wohnheim, und schickte ihr eine SMS, dass ich da war. Ein paar Minuten später kam sie herunter, ihr Haar war offen und zerzaust.

„Hey, Mädchen, was geht?"

„Nicht viel. Und bei dir?"

„Auch nicht viel, nur das übliche Mitbewohnerinnendrama, aber darüber bin ich hinweg. Ich hätte dich ja hochgebeten, aber sie ist gerade da, und ich will sie nicht noch mehr provozieren, als ich es sowieso schon tue, einfach nur indem ich in ihrem Zimmer wohne. Außerdem ist sie eine totale Zicke." Sie schnallte sich an und schenkte mir ein betrübtes Lächeln.

Ich fand einen Parkplatz direkt gegenüber von der Mensa.

„Was dagegen, wenn ich mir noch eine kleine Stärkung besorge?", fragte Hannah.

„Nö."

Hannah holte sich einen Kaffee bei Starbucks, während ich mich darüber wunderte, wie leer der Campus war, wenn keine Kurse stattfanden. Es war wie eine Geisterstadt. Erst als wir hinüber zum Buchladen gingen, sahen wir all die Menschen, die im Souterrain davor standen und warteten.

Die Steiners waren leicht zu erkennen, denn sie trugen alle schwarze T-Shirts, auf denen der Name der Band gedruckt war, und standen als Gruppe zusammen. Ich entdeckte Hunter sofort, hauptsächlich weil das Tattoo auf seinem Arm schon von Weitem gut zu sehen war.

Auch Dusty war unschwer auszumachen mit seiner Hose, die ihm in den Kniekehlen hing. Ich lehnte mich über die Brüstung und kniff die Augen zusammen. Hm. Er hatte auch ein Tattoo, es lugte aus seinem T-Shirt-Ärmel hervor. Doch es war unmöglich, es von meinem Blickwinkel aus zu erkennen. Nicht, dass ich es ernsthaft versucht hätte oder dass es mir besonders wichtig gewesen wäre.

„Wen starren wir denn da an?", fragte Hannah in mein Ohr, was mich zusammenzucken ließ. Sie nippte an einem Becher Eiskaffee oder so und lehnte sich zu mir rüber.

„Niemand Spezielles“, sagte ich und richtete mich wieder auf.

„Aaa-ha“, erwiderte sie in einem Ton, dem anzumerken war, dass sie mir kein Stück glaubte. Na ja, ich glaubte mir selbst auch nicht wirklich. Ich wandte den Blick von den Jungs ab, entdeckte Taylors blonden Pferdeschwanz und sah, wie der Rest unserer Mitbewohner gerade zu ihr ging.

„Also“, sagte ich zu Hannah. „Willst du die Verrückten kennenlernen, mit denen ich zusammenwohne?“

Sie nahm einen langen Schluck durch ihren Strohhalm.

„Ich folge dir.“

Der kleine Platz vor dem Buchladen wurde immer voller von Leuten, die das Konzert sehen wollten. Hannah und ich drängelten uns durch die Menge, und ich entdeckte Renee, die nach mir Ausschau hielt.

„Da bist du ja“, sagte sie, Hand in Hand mit Paul. „Und du musst Hannah sein.“ Renee schenkte Hannahs Narben kaum Beachtung. Ich hatte nichts anderes erwartet; nichts konnte Renee schocken, schon gar nicht so etwas wie eine Narbe.

„Die bin ich wohl“, erwiderte Hannah achselzuckend. „Und ich rate mal ganz wild und sage, dann bist du vermutlich Renee.“

„Ding, ding, ding, wir haben eine Gewinnerin“, sagte Renee lachend.

„Das ist Paul“, sagte ich und deutete auf ihn. Er nickte und lächelte Hannah an. Ich pfiff, woraufhin Mase sich umdrehte. Er war in ein Gespräch mit Darah vertieft gewesen. Die beiden könnte man mitten in einen Tornado setzen, und sie würden es nicht merken.

„Hey, schön, dich kennenzulernen. Jos' Freunde sind auch unsere Freunde.“

Dann stellte Taylor Megan, ihre rothaarige Kollegin und Freundin, und ihren Freund Jake vor. Ich mochte sie sofort, und das nicht nur, weil wir die gleiche Haarfarbe hatten.

Ich stellte ihr auch die anderen vor und zeigte ihr von Weitem Hunter, der mit seinen Bandkollegen sprach, während sie sich auf das Konzert vorbereiteten.

„Er ist total nervös", sagte Taylor, die ihn beobachtete.

„Er sieht gar nicht so aus." Er lächelte und lachte die ganze Zeit.

„Doch, er klopft." Ich ließ meinen Blick an ihm herabwandern und bemerkte, dass er mit der Hand gegen sein Bein schlug. Ein, zwei, drei, vier, fünf Mal hintereinander. „Das macht er immer, wenn er nervös ist. Ich hab nur keine Ahnung, weshalb er das sein sollte – das ist nicht sein erstes Konzert. Ich sag dir, immer wenn ich gerade denke, jetzt hab ich verstanden, wie er tickt, überrascht er mich wieder." Sie knabberte an einem kaputten Fingernagel, wodurch mir auffiel, dass sie ihren Ring nicht trug.

„Wo ist dein Klunker?"

„Hunters Anwalt Joe wollte ihn schätzen lassen oder so was, damit er ihn versichern lassen kann. Ich fühl mich ganz komisch ohne ihn. Es ist unglaublich, wie sehr man sich daran gewöhnen kann, so einen Ring zu tragen."

Megan hustete, und Taylor warf ihr einen Blick zu. Hm. Was das wohl zu bedeuten hatte?

„Äh, Achtung, der Typ da drüben hat gerad Augensex mit dir", sagte Hannah, einen Tick zu laut. Ich brauchte nicht aufzuschauen, um zu wissen, wen sie meinte.

„Pst, nicht so laut. Ich hab ihn schon gesehen."

„Aha." Sie saugte die letzten Tropfen ihres Kaffeegetränks durch den Strohhalm und warf den Becher dann in den nächsten Mülleimer. „Er ist ziemlich sexy." Sie wiegte ihren Kopf hin und her. „Den solltest du dir schnappen. Er sieht aus, als wäre er … gut im Bett." Als könnte das auch nur eine von uns beurteilen.

Schließlich rang ich mich durch, in Dustys Richtung zu schauen. Während er mit einem der anderen Typen sprach, ging sein Blick eindeutig in meine Richtung. Er ertappte mich dabei, wie ich ihn anstarrte, und zwinkerte mir zu. Ich ließ den Blick an seinem Arm herabwandern und versuchte, sein Tattoo zu erkennen, doch es war größtenteils von seinem Ärmel bedeckt.

„Hör auf, ihm schöne Augen zu machen", zischte Hannah mir ins Ohr.

Einer der Typen räusperte sich und kam nach vorne, während der Rest der Steiners sich in einer Reihe aufstellte.

„Hallo zusammen, mein Name ist Kent, und wir sind die Steiners. Jungs, wollt ihr euch vorstellen?" Einer nach dem anderen trat jeder vor und sagte seinen Namen. Es waren insgesamt zwölf, und mindestens die Hälfte davon war sehr gut aussehend, was mehr waren, als ich erwartet hatte.

Kent schnippte mit den Fingern, um den Takt vorzugeben, und fing an zu zählen. Dusty kam als Erster dazu und unterlegte ihn mit einem Schlagzeugrhythmus, und dann fing der Rest der Gruppe an zu singen. Es war „One More Night" von Maroon 5. Ich fing Hunters Blick auf, und er zeigte auf mich. Die Jungs machten unter sich aus, wer die Leadstimme singen würde, und Hunter kam als Erster zum Zug. Dusty stieg total in sein Beatboxen ein und tanzte sogar ein wenig dazu. Die anderen bewegten sich ebenfalls, ein paar machten sich sogar einen Spaß daraus, uns zum Lachen zu bringen.

Sie beendeten den Song, und Dusty ahmte wieder den Beckenklang eines Schlagzeugs nach. Alle jubelten und klatschten, während die Jungs sich neu gruppierten und einen weiteren Song anstimmten. Diesmal war es ein alter, „The Reason" von Hoobastank, gefolgt von einem Medley aus verschiedenen Queen-Songs, bei denen die Steiners alle mitsummten und ein paar ausgefeilte Tanz-Moves machten, und „P.Y.T." von Michael Jackson.

„Die sind wirklich gut", flüsterte mir Hannah ins Ohr. „Und dein Beatboxer ist mehr als sexy. Ich stell mir gerade vor, was er noch so alles mit diesem Mund anstellen könnte."

Ich ignorierte ihren Kommentar, während die Gruppe eine kurze Pause machte, um einen Schluck Wasser zu trinken. Nun trat Hunter vor.

„Hallo allerseits. Ich bin Hunter, und ich muss euch einen Moment um eure Aufmerksamkeit bitten."

„Was zum Teufel macht er da?", flüsterte Taylor.

„Wisst ihr, ich liebe dieses Mädchen da drüben." Er zeigte auf Taylor, die rot anlief. „Ja, dich, Taylor." Er streckte die Hand nach ihr aus, und sie trat nach vorne. „Musik war immer schon ein Teil unseres Lebens. Auf unserem ersten echten Date habe ich für sie gesungen. Und ich sang für sie, als ich das erste von vielen Malen alles falsch gemacht habe. Und daher dachte ich, ich sing auch heute und hier für sie. Also, hier kommt der Song."

Einer der anderen Jungs brachte einen Stuhl für Taylor, und Hunter zwang sie, sich hinzusetzen. Sie sah aus, als würde sie am liebsten im Erdboden versinken, und zog den Kopf ein, um nicht sehen zu müssen, wie alle sie anstarrten.

Ich hatte so ein Gefühl zu wissen, wohin das führen würde, und alle anderen um mich herum sprachen flüsternd den gleichen Gedanken aus.

„Oh Gott, er wird doch nicht ...", sagte Renee.

„Ich denke, er wird", erwiderte Paul.

Diesmal startete Hunter den Song. Dusty gab einen langsamen Beat vor, der sanft und romantisch war. Ich brauchte ein paar Sekunden, doch dann erkannte ich das Stück und wusste genau, was jetzt passieren würde.

Ich beobachtete Taylors Gesicht, als er anfing, „I Can't Wait" von Runner Runner zu singen. In der Sekunde, in der er „my wife" sang, nahm sie die Hände vor den Mund und fing an zu weinen. Die Menge stieß einen einstimmigen Seufzer aus, als Taylor den Kopf schüttelte und sich die Tränen wegwischte, während Hunter ihre Hand hielt und für sie sang. Ich begegnete Dustys Blick, und er lächelte mich an. Ich lächelte zurück. Man konnte einfach nicht anders. Der Wirkung einer solch offenen und schönen Liebesbekundung konnte sich niemand entziehen.

Hunter sang den letzten Ton alleine, streckte ihn noch ein wenig und ließ ihn dann sanft ausklingen, bevor er die Hand in seine Hosentasche schob und niederkniete. Meine Augen waren mehr als nur leicht feucht, doch da war ich nicht die Einzige. Alle um mich herum hielten die Luft an.

„Taylor Elizabeth Caldwell, du bist das einzige Lied, das ich mein Leben lang singen will, und ich liebe dich mehr, als es Sterne am Himmel gibt. Willst du mich heiraten?"

Sie hielt nur ganz kurz inne, bevor sie die Antwort flüsterte, doch ihr Flüstern war im ganzen Raum zu hören.

„Ja."

Als Hunter sie vom Stuhl riss und sie herumwirbelte, brach die Menge in Jubel aus, und sie lachte und weinte; es war ihr nun sichtlich egal, dass alle dabei zusahen. Die übrigen Steiners stimmte „Chapel of Love" von den Dixie Cups an, und alle klatschten und sangen mit.

Nachdem das Lied zu Ende war, trat Kent vor und bat um Ruhe. „Ja, ja, das reicht jetzt." Alle buhten. „War nur ein Scherz. Wir haben noch einen letzten Song für euch." Hunter legte den Arm um Taylor und zog sie mit zu der Gruppe, während Dusty einen weiteren Beat startete und sie „Walking on Sunshine" anstimmten. Taylor war so glückselig, dass sie mitsang, und ihre Stimme mit denen der anderen verschmolz.

„Vielen Dank allerseits! Und noch eine Runde Applaus für das glückliche Paar!" Alle klatschten und machten sich dann auf, dorthin zurückzukehren, von wo sie gekommen waren.

Renee, Darah und Megan stießen Schreie aus, die so klangen, als würden sie einer seit Langem ausgestorbenen Dinosaurierrasse angehören, und stürzten sich auf Taylor, worauf noch mehr Kreischer und Begeisterungsausrufe folgten. Hunter und Mase umarmten einander und klopften sich auf den Rücken, und Mase drückte Taylor so fest an sich, dass er ihr vermutlich fast die Rippen brach.

„Herzlichen Glückwunsch", sagte ich und umarmte beide. „Jetzt seid ihr wirklich eine Familie. Kein Entkommen mehr."

„Schöner Antrag, Alter. Gut gemacht", sagte Hannah zu Hunter und hielt ihm die Faust hin. Er sah sie einen Augenblick lang perplex an.

„Hunter, das ist meine Freundin Hannah."

„Oh, klar. Sorry, ich wollte dich nicht hängen lassen." Er schlug mit seiner Faust gegen ihre. Ich bemerkte, dass es Taylor schwerfiel, Hannah nicht anzustarren, doch nachdem Hannah sie angelächelt und umarmt hatte, war alles gut.

„Ich hab dich weinen sehen.“ Ich musste es mir wirklich abgewöhnen, überrascht zu sein, wenn Dusty sich von hinten anschlich. Das hatte er jetzt schon oft genug getan.

„Und wer bist du?“, fragte Hannah, die sofort herumwirbelte und sich direkt vor ihn stellte. Dusty musste nicht ein zweites Mal hinsehen, bevor er sie anlächelte.

„Dusty Sharp, zu Ihren Diensten.“ Er verbeugte sich. Hannah wirkte völlig unbeeindruckt. Dabei hatte sie vor fünf Sekunden noch geredet, als würde sie über ihn herfallen wollen. Oh Mann, dieses Mädchen würde mir noch ein Schleudertrauma verpassen mit ihren ständigen Richtungswechseln.

„Hannah Gillespie. Und du, Alter, hast meine Freundin Jos die ganze Zeit angestarrt.“

Für einen Moment wich das Lächeln aus seinem Gesicht, doch dann hob er abwehrend die Hände.

„Schuldig im Sinne der Anklage. Aber kannst du mir das übel nehmen?“

„Vielleicht“, sagte Hannah und verengte ihre Augen zu Schlitzen. Ich musste dem Ganzen ein Ende bereiten.

„Hey, Hannah, willst du mit mir shoppen gehen? Ich meine, jetzt sofort?“ Ich packte sie am Arm und versuchte, sie wegzuziehen. Ich hatte eigentlich vorgehabt, mich auf Jobsuche zu begeben, aber das musste er ja nicht wissen.

„Kann ich mitkommen?“, fragte Dusty und folgte uns. Nein, du Idiot, es ging gerade eben darum, von dir wegzukommen.

„Äh, nein“, sagte ich. „Du hättest auch gar keinen Spaß. Wir werden Sachen wie Tampons und Scheidenpilzcreme kaufen und … noch mehr Frauenzeugs. Glitzerohrringe und ganz viel in Pink.“

„Klingt lustig.“ Oh Mann, konnte irgendetwas, was ich sagte, diesen Typen abschrecken?

„Warum machen wir nicht irgendwas weniger … ähm … Ekliges? Wohnst du auf dem Campus?“ Hannah hatte ihre Frage an Dusty gerichtet.

„Nein, ich hab meine eigene Wohnung in Old Town. Ich würde euch ja dahin einladen, aber ich glaub, der Schimmel in meinem Bad hat sich mittlerweile zu einem lebendigen Wesen entwickelt und würde euch umbringen, sobald ich euch den Rücken zukehre."

„Iihh", quiekten Hannah und ich gleichzeitig.

„Ja, ich versuche schon die ganze Zeit, meinen Vermieter dazu zu kriegen, etwas dagegen zu unternehmen, aber keine Chance. Ohne Geld kommt man einfach nicht weit."

„Amen. Wir verstehen uns, Bruder." Hannah nickte zustimmend. Ach, jetzt fand sie ihn wieder cool. Ihre finanziellen Schwierigkeiten hatten sie vereint.

Irgendjemand rief Dusty etwas zu, um ihn an eine Verabredung in der folgenden Woche zu erinnern. „Eigentlich muss ich jetzt zur Arbeit. Sorry, die Damen. Ein andermal?"

„Klingt gut", sagte Hannah.

„Wir sehen uns auf jeden Fall am Sonntag, Rotschopf. Die Jungs haben eine kleine Überraschungsparty für Hunter und Taylor geplant, und alle Bewohner von Yellowfield House sind natürlich dabei. Und du, Hannah Gillespie, bist auch eingeladen."

„Cool", sagte sie. „Ich hab nichts vor."

„Das klingt gut."

Renee rief nach mir. „Wir gehen aus, feiern. Kommst du mit?"

So viel zu meiner Jobsuche. „Ja, klar."

„Kann ich auch mit?", rief Hannah.

„Klar", riefen Renee, Mase und Hunter zurück.

Es war beinahe unheimlich, wie schnell sie sich in unsere Gruppe eingefügt hatte.

„Tja, dann müssen wir uns wohl verabschieden. Wir sehen uns morgen. Rotschopf, Hannah Gillespie." Er nickte uns beiden zu, packte seine Tasche, winkte den anderen Jungs zu und ging, zwei Stufen auf einmal nehmend, die Treppe hoch.

„Er ist … irgendwie anders", sagte Hannah, während sie ihm nachstarrte.

„Du sprichst mir aus der Seele."

Das einzige Gesprächsthema bei Pat's Pizza waren Hunters und Taylors Hochzeitspläne. Megan steckte mitten in den Planungen für ihre eigene Hochzeit und gab ihnen jede Menge Tipps, wovon Hunter sich nicht annähernd so einschüchtern ließ, wie ich erwartet hätte.

„Hat er deinen Vater gefragt?", wollte Renee von Taylor wissen. Ihre Pizza war noch fast unangerührt.

„Ja, das habe ich", antwortete Hunter an ihrer Stelle, was ihm einen anerkennenden Blick von Renee einbrachte.

„Echt?", fragte Taylor. „Wann?"

„An Weihnachten. Hab alles genau geplant." Taylor hatte erst kürzlich den Kontakt zu ihrem Vater wieder aufgenommen und war ihn während der Weihnachtsferien zusammen mit Hunter besuchen gefahren.

„Ausgezeichnet", sagte Mase und hielt ihm noch einmal die Faust hin. „Ich dachte ja, du bist verrückt, Alter, aber ich wünsch dir alles Glück der Welt. Und ich freu mich, Taylor jetzt offiziell ein Familienmitglied nennen zu können. Oh Gott, hast du es Harper schon erzählt? Sie wird völlig aus dem Häuschen sein."

„Lass sie uns doch gleich anrufen." Ich hatte schon von Mases Schwester Harper gehört, die zerebrale Kinderlähmung hatte und an den Rollstuhl gefesselt war. Es gab mehrere Fotos von ihr im Haus, und er hatte erzählt, dass sie irgendwann einmal mit seinen Eltern zu Besuch kommen würde.

Hunter holte sein Handy raus und stellte den Lautsprecher an.

„Wen rufen die an?", flüsterte Hannah, als das Freizeichen zu hören war.

„Mases kleine Schwester. Sie und Hunter stehen sich sehr nahe", sagte ich.

„Hallo?", erklang eine Kleinmädchenstimme. Dieses Kind hatte sein eigenes Handy? Typisch für reiche Leute.

„Hey, Seven! Was geht?", sagte Hunter mit einem Riesenlächeln auf dem Gesicht. Aus der Art, wie er mit ihr sprach, wurde deutlich, dass er vollkommen vernarrt in sie sein musste. Das war ganz schön süß.

„Hunter! Ich hab eine Eins für meinen Aufsatz bekommen. Willst du ihn hören?“

„Klar, Seven, aber ich hab dich angerufen, weil ich dir was erzählen will. Taylor ist auch da.“

„Hi, Harper!“, rief Taylor.

„Wann kommst du mich besuchen?“

„Bald, Prinzessin, versprochen. Aber weißt du was?“

„Was?“, fragte Harper.

„Hunter und ich werden heiraten.“

„Wirklich?“

Taylor sah Hunter an und lächelte. „Ja, das werden wir.“

Am anderen Ende der Leitung brach ein Kleinmädchenschrei los, und Hunter nahm das Handy wieder in die Hand und stellte den Lautsprecher aus.

„So aus dem Häuschen hat sie noch nie geklungen“, sagte Mase kopfschüttelnd. „Ich glaube, darüber freut sie sich sogar noch mehr als über die Karten für das Taylor-Swift-Konzert, die sie zu Weihnachten bekommen hat.“

Hunter sprach noch eine Weile mit der aufgeregten Harper.

„Wollt ihr jetzt sofort heiraten?“, fragte Hannah Taylor, während sie die Pizzaränder von meinem Teller klaute, die ich liegen gelassen hatte. Unsere Freundschaft war also schon auf Essensklau-Niveau.

Taylor schnaubte. „Ich glaub nicht. Wir wollen beide erst zu Ende studieren, und es kommt mir … ich weiß nicht … irgendwie komisch vor zu heiraten, während wir noch am College sind. Ich meine, ich will nicht, dass die Leute denken, ich bin schwanger oder so.“

„Bist du das denn?“, fragte Hannah. Ich wäre beinahe vor Scham im Erdboden versunken.

„Nicht, dass ich wüsste“, antwortete Taylor. „Ich will mich nur gerade einfach nicht damit beschäftigen müssen. Wir haben im Moment zu viel zu tun. Es kommt schon irgendwann der richtige Zeitpunkt.“

Hannah nickte, und Renee fuhr fort, Taylor über ihre Vorstellung von der perfekten Hochzeit auszuquetschen.

Am Abend saß ich mit einer Tasse Tee in der Küche. Alle anderen waren schon ins Bett gegangen, doch ich konnte nicht schlafen. Renees Stimme ließ mich zusammenzucken. „Geht's dir gut?"

„Ja, alles okay. Warum bist du noch auf?"

„Ich glaub, ich bin einfach aufgeregt wegen allem, was passiert ist. Ich kann nicht fassen, dass er es wirklich getan hat." Sie nahm sich ein Glas vom Abtropfgestell und füllte es mit Wasser. „Als er ihr damals den Ring geschenkt hat, dachte ich schon, er hätte ihr einen Antrag gemacht, aber dann trug sie ihn an der anderen Hand. Es war allerdings nur eine Frage der Zeit. Die zwei sind einfach füreinander bestimmt."

„Bist du neidisch?"

Sie sah mich an, als hätte ich etwas völlig Abwegiges gesagt, und verschluckte sich beinahe an ihrem Wasser.

„Darauf, dass sie heiraten? Gott, nein. So weit bin ich noch lange nicht."

„Aber du lebst mit Paul zusammen. Ich meine, das ist nicht genau dasselbe, aber doch ziemlich nahe dran."

Sie lachte.

„Meine liebe kleine Schwester. Es liegen Welten dazwischen, mit jemandem zusammenzuwohnen oder ihn zu heiraten."

„Aber du würdest Paul doch heiraten? Irgendwann, meine ich."

„Ja, aber frühestens in ein paar Jahren, wenn wir beide schuldenfrei sind und endlich mal ein bisschen mehr als nur zwei Dollar auf dem Konto haben. Ich will nicht einen Haufen Geld für eine Hochzeit ausgeben, wenn wir uns kaum die Krankenversicherung und eine Wohnung leisten können. Außerdem will ich eine echt fette Hochzeit. Ich werde nur einmal im Leben heiraten, und dann will ich es auch richtig machen." Ihre Argumente waren stichhaltig, vernünftig. Ich fragte mich, wie Paul dazu stand. Nicht, dass das eine große Rolle gespielt hätte. In dieser

Beziehung hatte Renee die Hosen, die Hemden und auch alles andere an. Sie hatte ihn fest an den Eiern, doch das schien ihm überhaupt nichts auszumachen.

„Sag mal, was war denn da eigentlich mit dir und Dusty?"

„Was meinst du?" Scheiße, ich wollte nicht, dass sie etwas davon mitbekam.

„Ach, keine Ahnung. Vielleicht interpretiere ich auch zu viel hinein."

„Ich bin nicht an ihm interessiert", sagte ich zum tausendsten Mal.

„Das hätte ich auch nicht gedacht. Ich meine, er ist *so* was von gar nicht dein Typ."

Früher wäre er nicht mein Typ gewesen. Jetzt hatte ich keinen mehr.

„Wo ihr jetzt nicht mehr zusammen seid, kann ich es ja sagen: Ich hab Matt nie besonders gemocht. Er war immer so … ich weiß auch nicht." Sie suchte gestikulierend nach dem richtigen Wort.

„Verklemmt?", schlug ich vor. Ja, das war ich auch gewesen.

„Nein, es war mehr als das. Ich hatte immer das Gefühl, dass er mich verurteilt und mich irgendwie mangelhaft fand. Aber dich hat er immer gut behandelt, und man konnte sehen, dass er dich geliebt hat. Also habe ich das für mich behalten."

Na ja, das hatte sie nicht wirklich. Die ganze Zeit über, die ich mit Matt zusammen war, von der Highschool bis zum College, hatte ich gespürt, dass Renee ihn nicht mochte. Sie konnte es ziemlich schlecht verbergen, wenn sie jemanden nicht leiden mochte, doch das würde ich ihr niemals sagen.

Sie kippte den letzten Schluck Wasser runter. „Okay, ich geh mal zurück ins Bett. Nacht, kleine Schwester." Sie breitete die Arme für eine Umarmung aus, und wir drückten uns wie früher.

„Nacht, große Schwester."

Ich nahm meine Tasse Tee, ging zurück in meine Höhle und machte Musik an. Ingrid Michaelsons Stimme erfüllte meine

Ohren und fühlte sich eigenartig passend an für diesen späten Abend.

„Hier, hör dir den mal an", sagte er und reichte mir einen seiner Kopfhörer. Ich steckte ihn mir ins Ohr und hörte eine unbekannte Stimme davon singen, jemanden zu lieben, neben dem man sich wie ein Freak fühlt. Als ich ihm sagte, dass ich nie wirklich Musik hörte, hatte er das als Herausforderung aufgefasst. Jeden Tag spielte er mir einen neuen Song vor. Pop, Rock, Country, Rap, Oldies, was auch immer. Er hörte so ziemlich alles. „Solang es gut ist", sagte er. „Musik kann ausdrücken, was man mit Worten nicht sagen kann. Und wenn man Musik mit Worten kombiniert, sagt man zwei Dinge auf einmal."

Ich vermisste ihn, doch ich konnte immer noch nicht über ihn sprechen, zumindest nicht laut. Nicht mit Renee, mit niemandem. Ich konnte es nicht erklären. Er war der erste wahre Freund gewesen, den ich je gehabt hatte. Er hatte mir klargemacht, dass all die anderen, von denen ich dachte, sie wären meine Freunde, eigentlich gar keine waren.

Ich war nicht in ihn verliebt gewesen, zumindest nicht auf die übliche Art, aber ich hatte ihn dennoch geliebt. Irgendwo hatte ich mal gehört, dass Jungs und Mädchen keine Freunde sein können, ohne dass sich mindestens einer in den anderen verliebt, aber das stimmte nicht. Es gibt einfach nur zwei verschiedene Arten von Liebe, das ist alles. Er war wie der Bruder gewesen, den ich nie gehabt hatte, und er hatte mich wie seine Schwester behandelt. Und ein Teil von mir war nun verschwunden; er hatte ihn mitgenommen, als er …

Ich machte die Musik aus. Sie erinnerte mich zu sehr an ihn, und ich wusste, was er sagen würde, wenn er wüsste, dass ich seinetwegen traurig war.

Einfach lächeln, Jossy. Die Welt ist gar nicht so schlecht. Außerdem braucht man auch die schlechten Dinge, damit man die guten erkennen kann, wenn sie daherkommen.

11. KAPITEL

„Oh Mann, diese Serie ist echt verrückt." Ich saß neben Hannah auf dem Futon unter ihrem Hochbett und sah mir die zweite Folge meines Lebens von Buffy an. „Total schräg. Diese Computer sind einfach gigantisch", sagte ich.

„Ja, oder? Aber im besten Sinne. Warte nur auf die dritte Staffel." Hannah hatte ihre übliche Ration Skittles da, und ich hatte ein paar M&Ms aus dem Automaten im Wohnheim-Erdgeschoss mitgebracht und mixte nun beides in einem Plastikbecher zusammen. „Weißt du, eine Menge der Probleme in dieser Serie könnten durch das Benutzen von Handys gelöst werden. Aber dann wäre sie nicht halb so unterhaltsam. Von daher ist es wohl gut so, wie es ist."

Ich hielt ihr meinen Becher hin, und sie schüttete ein paar mehr Skittles hinein.

„Was von Dusty gehört?", fragte sie, ohne die Augen vom Bildschirm abzuwenden.

„Äh, nein. Er hat auch meine Nummer gar nicht."

„Niete."

„Möchtest du denn, dass ich von ihm höre? Denn gestern hast du dich echt seltsam verhalten."

„Ach, das? Ich hab nur die beschützerische Freundin gespielt, um zu sehen, wie er reagiert. Eine Menge Typen lassen sich von einer beschützerischen Freundin einschüchtern. Und dann gibt es auch noch die, vor denen man sich echt in Acht nehmen muss, weil sie sich davon bedroht fühlen, wenn ein Mädchen Freunde hat."

„Hast du davon schon viele kennengelernt?"

„Ein paar. So hier und da." Da steckte doch definitiv mehr dahinter; ein Sternchen und jede Menge Fußnoten in winziger Schrift. Doch ich hatte noch nicht das Gefühl, dass wir das Freundschaftsniveau erreicht hatten, auf dem ich sie über so etwas ausquetschen konnte, also ließ ich es bleiben.

„Und wie lautet dein Urteil über Dusty?"

„Er wirkt auf mich wie ein netter Typ. Ein bisschen großspurig vielleicht, und eventuell hat er auch eine dunkle Vergangenheit, die er versucht zu verstecken. Vielleicht ist er aber auch nur ein heimlicher *Herr-der-Ringe*-Fan oder ein Messie oder hat sonst irgendeine seltsame Manie, aber ich glaube nicht, dass er ein mieser Typ ist. Habe keine derartigen Vibes empfangen. Bad-Boy-Vibes allerdings schon."

„Und wo ist da der Unterschied?"

Sie stellte die Serie auf Pause, seufzte und strich sich das Haar aus dem Gesicht.

„Okay, also ein Bad Boy ist einer, der dich ganz kribbelig macht. Er ist gefährlich, aber auf eine gute Art. Eine, die dein Herz zum Rasen bringt und von der du plötzlich Lust auf Motorradfahren bekommst. Oder auf Nacktbaden. Ein mieser Typ hingegen ist einer, der dich verletzt oder dir das Gefühl gibt, wertlos zu sein, oder dich von deinen Freunden isoliert. Er ist einfach nur gefährlich. Das sind die Typen, von denen man sich fernhalten sollte."

„Oh." Sie schien das alles genau durchschaut zu haben, zumindest hatte sie wohl sehr viel Zeit damit verbracht, über den Unterschied zwischen miesen Typen und Bad Boys nachzudenken.

„Dusty ist also ein Bad Boy."

„Definitiv. Aber wenn bei dir doch irgendwelche Alarmglocken läuten, dann renn, so schnell du kannst."

„Wenn es einen Grund für irgendwelche Alarmglocken gäbe, bin ich mir ziemlich sicher, dass meine Schwester und unsere Mitbewohner mich nicht in seine Nähe lassen würden. Hunter wäre nicht mit einem miesen Typen befreundet."

„Trotzdem, man weiß nie. Die Leute sind nicht immer so, wie sie im ersten Moment erscheinen. Manchmal denkt man jahrelang, sie sind so oder so, und dann passiert irgendwas, und es kommt endlich raus, wie sie wirklich sind."

„Aber du kannst auch nicht durchs Leben gehen und immer nur denken, alle Menschen sind schlecht."

„Das tu ich auch nicht. Ich hab dir doch gesagt – ich folge meinem Instinkt."

Da wir uns in der Sache wohl sowieso nicht einig werden würden, ließ ich das Thema fallen, und wir sahen uns weiter die Serie an. Doch ich dachte lange darüber nach, was sie gesagt hatte. Darüber, dass Menschen gut oder schlecht sein konnten und woran man das merkte.

Ich hatte nicht das Gefühl, jemals einen wirklich schlechten Menschen kennengelernt zu haben. Sogar mein Ex und meine ehemaligen Freunde waren das nicht.

Ich war früher genau wie sie gewesen, und ich fand nicht, dass ich ein schlechter Mensch gewesen war. Travis, dieser Typ, der Taylor beinahe vergewaltigt hatte, das war ein mieser Typ. Ich brauchte ihn gar nicht persönlich kennenzulernen oder viel mehr über ihn zu wissen, um das zu begreifen. Aber hieß das, dass er für immer und ewig schlecht sein würde? Konnten Menschen sich ändern?

Ich hatte mich verändert.

Mein Kopf war so voller Gedanken, dass ich beinahe das Verlobungsessen vergessen hätte und das Haus im Chaos vorfand, als ich von Hannah zurückkam.

Mase krabbelte auf Händen und Knien durch das Wohnzimmer, zusammen mit Hunter und Darah.

„Wie sieht er noch mal aus?", fragte Hunter, während er den Boden abtastete.

„Das ist so ein kleiner Goldohrring. Weißt du, die Taylor mir geschenkt hat?" Darah kniff ein Auge zu und legte die Wange auf den Boden, um ihn besser absuchen zu können.

„Ach ja", erwiderte Hunter.

„Ich hab ihn!" Mase hielt ihn Darah hin, und sie gab ihm einen Kuss.

„Danke, Baby." Sie stand auf, klopfte sich ihr Kleid ab und steckte sich den Ohrring an.

Hunter und Mase hatten beide schicke Hemden und Hosen und dazu Anzugschuhe an.

„Wo warst du?“, fragte Renee, die gerade die Treppe herunterkam und dabei gleichzeitig in ihre Schuhe schlüpfte. Paul ging direkt hinter ihr her und passte auf, dass sie nicht hinfiel. Sie trug eines ihrer schönsten Kleider; es war grün mit einer geschwungenen schwarzen Linie am Saum. Paul trug ein ebenso grünes Hemd. Oh nein, jetzt waren sie schon eins von diesen Partnerlookpaaren geworden.

„So kannst du nicht gehen“, sagte sie und zeigte auf meine abgewetzten Jeans und mein graues Sportshirt.

„Tut mir leid, ich hab's total vergessen. Ich geh mich umziehen.“ Mist, was sollte ich bloß anziehen? Alle meine schönen Kleider hatte ich weggepackt. „Ich hab nichts Schönes“, gab ich schließlich zu und biss mir auf die Lippe.

„Meinst du das ernst? Du hast doch früher mehr Kleider und Röcke getragen als Hosen.“ Sie stützte die Hand in die Hüfte.

Ich zuckte mit den Achseln. „Aber ich hab keine hier.“

„Okay, lass mich nachdenken.“ Sie legte die Finger an die Schläfen. „Ich glaube, ich hab was, das dir passen könnte. Komm mit.“ Sie packte mich am Arm und zog mich die Treppe hoch.

Unterwegs stieß ich mit Taylor zusammen, die gerade aus dem dritten Stock kam. Sie trug ein babyblaues Kleid, das aussah wie für Audrey Hepburn gemacht, und ihr Haar hing ihr offen über die Schultern.

„Hey, Jos!“

„Klamottenkrise“, rief Renee, dann zerrte sie mich in ihr Zimmer und riss ihre Schranktüren auf. Taylor und Darah folgten uns.

Es entstand ein hektisches Durcheinander, in dem mir verboten wurde, auch nur irgendetwas zu sagen. Ich kam mir vor wie ein Model.

Sie hielten mir alle möglichen Kleider an und machten mit meinem Haar herum. Darah, die die besten Frisuren machte, flocht es mir von einem Ohr zum anderen, sodass eine Art Krone entstand. Früher war ich ein großer Fan von Dutts gewesen und hatte mein Haar immer streng zurückgezogen getragen, damit alle sahen, dass ich gepflegt war und es mit meiner politischen Karriere ernst meinte. Darah lockerte die Frisur jedoch vorne etwas auf, indem sie ein paar Haarsträhnen herauszog.

„So“, sagte sie und steckte das Ganze mit ein paar Haarnadeln fest.

Renee und Taylor warfen Kleid um Kleid auf den Boden und entschieden sich schließlich für ein goldenes Kleidchen mit Glockenrock.

„Das zieh ich nicht an“, sagte ich, während sie anfingen, mich auszuziehen. „Scheiße, kann ich vielleicht wenigstens mal ein bisschen Privatsphäre haben?“ Ich duckte mich in den Schrank und zog die Tür halb zu. Dass Renee mich halb nackt sah, war mir egal, aber vor den beiden anderen war es mir etwas unangenehm.

Das Kleid hatte obenherum genug Stoff, um meinen BH abzudecken, worüber ich froh war. Ich zog es ein wenig zurecht und versuchte, den Reißverschluss am Rücken zuzuziehen, doch ich kam einfach nicht ran.

„Ähm, kann mir mal jemand helfen?“

Renee zerrte mich aus dem Schrank und zog den Reißverschluss zu.

„Perfekt!“, sagte sie und verschloss den Haken oben am Kleid, damit der Reißverschluss nicht plötzlich aufgehen und ein Klamottenmalheur provozieren konnte. Das hätte mir gerade noch gefehlt.

Sie drehte mich um, und die anderen beiden steckten mir Ohrringe in die Ohrlöcher und fingen an, mir irgendwelches Zeug ins Gesicht zu schmieren.

„Ich bin doch keine Barbie“, sagte ich, während Taylor etwas auf meine Augenlider auftrug. Ich war zu beschäftigt damit aufzupassen, dass mir niemand ins Auge stach, um zu sehen, welche Farbe es war.

„Doch, jetzt gerade bist du eine, meine Liebe“, sagte Taylor und verschmierte den Lidschatten mit dem Finger. Renee durchwühlte ihr Schminktäschchen nach einer Lippenstiftfarbe, die mir stehen würde, und fand schließlich pinkfarbenes Lipgloss.

„Jawoll, das ist es." Sie betupfte meine Lippen damit, während Taylor sich Mühe gab, mir mit dem Mascara nicht die Augen auszustechen.

„Ist das nicht unhygienisch?", fragte ich. „Müsstest du das nicht desinfizieren, bevor du es mir auf den Mund schmierst?" Renee war eine große Verfechterin von Hand- und sonstiger Desinfektion und propagierte das In-die-Ellenbeuge-Niesen.

„Willst du damit sagen, dass du meine Keime nicht mit mir teilen willst? Ich meine, du bist meine Schwester. Bist du etwa zu gut für meine Bazillen?" Sie sah mich mit gespielter Wut an.

„Schon gut, schon gut. Seid ihr jetzt fertig?" Ich wollte endlich sehen, was sie aus mir gemacht hatten. Hoffentlich sah ich nicht so aus wie früher, als meine kleinen Schwestern Schickmachen spielten und mein Gesicht dazu benutzten, ihre Schminkkünste zu testen.

„Fast", sagte Taylor und besprühte mich mit ein wenig von Renees Parfüm. War das eine subtile Art, mir mitzuteilen, dass ich stank?

„So, fertig", sagte Renee und rückte zu guter Letzt noch die Träger meines Kleids zurecht.

„Äh, und was ist mit Schuhen?" Ich war immer noch barfuß. Aufgrund eines genetischen Wunders hatten Renee und ich genau die gleiche Schuhgröße, und so steckte sie mir nun ihre schwarzen Ballerinas an die Füße. Zum Glück, denn ich war völlig aus der Übung, was das Tragen von Absätzen betraf. Wahrscheinlich hätte ich mich sofort lang gelegt, wenn ich es versucht hätte.

„Okay, jetzt bist du wirklich fertig", sagte Renee.

Ich drehte mich um und blickte in Renees Ganzkörperspiegel. Ich sah aus wie früher, aber irgendwie auch wieder nicht. Niemals hätte ich so ein Kleid und solch eine Frisur getragen oder so viel Lidschatten aufgelegt. Taylor hatte mir einen sinnlichen Look verpasst, den ich ganz sicher selbst nie zustande gebracht hätte, doch er ließ mich älter und geheimnisvoller aussehen.

Diese Illusion würde ich sofort zunichtemachen, wenn ich den Mund öffnete.

„Was treibt ihr denn da oben?“, rief Mase von unten.

„Meine Schwester sexy machen“, rief Renee zurück. Ich warf ihr einen bösen Blick zu. „Ach, komm schon. Ich konnte dich doch nicht in diesem schäbigen Outfit auf eine Party gehen lassen. Wir sollten auf jeden Fall mal shoppen gehen.“ Ich hasste Shopping. Früher, als es eine Art gesellschaftliche Verpflichtung gewesen war, hatte ich immer so getan, als würde ich es mögen. Aber ich war eigentlich sehr froh, dass ich das nicht mehr musste.

„Ja, vielleicht.“ Vermutlich würde ich keine Wahl haben. Sie würde mich mit dem Argument dazu zwingen, dass es uns als Schwestern zusammenschweißen würde, und versuchen, mich wieder zu der zu machen, die ich mal gewesen war. Aber dazu würde es mehr brauchen, als meine alten Kleider zu tragen. Oder neue Kleider, die zu meinem alten Ich gepasst hätten.

„Können wir jetzt gehen?“, fragte ich, da mir die auf mich gerichtete Aufmerksamkeit langsam unangenehm wurde.

„Ja, lasst uns gehen, Mädels“, rief Renee jauchzend. „Wir haben was zu feiern!“

Renee, Paul und ich fuhren zum Campus, um Hannah abzuholen. Ich war so froh, dass sie mitkam, denn ein Großteil der Leute dort würden sicher ältere Studenten sein, die ich nicht kannte.

„Verdammt, du weißt, wie man sich hübsch macht, Mädchen“, sagte Hannah, als sie ins Auto sprang. Sie selbst trug ein schwarzes Etuikleid. Es war das erste Mal, dass ich ihre nackten Arme sah; die Verbrennung verlief tatsächlich bis hinunter zu ihrer Hand.

„Es wird dunkel sein und die meisten Leute wahrscheinlich viel zu betrunken, um sie überhaupt zu bemerken“, sagte sie und drehte ihren Arm hin und her, als würde sie ihn zum ersten Mal betrachten. „Außerdem liebe ich dieses Kleid, und ich werde mich von niemandem davon abhalten lassen, es zu tragen.“

Sie war einfach großartig.

Die Party fand in einem Haus außerhalb des Campus statt, das ein paar von den Steiners gemeinsam gemietet hatten. Es standen schon einige Autos davor, als Renee vorfuhr.

„Okay, hör zu, wie das hier laufen wird: Wenn ich dich mit einem Getränk in der Hand sehe, dann bitte nur mit einem Softdrink. Wenn ich sehe, wie du mit irgendwelchen schrägen Typen redest, wird jemand einschreiten. Es werden dich eine Menge Leute im Blick haben, und heute geht es um Taylor und Hunter, okay? Also, keine Faxen."

„Ja, ja, hab's verstanden." Ich war ein wenig beleidigt, dass sie es mir tatsächlich zutraute, Hunter und Taylor ihren besonderen Abend zu verderben.

„Keine Sorge. Ich pass auf, dass sie anständig bleibt", sagte Hannah. „Ich hab ein Auge auf dich, junge Dame." Wie bitte? Wir waren genau gleich alt, verdammt noch mal.

Renee sah Hannah an und dann wieder mich. „Also gut. Dann gehen wir jetzt rein."

Das Haus war bereits voller Leute, von denen ich niemanden kannte, weshalb ich mehr als dankbar war, wenigstens Hannah dabeizuhaben.

Hunter und Taylor wurden mit Umarmungen und Glückwünschen bombardiert und mit nicht mehr ganz nüchtern geäußerten, ungebetenen Ratschlägen. Renee und Paul gingen, zusammen mit Megan und Jake, zu ihnen ins Wohnzimmer, wo ein paar Steiners schmutzige Versionen von bekannten Songs zum Besten gaben.

„Mann, ich wünschte, ich könnte trinken, ohne dass deine Schwester sauer wird. Sie jagt mir übrigens eine Heidenangst ein", sagte Hannah.

„Ja, diese Wirkung hat sie auf Leute." Ich scannte den Raum auf der Suche nach irgendjemandem, den ich kennen könnte.

„Du siehst gut aus." Wie üblich hatte sich Dusty Sharp von hinten an mich herangeschlichen. Ich drehte mich langsam herum und machte mich auf höhnische Bemerkungen über meinen veränderten Aufzug gefasst. Allerdings war ich nicht darauf vorbereitet, dass er einen Augenblick lang vollkommen sprachlos war. Mit weit aufgerissenen Augen musterte er mich von oben bis unten. Zweimal. Er schluckte und gab ein stotterndes Geräusch von sich.

„Behalt deine Augäpfel im Kopf, Alter“, sagte Hannah und trat vor mich.

„Und du siehst ebenfalls hinreißend aus, Hannah Gillespie.“ Er machte eine Handbewegung in Richtung ihres Kleids.

„Gerade noch gerettet“, sagte sie und tätschelte ihm die Brust. Dusty sah aber auch nicht gerade schlecht aus. Seine Hose passte ihm diesmal beinahe, und dazu trug er ein Hemd, das eindeutig ein wenig eng in der Brustregion war. Nicht, dass ich darauf besonders geachtet hätte. Ebenso wenig wie darauf, dass das Hemd auch an seinen Oberarmen etwas spannte. Er hatte ... schöne Arme. Wohlgeformt und muskulös. Die Art von Armen, die einen auf jeden Fall auffangen würden, wenn man fiele ...

„Alles okay, Rotschopf?“ Dusty beäugte mich, als hätte ich ihn angestarrt. Mist. Vermutlich hatte ich das auch. Nein, definitiv hatte ich das. „Wie wär’s, wenn ich euch Ladies was zu trinken besorge. Antialkoholisch, versprochen.“

Dusty bemerkte mein Zögern. Ich nahm von niemandem Getränke an, es sei denn, ich hatte sie selbst geöffnet und eingegossen.

„Vertrau mir, Rotschopf. Ich bringe euch ungeöffnete Dosen. Manipulationssicher. Bin gleich zurück.“

„Das war schlau. Ich trau auf Partys auch nie jemandem. Na ja, nicht dass mich irgendwer unter Drogen setzen wollen würde“, sagte Hannah. Irrsinnigerweise klang sie fast ein wenig enttäuscht.

Dusty kam ein paar Minuten später zurück, als Hannah und ich gerade einen guten Platz suchten, von dem aus wir alles beobachten konnten.

„Eine Dose für dich, eine für dich und eine für mich.“ Er reichte uns eisgekühlte Dosen Cola. „Dr. Pepper hatten sie leider nicht, sorry.“ Woher wusste er, dass ich Dr. Pepper mochte?

„Die hab ich dich bei euch zu Hause und im Sea Dog trinken sehen.“ Okay, aber es blieb die Frage, warum er sich so genau daran erinnern konnte?

„Woher soll ich wissen, dass du sie nicht geschüttelt hast?“, fragte ich und hielt inne, bevor ich die Dose öffnete.

„Weil ich es nie wagen würde, diesem umwerfenden Kleid etwas anzutun. Außerdem weiß ich, wie ihr Rothaarigen sein könnt, wenn ihr wütend werdet.“

Am liebsten hätte ich die Dose selbst geschüttelt und sie direkt vor seinem Gesicht geöffnet.

„Das ist ein weitverbreiteter Irrtum“, sagte ich durch meine zusammengepressten Zähne. Ich kannte sämtliche Witze über Rothaarige, doch immer wieder schien jemand zu meinen, dass ich sie noch nie gehört hatte.

„Ach, wirklich? Ich kann mir nämlich gut vorstellen, wie du bist, wenn du so … feurig wirst.“ Er trat näher, und ich erhaschte einen Hauch seines Herrendufts. Zum Glück war er nicht einer dieser Typen, die meinten, darin baden zu müssen. Er duftete angenehm. Außerdem roch er nach sauberer Wäsche.

Hannah öffnete ihre Dose und nahm einen ordentlichen Schluck.

„Du wirkst nicht wie ein Softdrink-Typ – warum also das hier?“, fragte sie und zeigte auf die Cola in seiner Hand. Er öffnete sie und achtete dabei darauf, sie von mir wegzuhalten. Wie rücksichtsvoll.

„Das hab ich alles schon durch. Und es war nicht schön, so viel kann ich euch verraten.“ Er sah mich nicht an, als er das sagte. „Allerdings war es manchmal auch lustiger.“ Er beäugte die Menge, die eindeutig ihren Spaß hatte. In der Mitte des Raums lief irgendein Trinkspiel. Es war zu voll, um Bierpong zu spielen, aber man hatte offenbar eine Alternative aufgetan.

Hannah betrachtete Dusty mit neugieriger Miene. Als sich unsere Blicke trafen, schüttelte sie den Kopf, als ob sie mir etwas sagen wollte. Ich verstand jedoch nicht, was. Schließlich öffnete ich meine Dose und trank einen Schluck.

Die Steiners hatten eine kleine Performance zusammengestellt, und alle scharten sich um sie und sangen mit. Hannah entdeckte ein Mädchen aus einem ihrer Seminare, schien jedoch nicht hinübergehen und mit ihr sprechen zu wollen, also blieben wir in unserer Ecke und unterhielten uns mit Dusty. Zwischendurch ließ er uns allein, um mitzusingen, kam jedoch immer wieder zurück, obwohl seine Freunde ständig versuchten, ihn wegzuzerren oder ihm Drinks aufzuschwatzen.

Aus irgendeinem Grund lehnte er jedes Mal ab und unterhielt sich stattdessen weiter mit uns. Ich konnte nicht anders als zu lachen, wenn er uns irgendwelche albernen Geschichten erzählte. Dusty gehörte zu den Menschen, deren Nähe einem einfach ein gutes Gefühl gab. Es war unschwer zu erkennen, dass alle ihn liebten und weshalb er und Hunter so gut befreundet waren. Hunter war genauso wie er.

„Ich glaube, er steht auf dich", sagte Hannah, als Dusty uns wieder für einen Moment alleine ließ, um bei den Steiners mitzusingen. „Ich meine, so richtig."

„Tja, das spielt keine Rolle, denn ich steh nicht auf ihn. So gar nicht."

„Komisch, denn du hast ihn die ganze Zeit angestarrt wie das letzte Stück Kuchen auf dem Teller, das du unbedingt verschlingen willst." Ich starrte sie an, und sie ließ ihre Augenbrauen zucken. „Leckerer Männerkuchen mit Sexglasur."

„Du bist ekelhaft."

„Oder ich habe einfach nur recht." Ich brachte sie eilig zum Schweigen, da Dusty in diesem Moment zu uns zurückkam.

„Was hältst du eigentlich davon, dass die zwei Verrückten heiraten?" Er deutete auf Hunter und Taylor, die sich die ganze Zeit über kaum einmal losgelassen hatten.

„Willst du herausfinden, wie ich über die Ehe denke, Dusty?", fragte ich.

„Hey, Rotschopf, immer langsam. Ich mache nur Konversation."

„Ich find's total schön. Ich meine, die beiden passen ganz offenbar perfekt zusammen. Manche Leute sind einfach wie füreinander gemacht", sagte ich.

„Ja, das sind manche Leute", erwiderte Dusty, sah dabei jedoch mich an, und ich spürte, wie mein Gesicht und meine Ohren rot anliefen. Manchmal wünschte ich, ich könnte eine Mütze tragen, die meine Ohren verdeckt, damit niemand sah, wie ungefiltert sie meine Gefühle zur Schau trugen.

Wir ließen das Hochzeitsthema fallen, als einer der Steiners wettete, dass er auf Zuruf jeden beliebigen Song singen konnte, ohne auch nur einen einzigen Fehler zu machen. Bei einem Textfehler musste er trinken. Und alle anderen mussten trinken, wenn er ... Na ja, die Regeln waren irgendwie nicht ganz klar. Zu diesem Zeitpunkt schienen alle schon so abgefüllt zu sein, dass ihnen alles völlig logisch erschien, nicht jedoch uns Nüchternen.

Dusty seufzte und starrte in seine Coladose.

„Ich glaub, es wird dich niemand festnehmen, wenn du ein Bier trinkst", sagte ich.

Er schüttelte den Kopf. „Nein, aber ich habe jemandem ein Versprechen gegeben, und daran muss ich mich halten."

„Bist du bei den Anonymen Alkoholikern?", fragte Hannah, die gerade lachen musste, weil der Steiner einen Fehler in den Text eingebaut hatte und alle ihm zuriefen, er müsse trinken. Gott, man konnte wirklich alles zu einem Trinkspiel machen.

„Nein, ich hab mir nur einen Rat zu Herzen genommen, den mir mal jemand gegeben hat. Und hab mich geändert."

„Im Sinne einer Verbesserung?", fragte ich.

Er legte sich die Hand auf die Brust, auf Höhe des Herzens, als hätte ihn dort eine Kugel getroffen. „Autsch."

Renee rettete mich davor, darauf reagieren zu müssen, indem sie gegen die Wand torkelte und Paul sie gerade noch auffangen konnte. Scheinheilige Schwester. Ich wusste schon lange, dass sie gerne mal etwas mehr trank, da ich schon mehr als eine betrunkene SMS und mehrere Mailboxnachrichten im Suff von ihr bekommen hatte. Paul suchte meinen Blick und nickte mir zu.

„Entschuldigt mich“, sagte ich zu Hannah und Dusty.

„Ich bin nicht betrunken, ich schwöre“, beteuerte Renee, doch *schwöre* klang bei ihr eher wie *schöre*. „Ich hab nur …“, sie zählte sie an ihren Fingern ab, „… drei Drinks gehabt?“ Es klang eher wie eine Frage.

„Gut gemacht, Paul. So hält man sie nüchtern.“ Ich klopfte ihm auf die Schulter, während Renee gegen ihn sank und einen Song völlig schief vor sich hin summte.

„Das ist nicht so leicht, wie es aussieht“, sagte er und hielt sie fest. „Ich bringe sie nach Hause. Danach kann ich zurückkommen und dich abholen, wenn du willst.“

„Ich kann Jos mitnehmen, ich hab nichts getrunken.“ Gäbe es einen Preis für unbemerktes Anschleichen, Dusty Sharp würde ihn mühelos gewinnen.

„Danke, Mann“, sagte Paul, während er Renees Arme in ihren Mantel schob, die lauthals dagegen protestierte.

„Steck sie ins Bett, und sag ihr, dass sie ein furchtbares Beispiel abgibt. Na ja, auch wenn sie sich später wahrscheinlich nicht daran erinnern wird“, sagte ich.

„Hey, kleine Schwester!“ Renee beugte sich vor und gab mir einen schmatzenden Kuss auf die Wange. „Warum bist du so traurig?“

„Ich bin nicht traurig, Ne. Fahr nach Hause.“

„Aber du bist traurig. Soooooo traurig“, sang sie, während Paul sie zur Tür schleppte.

„Sehr schön, wie sie sich betrinkt, nachdem sie mir vorher eine Riesenpredigt gehalten hat“, sagte ich kopfschüttelnd. Ich würde *ihr* am nächsten Morgen eine saftige Predigt halten, wenn sie so richtig schön verkatert wäre und die Wirkung am größten sein würde.

„Bist du das?“, fragte Dusty, der ein wenig über Renee lachen musste.

„Bin ich was?“

„Traurig?“ Irgendwer rief etwas, und Dusty zog mich zur Seite, da in diesem Moment ein Typ an uns vorbeitaumelte und irgendetwas vor sich hin schrie. Neben seinem Talent für unbemerktes Anschleichen hatte er auch noch sehr gute Reflexe.

„Nein, ich bin nicht traurig“, log ich.

Er legte den Kopf ein wenig schief. „Du wirkst aber traurig.“

Ich wich dem Blick seiner stechenden grünen Augen aus. „Ähm, vielen Dank, aber ich kenne dich kaum. Und daher glaube ich nicht, dass du qualifiziert bist, den Grad meiner Traurigkeit zu beurteilen.“

„Okay, schon gut. Lass es mich einfach nur wissen, wenn ihr loswollt.“ Mit diesen Worten drehte er sich um, stürzte sich in das Gewühle und drängte sich durch zur Küche, die eine provisorische Bar beherbergte.

„Wie geht’s dir?“ Darah hatte sich von Mase gelöst, um nach mir zu sehen.

„Gut. Hast du Renee gesehen?“

Darah rollte mit den Augen.

„Sie denkt immer, dass sie mehr verträgt, als sie es in Wahrheit tut. Man sollte eigentlich meinen, dass sie das inzwischen gelernt hat.“ Mase kam ihr hinterher und legte die Arme um sie.

„Was geht, Jos? Hast du Spaß?“ Er war eindeutig leicht angeheitert und hielt mir die Faust hin, als erwartete er, dass ich dagegenschlug. Also tat ich ihm den Gefallen, sehr zu seiner Freude.

„Ja, tolle Party.“ Ich hielt den Daumen hoch. Sie wäre allerdings so viel besser, wenn ich nicht nüchtern gewesen wäre.

Warum musst du trinken, um Spaß zu haben? Alkohol trübt nur deine Sinne. Warum solltest du die Schönheit des Lebens trüben wollen?

Jemand schlang den Arm um meine Schultern, und ich fuhr zusammen. „Hey, du Freundin, du hast mich allein gelassen.“

Ich drehte mich um und sah die griesgrämige Hannah an mir hängen. Ein paar ihrer Haarsträhnen flogen mir in den Mund, und ich wischte sie weg.

„Willst du gehen?“, fragte ich.

Sie nahm ihren Arm weg und zuckte mit den Achseln.

„Mir ist alles recht.“ Sie ließ ihren Blick durch den Raum wandern, als würde sie nach jemandem suchen.

„Was ist los?“

„Nichts“, erwiderte sie und lächelte mich an. „Also, ich schätze mal, irgendein Typ fährt uns dann jetzt nach Hause? Irgendein Typ namens Dusty?“

Wieder landete eine Hand auf meiner Schulter, doch diesmal war es nicht Hannahs. „Das ist korrekt, Hannah Gillespie.“

„Weißt du, irgendwann mal, wenn du das machst, werde ich denken, du willst mich umbringen, und dir so was von in die Eier treten.“

„Es wäre meinen Eiern eine Ehre“, erwiderte er und nahm seine Hand von meiner Schulter. Dann sah ich, dass er Hannahs und meine Jacke in der anderen hielt.

„Fahrt ihr nach Hause?“, fragte Darah.

„Ja, ich glaub schon. Ich muss noch was für die Uni machen.“ Das war eine Lüge. Ich musste noch was für meinen Blog machen. Ich hatte beschlossen, meine Posts vorab zu schreiben, damit ich nicht immer hinterherhinkte. Das war eine großartige Idee in der Theorie, doch ich war mir nicht sicher, wie ich sie in die Praxis umsetzen wollte.

„Wir sehen uns zu Hause, kleine Ne!“, rief Mase, und Darah winkte uns. Es war mir ein Rätsel, wie sie dieses Monster von einem Typen bändigen konnte, doch bisher schien sie ganz gut klarzukommen.

„Ich sage Taylor und Hunter, dass ihr nach Hause gefahren seid“, rief Darah uns nach.

„Die Damen“, sagte Dusty und reichte uns unsere Jacken. Wir zogen sie an und folgten ihm aus dem Haus. Sein Auto war sehr kreativ geparkt, und er musste es erst aus der Lücke manövrieren, bevor wir überhaupt einsteigen konnten.

„Du darfst vorne sitzen“, flüsterte mir Hannah ins Ohr.

Na toll.

Hannah und Dusty unterhielten sich über Nichtigkeiten, während er sie zu ihrem Wohnheim fuhr.

„Bis morgen, Mädchen. Danke fürs Mitnehmen, Dusty."

„Jederzeit", sagte er und vollführte seine übliche Abschiedsgeste.

Nachdem Hannah ausgestiegen war, kam es mir vor, als sei auch sämtliche Luft zum Atmen aus dem Auto gewichen. Was war nur los mit mir? Ich hatte doch schon einmal mit ihm allein im Auto gesessen. Was war diesmal anders?

„Und, was hältst du wirklich davon, dass Taylor und Hunter heiraten?"

„Warum interessiert dich das?" Ich fing an, mit dem Radio herumzuspielen, um mich mit etwas anderem als mit ihm zu beschäftigen.

„Hier." Er streckte den Arm aus, wobei er meine Brust streifte, öffnete das Handschuhfach und zog einen ramponierten iPod heraus. Er schloss ihn an den Zigarettenanzünder an und wechselte den Kanal der Anlage, bevor er ihn mir reichte.

„Überspring einfach alles, was dir nicht gefällt."

Ein mir unbekannter Song dröhnte aus den Boxen, also schaltete ich weiter zum nächsten. Noch einer, den ich nicht kannte. Ich klickte mich durch zur Gesamtanzeige und scrollte durch seine Musik. Verdammt, das Ding war vollgestopft mit Songs. Er hatte alles Mögliche darauf. Ich entschied mich für die Beastie Boys, nur um seine Reaktion zu sehen, wenn „Fight for Your Right" lief. Er enttäuschte mich nicht.

„Interessante Wahl, Rotschopf. Gefällt mir." Er nickte, und ich sah seine Zähne im Scheinwerferlicht der entgegenkommenden Autos aufblitzen.

„Wieso? Sehe ich nicht aus wie ein Mädchen, das die Beastie Boys hört?"

„Nein, das ist es nicht. Ich hätte nur nicht gedacht, dass du sie aussuchen würdest."

Wir lauschten dem Rest des Song und dann wechselte ich zu Death Cab for Cutie. Er lachte.

„Du bist ein interessantes Mädchen, Rotschopf. Mit dir ist mir nie langweilig."

Danke, gleichfalls.

„Falls du mal über irgendwas reden willst – ich bin ziemlich gut im Zuhören."

„Noch besser als im Anschleichen? Denn darin bist du ziemlich gut", gab ich zurück.

„Anschleichen?"

„Ja, du schleichst dich ständig von hinten an mich ran, ohne dass ich es merke."

„Das habe ich mir durch jahrelanges Training angeeignet, da ich oft unbemerkt entkommen musste."

„Entkommen vor was?" Mal sehen, wie er auf persönliche Fragen reagierte.

„Netter Versuch, Rotschopf. Aber diese Tür ist verschlossen und wird sich auch nicht öffnen. Noch nicht mal für so ein süßes kleines Ding wie dich." Er versuchte, mich abzulenken, doch das würde nicht funktionieren. Ich würde es ihn nur glauben machen. Ich hatte andere Mittel, um in seinem Leben herumzuschnüffeln.

„Schon gut, schon gut." Ich scrollte durch ein paar weitere Songs. Aha. Er hatte was von Ingrid Michaelson. Das war mal eine Überraschung. Ich stellte „The Way I Am" an und wartete auf seine Reaktion. Er lachte leise, und ich konnte beinahe hören, wie er rot wurde.

„Wenn du irgendwem sagst, dass ich Ingrid höre, dann … ach, keine Ahnung."

„Was denn, würde das deinem Image schaden?" Ich setzte das Wort „Image" mit den Fingern in Anführungszeichen.

„Ich habe volles Vertrauen in mein Image, vielen Dank." Er schaffte es noch nicht mal, das mit einem ernsten Gesicht zu sagen, und ich musste lachen.

„Du erzählst doch nur Scheiße."

„Ja, Rotschopf, das tu ich. Du solltest kein Wort von dem glauben, was ich sage."

„Das tu ich auch nicht."

„Gut."

„Gut.“

Er versuchte sein Lächeln zu unterdrücken, doch es gelang ihm nicht, und ich warf den Kopf in den Nacken und lachte, wie ich es seit Langem nicht mehr getan hatte. Schließlich hielt er vor Yellowfield House und stellte den Motor ab.

„Da wären wir.“

„Ja, da wären wir.“

Wären wir in einem Film, hätte er sich jetzt herüberlehnen und mir einen Gute-Nacht-Kuss geben müssen. Doch da dies kein Film war, saßen wir einfach nur da, und ich suchte krampfhaft nach etwas, das ich sagen könnte, um mir einen guten Abgang zu verschaffen.

„Danke fürs Fahren.“ Na ja, das war noch nicht sehr überzeugend.

„Jederzeit. Wann immer du irgendwas brauchst, lass … lass es mich einfach wissen.“ Das würde etwas schwierig werden, da ich seine Nummer gar nicht hatte. Doch auf keinen Fall würde ich ihn nach ihr fragen.

„Ich werd's im Hinterkopf behalten.“ In Momenten wie diesem wünschte ich mir, ich hätte ein Drehbuch, an das ich mich halten könnte.

„Es ist jetzt nicht so, als würde ich total auf dich stehen, Rotschopf. Nur falls du dir deshalb Sorgen machst.“ Na ja, ein Drehbuch half auch nicht weiter, wenn er sich nicht daran hielt.

„Das mache ich nicht.“

„Okay. Denn ich weiß, dass ich Späße darüber mache, aber das meine ich nicht ernst.“ Er schien sich sehr viel Mühe zu geben, überzeugend zu klingen.

„Alles klar.“

„Okay, dann … wir sehen uns.“ Es schien mir nichts mehr anderes übrig zu bleiben, als aus dem Auto zu steigen, also tat ich es und ging auf das Haus zu. Doch dann hörte ich, wie er das Fenster herunterkurbelte und nach mir rief.

„Jos?“ Als ich meinen richtigen Namen hörte, drehte ich mich reflexartig um.

„Ich …“ Ich hatte noch nie erlebt, dass ihm die Worte fehlten, doch nicht zum ersten Mal an diesem Abend schien es ihm die Sprache verschlagen zu haben. Er flüsterte etwas, das ich nicht hören konnte.

„Was?“

Er blickte durch die Windschutzscheibe und nicht zu mir. „Sorry, nichts.“

„Also … ich geh jetzt rein.“

„Ja, das solltest du. Es ist zu kalt, um hier draußen rumzustehen.“

„Okay, ich gehe.“ Ich fing an, rückwärts zu gehen, und er lachte.

„Nicht stolpern, Rotschopf.“

Ich ging weiter rückwärts, bis ich an der Außentreppe angelangt war. Die ganze Zeit über sah er mich an. Erst als ich die Tür aufgeschlossen, ihm noch einmal gewunken und sie von innen wieder zugemacht hatte, hörte ich sein Auto wegfahren.

Was für ein Freak dieser Typ doch war.

12. KAPITEL

Als ich am nächsten Morgen zum Frühstück hochkam, hing Renee halb über dem Esstisch. Ich hatte Paul in ihrem Zimmer leise mit ihr reden hören, als ich abends noch nach ihr schauen wollte, und daraus geschlossen, dass er die Lage unter Kontrolle hatte. Der Rest der Crew war erst ziemlich spät nach Hause gekommen. Für so engagierte Studenten wie meine Mitbewohner schien Alkohol am Sonntagabend allerdings nicht die weiseste aller Entscheidungen gewesen zu sein.

„Wie geht's dir, große Schwester?", fragte ich und nahm mir eine Tasse, um mir einen Tee zu machen. Die Bewohner von Yellowfield House waren normalerweise ganz groß im Frühstückmachen, doch bisher hatte niemand etwas vorbereitet, also holte ich mir ein paar Waffeln aus dem Tiefkühlschrank.

„Halt. Den. Mund."

„Hey, du bist diejenige, die mit gutem Beispiel vorangehen sollte. Ich hab dich nicht gezwungen zu trinken."

„Bitte, einfach nur … später, okay?" Sie konnte noch nicht mal einen vollständigen Satz bilden.

Während ich darauf wartete, dass meine Waffeln im Ofen warm wurden, taumelten die anderen Hausbewohner die Treppe runter und stürzten sich auf die Kaffeekanne. Wenn ich richtig gemein hätte sein wollen, hätte ich früh aufstehen und ordentlich Lärm machen können. Die Vorstellung hatte mich einen Moment lang gereizt, aber dann hatte ich es doch bleiben lassen.

„Alkohol böse", sagte Renee, als Paul mit ein paar Tüten voll fettigem Fast Food zur Tür reinkam.

„Katerfrühstück", sagte er und hielt sie in die Luft.

„Ich würde dir ja zujubeln, aber mir ist gerade nicht danach", sagte Renee, während Darah sich gegen Mase fallen ließ. Taylor reckte halbherzig die Faust in die Luft.

„Das ist alles, was ich geben kann", sagte sie, während Paul die Tüten verteilte und alle sich über das Essen hermachten. Scheiß auf Teller.

„Ich hab dir ein Sandwich mit Ei und Käse mitgebracht, falls du willst“, sagte Paul und hielt mir ebenfalls eine Tüte hin.

„Ich bin versorgt mit meinen Waffeln, aber danke.“ Er zuckte mit den Schultern und gab das Sandwich an Mase weiter, der es in drei Bissen verschlang. Das Frühstück war eine sehr ruhige Angelegenheit und schnell wieder vorbei, da alle schon spät dran waren. Ich hatte fast damit gerechnet, dass ein paar von den anderen schwänzen würden, doch schließlich schafften es doch alle zur Tür raus.

„Und, wie verkatert sind deine Mitbewohner?“, fragte Hannah, als ich mich in Pams Seminar neben sie setzte. Inzwischen hatten wir die stillschweigende Übereinkunft, dass sie immer Skittles für mich mit dabeihatte, ich aber meine eigenen M&Ms mitbringen musste, also hatte ich am Automaten in der Mensa Halt gemacht und mir einen Vorrat geholt, der wohl für die ganze Woche reichen würde.

„Ganz schön verkatert. Gestern Abend hat es mich echt genervt, aber jetzt bin ich froh, dass ich nüchtern geblieben bin.“

„Na ja, es gibt eine sichere Methode, keinen Kater zu kriegen“, sagte sie und klappte ihren Laptop auf.

„Außer nicht trinken?“

Sie schnippte sich einen Skittle in den Mund. „Nie nüchtern werden.“

„Da ist auch was dran.“

In diesem Moment begann Pam den Unterricht, und während der nächsten Stunde hatte ich genügend andere Dinge, über die ich mir den Kopf zerbrechen konnte.

„Deine Schwester hält dich ja ganz schön an der kurzen Leine“, bemerkte Hannah beim Mittagessen. „Was hast du denn eigentlich angestellt?“

Die Frage war eher, was ich nicht angestellt hatte. Den letzten Sommer über war ich ein Paradebeispiel für selbstzerstörerisches Verhalten gewesen. Ich hatte nichts ausgelassen: Abends lange wegbleiben, Partymachen, Trinken. Ich hatte gemacht, was ich wollte und wann ich es wollte, und hatte mich einen Dreck darum geschert, was andere dazu sagten oder ob jemand versuchte, mich davon abzuhalten. Es hatte mir Spaß gemacht. Zumindest eine Zeit lang. Obwohl das meiste davon inzwischen hinter mir lag, hatte ich doch zu viele Brücken hinter mir abgerissen, und es würde eine Mordsarbeit sein, sie wieder aufzubauen.

„Sagen wir einfach, ich hatte meine wilde Phase."

„Jetzt wirkst du aber gar nicht mehr so."

„Tja, ich bin auf meine alten Tage eben weiser geworden."

Sie schnaubte belustigt. „Oh Mann, wie alt bist du denn bitte schön?"

„Achtzehn. Ich bin mit siebzehn aufs College gekommen, mein Geburtstag ist in anderthalb Monaten."

„Baby, und ich bin schon neunzehn, also bin ich älter und weiser als du."

„Und welchen Rat würdest du mir geben, weise Frau?"

„Trink immer weniger, als du dir zutraust, vertrau auf dein Bauchgefühl, und das nächste Mal, wenn du Dusty Sharp siehst, unternimm etwas." Sie grinste breit.

„Das ist nicht wirklich das, was ich meinte." Ich hatte ihr nichts von dem kleinen speziellen Moment – falls man es so nennen wollte – erzählt, den Dusty und ich am Vorabend in seinem Auto miteinander gehabt hatten. Er war so klein, dass ich mir albern vorgekommen wäre, ihn zu erwähnen.

Wir hatten uns unterhalten. Wir hatten uns beide etwas eigenartig verhalten. Schluss, aus, Ende.

„Irgendwann werde ich wohl vermittelnd eingreifen müssen. Er mag dich … du magst ihn. Die Rechenaufgabe ist ziemlich simpel, dabei bin ich echt schlecht in Mathe. Du plus Dusty ergibt …" Sie fuchtelte mit der Hand in der Luft herum, auf der Suche nach dem richtigen Wort.

Ich war mir ziemlich sicher, dass es *Katastrophe* lauten würde.

Sie schnippte mit den Fingern.

„Sexplosion."

„Ist das dein Ernst? Du hast so lange nachgedacht, und dir ist nichts Besseres eingefallen?"

„Du bist nur sauer, weil du weißt, dass ich recht habe, und du es nicht zugeben willst."

„Bin ich nicht, und hast du nicht. Recht."

„Ja, klar, Süße. Ich glaub dir aufs Wort." Sie tätschelte mir den Arm. Ich warf meine Strohhalmhülle nach ihr, und sie musste lachen. Doch mit einem Schlag war ihr Lächeln verschwunden. Anscheinend hatte sie in diesem Moment jemanden am anderen Ende des Saals entdeckt.

„Was ist?"

„Nichts." Von einem Augenblick zum nächsten hatte sich ihre Haltung völlig verändert. Ich ließ den Blick durch den Raum schweifen und entdeckte schließlich einen Tisch mit ein paar Typen, die zu uns herüberschauten und sich noch nicht einmal die Mühe machten, sich dabei unauffällig zu verhalten. Sie hätten eine Menge von Dusty lernen können. Einer von ihnen sagte etwas, woraufhin alle anderen lachten. Nun ja, man musste kein Genie sein, um eins und eins zusammenzuzählen. Die meisten von den Typen kamen mir nicht bekannt vor, mindestens zwei davon hatte ich jedoch am Vorabend auf der Party gesehen.

Hannah kippte den Kopf nach vorne, sodass ihre Mähne ihr ins Gesicht fiel wie einem depressiven Löwen.

„Ich brauch deine Hilfe", sagte ich und drehte mich so, dass ich den Jungs die Sicht auf Hannah versperrte und auch sie sie nicht mehr sehen konnte.

„Womit?" Sie hielt den Blick immer noch nach unten gerichtet. Ich wünschte, ich könnte ihr die Geschichte entlocken, die dahintersteckte, doch ich wusste, wenn ich sie drängte, würde sie sich verschließen wie eine Auster. Ich würde es genauso machen.

„Ich möchte wirklich einen Job finden, aber ich will nichts machen, das nervt. Ich brauch also Hilfe dabei, etwas zu finden, das mich nicht dazu verleitet, mir die Pulsadern aufzuschneiden."

„Ich glaube, der Herausforderung bin ich gewachsen", antwortete sie und hob endlich den Kopf. Ich hatte keine Ahnung, ob die Jungs immer noch herüberstarrten und lachten, doch

Hannah reckte das Kinn und warf ihr Haar zurück, sodass ihre Narbe vollständig zu sehen war. Es war ein richtiger „Ihr-könnt-mich-alle-mal"-Moment. Ja, es gab einen Grund, warum ich mit ihr befreundet war.

Den Rest unserer Pause verbrachten wir mit Brainstorming. Manche unserer Ideen waren vollkommen albern, wie zum Beispiel die, meine Organe im Internet zu verkaufen oder einen Kartoffelchip zu finden, der aussah wie die heilige Jungfrau Maria, doch einige waren durchaus ernst zu nehmen. Ich wusste zum Beispiel, dass es bezahlte Stellen im Campus-Radiosender gab, und ebenso bei der Studentenzeitung. Eine weitere Option war die Bibliothek, und da Taylor und Hunter dort arbeiteten, hatte ich sogar schon Beziehungen dorthin.

„Im Kunstfachbereich zahlen sie zehn Dollar pro Stunde für Aktmodelle. Das ist gar nicht so übel", sagte Hannah, als würde sie einen Kommentar über das Wetter abgeben.

„Hast du das schon mal gemacht?" Beinahe wäre ich gegen einen Mülleimer gerannt, während wir die Mensa verließen.

Sie nickte.

„Ab und zu mal. Ich schäme mich nicht für meinen Körper." Ihre Worte klangen scharf, als würde sie sie wie Messer auf die Gruppe von Jungs schleudern wollen, die so unverhohlen über sie gelästert hatten. Ich war mir sicher, dass sie das gekonnt hätte, wenn sie wollte.

„Na ja, ich weiß nicht, ob ich schon Not leidend genug bin, aber ich schreib's mal in die Vielleicht-Spalte." Es erschien mir seltsam, mich mit dieser Bemerkung zu verabschieden, also fügte ich hinzu: „Falls du mal Lust hast, bei uns abzuhängen oder zusammen zu lernen oder so, bist du jederzeit herzlich willkommen. Ich hab einen riesigen Jungshobbykeller neben meinem Zimmer."

„Klingt gut. Ich schick dir eine SMS, okay?"

„Okay. Wir sehen uns in Bio."

Sie ging weg, die Schultern leicht hochgezogen, doch das konnte auch an der Kälte liegen.

Als ich an diesem Nachmittag nach Hause kam, stand Dustys Golf vor unserem Haus, neben Hunters Rostlaube. Die Autos der anderen waren nicht zu sehen.

„Hey, Jos!“, begrüßte mich Hunter, als ich zu den Klängen seiner Gitarre und Dustys Beatboxen hereinkam.

Ich stellte meine Tasche ab und vermerkte auf der Tafel, dass ich zu Hause war. Die anderen Mädchen hatten eingetragen, dass sie unterwegs waren. „Hey, Hunter. Wo sind die anderen alle?“

„Ähm, ich glaube, Renee hat Taylor und Darah gekidnappt, um sich Hochzeitskram anzusehen oder irgendwie so was, ich hab dann nicht mehr genau zugehört. Und Mase ist im Fitnessstudio und Paul im Labor.“ Seltsam.

„Hey, Jos“, sagte Dusty und schenkte mir eine Art halbes Lächeln. Es war nicht sein übliches dickes Grinsen, und ich hatte keine Ahnung, was ich davon halten sollte.

„Hey. Was machst du hier?“ Ich ging in die Küche und holte mir einen Apfel.

„Ich dachte, ich schau mal vorbei, um zu sehen, wie die anderen den Abend überstanden haben.“

Hunter sah schon eine ganze Ecke besser aus als noch am frühen Morgen.

„Ich kann nicht fassen, dass die Mädels shoppen gegangen sind, mit ihrem Kater“, sagte ich und setzte mich ans andere Ende der Couch, so weit weg von Dusty wie nur möglich.

„Die erholen sich ziemlich schnell. Sie sind noch jung“, sagte Hunter lächelnd und strich über die Saiten seiner Gitarre. „Irgendeinen Musikwunsch?“

Ich zuckte mit den Achseln.

Hunter stellte das Instrument zurück in den kleinen Ständer, der in einer Ecke des Raums stand. „Stimmt irgendwas nicht?“

„Nicht wirklich. Es ist nur … ich weiß auch nicht.“ Ich riskierte einen Blick auf Dusty, der die Hände in den Hosentaschen vergraben hatte. „Kam dir Hannah gestern Abend irgendwie komisch vor?“

„Nee, wieso?“, antwortete Dusty.

„Ich weiß nicht. Sie hat sich etwas seltsam benommen, und heute waren ein paar Typen von der Party in der Mensa, und es wirkte so, als würden sie über sie lachen oder so. Vielleicht interpretiere ich zu viel da rein, aber danach war sie auf einmal ganz schön … anders als sonst."

„Hat irgendwer was Blödes zu ihr gesagt?" Hunter lehnte sich vor, als sei er bereit, aufzuspringen und den Übeltäter auf der Stelle zu jagen, wer auch immer es war.

„Ich weiß nicht, sie wollte es mir nicht erzählen. Vielleicht hätte ich das lieber für mich behalten sollen. Bitte sprecht sie nicht darauf an." Dusty und Hunter nickten und tauschten einen Blick aus. Ich konnte mir genau vorstellen, wie die beiden ihre Schwerter nahmen und ihre weißen Pferde sattelten. Sie waren aus demselben Holz geschnitzt.

„Wer ist heute mit Kochen dran?", fragte ich, um das Thema zu wechseln.

„Na ja, das ist ein weiterer Grund, weshalb ich hier bin", sagte Dusty und räusperte sich. „Hunter hat mir erzählt, dass du heute dran bist, und da wollte ich dir meine Kochkünste zur Unterstützung anbieten. Wenn du willst."

Ich hatte keine Ahnung, ob er tatsächlich kochen konnte oder mich nur verarschte. Außerdem war mir nicht klar, was wirklich hinter seiner Anwesenheit steckte, denn irgendeinen Grund musste er haben.

„Hast du kein eigenes Zuhause?"

„Doch, eine total beschissene Wohnung. Warum sollte ich mich dort aufhalten wollen, wenn ich hier im Ritz sein kann?"

Yellowfield House war tatsächlich ziemlich nett. Ach, wem wollte ich eigentlich was vormachen? Es war der Wahnsinn im Vergleich zu anderen Häusern. Ich meine, es war nicht nur hübsch, sondern dazu auch noch verdammt sauber. Darah war wie eine gute Fee, die ständig umherhuschte und dafür sorgte, dass Spinnenweben keine Chance hatten und alles, das auch nur entfernt nach Dreck aussah, auf der Stelle wieder verschwand.

Trotzdem, weshalb war Dusty auf einmal hier? Ich meine,

für wie doof hielten die mich? Selbst eine Sechsjährige hätte da Lunte gerochen.

„Na schön, du darfst mir helfen. Aber wir kochen, was ich will, und wenn ich dir sage, dass ich irgendwas lieber selbst machen will, dann räumst du sofort das Feld. Verstanden?"

Dusty sah Hunter an, der aussah, als würde er sich das Lachen verkneifen.

„Jawohl, Ma'am", sagte er, und wir gingen zusammen in die Küche.

Ich hatte mir überlegt, Lasagne zu machen, da ich dafür alle Zutaten dahatte. Ich hatte noch nie gekocht, wenn das Haus so leer war, und hätte es eigentlich mal ganz nett gefunden, doch jetzt hatte ich plötzlich einen großen Schatten, der mir auf Schritt und Tritt folgte.

„Also, was kann ich machen, Küchengöttin?" Er streckte mir seine Hände hin, als erwartete er, dass ich ihm sogleich etwas hineingab.

„Als Allerserstes kannst du mir mal aus dem Weg gehen." Er wich zur Seite, während ich die Zutaten zusammensuchte. Ich hatte mir zunächst überlegt, die Lasagne mit Peperonisalami zu machen, dann jedoch beschlossen, sie wegzulassen, damit Taylor nicht mühsam die fleischfreie Ecke suchen musste.

„Hier, das kannst du schnippeln." Ich reichte ihm ein Messer und eine Tüte mit frischem Spinat. Das würde er ja wohl können.

„Schneidebrett?" Ich holte es aus dem Schrank und gab es ihm, dann machte ich mich daran, die verschiedenen Käsesorten zusammenzumischen.

Schon nach ein paar Sekunden war klar, dass Dusty nur sehr rudimentäre Kochkenntnisse hatte. Gott, er konnte noch nicht mal ein Messer richtig halten. Wäre das eine Szene aus einem Film, hätte ich mich hinter ihn gestellt, meine Hand auf seine gelegt und ihm gezeigt, wie man es richtig benutzt. Mittendrin hätte er sich langsam umgedreht, das Messer wäre scheppernd auf den Boden gefallen, und er hätte mich in einer leidenschaftlichen Umarmung geküsst.

Was wirklich passierte, war, dass ich anfing zu lachen, weil er den Spinat so stümperhaft zerfetzte.

„Ich höre, wie du mich auslachst." Er drehte sich zwar nicht um, legte jedoch das Messer ab. „Tut mir leid. Normalerweise bestell ich mir etwas oder stell irgendwas in die Mikrowelle. Das hier ist nicht mein Fachgebiet. Überhaupt nicht." Er starrte den Spinat an, als hätte das Gemüse es auf ihn abgesehen.

„Warum hast du dann angeboten zu helfen?"

Er drehte sich um und sah mir ins Gesicht. „Weil ich Zeit mit dir verbringen wollte."

„Tatsächlich." Es war keine Frage.

„Ob du's glaubst oder nicht, Rotschopf. Ich genieße deine Gesellschaft." Er lächelte mich an, als wollte er sagen: *Was hältst du davon?*

„Auch wenn ich dich ständig beschimpfe?"

Er drückte sich von der Küchentheke ab, um auf mich zuzugehen, und sagte: „Das mag ich besonders."

„Du hast doch gesagt, du stehst nicht auf mich." Warum fiel mir nur das Schlucken auf einmal so schwer?

Meine Worte bremsten seinen Vormarsch durch die Küche.

„Tu ich auch nicht. Kann ich nicht einfach mit dir abhängen wollen? Bist du eins dieser Mädchen, die denken, Männer und Frauen können keine Freunde sein, ohne dass einer von beiden sich in den anderen verliebt?"

„Nein, das bin ich nicht." Ich selbst war der lebende Beweis dafür, dass das nicht stimmte.

Er nickte. „Ich auch nicht. Wo das jetzt geklärt ist, könntest du das hier bitte fertig machen, bevor ich es total versaue?"

Ich rollte mit den Augen und nahm ihm das Messer aus der Hand. „Ich kann nicht fassen, dass du noch nicht mal weißt, wie man Gemüse schneidet. Du bist echt ein hoffnungsloser Fall."

„Aber jetzt hab ich ja dich, um es mir beizubringen, Rotschopf."

Ich zeigte ihm, wie ich das Messer hielt, und zerteilte ein paar Blätter.

„Du musst es bewegen wie eine Wippe, vor und zurück." Ich hielt ihm das Messer hin und überwachte ihn aus ein paar Schritten Entfernung, bis er es richtig machte. Mehr oder weniger. Als er fertig war, schmiss ich den Spinat in die Schüssel mit der Käsemischung und ließ Dusty die Tomatendosen öffnen.

Dann durfte er die Nudelplatten zusammen mit der Soße in eine Form schichten, und schließlich schoben wir das Ganze in den Ofen.

„Kochst du wirklich nicht?", fragte ich, während ich die Garzeit einstellte.

„Wirklich nicht." Er hüpfte auf die Küchentheke und fing an, ein Schlagzeuggeräusch von sich zu geben. Er war wie Hunter mit seinem Klopfen. Einer nervöser als der andere.

„Na ja, wenn die Zombie-Apokalypse kommt, wirst du es wohl oder übel lernen müssen."

„Aber nur für den Fall, dass meine Kochkünste gebraucht werden. Es ist sehr viel wahrscheinlicher, dass mein Zombie-Mörder-Talent benötigt wird."

Okay, das war ein gutes Argument.

Also verdrehte ich nur die Augen und ging zum Kühlschrank, um das Knoblauchbrot herauszuholen. Es war vorgebacken, daher musste ich es einfach nur am Ende kurz zu der Lasagne in den Ofen legen, um es aufzuwärmen. Wir brauchten noch eine Beilage, und da wir keinen Salat mehr hatten, holte ich eine Tüte Brokkoli aus der Tiefkühltruhe und füllte ihn in eine Schüssel, um ihn in der Mikrowelle zu dünsten.

„Also, wenn du jetzt öfter herkommst, werden dich Taylor oder Darah sicher gerne zum Kochen oder Backen einspannen. Sie sind ganz groß im Backen." Es verging keine Woche, in der Taylor nicht mindestens ein Blech mit irgendeinem köstlichen Gebäck in den Ofen schob, und Darah war keinen Deut besser. Sie hoben das Wort „häuslich" auf eine ganz andere Ebene.

„Darf ich dir ein Geheimnis anvertrauen?", flüsterte er, nachdem er auf dramatische Art und Weise den Blick auf der Suche nach möglichen Lauschern durch den Raum hatte schweifen lassen. Ja, wir waren immer noch allein.

„Ja, klar.“ Ich brauchte irgendeine Beschäftigung, also wischte ich die ohnehin schon blitzsaubere Küchentheke ab.

„Versprichst du mir, dass du diese Information unter keinen Umständen jemals an irgendwen preisgeben wirst?“ Er machte eine ganz schön große Sache daraus.

„Hand aufs Herz“, sagte ich und legte die rechte Hand auf die Brust. Es war ganz sicher keine Einbildung, dass sein Blick meiner Hand folgte und länger auf dieser Stelle verweilte als angemessen gewesen wäre.

Er hüpfte von der Theke und machte eine lockende Bewegung mit dem Zeigefinger, damit ich näher kam. Ich verschränkte die Arme über der Brust und wandte ihm ein Ohr zu.

„Ich habe in meinem ganzen Leben noch nie etwas gebacken“, gestand er, und ich zuckte beinahe zusammen, weil er mir auf einmal so nahe war. Sein Duft benebelte mir die Sinne und überdeckte den Geruch der Lasagne im Ofen.

Mein Gehirn hatte Aussetzer wie ein Automotor im Januar.

„Ich ... ich sag's niemandem.“ Ich wich vor ihm zurück und tat so, als hätte ich etwas sehr Wichtiges am Spülbecken zu erledigen.

„Daher denke ich, das erste Mal, dass ich etwas backe, sollte etwas Besonderes sein. Es sollte mit jemandem passieren, dem ich vertraue. Ich möchte das erste Mal nicht einfach mit irgendwem backen.“ Weshalb nur überkam mich das Gefühl, dass wir uns nicht mehr übers Backen unterhielten?

Ich wusste, wenn ich aufhörte, den Wischlappen auszuspülen, und mich umdrehte, würde er direkt vor mir stehen, und damit lag ich genau richtig.

Obwohl meine Hände nass waren, packte er sie und kniete vor mir nieder. Jesus und Maria.

„Willst du, Joscelyn Archer, die Erste sein?“ Ich war so was von froh, dass er nicht hören konnte, was mein Herz in diesem Moment veranstaltete, denn es schlug definitiv nicht in einem normalen Rhythmus.

„Mit der du bäckst, meinst du?“

Er stand auf, ließ meine Hand jedoch nicht los und lächelte.

„Was dachtest du denn, wovon ich spreche, Rotschopf?"

Nicht vom Backen, so viel war sicher.

Warum ließ er meine Hände nicht los? Und warum waren seine so groß? In ihnen verschwanden meine vollständig.

In diesem Moment flog die Haustür auf, und Dusty ließ meine Hände fallen, als würden sie brennen.

„Was riecht denn hier so gut?", fragte Renee, die schwer behangen mit Tüten aus dem Einkaufszentrum hereinkam, dicht gefolgt von Darah und Taylor, die ähnlich beladen waren.

„Lasagne", sagte Dusty, da ich völlig die Fähigkeit verloren zu haben schien, Worte mit meinem Mund zu formen. Ich schluckte ein paar Mal und hustete.

„War Ausverkauf?", fragte ich schließlich.

„Ja, genau", sagte Renee, wich jedoch meinem Blick aus. Ähm, was war denn jetzt los?

„Warum bist du so komisch?", fragte ich und entfernte mich von Dusty. „Versteckst du etwas vor mir, große Schwester?"

„Überhaupt nicht", erwiderte sie und verbarg die Tüten hinter ihrem Rücken. „Bin gleich zurück." Sie schoss die Treppe hoch, und die anderen beiden folgten ihr. Hm. Wenn ich hätte raten sollen, hätte ich gesagt, dass es etwas mit meinem baldigen Geburtstag zu tun hatte, aber vielleicht war ich auch nur zu ichbezogen.

Eine kleine Weile später kamen sie wieder runter, und Paul und Mase trudelten ein paar Minuten danach ebenfalls ein. Niemand schien überrascht zu sein, Dusty mit mir in der Küche vorzufinden, was mich ebenfalls zu der Schlussfolgerung veranlasste, dass seine Anwesenheit irgendeine seltsame Methode war, mich abzulenken, während alle anderen shoppen waren. Dabei war mein Geburtstag noch nie eine große Sache gewesen, bei den vielen Geschwistern, die ich hatte. Als ich jünger war, wurde ihm noch sehr viel mehr Beachtung geschenkt, aber ich konnte mich nicht an viele derartige Feiern erinnern. Sie existierten nur noch auf Fotos.

Vielleicht hatte Renee ein schlechtes Gewissen, weil sie so streng mit mir gewesen war, und schmiss eine Geburtstagsparty für mich, um es wiedergutzumachen? Das ergab nicht wirklich Sinn, aber mir fiel kein anderer Grund ein, weshalb sie etwas vor mir verstecken sollte oder weshalb Dusty plötzlich beschlossen haben sollte, mit mir zu kochen, obwohl er es gar nicht konnte.

Doch natürlich tat ich so, als würde ich nichts Außergewöhnliches bemerken. Ich würde einfach mitspielen.

Dusty blieb zum Essen, und als wir fertig waren, stellte ich erschrocken fest, dass er seinen Unikram mitgebracht hatte, um zu lernen. Nennt mich verrückt, aber er erschien mir nicht der Typ zu sein, der groß was für die Uni tut. Ich meine, irgendwas musste er getan haben, da er schon anderthalb Jahre College hinter sich gebracht hatte, aber ich konnte es mir einfach nicht vorstellen.

Alle anderen hatten sich bereits ein Plätzchen gesucht, und so landete ich mit meinen Büchern auf dem Wohnzimmerboden und stellte meinen Laptop auf einen kleinen Beistelltisch.

„Ist hier schon besetzt?“ Dusty ließ sich neben mir nieder und legte einen Stapel Bücher auf dem Tisch ab.

„Jetzt wohl ja. Wenn es um Platz zum Lernen geht, muss man in diesem Haus nehmen, was gerade zu kriegen ist.“

„Das sehe ich“, sagte er, während die anderen sich in den verschiedensten Positionen ausbreiteten. Ich ging die Titel der Bücher durch, die er abgelegt hatte, und war ein wenig überrascht. Rechenlehre, Musiktheorie und mehrere Bücher, die von Erziehungswissenschaften zu handeln schienen.

„Musikerziehung, wie Hunter“, beantwortete er meine nicht gestellte Frage. „Überrascht?“

„Das wusste ich schon.“ Zwar nicht genau, aber ich konnte eins und eins zusammenzählen.

„Hey, Hunter, hast du noch dieses Praxishilfebuch?“ Hunter hatte ein paar Wochen zuvor seine ersten Prüfungen hinter sich gebracht, um Lehrer zu werden, und wartete immer noch auf die Ergebnisse. Erst wenn er die ersten Prüfungen bestanden hatte, würde er sich dem zweiten Teil unterziehen können. Das klang wie der Hochschuleignungstest, nur noch viel schlimmer.

Hunter sah von dem Buch auf, in das er sich vertieft hatte, und brauchte einen Moment, um seine Augen scharf zu stellen.

„Ja klar, willst du es dir ausleihen?"

„Nur die Praxistests. Ich will Kopien machen, falls du nichts dagegen hast."

„Klar, kein Problem." Hunter ging nach oben, um das Buch zu holen. „Ich hab die Antworten nicht eingetragen, daher kannst du nicht von mir abschreiben."

„Na ja, ich will die Prüfung ganz gern bestehen, daher probier ich es sowieso lieber selbst."

Hunter warf Dusty das Buch zu, und ich musste mich wegducken, damit er es auffangen konnte.

„Nicht mit Büchern werfen", rief Taylor von der Couch. „Die können sich doch nicht wehren. Das solltest du eigentlich wissen, Hunter Zaccadelli."

„Ich sage das ja nur ungern, aber ich hab einen dicken Anatomietest vor mir und ungefähr eine Million Seiten zu lesen, könntet ihr daher vielleicht später flirten? In eurem Zimmer oder so? Und zwar leise?", fragte Renee und funkelte uns alle an wie eine wütende Bibliothekarin.

„Sorry, Ne." Taylor zog den Kopf ein und wandte sich wieder ihrem Buch zu.

„Jawohl, Ma'am", sagte Hunter, mit einem Hauch Südstaatenakzent.

Dusty warf mir einen Blick zu und flüsterte: „Du wirst mich doch nicht anschreien, oder?"

„Ich hör immer noch Gerede", sagte Renee und blätterte eine Seite ihres Buches um.

Ich machte eine Geste, als würde ich meine Lippen mit einem Reißverschluss verschließen, zeigte auf Renee, tat so, als würde ich meine Kehle aufschlitzen, und zeigte dann auf ihn. Ich hoffte, die Botschaft würde ankommen. Er warf mir einen verstehenden Blick zu und schlug das Buch auf, das Hunter ihm gegeben hatte, und ich widmete mich wieder dem Stoff, den ich für Pams Seminar zu lesen hatte. Das machte ich immer als Erstes, wenn mein Hirn noch wach war und die Informationen gut aufnehmen konnte.

Für einen Typen, der so viele Geräusche mit seinem Mund produzieren konnte, war Dusty ziemlich gut darin, sich zu konzentrieren. Ich sah immer wieder von meinem Buch auf, um zu sehen, ob er wirklich lernte oder nur so tat, doch er schien völlig ins Lesen versunken zu sein. Er sah noch nicht einmal auf, obwohl ich ihn anschaute und wir so nah beieinandersaßen. Es war, als hätte er eine Tür zugemacht und wäre nun in seinem eigenen Raum, in den niemand eindringen konnte.

Ich schüttelte den Kopf und machte mich wieder an die Arbeit; ich las, bis ich alles gelesen hatte, was ich unbedingt musste, und fing dann an, an meinem Blog zu arbeiten. Ich hatte mir überlegt, dass ich gerne das Design ändern würde, doch da ich so gut wie gar nichts über HTML wusste, waren meine Möglichkeiten etwas beschränkt. Ich sollte einfach mal ein bisschen programmieren lernen. Vielleicht würde ich im Buchladen ein Secondhandbuch darüber finden.

„Was ist das?" Ich drehte den Kopf nur ein winziges Stück zur Seite und sah mich plötzlich Dustys Gesicht gegenüber, das beinahe schon meine Schulter berührte. Ich knallte meinen Laptop zu, sodass alle aus ihrer Lerntrance aufschreckten.

„Oh Gott, ich bin gerade mal kurz gestorben", sagte Taylor und legte sich die Hand auf die Brust.

„Tut mir leid." Ich funkelte Dusty wütend an, dessen Gesicht mir immer noch viel zu nahe kam. Für einen Jungen roch er sehr gut, viel besser als die, die ich bisher kennengelernt hatte. Viele von ihnen übertünchten die Tatsache, dass sie nicht wirklich oft duschten, mit diesem fiesen Körperspray, das vermutlich giftig war und sie langsam, aber sicher an einer Staublunge sterben lassen würde. Ich musste mir Mühe geben, nicht die Auge zu schließen, mich zu ihm zu beugen und mir vorzustellen, wie er an einem sonnigen Tag draußen frische Wäsche aufhängte, mit nacktem Oberkörper natürlich.

Oh Mann, was machte ich da bloß?

Er hatte bereits gesagt, dass er nicht an mir interessiert war, und ich war ebenso wenig an ihm interessiert. Warum tat er dann immer wieder etwas, das so wirkte, als sei er doch interessiert? Und wieso stellte ich mir immer wieder irgendwelche Sachen vor – wie zum Beispiel, dass er ohne T-Shirt Wäsche aufhängte?

Eilig drehte ich mich weg und stellte meinen Laptop um, sodass er den Bildschirm nicht sehen konnte. Mit einem winzigen Seufzer nahm er wieder seine Position ein und fuhr fort, sich Notizen zu machen. Das dachte ich zumindest, doch dann landete plötzlich ein Papierflugzeug in meinem Schoß. War das sein Ernst? Wie alt war er denn bitte schön? Obwohl es mir auch ein wenig gefiel. Sich Botschaften auf Zetteln zu schreiben war eine verloren gegangene Kunst in einer Welt von SMS, Facebook-Nachrichten und Twitter, in der jeder nichtssagende Gedanke in die Welt hinausgeschickt wurde, ob diese ihn nun hören wollte oder nicht.

Ich sah ihn nicht an, während ich den Zettel auseinanderfaltete.

Was durfte ich denn nicht sehen? Hast du dir Pornos angeschaut? Falls ja, darf ich mitgucken? Falls nein, was hast du dann gemacht?

Ich warf ihm einen angewiderten Blick zu, bevor ich den Zettel auf den Tisch legte und eine Antwort kritzelte.

Du bist ekelhaft, und das geht dich gar nichts an.

Ich faltete das Flugzeug wieder zusammen, warf es über meine Schulter, ohne mir die Mühe zu machen, genau zu zielen, und wandte mich erneut meinem Blog zu. Allerdings konnte ich mich nicht richtig konzentrieren, da ich jeden Moment damit rechnete, dass er mir wieder über die Schulter schaute.

Mein Blog gehörte allein mir. Ich postete niemals meinen richtigen Namen oder gar Bilder von mir. Es sollte niemand herausfinden, dass ich dahintersteckte. Mein Blog war … privat, niemand wusste davon. Peter Parker und Bruce Wayne fühlten sich vermutlich ganz ähnlich wie ich. Nur dass ihre geheime Identität sehr viel spannender war als meine als heimliche Bloggerin. In meinem Blog konnte ich schreiben, was ich wollte, und sein, was ich wollte. Das Mädchen, das ich wirklich war, spielte dort keine Rolle. Niemand kannte es. Und außerdem ging es in dem Blog nicht um mich. Es ging dort um Musik.

Eine kleine Weile später fingen alle an, ihre Sachen für die Nacht zusammenzupacken. Ich erwartete, dass Dusty aufstehen und gehen würde, doch das tat er nicht. Er hatte mir auch nicht noch einmal zurückgeschrieben, und als ich ihn verstohlen ansah, schien er wieder vollkommen konzentriert zu sein. Komischer Typ.

Ich wollte mich ihm gerade zuwenden und ihn fragen, ob er vorhatte, die ganze Nacht dazubleiben, als ich hörte, wie dicht hinter mir ein Buch zugeschlagen wurde.

„Tja, ich sollte wohl mal zurück in meine Baracke fahren." Er stand auf, während alle, die noch unten waren, „Gute Nacht" murmelten. Er sah auf mich herunter, als würde er etwas erwarten. Sollte ich ihn etwa noch zur Tür bringen?

Moment mal. Dachte er, das sei ein Date? War es ein Date? Aber warum sollte es eines sein? Klar, wir hatten zusammen gegessen, aber nur weil er dabei gewesen war, als ich gekocht und das Essen auf den Tisch gebracht hatte.

„Wir sehen uns", sagte ich, und es kam genauso lahm heraus, wie es in meinem Kopf klang. Und auch ich fühlte mich ebenso lahm wie am Abend zuvor in seinem Auto.

Er öffnete den Mund, um etwas zu sagen, entschied sich dann jedoch anders und gab nur eins seiner Schlagzeuggeräusche von sich, um den Moment zu überspielen. „Bis dann, Rotschopf."

Ich vollführte seinen zweifingerigen Gruß, und er grüßte auf dieselbe Weise zurück, mit einem kleinen Lächeln auf den Lippen.

Erst als er weg war, bemerkte ich, dass er das Papierflugzeug mitgenommen hatte.

13. KAPITEL

„Also, ich weiß ja, dass deine Schwester was gegen Partys hat, aber ich hab eine Einladung zu einer, und ich da kann ich nicht alleine hingehen. Außerdem werde ich dir ernsthaft wehtun, wenn du Nein sagst. Daher musst du einfach mitkommen", sagte Hannah nach dem Bioseminar am nächsten Tag.

„Das wird meine Schwester niemals zulassen."

„Das dachte ich mir, weshalb ich mir überlegt habe, einfach mit ihr zu reden und sie zu überzeugen."

Ich fing beinahe an zu lachen. Das würde niemals funktionieren, aber es war süß, dass sie das dachte.

„Das wird nichts, Hannah. Du hast meine Schwester doch in Aktion gesehen." Außerdem wusste ich gar nicht, ob ich überhaupt dorthin wollte.

„Ach, ich hab so meine Methoden." Hannah wirkte nicht wie jemand, der unbedingt auf eine bestimmte Party musste, daher wollte ich gerne wissen, warum es ihr so wichtig war.

„Was gibt's denn so Tolles auf der Party? Irgendeinen Typen?"

„Nein, keinen Typen. Ich will einfach nur das College-Ding voll ausleben, und dazu gehört auch, mindestens einmal auf eine Studentenverbindungsparty zu gehen. Das steht auf der Liste der Dinge, die man am College unbedingt getan haben muss. Ich hab das überprüft."

Ich fragte mich, was noch auf dieser Liste stand, denn das meiste davon hatte ich vermutlich schon abgehakt. Sie verhielt sich wirklich seltsam, und ich wusste, dass es da noch etwas gab, das sie mir nicht sagen wollte. In mancherlei Hinsicht fühlte ich mich ihr so nahe, doch dann hatte ich immer wieder das Gefühl, dass sie jede Menge Geheimnisse hatte und lieber sterben würde, als sie mir zu erzählen.

„Ein Nein akzeptiere ich nicht", sagte sie, und ich konnte ihr die Entschlossenheit vom Gesicht ablesen. Aus irgendeinem Grund hatte sie beschlossen, dass sie zu dieser Party wollte und dass ich mitkommen musste. Hannah hatte noch nie einen Freundschaftsdienst von mir verlangt, was ich von meinen alten Freunden so sehr gewöhnt gewesen war, dass ich mir wie ein Miststück vorgekommen wäre, wenn ich jetzt zu ihr Nein gesagt hätte.

„Ich hätte da vielleicht eine Idee wegen eines Jobs, der nicht nervt. Wenn du sagst, dass du mitkommst, erzähl ich dir davon." Es war wie in einer dieser Gameshows, in denen sie eine Schachtel vor einen hinstellen, von der man nicht weiß, was sie enthält. Ich konnte gewinnen oder haushoch verlieren. Aber es könnte schön sein, auszugehen und diesmal wirklich lockerlassen zu können.

„Ich sag nur Ja, wenn du Renee überzeugen kannst. Ich hab mir schon genug Ärger eingehandelt, und sie fängt gerade erst an, lockerer zu werden und mich mal eigene Sachen machen zu lassen."

Hannah streckte ihre Hand aus.

„Deal. Ich habe volles Vertrauen in meine Fähigkeiten, sie zu überzeugen." Sie war sehr zuversichtlich, so viel war sicher. „Dann komm ich heute Nachmittag mal vorbei."

„Wenn du willst, kannst du zum Abendessen kommen. Wir kochen immer viel zu viel, und du wärst nicht die Erste, die sich selbst einlädt." Mist, ich hatte nicht vorgehabt, Dustys Besuch zu erwähnen. Ich wusste, dass sie ihn durchanalysieren, zu viel hineininterpretieren und Dinge sagen würde, die ein Chaos in meinem Kopf veranstalten würden.

„Ich brauch noch nicht mal zu fragen, wer das war. Das kann ich von der Tatsache ableiten, dass du es erwähnt hast, aber eindeutig nicht darüber sprechen willst."

Na ja, vielleicht würde Hannah doch eine gute Zuhörerin abgeben. Ich machte nur eine kurze Pause, bevor ich begann, ihr die ganze Geschichte zu erzählen, davon, wie Dusty mir beim Kochen geholfen hatte, und von den Flugzeugnachrichten. Natürlich ließ ich meine eigenen Gefühle aus. Sie war schlau genug, sich diesen Teil zu denken.

„Na ja, also ich bin einfach ... verwirrt, ich weiß nicht. Er ist so ... kompliziert." Mir fiel ein, wie Mase gesagt hatte, dass die Komplikationen der beste Teil des Lebens waren.

„Ist das der Code für ‚sexy'? Denn er steht jedenfalls total auf dich."

„Warum sagt er mir dann, dass er es nicht tut?" Ich gab einen frustrierten Laut von mir, woraufhin die Leute, die vor uns gingen, sich umdrehten und mich ansahen, als sei ich durchgeknallt. Ich würde zu spät zu Mathe kommen, aber das war mir egal. Das war eins dieser Seminare, wo man nicht hingehen musste, um eine gute Note zu bekommen. Die Prüfungen waren angeblich total leicht, und ich hatte gehört, dass die Lehrassistenten einen zu den richtigen Antworten hinführten, wenn man nur nett genug fragte.

„Hör mal, ich muss los, aber wir reden später noch mal darüber. Wann soll ich zu euch kommen?", fragte sie.

„So gegen sechs?"

„Bis später, Mädchen", sagte sie und machte sich auf den Weg zu ihrem nächsten Kurs, der am anderen Ende des Campus stattfand. Sie würde rennen müssen, um rechtzeitig hinzukommen.

Ich ging in den Mathekurs und verbrachte die ganze Stunde damit, Maroon 5 zu hören. Das war eine der Bands, die ich schon seit Langem mochte, und ihre Musik war für mich wie eine Umarmung oder eine Schüssel Hühnersuppe. Warm und tröstlich.

Leicht benommen fuhr ich zurück nach Yellowfield House und war ganz und gar nicht überrascht, Dustys Auto an der Straße geparkt zu sehen.

„Schatz, ich bin zu Hause", rief ich, während ich die Schuhe auszog und meine Tasche im Flur abstellte.

„Wie war dein Tag?", rief Dusty aus dem Wohnzimmer, wo er mit Mase herumhing.

„Ziehst du jetzt hier ein?", fragte ich und holte mir eine Limo aus dem Kühlschrank. „Willst du auch eine?" Ich hätte mich wie ein Arsch gefühlt, wenn ich nicht gefragt hätte.

„Nö, danke", sagte er direkt hinter mir.

„Ich schwör dir, wenn du das noch einmal machst …" Mir fiel allerdings nichts ein, was ich dann tun könnte. „Weißt du was? Ich sag dir nicht, was ich machen werde. Du sollst lieber die Vorfreude genießen, während du auf den Moment wartest. Das macht viel mehr Spaß."

„Immer langsam, Rotschopf."

„Im Ernst, warum bist du hier? Ich weiß ja, dass dich mit jemandem hier eine dicke Freundschaft verbindet, aber deine bessere Hälfte ist gerade nicht hier, daher kann Hunter nicht der Grund sein. Und es kann auch nicht daran liegen, dass du so gerne kochst. Auch nicht, dass du dieses Haus so wahnsinnig liebst. Also, was ist der Grund?"

Ich lehnte mich gegen den Kühlschrank. Mir war klar, dass ich da eine Frage stellte, auf die mir die Antwort nicht gefallen würde, aber ich hielt es nicht mehr aus. Ich wollte die Wahrheit wissen, ob sie mir nun gefiel oder nicht.

„Vielleicht zieht mich ja noch etwas anderes in dieses Haus. Vielleicht … vielleicht warte ich nur auf den richtigen Moment, um es laut auszusprechen." Er sah mich nicht an, was bedeutete, dass es tatsächlich sein könnte, dass er die Wahrheit sagte. Ich war es auch wirklich leid, dass er ständig versuchte, das Thema zu wechseln oder aus allem einen Witz zu machen.

„Eigentlich komme ich her, weil ich verrückt nach … dieser Kaffeekanne bin." Er ging um mich herum und stellte sich neben die schicke Kaffeekanne, die vermutlich Hunter gekauft hatte und die wahrscheinlich mehr kostete, als mein Unibuch-Budget für das ganze Jahr hergab.

„Ich meine, ich liebe sie so richtig." Er beugte sich vor und tat so, als würde er sie umarmen und liebevoll streicheln.

„Willst du mich verarschen?"

Er richtete sich auf, für einen Moment wurde sein Lächeln unsicher.

„Was ist denn los?"

„Nichts. Nur … nichts." Er hatte mich mit voller Absicht auflaufen lassen, doch ich würde ihm nicht die Genugtuung verschaffen zu denken, dass ihm das tatsächlich gelungen war. Ich ging an ihm vorbei zurück ins Wohnzimmer, wo Mase mit einem Buch und einem Textmarker saß.

„Was geht, Jos?"

„Nichts." Ich schaltete den Fernseher ein und zappte herum. Dusty kam herein und setzte sich auf den Sessel, wobei er extra viel Lärm machte, damit ich ihn auch ganz sicher hörte. Idiot.

Ich entschied mich absichtlich für eine nervige Girlie-Reality-Soap, die er wahrscheinlich in einer Million Jahren nicht anschauen würde, und drehte die Lautstärke auf. Mase schien es nichts auszumachen. Er war bekannt dafür, dass er jederzeit voll konzentriert bei seiner Lektüre bleiben konnte.

So saßen wir schweigend da, während die Mädels im Fernseher shoppten und in Clubs gingen und sich mit ihren Freunden stritten und wieder vertrugen. Ich wartete darauf, dass er mich anflehte, umzuschalten, oder einfach aufstand und ging. Vielleicht würde ich ihn auf die Art loswerden. Indem ich ihn wegekelte. Als Verstärkung sollte ich vielleicht auch noch Nickelback laufen lassen oder diese wütende russische Mädchenband, auf die ich zufällig im Internet gestoßen war. Und anfangen, über meine Regelkrämpfe, Scheidenpilz und anderen Mädchenkram zu reden, den er nicht würde hören wollen.

Doch dann würde ich vermutlich auch die übrigen männlichen Hausbewohner vertreiben, und ihnen wollte ich das Leben ja nicht schwer machen. Nur Dusty.

Was war nur an ihm, das mich so verrückt machte?

Er fing an, ein paar leise Beats von sich zu geben. Jetzt wollte er sich also ernsthaft mit mir anlegen. Ich drehte die Lautstärke des Fernsehers weiter auf, doch daraufhin beatboxte er nur noch lauter. Ich sah ihn immer noch nicht an.

„Könntet ihr vielleicht die Lautstärke ein wenig runterschrauben? Ich werde langsam taub hier drüben, und das will was heißen, denn ich bin ein großer Fan davon, in Clubs direkt vor den Boxen zu stehen." Mase schnappte sich die Fernbedienung und stellte das Gerät leiser. „Geht's dir gut, Little Ne? Du bist irgendwie … nicht ganz du selbst."

„Mir geht's hervorragend."

Die Ankunft von Darah bewahrte mich davor, weitere Erklärungen abgeben zu müssen. Wenig später kamen auch Taylor, Hunter und Renee nach Hause.

„Hannah kommt heute zum Essen. Ich hoffe, es hat niemand was dagegen."

Alle beteuerten, dass sie überhaupt nichts dagegen hätten und sie jederzeit herzlich willkommen wäre. Yellowfield House war wie ein Schwamm, der Menschen aufsaugte, und einer davon war ich. Bald würde man eine vierte Etage draufsetzen oder das Untergeschoss in ein Wohnheim umfunktionieren müssen. Ich sah schon vor mir, wie im Jungskeller ein Hochbett neben dem anderen stand.

Taylor und Hunter waren mit Kochen an der Reihe und entschieden sich, Pizza zu machen, da so jeder selbst entscheiden konnte, was er daraufhaben wollte, und sie eigenhändig belegen konnte. Hannah tauchte auf, als wir gerade dabei waren, unsere individuellen Pizzen auszurollen. Selbstverständlich blieb Dusty zum Essen. Ich hätte ihn beinahe gefragt, ob er nicht am besten gleich ganz einziehen wolle, doch ich strafte ihn immer noch mit Schweigen wegen der Sache mit der Kaffeekanne.

„Hey, Mädchen. Und alle anderen", sagte sie, als sie zur Haustür hereinkam, ohne vorher geklopft zu haben.

Hannah wurde herzlich willkommen geheißen. Sie hatte denselben Ausdruck in ihren Augen, den sie hatte, als sie mir erzählte, dass ich mit zur Party kommen müsse.

„Roll dir einen Teigball aus", forderte Hunter sie auf, nachdem sie sich die Hände gewaschen hatte. Er gab ihr eine Teigkugel und ein Brett. „Du musst ihn einfach so dünn wie möglich ausrollen und ihn dann in die Form legen. Hier sind Soße und alles Mögliche für den Belag. Ich würde dir empfehlen, mit dem Belag deinen Namen zu formen, damit du gleich erkennst, welche Pizza deine ist, und es keine Verwechslungen gibt. Okay?"

„Aye, aye, Captain", sagte sie salutierend und schmiss den Teig mit ein wenig zu viel Kraft auf das Brett.

Nachdem wir alle unsere Pizzen fertiggestellt hatten, gelang es uns sogar, alle gleichzeitig in den Ofen zu schieben. Darah und Mase scheuchten uns aus der Küche, damit sie aufräumen konnten, also vertrieben wir uns die Zeit mit Musiksex im Wohnzimmer, mit Hunters Gitarre und Dustys Beatbox. Ich wartete darauf, dass Hannah ihr Anliegen vorbrachte, doch sie lehnte sich einfach nur zurück und rief lächerliche Songvorschläge in den Raum, die alle zum Lachen brachten.

Erst als wir uns hinsetzten und gemeinsam unsere Pizzen aßen und Darah und Renee von einer Party erzählten, auf der sie in ihrem ersten Semester gewesen waren, rückte Hannah mit der Sprache raus.

„Apropos Partys", sagte sie. „Es steigt eine richtig coole Party im Kappa-Sigma-Haus, und ich hab eine Einladung und brauche nur noch weibliche Unterstützung."

Ihre Ankündigung rief zunächst verblüfftes Schweigen hervor.

„Du willst auf die Party einer Studentenverbindung gehen?", fragte Hunter skeptisch.

„Na ja, ich hätte sonst das Gefühl, es würde in meiner Collegeerfahrung etwas Wichtiges fehlen. Es ist also weniger, dass ich so unbedingt hinwill … als dass ich mich vielmehr dazu verpflichtet fühle. Und da ich da wirklich nicht alleine hingehen sollte, brauche ich jemanden, der mich begleitet. Hey, Jos, was machst du denn am Samstagabend?" Das war also ihr Masterplan? Nicht gerade meisterhaft.

„Auf gar keinen Fall", rief Renee. Sie schrie beinahe.

„Okay, wie wär's denn dann, wenn ihr alle mitkommt? Dann könnten wir uns gemeinsam amüsieren, du könntest uns im Auge behalten, und ich kann mir meinen Traum erfüllen. Eine Win-win-Situation."

Dusty musste husten.

„Alles okay, Kumpel?" Da Hannah neben ihm saß, klopfte sie ihm auf den Rücken.

„Alles gut", keuchte er und nahm einen Schluck aus seinem Wasserglas.

„Also", fragte Hannah und wandte sich wieder zu Renee. „Bist du dabei?"

Alle Augen waren nun auf Renee gerichtet.

Sie hob abwehrend die Hände. „Warum muss ich das denn entscheiden? Jemand anders soll Ja oder Nein sagen, mir ist es egal."

„Könnte lustig werden", sagte Taylor.

„Ja, oder?", sagte Hannah, die sich sogleich bestärkt fühlte. Hunter zuckte mit den Achseln.

„Kann schon sein."

„Was ist mit dir, Dare?", fragte Mase.

„Ich war schon mal auf einer, und die war gar nicht so schlecht."

Hannah witterte schon den Sieg.

„Dann bin ich auch dabei. Allein schon um ein Auge auf euch Mädels zu haben. Und ein paar mehr Muskeln im Gepäck könntet ihr auch gebrauchen", sagte Hunter.

„Okay, ich komm auch mit", sagte Mase nickend.

„Ich bin dabei, wenn du es bist, Nene." Ich zog innerlich den Hut vor Paul, dass er es in einem Moment wie diesem wagte, ihren geheimen Spitznamen zu gebrauchen.

„Tja, dann habe ich wohl keine Wahl", sagte Renee. Dann stand sie auf und knallte ihren Teller ins Spülbecken. Ich hatte genau gewusst, dass das passieren würde. Jetzt war meine Schwester sauer, und ich würde es wieder geradebiegen müssen. Und Renee konnte lange wütend bleiben, das wusste ich aus Erfahrung.

Ich warf Hannah einen bösen Blick zu, doch sie lächelte nur triumphierend. Kopfschüttelnd stand ich auf und ging zu Renee, die immer noch am Spülbecken stand.

„Ich hab ihr gesagt, dass ich nicht mitgehen will. Keine Ahnung, warum sie da so unbedingt hinwill, aber irgendwie ist es so. Tut mir leid."

„Ist okay, Jos. Schon in Ordnung. Ich … will nur nicht immer die Böse sein. Das hasse ich. Ich will deine große Schwester sein und nicht deine Mom, aber manchmal überschreite ich diese Grenze, weil ich das Gefühl hab, ich muss die Elternrolle übernehmen."

„Tut mir leid." Jetzt war ich an der Reihe damit, mich schlecht zu fühlen, und wurde langsam etwas wütend auf Hannah. Wenn sie nicht so wild darauf gewesen wäre, auf diese Party zu gehen, die sich vermutlich ohnehin als langweilig und das ganze Theater nicht wert herausstellen würde, wäre Renee nicht böse auf mich.

„Ich bin nicht sauer auf dich. Ich weiß, dass es nicht deine Schuld ist, Jos." Sie drehte sich wieder zum Spülbecken, und die anderen machten sich daran, ihre Teller zu bringen.

„Wir sind doch dran mit Spülen", sagte Darah, als Renee Spülmittel auf einen Schwamm spritzte.

„Nein, schon okay. Ich mach das", sagte sie.

„Babe, komm mit", sagte Paul und nahm sie bei der Hand. Ich kannte meine Schwester gut genug, um zu wissen, dass sie den Tränen nahe war. Paul zog sie hinter sich her die Treppe hinauf, und dann hörte ich, wie ihre Schlafzimmertür zufiel.

„Kann ich mal mit dir sprechen, Hannah?" Ich ging in Richtung Kellertreppe und bedeutete ihr mit einer Kopfbewegung, mir zu folgen, damit wir uns unten in Ruhe unterhalten konnten.

„Es tut mir total leid. Ich hatte keine Ahnung, dass ich so etwas auslösen würde", sagte sie, als ich die Tür hinter ihr schloss und die Treppe hinunterging.

„Was dachtest du denn, wie sie reagieren würde? Dass du einfach so vorschlagen kannst, ihre minderjährige Schwester in eine Schlangengrube voller Alkohol und grapschwütiger Jungs mitzunehmen, nachdem ich letzten Sommer kaum etwas anderes gemacht habe, und sie einfach so Ja sagen würde? Ist das dein Ernst, Hannah?"

Wir waren erst seit so Kurzem befreundet und hatten schon unseren ersten Streit. Es fühlte sich beschissen an.

Sie hatte die Augen weit aufgerissen, und ihr sonst so freches Gebaren fiel in sich zusammen.

„Es tut mir total leid. Ich wollte nur … tut mir leid."

„Warum willst du denn so unbedingt da hin?"

Sie ging noch ein paar Stufen weiter hinunter und setzte sich auf die vorletzte. Ich setzte mich ein paar Stufen über sie.

„Das ist so albern. Du hältst mich bestimmt für total bescheuert."

„Erzähl's mir, dann kann ich das beurteilen", sagte ich. Ich wollte einfach nur, dass man mich nicht mehr anlog oder ständig das Thema wechselte. Ich wollte endlich einmal die Wahrheit hören.

Die Wahrheit ist das Schönste, was es gibt, denn sie ist das Wahrhaftigste.

Ich hatte ihm nicht geglaubt, als er das sagte, und war mir auch nicht sicher, ob ich es jetzt glaubte. Zu oft war die Wahrheit einfach nur beschissen.

„Okay, erinnerst du dich daran, dass ich mich auf der Party am Sonntag komisch benommen habe? Und dass wir dann danach diese Typen in der Mensa gesehen haben?" Ich hatte geahnt, dass es etwas mit ihnen zu tun hatte. Ich hatte nur keine Ahnung, inwiefern und in welchem Ausmaß.

„Also, auf der Party kam einer von denen zu mir und tat so, als würde er mit mir flirten und mich zu der Party einladen. Und dann ist er zu seinen Freunden gegangen und hat vor allen damit angegeben, dass er mit einem Freak geflirtet hat. War wohl irgendeine dumme Mutprobe oder so. Ich war natürlich sauer, aber na ja, war mir dann auch egal. Aber als sie mich dann in der Mensa wieder angestarrt haben, hat es mich echt genervt. Verdammt, ich bin halt auch nicht Gandhi. Manchmal komme ich einfach nicht klar damit. Also habe ich mir überlegt, auf diese Party zu gehen und sie irgendwie zu verarschen. Ich hatte noch keinen Plan, wie genau ich das anstellen wollte. Ich wollte einfach hin und dann so eine Art Fake-Blutbad anrichten, wie in ‚Carrie', weißt du, dem Buch von Stephen King."

„Wolltest du einen Eimer Schweineblut mitschleppen?“

„Natürlich nicht. Das war eher metaphorisch gesprochen. Ich hatte gehofft, du würdest mir dabei helfen.“

„Du bist echt einer der seltsamsten Menschen, die ich je kennengelernt habe.“

„Das ist nicht das Schlimmste, was man jemals zu mir gesagt hat.“

Das konnte ich mir vorstellen.

„Bist du sauer?“

„Ein bisschen.“ Ich rutschte eine Stufe weiter runter, sodass ich näher bei ihr saß. „Du hättest mir doch einfach erzählen können, dass du deshalb zur Party willst, anstatt diesen bescheuerten Plan auszuhecken. Dann hätte ich dir sagen können, dass die Idioten es nicht wert sind, und die ganze Sache abgewendet.“

„Ja, du hast ja recht. Ich neige dazu, nur mir selbst zu vertrauen und zu denken, dass alle anderen mich nur bescheißen. Wahrscheinlich, weil mich in meinem Leben schon ganz schön viele Leute beschissen haben. Ich würde dir das ja alles erzählen, aber manche Geschichten davon würdest du wahrscheinlich noch nicht mal glauben.“

„Ach, du hast ja keine Ahnung.“ Ich hatte auch so meine Geschichten.

Sie legte den Kopf auf die Knie.

„Ich hab alles vermasselt, oder?“

„Ist schon okay. Das darfst du ruhig mal. Und du hast es ja nicht aus Gemeinheit oder mit irgendwelchen bösen Hintergedanken getan. Jedenfalls niemandem gegenüber, der sich nicht vorher schon dir gegenüber wie ein Arschloch verhalten hätte.“ Ich war nicht besonders für „Auge um Auge, Zahn um Zahn“, aber diese Typen in ihre Schranken zu verweisen war schon ein berechtigtes Anliegen. „Aber würdest du dich besser fühlen, wenn du den Typen einen reinwürgst?“

„Erst mal ja.“

„Hast du das schon mal mit jemandem gemacht, der scheiße zu dir war?“

Endlich hob sie wieder den Kopf, und ich sah den Anflug eines Lächelns auf ihren Lippen.

„Es gab mal ein Mädchen, das mich Freakgesicht genannt hat und immer abgehauen ist, wenn ich mich ihr genähert habe. Sie hat auch noch ein paar andere fiese Dinge zu mir gesagt, und eines Tages hatte ich die Schnauze voll davon und bin ausgetickt." Sie rutschte nun auch ein Stück höher, sodass uns jetzt nur noch eine Stufe trennte.

„Jeden Morgen kaufte sie sich diesen großen Eiskaffee von Starbucks. Der war echt riesig. Aber ich bin mir ziemlich sicher, dass er das Einzige war, das sie jemals zu sich nahm. Ich kann mich jedenfalls nicht daran erinnern, sie jemals essen gesehen zu haben. War wohl ihr Zickenbenzin. Na ja, jedenfalls habe ich dann angefangen, genau diesen Eiskaffee zu kaufen und ihn ihr so in den Spind zu stellen, dass er umkippte und über ihre Klamotten floss, wenn sie die Spindtür öffnete. Oh Mann, das klingt noch so viel gemeiner, wenn ich es laut ausspreche. Aber es war schon lustig, wie ihr eine Woche lang jeden Tag nach dem Mittagessen ein Eiskaffee entgegenflog. Sie hat nie rausgefunden, dass ich das war."

Ich musste zugeben, dass das eine ziemlich ausgeklügelte Idee war.

„Und weißt du was? Ich wette, das Mädel treibt's jetzt mit irgendeinem viel zu gut aussehenden Typen an einem College in Florida oder so. Bitch", sagte sie.

„Oder aber sie hat sich im Sommer direkt nach dem College schwängern lassen, und ihre Eltern haben sie gezwungen, den Typen zu heiraten. Dann hat sie ein superhässliches Baby gekriegt und kellnert jetzt in irgendeinem runtergekommenen Schuppen, wo ihr Boss ihr die ganze Zeit an den Arsch fasst, aber sie kann nichts sagen, weil sie es sich nicht leisten kann, den Job zu verlieren, weil der Papa von ihrem Baby Alkoholiker ist und den ganzen Tag nur in seinem Sessel sitzt und säuft."

Sie starrte mich an, als wäre mir ein zweiter Kopf gewachsen, dann brach sie in Gelächter aus.

„Mädchen, du hast eine ganz schön blühende Fantasie. Du solltest Schriftstellerin werden.“ Sie war nicht die Erste, die das zu mir sagte. Im Englischkurs hatte Greg mir nur positive Anmerkungen unter meinen ersten Aufsatz geschrieben und mich mehr als einmal lobend erwähnt. Natürlich war ich jedes Mal knallrot angelaufen und hatte mir gewünscht, er würde sofort wieder damit aufhören.

Da mir Hannah eins ihrer kleinen Geheimnisse erzählt hatte, beschloss ich, ihr auch eines zu erzählen.

„Warte mal kurz.“ Mein Laptop lag in meinem Zimmer, als holte ich ihn schnell und fuhr ihn hoch. Dann ging ich ins Internet, gab die Adresse meines Blogs ein und reichte Hannah den Computer kommentarlos.

„Okay“, sagte sie und scrollte durch den Blog. „Was ist das?“

„Das ist meiner. Mein Blog. Das ist meine geheime Identität. Mein Name ist Joscelyn Archer, und ich blogge über Musik.“

Sie riss erstaunt die Augen auf und sah sich den Blog genauer an.

„Das ist deiner, ohne Scheiß? Wow.“ Ich beobachtete, wie sie meine neueste Albumbesprechung überflog, sich dann weiter durchklickte und sich noch mehr Texte durchlas. Ich wartete auf ihr Urteil.

„Das ist ja total cool! Warum hast du mir nichts davon erzählt?“

Ich zuckte mit den Achseln.

„Ich weiß nicht. Ich glaube, es war mir einfach zu persönlich. Es macht mir nichts aus, wenn Fremde ihn lesen, da ich weiß, dass die mich nie kennenlernen werden, aber ihn Leuten zu zeigen, die ich kenne, ist was anderes. Was, wenn die mich dann komisch finden? Und was, wenn sie ihn nicht gut genug finden? Ich meine, ich kriege auch schon mal ätzende Kommentare von Fremden, aber wenn einer meiner Freunde so etwas sagen würde, wäre das tausendmal schlimmer. Ich weiß auch nicht.“ Ich spürte, wie ich rote Ohren bekam, und versuchte, ihr den Laptop wieder abzunehmen.

Hannah ließ es jedoch nicht zu.

„Vergiss es. Jetzt hast du's mir erzählt, und dann will ich mir auch alles anschauen. Ich hab dir ja gesagt, dass du gut schreiben kannst, das kannst du wirklich. Du bist richtig gut. Warum studierst du nicht Englisch im Hauptfach?"

Mist. Ich hatte nicht geahnt, dass ihr den Blog zu zeigen dazu führen würde, dass sie mit Themen ankam, über die ich nicht sprechen wollte.

„Weil ich nicht den Rest meines Lebens in der Gastronomie arbeiten oder in einem Kühlschrankkarton auf der Straße leben möchte."

Hannah gab mir einen Klaps auf den Arm.

„Du würdest niemals in einem Kühlschrankkarton auf der Straße enden. Hallo? Hast du dir mal angeschaut, wo du gerade wohnst? Deine Schwester und ihre Freunde würden das niemals zulassen. Du hast ein ganzes verdammtes Haus voller Menschen, denen du wichtig bist, und siehst es noch nicht mal."

Was sollte das denn jetzt?

„Ich bin doch nicht undankbar. Wirke ich undankbar auf dich?"

Sie seufzte und gab mir den Laptop zurück.

„Nein, das meinte ich nicht. Das war nur mein kleines Neidmonster, das mal eben seinen unglaublich hässlichen Kopf rausstrecken musste. Vergiss es einfach."

„Du hast auch Menschen, denen du wichtig bist. Mir zum Beispiel bist du wichtig", sagte ich und legte ihr den Arm um die Schultern. „Das klingt jetzt schon wieder so, als würde ich auf dich stehen. Aber du weißt, was ich meine, oder?"

„Total. Und du bist mir auch wichtig."

Wir umarmten uns, was sich wirklich gut anfühlte, und brachen dann in Lachen aus.

„Dann gehen wir also zusammen auf eine Studentenverbindungsparty. Aber hast du schon mal drüber nachgedacht, dass es die größte Rache wäre, einfach nur glücklich zu sein? Das hab ich mal irgendwo gelesen, und ich glaube, es würde in dieser Situation gut funktionieren. Wir kaufen dir ein absolutes

Hammer-Kleid, die Damen von Yellowfield House machen dich zurecht, und dann gehen wir dahin, und du zeigst es ihnen. Wenn die denken, dass sie dich fertiggemacht haben, dann haben sie schon gewonnen. Aber wenn du ihnen zeigst, dass du drauf scheißt, dann gewinnst du", sagte ich.

Sie zuckte mit den Schultern.

„Das ist nicht so gut, wie Schweineblut über ihnen auszukippen." Der Gedanke an „Carrie" erinnerte mich daran, dass Stephen King nur ein Stück die Straße runter wohnte. Als ich es Hannah erzählte, sprangen ihr beinahe die Augen aus dem Kopf.

„Ich wusste, dass er in Bangor wohnt, aber nicht genau, wo."

„Wir können ja mal vorbeifahren. Wir könnten uns sogar mal ans Haus ranschleichen. Aber dann werden wir vermutlich festgenommen. Er hat bestimmt alles voller Sicherheitskameras und solchen Schnickschnack."

Als wir schließlich wieder nach oben gingen, saßen die anderen im Wohnzimmer und taten so, als hätten sie nicht auf uns gewartet – bis auf Renee und Paul.

„Wir haben uns nicht gegenseitig umgebracht und uns auch keine Haare rausgerissen oder einander die Augen ausgekratzt, falls jemand die Sorge hatte", sagte Hannah und schlang den Arm um meine Schulter. „Seht ihr? Alles gut."

Alle atmeten erleichtert auf.

„Aber ich glaube, ich schulde deiner Schwester eine Entschuldigung, also bringe ich das jetzt mal hinter mich", fuhr Hannah fort und ging so selbstverständlich in Richtung Treppe, als wäre sie schon hundert Mal in diesem Haus gewesen.

Ich wusste nicht, ob das so eine gute Idee war, doch ich würde sie nicht aufhalten.

Stattdessen setzte ich mich neben Taylor auf die Couch, und sie legte den Kopf auf meine Schulter.

„Weißt du, ich war auch noch nie auf einer Verbindungsparty. Ich war auch ein bisschen neugierig auf das Experiment."

Hunter grummelte irgendetwas.

„Was denn, meinst du, ich kann mich nicht gegen ein paar

besoffene Verbindungsbrüder wehren? Gegen dich hab ich mich damals doch auch ganz gut gewehrt“, sagte sie.

Er kniff die Augen zusammen und richtete den Zeigefinger auf sie. „Touché, Missy, touché.“

Dusty schien mich zu beobachten. Warum war er noch nicht nach Hause gegangen?

„Ich geh mal nach ihnen schauen“, sagte er plötzlich und sprang auf die Füße. „Bei einem Kampf zwischen Hannah und Renee weiß ich nicht genau, auf wen ich mein Geld setzen würde.“ Er joggte die Treppe hinauf, und bei jedem Schritt rutschte seine Hose ein Stück tiefer. Irgendwann würde ich ihn mal fragen, wie sie überhaupt an seinem Körper hielt. Doch dann würde er sicher nur wieder irgendeinen seltsamen Spruch bringen, und ich würde rot anlaufen, und das wäre weniger lustig. Ich wollte ihm nicht noch mehr Nahrung geben.

„Ich hab mir immer gewünscht, rotes Haar zu haben“, sagte Taylor und fuhr mit den Fingern durch meines. Dabei hatte sie selbst so schöne Haare, die sich so natürlich wellten, wie ich es bei meinen nie zustande brachte. Mein Haar … hing einfach nur von meinem Kopf runter.

„Damit du eine gute Entschuldigung hast, wenn du aus der Haut fährst?“, fragte Hunter und nahm sich seine Gitarre. Sie schien ihm Zuflucht zu bieten in Zeiten des Sturms.

„Haha, das hättest du wohl gern“, erwiderte Taylor.

Wir saßen noch ein paar Minuten so da, während Mase die Sportkanäle durchzappte, um die Football-Ergebnisse zu checken. Hannah und Dusty waren schon so lange verschwunden, dass mir langsam mulmig wurde, doch aus dem ersten Stock war kaum etwas zu hören.

Schließlich stand ich auf und ging zur Treppe. Ich hörte, wie die anderen hinter mir irgendwelche Kommentare abgaben, doch das war mir egal.

Leise schlich ich mich hoch zu Renees und Pauls Tür. Sie stand nur einen winzigen Spalt weit offen. Dustys Stimme war die erste, die ich hörte.

„Es werden so viele Leute auf sie aufpassen, dass sie nicht mal niesen könnte, ohne dass einer von uns ‚Gesundheit' sagt. Vertrau mir."

„Warum sollte ich dir vertrauen?" Das war jetzt Renee.

Ich beugte mich weiter vor – wohl ein bisschen zu weit, denn plötzlich verlor ich das Gleichgewicht und knallte gegen die Tür, sodass sie aufsprang und gegen die Wand donnerte. Das war nicht gerade der eleganteste Auftritt, den ich jemals hingelegt hatte.

„Sorry, ich wollte nur mal sehen, ob alles okay ist. Unten war nichts von euch zu hören, daher hatte ich ein bisschen Sorge, ich würde hier einen Haufen Leichen vorfinden und einen von euch mit einem Messer in der Hand oder so", sagte ich, um mein plötzliches Eindringen zu überspielen.

„Wo sollte bitte jemand ein Messer in meinem Zimmer finden?", fragte Renee, die sich als Erste von dem Schreck erholte, den ich bei allen ausgelöst hatte.

„Du hast doch so eine ganz schön spitze Nagelfeile", bemerkte Paul. Dusty wirkte vollkommen gefasst, im Gegensatz zu Hannah, die leicht rot im Gesicht war.

Ich hätte so gern gewusst, wie Dustys Antwort auf Renees Frage gelautet hätte, doch ich konnte unmöglich zugeben, dass ich gelauscht hatte.

„Tut mir leid, dass ich so ausgerastet bin", sagte Renee und setzte sich auf die Bettkante.

„Nein, ist schon okay. Mom hätte genauso reagiert", sagte ich.

„Aber ich bin nicht deine Mom. Und auch wenn du in der Vergangenheit ein paar schlechte Entscheidungen getroffen hast, hast du dich in letzter Zeit echt super angestellt, und das hab ich dir nicht genügend zugute gehalten. Ich bin stolz auf dich." Das Lob ließ mich sogleich erröten, und ich konnte fühlen, wie meine Ohren heiß wurden. Hätte sie mir das nicht sagen können, wenn wir allein waren? Ich meine, vor Paul wäre mir das egal gewesen, da er praktisch zur Familie gehörte, aber vor Dusty und Hannah war mir das echt unangenehm.

Dusty räusperte sich und ging in Richtung Tür, die Hände in den Hosentaschen.

„Ich glaube, das ist mein Stichwort. Ich fahr mal nach Hause. Bis … irgendwann. Okay, gute Nacht." Und dann war er schneller verschwunden, als man „Baggyjeans" sagen konnte.

„Manchmal bin ich echt schlecht darin, zu merken, was Phase ist, aber diesmal nicht. Wir sehen uns morgen, Jos. Danke für dein Verständnis, Renee. Bis dann, Paul." Mit diesen Worten eilte Hannah Dusty hinterher, und ich blieb mit Renee und Paul zurück.

„Ich glaube, ich lass euch auch mal einen Moment allein." Paul ging hinaus und schloss leise die Tür hinter sich. Ich setzte mich neben Renee aufs Bett.

„Worüber habt ihr gerade gesprochen, als ich meinen großen Auftritt hatte?", fragte ich.

„Über nichts. Hannah hat mir nur erklärt, warum sie zu der Party wollte. Ich sag's dir, neunzig Prozent aller Typen sind einfach nur totale Vollidioten." Sie schloss die Augen und lehnte sich zurück.

„Wenn das stimmt, wie kann es dann sein, dass wir drei Nichtidioten hier im Haus haben? Ich meine, das ist dann ja so wahrscheinlich wie ein Sechser im Lotto." Ich tat es ihr gleich und ließ mich auf den Rücken fallen, sodass wir nun beide an die Decke starrten.

„Ich weiß nicht. Aber ich glaube, wir sollten mehr Rubbellose kaufen", sagte sie.

Die Bettdecke war unter meinem Kopf ganz zerknüllt, also strich ich sie glatt.

„Hast du das Teil jemals schon mal abgenommen?" Sie streckte die Hand nach meinem Armband aus und spielte mit dem Elefantenanhänger.

„Nein." Ich ließ sie noch einen kurzen Moment weiter damit spielen, dann rollte ich mich auf die Seite und stützte den Kopf in die Hand. Sie tat es mir gleich. Es fühlte sich an, wie als wir klein waren und im Wohnzimmer aus Kissen und Laken mit den

Stühlen aus dem Esszimmer Burgen gebaut hatten. Das war, bevor unsere zahlreichen Geschwister in unser Leben traten. Alles, woran ich mich erinnern konnte, war, dass es damals noch ziemlich ruhig bei uns gewesen war.

„Manchmal fühle ich mich so komisch", sagte sie.

„Inwiefern?"

„Ich meine, wegen Mom und Dad und unserer ganzen durchgeknallten Familie. Erinnerst du dich an das eine Mal, als Mom uns in der Schule vergessen hat und wir trampen mussten?"

Ich verdrehte die Augen.

„Welches von den vielen Malen?" Das war im Laufe unserer Jugend häufig passiert.

„Ein Wunder, dass wir beide es überhaupt geschafft haben, relativ normal zu werden."

„Relativ? Sprich für dich selbst." Ich tippte ihr an den Kopf.

„Hey, ‚relativ normal' ist in deinem Fall ein Kompliment", sagte sie, schnappte sich ein Kissen und schlug mich damit.

„Was zum Geier …?" Ich duckte mich, bekam selbst ein Kissen zu greifen und pfefferte es ihr auf den Rücken. Und dann, wie es sich für Schwestern gehört, starteten wir eine richtige Kissenschlacht. Renee hatte keine Daunenkissen, daher flogen dabei keine klassischen Federn durch die Luft, doch es artete trotzdem ganz schön aus.

Als wir schließlich völlig außer Atem innehielten, hatten wir Publikum bekommen. Die anderen mussten uns schreien gehört und gedacht haben, wir würden uns gegenseitig umbringen, doch als sie oben ankamen, waren wir bereits lachend vor Erschöpfung zusammengebrochen.

„Es ist also alles okay bei euch?", fragte Mase. „Dann könnt ihr von mir aus gerne damit weitermachen." Er grinste, und Darah stieß einen angewiderten Laut aus.

„Ich nehme das mit dem Sechser im Lotto zurück", sagte ich zu Renee, woraufhin sie lachte.

„Was für ein Sechser im Lotto?", fragte Hunter.

„Ach, vergiss es einfach", sagten Renee und ich gleichzeitig.

14. KAPITEL

Hannah zeigte mehr Widerwillen, shoppen zu gehen, als eine Jungfrau, die zum Opferaltar gezerrt wird. „Du warst doch einverstanden mit dem Plan. Es wird schon alles gut gehen, ich versprech's", sagte ich, während ich uns zur Bangor Mall fuhr. Sie wechselte immer wieder den Radiosender, was mich an den Rand des Wahnsinns trieb. Schließlich stellte ich das Radio einfach aus.

Ich musste ein paar Runden drehen, bis ich einen Parkplatz fand. Als ich gerade meine Tasche nehmen und aussteigen wollte, packte mich Hannah am Arm und hielt mich auf.

„Also, wo wir jetzt schon angefangen haben, uns gegenseitig unsere Geheimnisse zu erzählen, muss ich dir sagen, dass ich seit ungefähr zwei Jahren nicht mehr einkaufen war." Sie biss sich auf die Lippe und zuckte mit den Schultern.

Entsetzt lehnte ich mich in den Sitz zurück.

„Ernsthaft?", fragte ich.

„Ich meine natürlich nicht Lebensmittel, sondern Klamotten." Das war wirklich erstaunlich, denn sie sah immer hübsch aus, auf ihre punkige Secondhand-Art. Sie trug Klamotten, die aussahen, als stammten sie aus den Fünfzigern, kombiniert mit Nieten oder Leder. „Ich kaufe alles im Internet. Ich weiß genau, bei welchen Marken die T-Shirts klein ausfallen. Und lass mich von Schuhen lieber gar nicht erst anfangen."

„Und warum hasst du shoppen so sehr?" Sie warf mir einen eisigen Blick zu, der mir bedeuten sollte, dass das doch mehr als offensichtlich war und der Frage nicht wert. „Ich meine, ist es nur deshalb?"

„Nur deshalb? Hast du eine Ahnung, wie es ist, in eine Umkleidekabine zu gehen und von der Verkäuferin angestarrt zu werden, als sei ich eine Aussätzige? Es ist, als hätten sie Angst, dass ich die Klamotten ruiniere. Und dann starren einen auch noch die anderen Kunden an, und das, wo man in dem schrecklichen Umkleidekabinenlicht sowieso total beschissen aussieht.

Das ist eine Erfahrung, die ich beschlossen habe, mir nicht mehr geben zu müssen. Nackt Modell sitzen ist eine Sache, aber shoppen gehen eine ganz andere."

„Warum hast du dann Ja gesagt?"

„Weil ich gehofft hatte, dass es diesmal anders sein würde. Neben der Tatsache, dass ich echt gut darin bin, Menschen einzuschätzen, bin ich auch noch eine ewige Optimistin. Ganz tief drinnen. Aber erzähl's niemandem, ich will mir mein Image nicht verderben."

„Ich erzähl's niemandem, wenn du versprichst, niemandem von meinem Blog zu erzählen." Wir stiegen aus dem Auto, und sie fing an, vor sich hin zu pfeifen. „Hannah? Hast du mich gehört?"

„Ähm, ja. Das Ding ist nur, irgendwie hab ich's schon erzählt." Sie kniff das Gesicht zusammen, als würde sie einen Schlag erwarten.

„Wie bitte?" Sie donnerte mir beinahe die Tür zum Einkaufszentrum gegen die Nase, als sie sie schwungvoll öffnete.

„Äh, ja. Weißt du noch, dass ich gesagt habe, ich helfe dir bei der Jobsuche? Na ja, zufälligerweise habe ich da so einen Kontakt bei der Campus-Zeitung, und dem hab ich deinen Blog gezeigt. Er sucht nach jemandem, der eine Musikkolumne für ihn schreibt, daher hab ich ihm deinen Namen und deine E-Mail-Adresse gegeben. Vermutlich wird er dich also kontaktieren." All das gab sie von sich, ohne auch nur einmal Luft zu holen.

Ich blieb stehen und packte sie am Arm, damit sie mir ins Gesicht sah.

„Warum hast du das gemacht? Ich hab dir doch gesagt, dass es ein Geheimnis bleiben soll." Ich spürte, wie die Panik sich in meinem Brustkorb ausbreitete. Ehrlich gesagt hatte ich keine Ahnung, wieso ich so ausflippte, aber die Sache machte mir definitiv Angst.

„Ich weiß, aber, wie gesagt, du hast echt Talent. Ich glaub nicht, dass du in Politikwissenschaften richtig bist. Du solltest für ein Magazin oder eine Zeitung schreiben oder, da die ja gerade vom Aussterben bedroht sind, Musiker promoten oder so was. Ich kenne mich da nicht so aus, aber ich weiß, dass du dein Talent vergeudest."

„Und das weißt du alles, nur weil du ein paar Posts in meinem Blog gelesen hast?" Die Musikbranche war heiß umkämpft, und es gab noch Millionen anderer Blogs. Ich hatte nicht Tausende von Followern, so wie einige andere, noch nicht einmal annähernd. Ich war ein winziger Tropfen in einem Meer von Leuten, die dasselbe taten, und viele davon waren viel besser als ich.

„Ich weiß es, weil ich dich kenne. Das klingt jetzt schon wieder beinahe unheimlich, aber ich hab das Gefühl, dass du dich manchmal selbst gar nicht richtig sehen kannst. Ich weiß, dass du irgendein Päckchen mit dir rumschleppst und mir schon irgendwann davon erzählen wirst, aber jetzt musst du das noch nicht. Nur ist es so, dass dieses Päckchen dich davon abhält, etwas Großartiges zu tun."

Sie steuerte auf ein Geschäft zu, in dem es am wahrscheinlichsten war, dass wir etwas für sie finden würden. Dort hingen schon Kleider für den jährlichen Highschool-Abschlussball draußen, obwohl es bis dahin noch Monate hin war. Ich konnte ihr nicht erklären, was mit mir los war, da sie es nicht verstehen würde, also folgte ich ihr einfach in den Laden.

Eine knappe Stunde später hatte Hannah fast alle meine Kleidervorschläge gnadenlos abgeschmettert. Ich hatte alles probiert: kurz, lang und alles, was es dazwischen noch so gab; rot, grün, blau, schwarz, gold und pink. Sie fand jedes Mal irgendeinen Grund, sie schrecklich zu finden. Kein Wunder, dass sie seit zwei Jahren nicht mehr shoppen war. Sie war ganz schön wählerisch.

„Was ist hiermit?" Da ich langsam die Schnauze voll hatte, machte ich nur noch alberne Vorschläge. In diesem Moment hielt ich ein Schlauchkleid hoch, das in einem brutalen Neongelbton gehalten war und total billig aussah.

„Muss ich wirklich aufzählen, was mir an diesem Kleid alles nicht gefällt?"

Ich seufzte und hängte es zurück.

„Mann, Hannah, für dich einzukaufen ist schwerer als für die Queen."

„Die Queen kauft nicht selbst ein. Die hat ihre Leute dafür." Sie ging an einem Kleiderständer vorbei und fuhr mit der Hand über die Kleider. „Ohhh", sagte sie und zog eines heraus. Es war das erste Mal, dass sie Interesse für eines zeigte, und ich war beinahe erschrocken.

Es war ein auf einer Seite schulterfreies rotes Kleid mit schwarzen Stickereien am Saum, das ihr vermutlich knapp bis zu den Knien gehen würde. Dazu hatte es einen schwarzen Gürtel mit einer Silberschnalle um die Taille.

„Ich probier das hier mal an", sagte sie und marschierte ohne weiteres Aufhebens geradewegs zur Umkleidekabine.

Ich folgte ihr verblüfft.

Die Verkäuferin war gerade nicht da, also ging Hannah einfach in die erste Kabine, die offen war.

„Kannst du die halten?"

„Klar", sagte ich, als sie mir ihre Tasche unter der Tür hindurchreichte. Ich wartete, während sie sich aus ihren Schuhen und Klamotten schälte, bis ich schließlich hörte, wie sie den Reißverschluss des Kleids zuzog.

„Und? Passt es?" Sie öffnete vorsichtig die Tür und ließ mich hinein.

„Sag du's mir." Sie zuckte mit den Achseln und drehte sich um sich selbst, sodass der Rock um sie wirbelte.

„Du siehst umwerfend aus, Hannah." Das stimmte. Der Gürtel betonte ihre schlanke Taille, und die Rocklänge ließ ihre Beine endlos lang aussehen. Die schulterfreie Seite entblößte ihre Narbe, doch ich sah noch nicht einmal richtig hin.

„Ich glaube, wir haben eine Gewinnerin." Ich nahm sie bei der Hand und ließ sie eine Pirouette drehen. Da es nicht genug Platz zum Herumwirbeln gab, krachte sie gegen die Wand, und wir mussten beide lachen.

„Okay, jetzt bist du dran. Geh dir was aussuchen, und dann komm hierher zurück." Ich hatte vorgehabt, mir einfach wieder das goldene Kleid von Renee auszuleihen, doch wieder einmal ließ Hannah sich nicht abwimmeln.

Sie schob mich aus der Kabine, und ich ging zurück in den vorderen Teil des Geschäfts, in dem die Kleider hingen. Ich hatte ein paar gesehen, die mir gefielen, doch ich war so auf Hannah konzentriert gewesen, dass ich gar nicht weiter darüber nachgedacht hatte. Eilig sah ich alles noch einmal durch, auf der Suche nach einem Kleid, das weder zu kurz noch zu lang war und keine hässliche Farbe hatte.

Ich sortierte alles aus, was rot, pink oder orange war. Schwarz wollte ich auch nicht, da es mich blass erscheinen ließ und meine Sommersprossen viel zu sehr betonte. Schließlich fand ich ein graues, das leicht schimmerte, als ich den Stoff unter das Licht hielt. Es sah außerdem so aus, als wäre es bequem, und es deckte alles ab, was ich abgedeckt haben wollte. Es war nicht so konservativ wie die Kleider, die ich in meinem alten Leben getragen hatte, aber es war ein guter Kompromiss.

Ich nahm es mit zur Anprobe und sah, dass Hannah wieder ihre eigenen Sachen anhatte und das rote Kleid über den Arm trug.

„Sehr hübsch. Jetzt mach dich nackig und zieh's an." Sie schob mich in die Kabine und knallte die Tür hinter mir zu. Es waren nur ein paar andere Kunden in der Anprobe, und ich wettete, dass sie nicht wussten, was sie von Hannah halten sollten.

Ich zog mich aus und schlüpfte in das Kleid, bekam den Reißverschluss jedoch nicht ganz hoch. Hinter der Tür hörte ich Hannahs Fuß ungeduldig auf den Boden klopfen.

„Kannst du mir den Reißverschluss hochziehen?" Ich schloss die Tür auf, ehe sie sie noch einrannte. Dann wandte ich ihr den Rücken zu, und sie zog schnell den Rest des Reißverschlusses zu, bevor sie mich herumwirbelte. Die Bedeutung des Wortes *sanft* schien ihr völlig fremd zu sein.

„Darin sehen deine Titten echt super aus." Natürlich, das war ein wichtiger Aspekt. „Hinreißend. Wenn ich ein Typ wäre, würde ich es auf jeden Fall mit dir treiben."

„Das ist das Schönste, was jemals jemand zu mir gesagt hat“, erwiderte ich und legte ihr die Hand auf die Schulter.

„Okay, jetzt haben wir beide ein Kleid. Können wir jetzt endlich raus hier?“

„Klar, ich muss mich nur umziehen.“

Hannah konnte gar nicht schnell genug wieder aus dem Laden herauskommen. Ich erinnerte sie jedoch daran, dass wir noch Accessoires zu unseren Kleidern brauchten, also zog sie mich zu Claire’s, wo es Ohrringe und weiteren Schmuck gab, und dann gingen wir noch Schuhe kaufen. Als wir schließlich unser Outfit beisammenhatten, waren wir beide kurz vor dem Verhungern, also entschieden wir, dass es für heute reichte. Ich lud Hannah zum Essen nach Hause ein, und sie nahm die Einladung an.

„Ach übrigens, worüber hast du eigentlich gestern Abend so lange mit meiner Schwester gesprochen?“, fragte ich, während wir unsere Einkäufe auf den Rücksitz meines Autos schmissen.

„Ich habe mich nur ausführlich für meine Taktlosigkeit entschuldigt. Das hat eine Weile gedauert. Außerdem musste ich ihr die ganze Geschichte mit den Typen erzählen und warum ich unbedingt zu der Party wollte. Nachdem ich es dir erzählt hatte, erschien es mir auf einmal total bescheuert, dass ich es hatte geheim halten wollen.“

„Das ist alles?“

„Ja, warum?“ Ich sah sie an, doch ihre Augen waren ganz groß und unschuldig. Ich hatte ihr Talent zum Lügen anscheinend bisher unterschätzt.

„Aus keinem bestimmten Grund. Bin nur neugierig.“ Ich ließ das Thema fallen. Meine nächste Anlaufstelle würde Dusty sein. Mal sehen, wie seine Version der Geschichte lautete.

Ich musste nicht allzu lange auf die nächste Gelegenheit warten, Dusty auszufragen, da er bei uns zu Hause war, als wir hereinkamen. Er saß mit seinen Kopfhörern lässig auf der Couch, als wäre er der Schlosskönig. Als er Hannah und mich sah, zog er sie sich aus den Ohren und ließ sie sich um den Hals hängen.

„Sollen wir deinen Namen mit auf die Liste schreiben?", fragte ich und zeigte auf die Tafel, auf der alle Hausbewohner standen. „Oder vielleicht ziehst du einfach gleich mit ein. Du könntest auf dem Sessel schlafen." Es war der hässlichste Sessel, den es jemals gegeben hatte, doch Taylor weigerte sich strikt, ihn wegzugeben, wollte jedoch nicht sagen, warum. Es hatte wohl irgendwelche sentimentalen Gründe. Ehrlich gesagt, wollte ich es lieber gar nicht wissen.

„Nein danke, ich passe. Ich bin nur hier, weil Hunter mir hilft, für die praktische Prüfung zu lernen. Oder eigentlich zeigt er mir vielmehr, wie ich *nicht* dafür lerne."

„Hast du schon deine Noten bekommen?", fragte ich Hunter.

„Noch nicht. Aber morgen müssten sie eigentlich da sein. Falls nicht, lass ich Taylor dort anrufen, damit sie denen den Arsch aufreißt. Sie ist viel besser darin, rumzuschreien und zu kriegen, was sie will, als ich." Das stimmte. Ich hatte sie bereits in Aktion erlebt.

„Ich bin mir sicher, dass du gut abgeschnitten hast", sagte ich und nahm meine Tüten, um sie nach unten in mein Zimmer zu tragen. Hannah folgte mir. Hunter war wirklich schlau – eigentlich hatten alle im Haus ganz schön was drauf, nur auf unterschiedliche Art. Mit ihnen war es sehr viel schwieriger, um den höchsten Notendurchschnitt zu konkurrieren, als mit meinen Klassenkameraden auf der Highschool oder auf dem College.

Ich ließ meine Tüten auf den Boden fallen und ging meine E-Mails checken. Ich hatte ein wenig Herzklopfen. Ja, da war sie. Eine E-Mail mit dem Betreff „Schreiben für den Maine-Campus" von jemandem namens Brett Evans. Ich öffnete und überflog sie. Brett hatte meinen Blog gelesen, der ihm wahnsinnig gut gefallen hatte, und fragte, ob ich Interesse an einer eigenen Kolumne in der Unterhaltungsrubrik hätte, in der ich Bands, CDs und so weiter würde besprechen können. Er schrieb auch etwas davon, dass er meinen Namen von Hannah hatte, damit es nicht aussah, als würde er mich einfach aus heiterem Himmel kontaktieren. Außerdem erwähnte er, dass die Zeitung pro

Artikel zahlte, aber er zusätzlich eine Redaktionsassistentin für sein Ressort suche, falls ich mir das auch vorstellen könnte, und dass er liebend gerne mit mir sprechen würde. Dass ich nicht Journalismus studierte, sei kein Problem.

„Lass mich raten: Brett hat dir geschrieben.“ Hannah hatte die ganze Zeit über geschwiegen, während ich die E-Mail las. Vermutlich weil sie geahnt hatte, dass sie von ihm war.

„Ja. Er will mir eine Kolumne geben, und er sagt, er braucht eine Redaktionsassistentin.“

„Heilige Scheiße, das ist ja großartig! Gut gemacht, Mädchen.“

Ich fühlte mich etwas weniger enthusiastisch. „Aber Hannah, ich hab die Zeitung ungefähr erst einmal gelesen, und außerdem studiere ich nicht Journalismus. Noch nicht mal Englisch oder Literatur.“

Sie schnaubte.

„Das ist egal. Brett studiert Neue Medien. Viele Leute, die da arbeiten, studieren nicht Journalismus. Außerdem ist sie ja auch nicht die *New York Times*. Sie ist nur eine Unizeitung, keine große Sache.“ Warum fühlte es sich dann aber an wie eine? „Du machst es doch, oder?“

Es würde mir Geld einbringen, welches ich nicht hatte, und es wäre etwas, das ich sehr gerne tat.

Lebe den Tag, Jossy.

„Ja, ich mach's.“ Sobald ich die Worte ausgesprochen hatte, überfiel mich Hannah mit einer Umarmung, und wir plumpsten beide aufs Bett. „Oh Mann, du bist ja begeisterter als ich.“

„Ja, das ist der Hammer. Aber Scheiße, ich hab einen tierischen Hunger“, sagte sie mit einem Mal, hielt sich den Bauch und stand auf. Dann streckte sie mir die Hand hin und zog mich auf die Beine.

„Woher kennst du diesen Typen überhaupt?“ Hannah hatte noch nie irgendwelche anderen Freunde erwähnt.

Sie seufzte und drehte die Augen zur Decke. „Das ist eine etwas längere Geschichte. In der Highschool waren wir so was wie Freunde, und ich war total verknallt in ihn. Ich hab's ihm nie gesagt, und irgendwann war ich drüber hinweg. Und jetzt sind wir immer noch irgendwie befreundet. Aber es ist eine von diesen Freundschaften, bei denen man nie genau weiß, wo man steht, falls du weißt, was ich meine? Auf jeden Fall ist er ein guter Typ, so viel kann ich dir garantieren."

Okay, so lang war die Geschichte jetzt auch wieder nicht gewesen. Meine nächste Frage kam daher ganz automatisch.

„Und ist er süß?"

Sie lächelte ein wenig. „Nicht im üblichen Sinne. Aber auf eine Musiker-Nerd-Art. Wenn du ihn siehst, weißt du, was ich meine."

Hannah erzählte beim Essen nichts von meinem Job, da ich sie darum gebeten hatte, und blieb hinterher noch zum Lernen.

„Ich hab doch gesagt, wir hätten eher eine Bibliothek einrichten sollen anstatt dieses blöden Jungsspielekellers", beschwerte sich Taylor, als wir im Wohnzimmer saßen, wo jegliche Oberfläche, der Boden mit eingeschlossen, von Büchern, Menschen und Computern bedeckt war. „Ich wollte so ein Bücherregal mit einer Leiter, die man daran entlangrollen kann."

„Tja, vielleicht wartet ja jemand auf den Geburtstag einer bestimmten Person …", sagte Hunter, ohne aufzuschauen. Er und Dusty waren über ein und dasselbe Buch gebeugt.

„Jaja", erwiderte sie und wandte sich grummelnd wieder ihrem eigenen Buch zu. „Ich habe recht, und das weißt du auch."

„Ja, Baby. Was auch immer du sagst, Baby."

Taylor knüllte ein Stück Papier zusammen und pfefferte es auf ihn.

Ich war gerade dabei, Bretts E-Mail zu beantworten, während Hannah für Pams Seminar las. Ich war ehrlich und schrieb ihm, dass ich keinerlei journalistische Erfahrung hatte, jedoch lernbegierig war. Dann schickte ich die Mail ab. Gerade mal fünf Minuten später traf seine Antwort ein.

Er war begeistert und fragte mich, ob ich in den nächsten Tagen zu einem offiziellen Vorstellungsgespräch zu ihm kommen könne. Er bat mich außerdem, mir einen journalistischen Schreib-Guide in der Bibliothek zu besorgen. Ich hatte keine Ahnung, was das sein sollte, aber das würde ich schon noch herausfinden. Ich schrieb ihm schnell zurück, um ihm zu sagen, wann ich Zeit hatte, und ein paar Sekunden später antwortete er, dass er mich am Freitag um vier Uhr im Zeitungsbüro auf dem Campus erwartete. Ich war schon oft genug daran vorbeigegangen, daher wusste ich, wo es war. Jetzt blieb mir bis dahin nur noch, Panik zu schieben.

Meine einzige andere Mission an diesem Abend war, Dusty allein zu erwischen und ihn wegen seines Gesprächs mit Renee auszuquetschen. Doch das würde gar nicht so einfach werden in einem Haus voller Leute, die uns beobachteten. Ihn um eine Unterredung zu bitten würde wahnsinnig verdächtig aussehen, also blieb mir nur, auf eine gute Gelegenheit zu warten.

Diese ergriff ich sogleich, als er aufstand, um sich ein Getränk aus dem Kühlschrank zu holen. Ich tat so, als bräuchte ich Teenachschub – was sogar stimmte –, und folgte ihm in die Küche.

„Und, hast du der Kaffeekanne schon einen Antrag gemacht?“, fragte ich, während ich meine Tasse mit Wasser füllte und sie in die Mikrowelle stellte. Er kam und stellte sich direkt hinter mich. Von Diskretionsabstand hatte er eindeutig noch nie was gehört.

„Pst, ich hab vor, das in einem aufwendig produzierten Video zu tun, das ich dann online stelle. Im Moment such ich noch nach Back-up-Sängern und Tänzern und nach einem Heißluftballon. Also bitte nichts sagen.“ Er legte den Zeigefinger an den Mund und deutete auf die Kaffeekanne. „Es soll eine Überraschung werden.“

„Dein Geheimnis ist bei mir sicher“, sagte ich, während ich meine Tasse aus der Mikrowelle holte und den Teebeutel hineintat. „Tut mir übrigens leid wegen gestern Abend, dass du da in das Drama hineingeraten bist.“

„Kein Problem. Ich wollte nur sichergehen, dass niemand mit Stühlen um sich wirft und die Polizei schon unterwegs ist oder so.“

„War das bei dir zu Hause immer so?“ Er hatte nie wirklich davon erzählt, wie er aufgewachsen war – bis auf ein paar vage Kommentare, die mich zwischen den Zeilen hatten lesen lassen, dass er keine so tolle Kindheit gehabt hatte.

„Manchmal ja.“ Ich war beinahe geschockt, eine so ehrliche Antwort von ihm zu bekommen. „Aber das ist Schnee von gestern.“ Er machte seine Coladose auf und sah mich an, als würde er auf etwas warten. Er hatte mich vollkommen abgelenkt von meinem ursprünglichen Vorhaben, ihn zu fragen, was er gerade sagen wollte, als ich am Vorabend hereingeplatzt war. Das hier war so viel interessanter.

„Meine Mom hat vier Mal geheiratet, mein Dad drei Mal. Ich hab so viele Halb- und Stiefgeschwister, dass ich noch nicht mal alle Namen aufzählen könnte, wenn mich jemand fragt“, sagte ich und rührte in meinem Tee. Ich wusste nicht, wie viel Renee oder irgendjemand anders ihm von unserer Familiensituation erzählt hatte, aber er sah nicht überrascht aus.

„Ich hab irgendwann aufgehört zu zählen, in wie vielen Häusern ich gewohnt habe, und ich musste ein paar Mal die Schule wechseln“, fuhr ich fort. Da er schweigend zuhörte, redete ich weiter, als würde er die Worte aus mir herauslocken. Diese verdammten Augen hypnotisierten mich.

Ich erwartete, dass er mir im Gegenzug etwas aus seiner Jugend erzählte, doch das tat er nicht.

„Das muss hart gewesen sein.“ Er lehnte sich neben mich an die Küchentheke. Da war er wieder, dieser Geruch von frischer Wäsche mit einem Hauch Männerparfüm.

„Ja, das war’s auch. Weißt du noch, dass du mal gesagt hast, ich hätte so eine ‚Leg-dich-nicht-mit-mir-an-Ausstrahlung‘“?

Er lächelte. „Wie könnte ich das vergessen? Ich erinnere mich an alles, was du sagst.“ Moment mal. Er … was?

Ich blickte ihn fragend an.

Er hob die Hand, ließ eine meiner Haarsträhnen durch seine Finger gleiten und seufzte.

„Du machst die Sache nicht einfach, Rotschopf.“

„Was mache ich nicht einfach?" Manchmal kam es mir vor, als würde er in einer Codesprache sprechen, und ich wünschte mir eine Dechiffriermaschine für ihn. Es wäre sehr viel einfacher, wenn er sich auf eine Weise ausdrücken würde, die ich verstand.

„Warum machst du das? Ich hab immer das Gefühl, dass du über irgendwas redest, wovon ich nichts weiß."

Er ließ seine Hand fallen, sah auf den Boden und atmete geräuschvoll aus. „Nichts. Ich meinte gar nichts."

Ich schüttelte den Kopf.

„Nein, ich will, dass du mir jetzt sagst, was du gemeint hast. Und ich will wissen, was du geantwortet hättest, als Renee dich gestern Abend gefragt hat, wieso sie dir vertrauen könnte, bevor ich durch die Tür gekracht bin und euch unterbrochen habe." Scheiß drauf, wahrscheinlich war sowieso allen klar, dass ich gelauscht hatte.

Er trat einen Schritt von mir weg, doch ich packte ihn am T-Shirt, um ihn aufzuhalten. Scheiße, war er darunter gut gebaut.

Darum geht es jetzt nicht, Jos.

„Jos, komm schon. Ich habe gar nichts gemeint."

„Warum lügst du mich an?" Es fiel mir schwer, leise zu reden, damit mich im Wohnzimmer niemand hörte. Ich wollte keine öffentliche Szene machen.

„Ich lüge dich nicht an, Jos." Er versuchte zurückzuweichen, aber nun krallte ich mich mit beiden Händen in sein Shirt. Entweder hatte ich meine Kräfte unterschätzt, oder er hatte sich auch von selbst wieder auf mich zubewegt. Jedenfalls knallte er seitlich an die Theke und frontal gegen mich, sodass meine Arme zwischen uns gefangen waren. Es tat nicht weh; ich war mehr erschrocken als alles andere.

„Was zum Teufel …?", sagte er, sein Gesicht nur Millimeter von meinem entfernt. Er atmete aus, und alles, woran ich denken konnte, war, dass er mich jetzt küssen würde und wie sehr meine Lippen sich danach sehnten, dass er es tat. Nein, das durfte auf keinen Fall passieren. Ich schubste ihn von mir weg, und im selben Moment war es, als würde etwas in ihm einrasten, und er machte einen Satz von mir weg, als wäre ich eine Aussätzige.

Mit einem entsetzten Ausdruck auf dem Gesicht wischte er sich den Mund ab, als hätte er mich tatsächlich geküsst.

„Was war das denn gerade?", fragte ich und stützte mich eilig auf die Küchentheke, um nicht das Gleichgewicht zu verlieren. Dusty stieß einen Laut aus, der ein wenig wie eine Explosion klang und irgendwie der Situation sehr angemessen war.

„Ich nehme jetzt meine Cola und lerne weiter. Ja, genau, das mach ich jetzt." Ohne sich noch einmal nach mir umzudrehen, nahm er seine Dose und rannte nahezu zurück ins Wohnzimmer, wo ich ihn kurz darauf mit Hunter reden hörte.

Mit zittriger Hand nahm ich meinen Tee in die Hand und nippte daran, denn in diesem Zustand konnte ich gerade unmöglich zurück ins Wohnzimmer gehen. Und so blieb ich in der Küche und trank in Ruhe meinen Tee. Und mit „in Ruhe" meine ich, dass ich bei jedem Schluck ungefähr drei Tropfen zu mir nahm, damit das Ganze so lange wie möglich dauerte. Es war nur eine Frage der Zeit, bis jemand mich bei dem Versuch stören würde, mich wieder unter Kontrolle zu bekommen. Und dieser Jemand war Hunter.

„Was machst du da?"

„Ich … denke nur nach." Sollte er weiter fragen, würde ich sagen, dass ich gerade angestrengt nachdachte über … was auch immer. Ich war zu sehr damit beschäftigt gewesen, den Moment mit Dusty vor meinem inneren Auge noch einmal ablaufen zu lassen, um mir eine überzeugende Ausrede einfallen zu lassen.

„Sieht schmerzhaft aus. Was auch immer es ist, worüber du da nachdenkst." Er nahm sich eine Flasche Gatorade aus dem Kühlschrank und eine Dose Cranberry-Zitronen-Schorle für Taylor. Oh Mann, es war alles andere als schmerzhaft, es sei denn, man wollte die Kanonenladung Schmetterlinge, die in meinem Bauch abgefeuert wurde, und das Gefühl, als wäre jede Nervenendung in meinem Körper voll auf Empfang, als schmerzhaft bezeichnen.

„Ich … hab nur gerade viel zu bedenken."

Er sah mich an, als wäre mir gerade ein zweiter Kopf gewachsen. „Na gut. Kommst du weiterlernen?“

Na ja, mir blieb wohl keine andere Wahl, oder? Ansonsten würden alle merken, dass etwas nicht stimmte, und auslosen, wer zu mir geschickt wurde, um darüber zu reden. Ich hatte ihr System inzwischen durchschaut.

„Ich komm sofort.“ Ich kippte den Rest meines Tees in einem Schluck herunter. Es war gar nicht so schwer, wie ich gedacht hatte. Dann stellte ich die Tasse ins Spülbecken, ging zurück ins Wohnzimmer und nahm meinen Platz neben Hannah auf dem Boden wieder ein. Sie warf mir einen fragenden Blick zu, doch ich schüttelte nur den Kopf und nahm mein Handy.

Erzähl ich dir später.

Ich drückte auf Senden, in der Hoffnung, dass ihr SMS-Benachrichtigungston nicht zu laut war. Tagsüber in der Uni hatte sie ihr Handy meistens aus, daher konnte ich mich nicht erinnern, ob ich ihn jemals gehört hatte.

Als ich etwas hörte, das wie ein unglaublich lauter chinesischer Gong klang, blieb mir beinahe das Herz stehen. Auch von den anderen kamen überraschte Ausrufe, manche etwas ausdrucksstärker als andere.

„Sorry! Tut mir leid! Mit der Lautstärkeregelung von meinem Handy stimmt etwas nicht. Ich mach's einfach aus.“ Sie las meine Nachricht und schrieb mir eine kurze Antwort, dann schaltete sie das Handy aus, und alle versuchten, sich wieder auf das zu konzentrieren, was sie gerade taten.

Mach's endlich mit ihm.

Ich schüttelte den Kopf, und sie fing wieder an, mit den Augenbrauen zu wackeln, sodass ich überlegte, ob ich es ihr überhaupt erzählen sollte, doch sie war einfach die Einzige, mit der ich darüber reden konnte.

15. KAPITEL

Hannah tat so, als hätte sie in einer meiner Tüten aus der Mall die Ohrringe vergessen, die sie gekauft hatte, sodass wir hinunter in mein Zimmer gehen mussten, um nach ihnen zu „suchen". Sobald sie die Kellertür hinter uns geschlossen hatte, drehte sie sich zu mir um.

„Oh Gott, ich bin da oben beinahe gestorben! Ich konnte mich kaum konzentrieren. Hat er dich geküsst? War's gut? Hat er dich begrapscht? Habt ihr es in der Küche getrieben?"

Ich musste ihr die Hände auf die Schultern legen, um sie zu beruhigen. Woher hatte sie nur diese Ideen?

„Nein, nein und NEIN. Glaubst du ernsthaft, wir könnten Sex in der Küche haben, ohne dass es jemand hört oder jemand reinkommt? Und glaubst du wirklich, ich bin so eine? Ist das dein Ernst?"

Sie dachte eine Sekunde darüber nach.

„Na ja, nein, aber ich hatte es gehofft."

Ich ließ ihre Schultern los, ging die restlichen Stufen hinunter und setzte mich auf die riesige Couch.

„Manchmal frage ich mich, wie dein Hirn funktioniert, aber dann stelle ich fest, dass ich es eigentlich lieber gar nicht so genau wissen will."

Sie setzte sich neben mich und zog die Beine an. „Was ist denn dann passiert?"

Ich zog ebenfalls die Beine an und setzte mich in den Schneidersitz.

„Das versuche ich gerade immer noch zu verstehen. Wir haben uns unterhalten, und dann hat er irgendwas davon gesagt, dass seine Kindheit hart war, und hat mein Haar berührt …"

„Das bedeutet, dass er dich liebt", sagte Hannah und nickte bekräftigend, als sei das wissenschaftlich erwiesen.

„Woher willst du das wissen?"

Sie machte eine abwehrende Handbewegung.

„Das ist mehrfach bewiesen worden. Also, er hat dein Haar berührt und dann …?“

Ich nahm den Faden wieder auf. „Er hat mein Haar berührt, und wir haben geredet, und dann hab ich was gesagt, und er wollte abhauen, also hab ich ihn am T-Shirt gepackt, sodass er gegen mich flog und mich gegen die Theke gedrückt hat, und ich dachte, er würde mich küssen, aber dann hat er irgendwie Panik bekommen und ist zurück ins Wohnzimmer. Und das war's.“ Hannah hatte die Augen aufgerissen und hing mir an den Lippen, als würde ich ihr gerade irgendein schmutziges Geheimnis erzählen anstatt … na ja, eigentlich gar nichts. Es klang irgendwie so unbedeutend, wenn ich es laut aussprach. In dem Moment selbst hatte es sich allerdings alles andere als unbedeutend angefühlt.

„Wie oft muss ich dir noch sagen, dass er dich will? Mann, echt scheiße, dass wir alle da waren, sonst würdet ihr beiden jetzt wahrscheinlich schon zusammen den Küchenboden schrubben.“ Ich hatte Hannah noch nicht erzählt, dass ich noch Jungfrau war, aber dies schien nicht der richtige Moment, es zur Sprache zu bringen, obwohl sie mir gegenüber zugegeben hatte, dass sie es selbst auch noch war. Doch wie sie über all das redete, ließ mich vermuten, dass sie zumindest schon weiter gegangen war als ich, wenn auch noch nicht bis zum Äußersten.

„Diese Aussage werde ich nicht mit einer Antwort würdigen. Also, hast du deine Ohrringe jetzt lange genug gesucht?“ Ich stand auf, um mich bettfertig zu machen. Ich war müde und hatte viel, worüber ich nachdenken konnte, in den vielen Stunden, die ich zum Einschlafen brauchen würde.

Hannah zog eine Schnute, stand jedoch auf.

„Na schön. Aber du bist echt nicht lustig.“

„Warum suchst du dir nicht einen eigenen Typen? Was ist eigentlich mit Brett?“ Ich hatte ihn zwar noch nicht kennengelernt, aber er war der erste Typ, den sie überhaupt erwähnt hatte, und das musste etwas zu bedeuten haben. Hannah stieß einen frustrierten Laut aus.

„Ich hab dir doch gesagt – das ist Geschichte."

„Aber Geschichte wiederholt sich gerne." Heute Abend war ich gut darin, des Teufels Advokaten zu spielen.

„Ach, Quatsch. Du hast viel mehr am Laufen als ich, denn bei mir geht gar nichts."

Ich brachte sie nach oben und verabschiedete mich von ihr, bevor ich meine Bücher aus dem Wohnzimmer holte. Hunter war der Einzige, der noch auf war, und er rieb sich in einer Tour die Augen und blinzelte müde.

„Wo ist Dusty?"

„Ach, der musste los. Ich soll dir Gute Nacht von ihm sagen." Warum hatte ich das Gefühl, dass sie über noch mehr geredet hatten, während ich mit Hannah unten gewesen war? Ich starrte Hunter an, doch ich wusste, dass er ein guter Lügner war, zumindest, wenn es um so etwas ging.

„Hat er irgendwas über mich gesagt?"

„Was soll er denn gesagt haben?" Ja, Hunter, immer schön cool bleiben.

„Ich weiß auch nicht. Er war nur so komisch in der Küche."

Hunter sah jetzt ernsthaft verwirrt aus.

„Inwiefern komisch?" Falls er tatsächlich log, hatte der Junge einen Oscar verdient.

„Er hat *gar* nichts zu dir gesagt?" Hunter schüttelte den Kopf und wirkte ein wenig besorgt.

„Möchtest du gerne mit mir über etwas reden?"

Jetzt schüttelte ich eilig den Kopf. „Nein, nein. Er hat nur einen Witz gemacht, den ich falsch verstanden habe. Alles okay. Kein Ding, wirklich. Ich schwör's. Ehrenwort." Ich lächelte und presste mir meine Bücher an die Brust.

„Okay. Wenn du dir sicher bist."

„Ja, wirklich. Gute Nacht."

„Nacht."

Ich hoffte, Hunter würde mir meine ganz schön lahme Erklärung abkaufen und bei Dusty nicht nachfragen, denn der hatte Hunter eindeutig nichts von dem erzählt, was in der Küche passiert war. Vielleicht weil alle anderen auch noch da gewesen waren. Verdammt noch mal, wieso war das alles nur so verwirrend?

Dusty kam am nächsten Tag nicht wieder vorbei und am übernächsten auch nicht, und ich wusste, dass das auf jeden Fall etwas mit mir zu tun hatte. Ich versuchte herauszufinden, wo er war, ohne so zu wirken, als sei es mir besonders wichtig, denn ich wollte nicht, dass irgendwer etwas von der Sache mitbekam. Hunter sagte nur, dass er ein paar Extraschichten bei Bull Moose angenommen habe. Wir hatten immer noch vor, am Samstag alle zusammen auf die Party zu gehen, und ich beschloss, mit ihm zu reden, denn ich musste einfach wissen, was zum Teufel los war. Ich ertrug die Anspannung einfach nicht. Außerdem machte mich Hannah die ganze Zeit so verrückt, dass ich fast schon Mordgedanken hatte. Wenn ich mit ihm redete, würde ich sie wohl endlich zum Schweigen bringen können.

Obwohl ich durch Dusty so abgelenkt war, schaffte ich es, beim Vorstellungsgespräch am Freitag einen guten Eindruck bei Brett zu hinterlassen. Die Büros der Zeitung befanden sich im ersten Stock der Studierendenvertretung. Ich war schon ein paar Mal daran vorbeigegangen und hatte durch die Glastür hineingespäht. Wenn ich ehrlich war, hatte mich die Redaktion schon immer fasziniert.

Brett hatte mich gebeten, ein paar weitere Textproben mitzubringen. Er ging sie mit mir durch und erklärte mir, dass ein Artikel nach dem „Prinzip der umgekehrten Pyramide“ aufgebaut sein sollte. Es war alles etwas verwirrend, doch er gab mir ein Informationsblatt dazu und nannte mir ein paar Artikel, die ich mir im Internet anschauen konnte. Nach einer Stunde hatte er mir einen Schreibtisch zugeteilt und die nötigen Papiere ausgefüllt, um mich anzustellen. Ich war immer noch ganz aus dem Häuschen, als ich nach Hause kam, doch ich erzählte niemandem davon. Bis auf Hannah natürlich. Mein erster Arbeitstag würde am kommenden Dienstag sein, da die Zeitung jeweils Mittwoch- und Sonntagnacht gedruckt wurde. Es war gut, dass ich bereits Dusty hatte, der den Platz in meinen Gedanken besetzte, so konnte ich mir nicht allzu viele über den neuen Job machen.

Dusty und ich hatten immer noch nicht unsere Nummern ausgetauscht, also musste ich durch heimliche Lauschattacken herausfinden, wann er bei der Arbeit sein würde, um dort mit ihm zu reden. Eine perfekte Gelegenheit dazu ergab sich am Samstag.

Zögernd betrat ich den Laden. Ich hatte die ganze Sache durchgeplant. Ich würde nach Christina Perri, Muse und The Red Jumpsuit Apparatus suchen. Und ich hatte ein genaues Skript, an das ich mich halten wollte. Es war nicht gerade ein John-Hughes-Drehbuch, aber ich fand es ganz in Ordnung.

Ich ging auf direktem Wege zu Christina Perri, die am einfachsten zu finden war, da sie auf jeden Fall in der Popabteilung stand. Seit meinem ersten Besuch in dem Laden war ich schon ein paar Mal wieder dort gewesen, und die Angestellten hatten mich jedes Mal in Ruhe gelassen.

„Willkommen bei Bull Moose. Wie kann ich Ihnen helfen?" Anstatt nach ihm zu suchen, war es sehr viel besser, einfach davon auszugehen, dass er sich schon irgendwann von hinten anschleichen würde. Wie ein großer Schatten – mit tollen Bauchmuskeln und einem umwerfenden Lächeln.

„Ja, also ich bin auf der Suche nach richtig cooler Musik. Denn die ganze Musik, von der ich dachte, dass sie cool ist, ist jetzt cool, und ich mag sie lieber, bevor sie cool ist, deshalb ist sie jetzt nicht mehr cool. Ich brauch also etwas, das pre-cool ist." Ich warf affektiert mein Haar zurück.

Er lachte, als wäre er überrascht.

„Was?", fragte ich und legte die nervige Stimme wieder ab, die ich benutzt hatte.

„Nichts. Ich hatte nur nicht damit gerechnet, dass du noch hierherkommen würdest."

Ich spielte die Ahnungslose. „Wieso nicht?"

„Na ja, nachdem …" Er räusperte sich. Hm. Das war jetzt anscheinend mal ein nervöser Dusty. Es war irgendwie süß. Ich gab mir einen geistigen Klaps. Schalt deinen Kopf ein, Jos.

„Ach nichts", sagte er schließlich und schüttelte leise lachend den Kopf. „Kann ich dir irgendwie helfen, Rotschopf?"

Ich versuchte krampfhaft, mich an mein Skript zu erinnern. Wie sehr wünschte ich mir in diesem Moment einen Souffleur, der mir – wie im Theater – vom Bühnenrand aus den Text vorsagte.

„Also, eigentlich wollte ich mit dir genau darüber reden. Vielleicht sollten wir irgendwo anders hingehen?" Die anderen Verkäufer hatten ganz offensichtlich ihre Tätigkeiten unterbrochen und belauschten uns. Ich fragte mich, was Dusty ihnen sonst noch so über mich erzählt hatte. Aber wollte ich das wirklich wissen? Wahrscheinlich nicht.

„Klar. Komm mit." Er nickte einem der Typen an der Kasse zu und zeigte auf die Tür, auf der „Zutritt nur für Personal" stand. Der Typ nickte zurück, und Dusty hielt mir die Tür auf.

Dahinter lag der Pausenraum mit einem großen Klapptisch, ein paar zusammengewürfelten Gartenstühlen, einem Kühlschrank, einer Mikrowelle und einer Kaffeekanne. Dusty räumte eine halb leer gegessene Tüte Chips aus dem Weg und zog einen Stuhl für mich heran. Ich fragte mich, ob er das ganz bewusst machte oder es einfach nur tat, ohne nachzudenken. Versuchte er, mich zu beeindrucken, oder war es nur ein Reflex, der in Gegenwart einer Frau automatisch einsetzte? Ein wenig hoffte ich, dass es Ersteres war.

„Na ja, also, du hast dich die letzten Tage gar nicht mehr bei uns blicken lassen, und ich wollte nur sichergehen, dass das nichts mit mir zu tun hat", sagte ich hastig. Laut meinem Skript hätte ich diesen Satz etwas ruhiger und strukturierter vorbringen sollen. Ich hätte wohl etwas mehr üben müssen.

Er drehte einen Stuhl so um, dass er sich auf lässige Art rittlings daraufsetzen und die Lehne als Armstütze benutzen konnte. Der Typ war einfach zu cool für diese Welt.

„Warum sollte es was mit dir zu tun haben?" Er hatte ein Lächeln aufgesetzt, doch so langsam durchschaute ich Dusty Sharps unterschiedliche Arten zu lächeln, und dieses hier sah so aus, als würde er eine Show abziehen. Es war ein kleines bisschen zu breit, und seine Augen leuchteten einen Tick zu stark. Ha, auf frischer Tat ertappt. Zeit für meinen weiteren Text.

„Ähm, na ja, vielleicht weil ich dir vorgeworfen hab, dass du mir nie einfach mal eine richtige Antwort gibst, und dann … hast du mich fast …“ Mist, der Text wollte einfach nicht richtig rauskommen, obwohl ich ihn immer wieder geprobt hatte. Diese blöden Worte waren einfach so schwer auszusprechen.

„Was habe ich fast? Denn aus meiner Sicht warst *du* diejenige, die *mich* festgehalten hat.“

Das war also das Spiel, das er spielen wollte?

„Wenn ich mich recht erinnere, wollte ich dich nur davon abhalten zu gehen, und dann hast du dich, na ja … auf mich gestürzt.“

„Ich hab nur die Balance verloren und unterschätzt, wie stark du bist.“

Genau, und ich bin das geheime uneheliche Kind von Paul, George, Ringo und John.

„Denkst du ernsthaft, damit kommst du durch?“, fragte ich und sah ihn herausfordernd an.

Er sah zu Boden, und sein Lächeln erstarb.

„In meinem Kopf klang die Erklärung viel besser.“

Davon konnte ich ein Lied singen.

„Darüber können wir doch reden, wir sind doch beide vernunftbegabte Erwachsene. Das muss doch jetzt nicht so eine große Sache sein.“ So, jetzt war ich endgültig vom Drehbuch abgewichen.

Er sah auf und schüttelte den Kopf, als könnte er nicht glauben, was ich da gerade gesagt hatte. „Oh Mann, Rotschopf. Das ist schon lange eine große Sache.“

„W-wie lange schon?“ Ohne es zu wollen, lehnte ich mich auf meinem Stuhl vor, und er beugte sich über seine Stuhllehne, sodass sich unsere Gesichter ganz nahe kamen.

„Ziemlich lang. Seit ich dich das erste Mal gesehen habe, als du mit dem Automaten gekämpft hast. Ich wollte fast gar nicht, dass du dich umdrehst – aber dann hast du dich doch umgedreht. Ich hatte schon von dir gehört, aber ich hatte keine Ahnung, dass du … du bist. Scheiße, ich kack gerade total ab.“

„Schon okay. Ich bin auch nicht wirklich gut im Reden."

„Dann sind wir also schon zwei."

Er beugte sich noch ein Stück vor und ich auch, und dann noch ein Stück. Langsam bekam ich Angst, die Balance zu verlieren, dabei waren es vor allem seine Augen, in denen ich mich verlor …

In diesem Moment öffnete sich die Tür, und eine überraschte Stimme drang in unseren Zweierraum. „Oh sorry, Mann. Ich wollte mir nur was zu trinken holen, aber das mach ich einfach später. Tut mir leid." Ich drehte mich noch nicht mal nach dem Typen um. Meine Augen waren anderweitig beschäftigt.

Dusty und ich waren wie erstarrt, nur Millimeter trennten uns. Wie konnte es sein, dass die Luft, die sonst so unerheblich erschien, einem plötzlich so fehlen konnte?

„Ich weiß nicht, was ich hier mache, Rotschopf. Du bist eine Komplikation, die völlig überraschend aufgetaucht ist." Sein Atem füllte den Raum zwischen uns.

„Dito", sagte ich, und er schloss die Augen, was den Bann jedoch nicht zu brechen vermochte.

„Wir können das nicht tun", sagte er, ohne die Augen zu öffnen; allerdings auch, ohne einen Millimeter zurückzuweichen.

„Was machen?" Ich wusste wirklich nicht, was er meinte. Wir waren ja noch nicht mal Freunde. Meinte er uns küssen?

Er stieß einen Laut der Frustration aus und stemmte sich hoch, als ob er alle Kraft dafür aufwenden müsste, die er besaß – welche beachtlich war –, und ging in die hinterste Ecke des Raums.

„Vor einem Jahr hätte ich dich in der Küche geküsst. Verdammt, ich hätte dich in der Sekunde geküsst, in der du mich das erste Mal angesehen hast. Aber dieser Typ bin ich nicht mehr. Der Typ, der sich einfach nimmt, was er will, und sich einen Scheißdreck darum schert, wen er vielleicht dabei verletzen könnte. Ich hätte dich genommen und dich zerbrochen, und das kann ich nicht. Dir kann ich das nicht antun. Deshalb sage ich, dass wir das nicht tun können. Die Antwort lautet Nein."

So vieles von dem, was er sagte, verwirrte mich, daher brauchte ich einen Moment, um die erste meiner vielen Fragen zu formulieren.

„Was meinst du mit ‚vor einem Jahr'? Was ist da passiert?" Ich hoffte, seine Aufrichtigkeit würde diesmal etwas länger anhalten. Ich wusste so wenig über ihn und wollte mehr über ihn erfahren. Er war mir ein solches Rätsel.

„Ich hab jemanden verloren, den ich geliebt habe, und das hat die Dinge in ein neues Licht gerückt."

„Ich habe auch jemanden verloren", sagte ich. Es war das erste Mal, dass ich es laut aussprach. „Das war der Grund, weshalb ich mich verändert habe. Weil die Dinge, die mir vorher wichtig waren, es plötzlich nicht mehr waren. Ich habe mein ganzes Leben damit verbracht, mir um die falschen Dinge Gedanken zu machen, um so was wie Noten und darüber, weiterzukommen. Also hab ich aufgehört, mir darum Sorgen zu machen, und versucht, mich auf die wirklich wichtigen Dinge zu konzentrieren."

„Wie was zum Beispiel?" Endlich trafen sich unsere Blicke wieder.

„Na ja, am Anfang habe ich ganz schön viel falsch gemacht. Darum haben meine Eltern mich hierhergeschickt. Ich hab ständig Party gemacht und die Uni geschwänzt. Ich dachte, für den Moment zu leben hieße, nur zu tun, was ich wollte, und mir über die Konsequenzen erst am nächsten Tag Gedanken zu machen. Oder nie." Ich lachte ein wenig. „Und dann habe ich festgestellt, dass es nicht darum geht. Sondern darum, etwas zu finden, für das man eine Leidenschaft hat."

„Und wofür hast du eine Leidenschaft?"

Ich deutete auf das Geschäft hinter uns.

„Für Musik."

„Ja, das ist ziemlich offensichtlich. Da hätte ich auch drauf kommen können." Wir lachten beide, um die Spannung zu durchbrechen, die in der Luft lag.

„Warum? Was hast du denn gedacht, was es sein könnte?" In meinem Kopf wirbelte alles durcheinander.

„Ich glaube, das behalte ich lieber für mich."

„Ach, komm schon. Du spielst immer so den Geheimnisvollen. Wie wär's mal mit ein wenig Transparenz? Ich war auch ehrlich zu dir."

„Ich hab dich nicht darum gebeten." Sein zuvor witzelnder Tonfall klang jetzt fast feindselig. „Scheiße, Jos. Was machst du nur mit mir?" Er stöhnte und fing an, auf und ab zu tigern. „Ich muss jetzt echt zurück zur Arbeit. Wahrscheinlich schließen die da draußen Wetten ab, ob wir schon übereinander hergefallen sind."

Äh, wie bitte?

„Ernsthaft?" Ich blickte zur Tür. Am liebsten wäre ich nie wieder da rausgegangen.

„Ich kann die Sache richtigstellen, wenn du willst."

„Wenn ich will? Ich will jedenfalls definitiv *nicht*, dass deine Kollegen denken, wir hätten einen schnellen Quickie im Pausenraum gehabt. Ich bin nicht die Art von Mädchen, die so etwas tun würde, und das werde ich auch nie sein."

„Das war doch nicht … Ich hätte nie von dir gedacht, dass du …"

Die Sache war vollkommen außer Kontrolle geraten, und langsam wurde ich sauer. Warum musste nur immer alles so frustrierend mit ihm sein?

„Hör mal, Jos. Es tut mir leid. Das alles … tut mir leid. Du hast nichts falsch gemacht. Es liegt allein an mir, und ich wünschte, ich könnte einfach mit den Fingern schnippen und alles zurücknehmen." Mit diesen Worten marschierte er an mir vorbei zur Tür hinaus und ließ mich mit der Frage zurück, in was ich mich da hineingeritten hatte und wie zum Teufel ich da jemals wieder rauskommen wollte.

Natürlich hatte ich in der ganzen Verwirrung völlig die Party vergessen und die Tatsache, dass Dusty auch hinkommen würde. Anstatt das Risiko einzugehen, die anderen aufzuscheuchen, schnappte ich mir einfach Hunters Handy, scrollte durch seine Kontakte und merkte mir Dustys Nummer, bevor Hunter etwas mitbekam. Er war zum Glück viel zu sehr damit beschäftigt, Taylor schöne Augen zu machen.

Ich schrieb fünf Nachrichten, die ich allesamt wieder löschte, bevor ich mich für diese entschied.

Bist du noch dabei heute Abend? Hier ist Jos.

Ich kam mir blöd vor, meinen Namen ans Ende zu setzen, aber ich wollte nicht, dass er dachte, die Nachricht wäre von irgendjemand anderem. Ich starrte auf mein Handy, während ich auf eine Antwort wartete. Er war wahrscheinlich immer noch bei der Arbeit, aber ich hatte das Gefühl, dass die Handypolitik bei Bull Moose ziemlich lax war.

Ja. Ich hab's Renee versprochen. Bis später.

Seine Worte waren nichtssagend und emotionslos. Ich hatte sein Gesicht nicht vor mir, um zu sehen, ob er nicht vielleicht beim Schreiben lächelte, doch meine Intuition sagte mir, dass er vermutlich sauer auf mich, sich selbst oder uns beide war. Wenn er doch nur einen Zwinkersmiley mitgeschickt hätte, dann hätte ich gewusst, dass er Witze machte. Andererseits wirkte Dusty nicht wie jemand, der Zwinkersmileys per SMS verschickte.

Ich tippte zwei Buchstaben und ging auf Senden.

OK.

„Bist du sicher, dass du da immer noch hinwillst?", fragte Renee, als sie endlich wieder zum Luftholen auftauchte, nachdem sie den ganzen Tag für eine Prüfung gelernt hatte – über ein Thema, das ich noch nicht mal aussprechen konnte, geschweige denn auch nur annähernd verstand.

„Na ja, ich hab extra ein Kleid gekauft, und Hannah ist Feuer und Flamme. Ich habe ihr den Carrie-Plan ausgeredet, indem ich ihr gesagt habe, die beste Rache wäre, dass es ihr gut geht.

Jetzt ist also ihr Plan, heiß auszusehen, zu tanzen, Spaß zu haben und das den Typen unter die Nase zu reiben. Mal sehen, ob es funktioniert. Vermutlich sind sie eh zu betrunken, um es mitzubekommen, aber ich glaube, das ist dann auch egal", sagte ich.

Sie setzte sich neben mich an den Esstisch, an dem ich die neuesten Aufsätze von meinen Englisch-Kommilitonen gelesen hatte. Bei den meisten konnte ich mir nur die Haare raufen. Die Leute hatten einfach keinen Sinn mehr für Grammatik. Und zwar überhaupt keinen.

„Hat sie dir jemals erzählt, was ihr passiert ist? Ich meine, man kann sehen, dass sie ziemlich viele Operationen hinter sich hat, damit ihre Haut einigermaßen wiederhergestellt werden konnte. Darum hat sie an der Stelle so ein seltsames Muster. Das kommt davon, dass ihr Haut von anderen Stellen ihres Körpers dorthin transplantiert wurde." Das wusste ich alles, doch ich sagte nichts.

„Nein, sie hat mir nur gesagt, dass es eine lange Geschichte ist. Hannah ist der Typ Mensch, der über etwas nicht spricht, wenn er es nicht will. Aber zwischen den Zeilen hörte es sich nach einem schrecklichen Unfall an. Wie etwas, das man lieber gar nicht wissen will. Irgendwann wird sie's mir sicher erzählen, aber ich werde es nicht aus ihr rauspressen. Menschen haben nicht ohne Grund ihre Geheimnisse."

„So wie du zum Beispiel?" Sie schnippte mein Haar über meine Schulter, doch ich konnte sehen, dass sie sauer war. „Ich wünschte nur, du würdest mir genug vertrauen, um es mir zu erzählen."

„Es ist nicht so, dass ich das nicht will oder dass ich dir nicht vertraue."

„Was ist es denn dann, Jos? Wir haben doch so viel zusammen durchgemacht."

„Ich weiß, ich weiß." Es hatte gar nichts mit Vertrauen zu tun. Es war eher so, dass … wenn ich es ihr sagte, wenn ich diese Wunde wieder aufriss, würde die sich wohl nie wieder schließen, würde niemals heilen. Es war besser, einen Verband um sie zu legen und zu hoffen, dass sie mit der Zeit von selbst zuwachsen würde. Und mir war diese Wunde auferlegt worden. Deshalb musste ich sie auch ertragen.

Sie stand auf, legte die Arme um mich und ihr Kinn auf meine Schulter. „Du weißt, dass ich dich lieb habe, oder? Du bist meine Lieblingsschwester." Ich nahm die Arme hoch und erwiderte ihre Umarmung.

„Ich weiß, du bist auch meine Lieblingsschwester. Und was willst du jetzt?"

Sie lachte.

„Nichts. Ich wollte es nur mal aussprechen, weil wir das nie gemacht haben, als wir jünger waren." Sie hatte recht. Mom und Dad sowie unsere verschiedenen Stiefeltern waren nicht groß darin gewesen, Zuneigung zu zeigen. Das war vermutlich der Grund, weshalb Renee und ich solche verqueren Ansichten über die Liebe hatten. Für Kinder mit normalen Eltern, die einander liebten, musste es so einfach sein, an die Existenz von Liebe zu glauben. Nicht dass ich nicht glaubte, dass sie existierte. In einem Haus voller Paare zu leben, die verrückt nacheinander waren, bewies ihre Existenz eindeutig. Aber war sie vielleicht nur manchen Menschen vergönnt?

Ich meine, wenn die Liebe so weit verbreitet und real war, warum ließen sich dann so viele Leute scheiden? Meine Eltern waren beide mit mehreren Partnern vor den Altar getreten, hatten geschworen, dass sie sich lieben und ehren würden bis in alle Ewigkeit, und dann hatte sich die Ewigkeit plötzlich in Vergangenheit verwandelt. Lagen die Leute einfach alle falsch, was die Liebe betraf? Oder suchten sie sich nur die falschen Leute zum Lieben aus? Wie zur Hölle fand man denn den Richtigen?

„Es ist schön, es mal auszusprechen", sagte ich und löste mich aus der Umarmung, um mich wieder meinen Hausarbeiten zuzuwenden. Es gab nur wenige Menschen auf diesem Planeten, von denen ich wirklich sagen konnte, dass ich sie liebte. Und einer davon war gegangen, und ich würde ihm das nie wieder sagen können.

„Hab dich lieb, große Schwester."

Ich musste den Moment leben, aber ich musste ihn auch lieben. Genau wie er gesagt hatte.

16. KAPITEL

Diesmal durfte ich mich selbst schminken, musste mir jedoch wieder Renees und Taylors Schminkutensilien ausleihen, da ich immer noch keine eigenen hatte. Taylor hatte entschieden, in Hosen zu gehen, doch Darah und Renee wollten auch Kleider ausziehen, so fühlte ich mich nicht alleine damit. Hannah kam bei uns vorbei, um sich zurechtzumachen, und ich sah zu, wie Taylor, Darah und Renee ihr dieselbe Behandlung zukommen ließen wie mir beim letzten Mal.

„Autsch!“, rief sie, als Taylor versuchte, ihre Haare mit den Fingern zu kämmen.

„Sorry! Ich dachte ja, meine Haare wären schlimm, aber das hier ist echt verrückt. Was benutzt du für eine Spülung?“ Hannah zuckte erneut zusammen.

„Kokosöl. Das ist das Einzige, was wirkt.“ Hannah und Taylor fingen an, Haartipps und -tricks auszutauschen, während ich mir einen Lidstrich zog. Ich schminkte mir eine abgemilderte Version der Smokey Eyes, die sie mir für die Verlobungsparty verpasst hatten. Einen Moment lang fühlte ich mich in mein altes Leben zurückversetzt, in dem ich mich täglich geschminkt hatte. Ich vertrieb die Gedanken eilig mit einem Kopfschütteln.

Wieder einmal mussten die Jungs unten auf uns warten, und ich konnte hören, dass sie sich die Zeit mit einer lauten und brachialen Videospiel-Schlacht vertrieben.

„Man könnte meinen, sie wären nie erwachsen geworden“, sagte Darah, als wir die Treppe herunterkamen und die Jungs noch so in ihr Spiel vertieft waren, dass sie uns zunächst gar nicht bemerkten.

„Vielleicht sollten wir einfach nackt gehen“, sagte Taylor laut.

„Aber dann würde uns vielleicht kalt werden“, sagte Renee, ebenso laut.

Sobald das Wort *nackt* fiel, wirbelte jeder einzelne männliche Kopf zu uns herum. Es war, als wären sie darauf trainiert.

„Hoffnungslos“, sagte Taylor. „Ihr seid alle komplett hoffnungslose Fälle.“

„Hey, das ist nicht meine Schuld“, sagte Hunter. „Wenn du nackt nicht so gut aussehen würdest, würde ich auch nicht daran denken. Ununterbrochen.“

„Ich sag das Gleiche wie er“, sagte Mase, als Darah ihn böse anfunkelte.

Dusty stand nur langsam auf, als wollte er sich uns nicht nähern. Oder als wollte er sich mir nicht nähern. Allerdings hatte ich gesehen, dass er sich genauso wie die anderen umgedreht hatte.

„Ihr könnt alle eure Dinger in der Hose lassen, vielen Dank“, sagte Hannah und zog ihren Mantel an. „Ich hab da eine Racheaktion, zu der ich hinmuss.“

Wir fuhren mit drei Autos zur Party, damit niemand alleine zurückblieb, falls jemand früher loswollte. Ich fuhr mit Hannah und Dusty, nur diesmal ließ ich sie vorne sitzen. Das hatte zur Folge, dass ich Dustys Augen häufig im Rückspiegel aufblitzen sah, aber wenigstens musste ich nicht in Berührungsreichweite von ihm sitzen. Bisher hatte er die meiste Zeit über geschwiegen und noch nicht mal einen Kommentar zu meinem Kleid abgegeben.

Hannah plapperte munter drauflos, um die Stille auszufüllen, und ich nahm mir vor, ihr später dafür zu danken. Ich hatte ihr nicht alle Details der aktuellen Dusty-Situation geliefert, aber sie war schlau genug, um zwischen den Zeilen zu lesen. Außerdem war sie ein wenig durch das abgelenkt, was sie vorhatte. Dusty hatte den Plan noch nicht genau verstanden.

„Es ist ein bisschen wie in *Natürlich blond*, wo diese Mädels Elle zu einer Party einladen und ihr sagen, es ist eine Kostümparty, was es dann aber doch nicht ist, und sie taucht da als Playboy-Häschen verkleidet auf, und dann tut sie einfach so, als sei das Absicht gewesen“, erklärte sie. Als hätte Dusty diesen Film jemals gesehen. Zumindest würde ich vor Schock sterben, wenn er es hätte.

„Kam das nicht auch in Bridget Jones vor?“, fragte ich.

„Ja, stimmt. Hm.“

„Müsstest du dann jetzt nicht ein Häschenkostüm anhaben?“, fragte Dusty.

„Nein, du verstehst den springenden Punkt einfach nicht“, sagte Hannah frustriert. „Ach ja, oder wie in *Pretty Woman*, wo sie von den Verkäuferinnen im Modegeschäft total scheiße behandelt wird, und dann geht sie noch mal hin, als sie hübsch zurechtgemacht ist und neue Klamotten anhat, und reibt es ihnen unter die Nase.“

„Ist das nicht der Film, in dem sie eine Nutte ist?“, fragte Dusty.

Hannah warf frustriert die Hände in die Luft. „Kannst du dich mal für zwei Sekunden konzentrieren? Oh Mann, ihr Typen habt doch alle eine direkte Leitung von eurem Hirn zu euren Schwänzen.“

„Wer hat jemals das Gegenteil behauptet?“ Kurz sah ich eine Seite von Dusty aufblitzen, die ich von ihm kannte – von vor dem Vorfall in der Küche.

Hannah grummelte den Rest des Wegs vor sich hin. Natürlich gab es mal wieder keinen einzigen Platz in der Nähe des Hauses, also parkten wir schließlich auf dem großen Parkplatz neben der alten Dampfkraftanlage, die immer noch stinkende Luft ausstieß. Man konnte sie bis zum Campus riechen, wenn der Wind ungünstig stand.

„Bist du sicher, dass du in den Dingern gehen kannst?“, fragte Dusty, als wir ausstiegen. Meine neuen Schuhe hatten gar nicht so hohe Absätze, aber ich hatte auch nicht gewusst, dass ich vom Parkplatz bis zum Haus würde laufen müssen.

„Alles okay.“ Ich trat vor ihn und nahm Hannahs Arm. Wir gingen im Gleichschritt los und trafen bald auf den Rest unserer Gang, die bei ihren Autos auf uns wartete.

Renee zog mich und Hannah zur Seite.

„Wenn ich eine von euch dabei erwische, wie sie trinkt oder irgendwas tut, was sie nicht auch vor ihrer Großmutter tun würde, wird sie es bereuen. Ich hab Skalpelle, und ich weiß, wie man sie benutzt. Verstanden?"

Wir nickten beide.

„Okay, lasst es uns hinter uns bringen", sagte Renee und nahm den Arm, den Paul ihr anbot.

„Deine Schwester kann verdammt Furcht einflößend sein", flüsterte Hannah mir zu, nachdem wir ein wenig hinter der Gruppe zurückgeblieben waren. Dusty bildete hinter uns die Nachhut. Er sah aus, als würde er lieber Glas essen und sich gleichzeitig einer Darmspiegelung unterziehen, als hier zu sein.

„Wem sagst du das. Seit sie den ganzen medizinischen Kram weiß, ist es nur noch schlimmer geworden."

Ich war erstaunt, dass die Party noch nicht aufgelöst worden war, denn es war so laut dort, dass man die Bässe schon einen halben Kilometer vor dem Haus in der Brust wummern spürte. Als wir näher kamen, wurde es noch stärker.

Als wir schließlich vor der Haustür standen, bereute ich schon beinahe, dass ich so bereitwillig mitgekommen war. Ich war schon auf vielen wilden Partys gewesen, und wenn ich meiner Erfahrung auch nur ansatzweise trauen konnte, war diese hier völlig enthemmt. So etwas hatte ich schon seit Monaten nicht mehr erlebt. Ehrlich gesagt konnte ich mich kaum an die letzte Party erinnern. Es war ein Wunder, dass ich nie vergewaltigt wurde oder mir irgendetwas anderes passiert war, doch Kelly und Mac hatten immer auf mich aufgepasst, und wenn es zu wild wurde, waren wir meistens zu ihm nach Hause gegangen und hatten einfach mit seinen Freunden weitergetrunken. Seit meinem Umzug hatte ich ein paar SMS von ihr bekommen, sie jedoch ignoriert.

„Bist du bereit, Han?" Je näher wir dem Haus gekommen waren, desto fester hatte sie sich in meinen Arm gekrallt, und ich konnte beinahe hören, wie sie sich fragte, ob die ganze Aktion tatsächlich eine gute Idee war.

„Ich bin direkt hinter euch, Ladies. Ein Wort von euch, und wir sind raus hier. Keiner wird euch blöd kommen." Ich sah über meine Schulter und direkt in Dustys Augen. Obwohl es dunkel war, leuchteten sie mit einer Intensität, die mich glauben ließ, dass er es ernst meinte. Dass er die Wahrheit sagte.

„Danke“, sagte ich, während Hannah mich auf das wummernde Haus zuzerrte. Es war ein Wunder, dass solche Studentenverbindungshäuser immer noch standen, nach all den zerstörerischen Partys, die Generationen von Verbindungsbrüdern darin gefeiert hatten. Über die Jahre waren da sicherlich so einige Reparaturarbeiten nötig geworden.

„Lass uns rocken.“ Hannah hielt mir die Faust zum Gegenschlagen hin, und dann atmeten wir tief durch und betraten das Haus.

Eine Stunde, viele abgelehnte Drinks und Tänze, ein fast über mein Kleid gekipptes Bier, einen abgebrochenen Absatz und einen verlorenen Ohrring später tanzten Hannah und ich direkt vor den gigantischen Boxen. Die anderen Mitglieder unserer Gruppe standen gleich neben uns, unterhielten sich und lachten. Bis auf Dusty, der die Kunst des Schmollens auf eine ganz neue Ebene brachte. Nein, eigentlich war es kein Schmollen, es war mehr ein Grübeln. Es stand ihm nicht gut. Ich war es so sehr gewöhnt, ihn mit einem Lächeln auf dem Gesicht zu sehen.

Die ganze Zeit über hatten wir die Augen nach den Typen offen gehalten, doch es war so voll und die Menge so sehr in permanenter Bewegung, dass es beinahe unmöglich schien, sie zu finden, selbst wenn sie da waren. Ich hatte das Suchen schon so ziemlich aufgegeben, als Hannah mich am Arm packte und mein Ohr zu ihrem Mund zog, damit ich sie verstehen konnte.

„Da sind sie!“, schrie sie. Sie war trotzdem noch schwer zu verstehen, also deutete ich auf die Boxen, und wir gingen ein Stück zur Seite.

„Wo?“, fragte ich und ließ den Blick durch den Raum schweifen. Ah, da war einer von ihnen, er stand neben einem der Sofas, die zur Seite geschoben worden waren. Er hatte uns noch nicht gesehen.

„Da drüben." Hannah deutete mit dem Kinn in seine Richtung, woraufhin ich noch ein paar weitere von den Typen entdeckte, die wir in der Mensa gesehen hatten. Sie lachten, redeten und tranken und waren alle eindeutig ganz entspannt. Soweit ich wusste, wohnten sie in diesem Haus.

„Komm mit." Hannah ließ mir keine Zeit zu überlegen, bevor sie mich in die Mitte der improvisierten Tanzfläche zog und anfing, mit den Hüften zu kreisen, als wäre sie zu nichts anderem geboren. Sie hatte vorher auch schon getanzt, doch das hier sah mehr aus wie ... ein Tanz, den man mit sehr viel weniger Klamotten am Leib an einer Stange tanzte. So viel musste man ihr lassen: Sie war wirklich gut darin. Ich folgte ihr und begann auch zu tanzen.

„Sind sie das?", fragte Taylor ganz nah an meinem Ohr, nachdem sie mir auf die Schulter getippt hatte. Ich nickte und sah zu Darah und Renee hinüber. Sie kamen nun ebenfalls dazu, und wir bildeten einen Kreis. Taylor stellte sich als harte Konkurrenz für Hannah heraus. Sie konnte sich verdammt gut bewegen. Mehr als einmal schaute ich zu Mase, Paul, Hunter und Dusty hinüber, doch sie sahen uns einfach nur fassungslos lächelnd zu. Nur Dusty sah noch grüblerischer aus als zuvor.

Hannah sah immer wieder zu den Typen hinüber, doch sie beachteten uns nicht. Ganz im Gegensatz zu einigen anderen männlichen Partygästen, von denen ein paar versuchten, mit einer oder mehreren von uns zu tanzen, doch wir waren nicht interessiert.

Nachdem der dritte Typ versucht hatte, Taylor anzutanzen, hatte Hunter schließlich genug und kam dazu, um selbst mit ihr zu tanzen. Mase gesellte sich zu Darah, und Paul schnappte sich Renee. In diesem Moment ging der Song in den neuesten Dance-Hit über, den man jedes Mal, wenn man das Radio anmachte, hörte. Hannah schwang immer noch fleißig die Hüften, und jetzt hatte die Gruppe von Typen sie endlich entdeckt. Ich zog sie an mich und bewegte meine Hüften im Einklang mit ihren.

„Jetzt haben sie dich gesehen."

Sie warf die Haare zurück und sah zu ihnen. Oh ja, sie hatten sie bemerkt. Die ganze Gruppe war sich nun Hannahs Anwesenheit bewusst und verfolgte, wie sie in Überschallgeschwindigkeit ihr Becken kreisen ließ.

Sie warf den Kopf zurück und lachte, dann vollführte sie eine Drehung, bei der ich definitiv auf dem Hintern gelandet wäre. Ich hatte keine Ahnung gehabt, dass sie so eine gute Tänzerin war. Die Typen zeigten auf sie und redeten eindeutig über sie. Einer, der ihr Rädelsführer zu sein schien, kam jetzt auf uns zu. Ich gab Hannah ein Zeichen.

Er sah aus wie der typische Collegestudent. Umgedrehte Baseballkappe, Jeans und ein T-Shirt von Hollister. So beliebig, wie er aussah, war es ein Wunder, dass ich ihn überhaupt wiedererkannte. Er drängelte sich durch die Menge und näherte sich uns.

„Was willst du jetzt machen?", schrie ich Hannah ins Ohr.

„Kommt drauf an, was er macht. Vielleicht hat er ja ein schlechtes Gewissen und will sich entschuldigen." Sie zuckte mit den Achseln und tanzte weiter. Tja, darauf würde ich nicht wetten. Typen wie er dachten selten, dass irgendetwas von dem, was sie taten, falsch sein könnte, also mussten sie sich auch nicht entschuldigen. Aber vielleicht hatte ich auch nur Vorurteile? Er durfte mich ruhig überraschen.

Hannah wirbelte herum und blieb direkt vor ihm stehen. Eine Sekunde lang sah er überrascht aus.

„Kann ich dir helfen?", schrie sie laut genug, dass ich es hören konnte.

„Ja, du kannst deinen widerlichen Arsch hier von der Party entfernen. Die anderen Mädchen können bleiben, aber du musst gehen." Er hatte das typische Lächeln auf dem Gesicht, das solche Idioten wie er aufsetzten, wenn sie meinten, sie wären charmant, aber eigentlich waren sie einfach nur Idioten.

Hannahs Gesichtszüge erstarrten einen Moment lang, und ich wartete auf ihre Reaktion. Ich musste nicht lange warten.

Sie schlug gegen das Bierglas, das er in der Hand hielt, mit dem gewünschten Effekt: Es schwappte über und ergoss sich über ihn.

„Was zum Teufel … Du Psycho!"

Hannah lächelte auf eine Art, die mir, wäre ich dieser Typ, tatsächlich Angst einjagen würde. Doch er war eindeutig nicht der Hellste, denn er sah aus, als würde er sie gleich schlagen oder sie anschreien. Hannah kam ihm jedoch zuvor. Sie verpasste ihm einen so saftigen Kinnhaken, dass man ihn sogar trotz der lauten Musik hören konnte.

Beide schrien vor Schmerz auf, und ich stürzte auf Hannah zu.

„Du verfickte Schlampe!" Jetzt eilten auch seine Freunde auf uns zu, doch Dusty, Mase, Hunter und Paul waren im Nu da.

„Hau ab, Alter. Du kannst froh sein, dass sie dir nicht noch mehr als einen Kinnhaken verpasst hat", sagte Dusty, der sich direkt vor den Typen gestellt hatte. Hannah hielt sich die Hand.

„Ich hatte keine Ahnung, dass das so wehtun würde. Verdammte Scheiße", sagte sie, das Gesicht verzogen vor Schmerz.

„Bist du okay?", fragte ich.

Der Schmerz wich aus ihrem Gesicht, und sie strahlte mich an.

„Mir geht's großartig. Ich fühle mich, als müsste ich mich betrinken oder von einem Hausdach runterschreien oder so." Renee beugte sich vor und untersuchte Hannahs Hand. Eine Schwester, die Krankenpflegerin war, konnte praktisch sein.

„Du wirst sie nicht mehr ansehen, nicht an sie denken und noch nicht einmal in ihre Nähe kommen, oder ich sorge dafür, dass du es bereust. Verstanden?" Dusty fuhr fort, dem Typen den Arsch aufzureißen, während seine Freunde versuchten, sich aufzuplustern, doch sie waren eindeutig eingeschüchtert durch die Anwesenheit von Hunter, Dusty und Mase, von denen keiner so aussah, als würde er einen Rückzieher machen, wenn es zu einer Schlägerei käme.

„Wir müssen dir die Hand kühlen", sagte Renee und legte den Arm um Hannah. Taylor und Darah holten unsere Jacken, und wir verließen die Party. Ein paar Leute klatschten, doch die meisten waren nur enttäuscht, dass die Auseinandersetzung schon vorbei und nicht weiter ausgeartet war. Die Jungs folgten uns, nachdem sie sichergestellt hatten, dass uns niemand hinterherkam.

„War das jetzt so, wie du es dir vorgestellt hast?“, fragte Dusty und legte einen Schritt zu, um uns einzuholen.

„Viel besser“, sagte Hannah, deren Augen immer noch leuchteten. Das konnte ich selbst im Dunkeln sehen.

„Wie wär's, wenn ihr hier wartet, und ich hole das Auto?“, schlug er vor, während wir über die Vorgartenwiese liefen.

„Gute Idee“, sagte Renee, die ihre Aufmerksamkeit immer noch auf Hannahs Hand gerichtet hatte. Wir setzten uns auf den Bürgersteig und warteten darauf, dass Dusty mit dem Auto zurückkommen würde. Die anderen Jungs waren zu unserem Schutz bei uns geblieben. Sie waren zu den totalen Alphatierchen mutiert. Vermutlich würden sie sich jeden Moment in Werwölfe verwandeln oder so was in der Art.

Hannahs Hand war inzwischen angeschwollen und schillerte in allen Regenbogenfarben. Renee benutzte ihr Handy als Taschenlampe und besah sie noch einmal genauer, um sicherzugehen, dass nichts gebrochen war.

„Ich glaub, das wird schon, aber wir müssen dich nach Hause schaffen. Wo bleibt denn der Junge?“

In diesem Moment hielt Dustys Golf mit quietschenden Bremsen direkt vor uns.

Renee und Hannah setzten sich nach hinten, und ich stieg vorne ein.

„Wir sehen uns zu Hause“, rief Renee den anderen hinterher, die in Richtung Parkplatz gingen. Sie winkten und riefen uns zu, dass wir vorsichtig fahren sollten.

Dusty fuhr ein bisschen zu schnell los, und als er auf den Highway kam, gab er richtig Gas.

„Du hast einen hübschen linken Haken, Hannah Gillespie. Ich glaube, da wird er noch ein paar Tage was von haben“, sagte Dusty. „Jetzt weiß ich, dass man sich mit dir nicht anlegen sollte.“

„Hättest du dich denn vorher mit mir angelegt? Denn ich hab noch eine andere Hand und keine Angst, sie zu benutzen."

„Hey, immer langsam, Rocky. Wollt's ja nur gesagt haben." Er lachte ein wenig, und ich sah seine mürrische Fassade endlich bröckeln. Es musste schwer gewesen sein, sie so lange aufrechtzuerhalten.

Als wir nach Hause kamen, schaltete Renee gleich in den Krankenschwesternmodus, holte etwas zum Kühlen und umwickelte Hannahs Hand damit.

„Kommt dir das auch vor wie ein Déjà-vu?", fragte Taylor, als die übrigen Hausbewohner zehn Minuten nach uns eintrafen.

„Ein bisschen", erwiderte Renee. „Ich verstehe nicht, wieso ihr euch so was antut. Ein Knie in die Eier rammen ist genauso effektiv und weniger selbstzerstörerisch."

„Daran habe ich in dem Moment gar nicht gedacht, aber da ist was dran. Nächstes Mal werde ich das in Erwägung ziehen", sagte Hannah.

„Nächstes Mal?", fragte ich. „Hast du jetzt vor, regelmäßig irgendeinem Idioten eine reinzuhauen?"

„Wenn ich nicht regelmäßig auf Idioten treffen würde, wäre das nicht nötig", antwortete sie.

„Das ist ein Argument", gab ich seufzend zu.

„Scheiße, ich brauch einen Drink", sagte Renee, nachdem sie Hannah verarztet hatte. Paul ging zum Kühlschrank und holte ein paar Bier raus.

„Sonst noch jemand?", fragte er. Alle nickten.

„Kann ich auch eins haben? Gegen die Schmerzen?", fragte Hannah. Renee klickte ihre Dose auf und verdrehte die Augen.

„Okay, eins kannst du haben."

„Danke, Mom", sagte Hannah, als Paul ihr eines reichte.

„Dusty?", fragte Paul und hielt ihm eine Dose hin.

„Nein, danke. Aber ich nehm eine Cola, wenn ihr habt." Paul warf ihm eine Dose zu und reichte die Flasche, die Dusty abgelehnt hatte, an mich weiter. Ich warf Renee einen verstohlenen Blick zu, doch sie schien beschlossen zu haben, wegzuschauen.

Ich öffnete die Flasche und nahm einen kräftigen Schluck. Verdammt, war das schon lange her.

Wir zogen alle zusammen ins Wohnzimmer um und setzten uns auf die Couch.

„Seid ihr auch alle so … erschöpft?“, fragte Taylor, die sich auf Hunters Schoß zusammengerollt hatte und ein Bier mit ihm teilte. „Gerade fühle ich mich richtig alt.“

„Du hast auch ganz schön Einsatz gezeigt, Missy-Mädchen.“

„Das haben wir alle“, sagte Darah. „Es kommt mir vor, als wäre es schon Jahre her, dass wir ins Blue Lagoon gegangen sind, dabei war das letzte Mal erst vor einem Monat. Ich glaube, wir müssen wieder mehr ausgehen.“

„Amen“, sagte Mase. „Vor allem, wenn du so mit deinem Hintern wackelst wie vorhin, Dare.“

„Willst du damit etwa sagen, dass dir mein Arschwackeln gefällt?“ Sie zog eine Augenbraue hoch, sodass sie unter ihrem Pony verschwand.

„Ja, das könnte man so sagen.“ Er packte sie am Kinn, zog sie zu seinem Mund und gab ihr einen Kuss. Hannah gab ein würgendes Geräusch von sich.

„Oh Mann, sind die immer so?“ Sie hielt ihr Bier in der linken Hand, über ihre rechte war eine Tüte gefrorener Erbsen drapiert.

„So ziemlich“, sagte ich und nahm noch einen Schluck. „Es ist fast unerträglich, mit ihnen zusammenzuwohnen.“

„Hey!“, waren mehrere Stimmen auf einmal zu hören.

„Was denn? Ihr seid einfach so ekelhaft süß und verliebt, dass ich mir manchmal einfach nur die Haare raufen und schreien will, weil bei euch alles so perfekt ist.“ Oje, das hatte ich so nicht vorgehabt zu sagen. Und ich konnte es noch nicht mal auf den Alkohol schieben, denn ich hatte erst zwei Schlucke Bier genommen, und die hatten noch keine Wirkung gezeigt.

Im Raum hatte sich Schweigen ausgebreitet; es war, als hätte ich die Konversation völlig zum Erliegen gebracht.

Scheiße.

„Oh Mann, ich hab das nicht so gemeint. Es ist nur manchmal nicht so leicht für mich, wisst ihr? Und jetzt klinge ich wie eine undankbare Zicke. Tut mir leid.“ Ich hielt das Bier mit beiden Händen und den Blick auf die Flasche gerichtet, damit die anderen nicht mitbekamen, dass ich kurz vor einem Heulanfall stand.

„Ähm, habt ihr was dagegen, wenn ich heute hier übernachte? Ich fühl mich gerad nicht so danach, zurück ins Wohnheim zu fahren“, eilte Hannah mir zur Hilfe. Dabei kam schon alle Hilfe zu spät.

Alle beteuerten, dass sie sich sehr freuen würden, Hannah für die Nacht aufzunehmen.

„Ich geh dir mal die Couch im Jungskeller herrichten“, sagte Taylor, die so als Erste eine Ausrede fand, um aus dem Wohnzimmer zu verschwinden.

„Ich … helfe dir“, sagte Hunter und eilte hinter ihr her.

„Ich sollte mal die Küche aufräumen“, sagte Darah. Mase stand einfach auf und folgte ihr wortlos.

„Tja, ich weiß anscheinend, wie man einen Raum leer bekommt“, sagte ich und trank noch einen Schluck, um etwas anderes zu tun zu haben, als in weitere Fettnäpfchen zu treten.

„Scheiße, tut mir leid, dass ich das Thema angesprochen habe“, sagte Hannah.

„Nein, ist nicht deine Schuld“, beruhigte ich sie.

Dusty hatte immer noch kein Wort von sich gegeben, mich jedoch die ganze Zeit beobachtet. Ohne hinschauen zu müssen, wusste ich, dass er mich ansah, ebenso wie ich genau wusste, wie er jetzt dasaß, und wie ich es immer gleich spürte, wenn er plötzlich hinter mir stand, auch wenn er sich immer so leise anschlich. Ständig war er in meinen Gedanken, sogar wenn er nicht da war. Er war einfach permanent bei mir, und das machte mir eine Scheißangst.

„Du müsstest ungefähr meine Größe haben“, sagte Renee zu Hannah. „Ich kann dir einen Schlafanzug leihen.“

„Super, danke.“ Hannah stellte ihre Bierflasche auf einen Untersetzer und folgte Paul nach oben.

„Jos?“ Renee stand auf und setzte sich neben mich.

„Ja?“ Ich blickte von meiner Bierflasche auf und sah den gleichen besorgten Ausdruck auf ihrem Gesicht, den ich schon so häufig auf ihrem und so vielen anderen Gesichtern gesehen hatte.

„Bist du glücklich hier?“ Aus dem Augenwinkel sah ich, dass Dusty sich bewegte.

„Vielleicht sollte ich mal … ähm … gehen“, sagte er leise.

„Nein, ist schon okay“, hörte ich mich sagen. Es machte mir nichts aus, dass er da war.

„Bist du sicher, Jos?“ Er sprach meinen Namen so sanft wie eine Liebkosung aus. Es war, als hätte er Angst, ihn zu zerbrechen. Ich schloss die Augen und versuchte, das innere Bild vom Pausenraum zu verscheuchen, in dem wir uns beinahe geküsst hätten.

„Ja, du kannst hierbleiben.“ Ich meinte in diesem Moment, doch irgendwie klang es so, als würde ich über eine längere Zeitspanne reden.

Ich stellte die Flasche auf einem Untersetzer ab.

„Du wirkst nur so … verloren“, sagte Renee. „Früher warst du doch so glücklich.“

Das war ich nicht. Ich war nur richtig gut darin gewesen, so zu tun.

Ich schüttelte den Kopf.

„Dieses Mädchen … das Mädchen, das ich damals war, das war nicht glücklich, Renee. Es konnte es einem nur sehr gut vorspielen. Manchmal hab ich mir sogar selbst geglaubt. Aber nur weil ich glücklich und zufrieden aussah, heißt das nicht, dass ich es auch war.“

„Das verstehe ich nicht“, sagte sie kopfschüttelnd. Ich war mir nicht sicher, ob ich es ihr jemals würde richtig erklären können.

„Dieses Mädchen hast du nie kennengelernt“, sagte ich, an Dusty gewandt. „Ich wette, du hättest sie gehasst. Sie war hochnäsig und verklemmt, und sie hat sich angezogen wie Hillary Clinton.“

Dieser Kommentar brachte mir ein kleines Lächeln ein. „Ich könnte dich niemals hassen, Rotschopf. Noch nicht mal, wenn du einen von diesen hässlichen Hosenanzügen tragen würdest."

Über Hosenanzüge zu sprechen brachte mich aus irgendeinem Grund zum Lachen. Und dann fing ich plötzlich an zu weinen.

„Aber sie hätte dich gemieden. Sie hätte zu viel Angst davor gehabt, dass du ihr Schlamm auf die Pumps spritzt, Kumpel." Jetzt musste ich noch mehr lachen und weinen, und als ich einmal angefangen hatte, konnte ich nicht mehr aufhören. Renee sah verloren aus, als habe sie keine Ahnung, was sie mit mir machen sollte.

„Ich glaube, ich brauch diese Pumps als Beweismaterial. Du hast nicht zufällig noch welche?" Flirtete er jetzt etwa mit mir? Vor meiner Schwester? Eine Sekunde später schien ihm klar zu werden, was er da gerade gesagt hatte. Er hustete.

„Nein, die sind alle zusammen mit dem Rest meines früheren Lebens in Kisten verpackt, die bei meiner Mom stehen. Dieses Mädchen ist verschwunden, und es wird auch nicht wiederkommen. Ich bin jetzt einfach so, wie ich jetzt bin." Ich zuckte mit den Achseln.

Mein Lachanfall war vorbei, und ich wischte mir die Augen mit dem Handrücken ab.

Dusty stand auf, schoss aus dem Zimmer und kam ebenso schnell mit einem Stück Haushaltspapier zurück, das er mir reichte.

„Danke", sagte ich und wischte mir Gesicht und Nase ab. Danach war das Papiertuch voller verschmiertem Make-up. Mir war zu spät eingefallen, dass ich welches trug. Das wäre mir früher nie passiert.

„Was ist denn passiert, Jos? Manchmal …" Renee fuhr sich mit der Hand durch die Haare. „Manchmal will ich dich einfach festnageln und dich dazu zwingen, es mir zu erzählen, wie früher, als wir Kinder waren und du immer Geheimnisse vor mir hattest." Damals hatte sie es jedes Mal geschafft, es mir zu entlocken. Renee war immer schon gut darin gewesen, die Dinge herauszufinden, die sie wissen wollte.

„Ich bin jetzt kein Kind mehr, Ne." Ich knüllte das Papiertuch zusammen und legte es neben mein Bier.

„Ich weiß, das macht es ja so frustrierend. Ich will doch nur, dass du mit mir redest."

Ich wollte gerade antworten, als Hannah und Paul die Treppe herunterkamen. Hannah trug ein Tanktop und Shorts, die ich als Renees erkannte. Sie mussten sich da oben versteckt gehalten haben, aus Angst, uns zu unterbrechen. Darah und Mase waren in der Küche ebenfalls sehr leise gewesen. Und von unten war auch kein Ton nach oben gedrungen.

„Ich glaub, wir sollten alle mal ins Bett gehen. Das war ein sehr aufregender Abend", sagte ich. „Außerdem hatte ich ganz vergessen, wie schlecht man in einem Kleid atmen kann. Daher zieh ich mich jetzt mal um." Ich stand auf und ging nach unten, wo Taylor und Hunter vor dem riesigen Fernseher saßen.

„Was guckt ihr da?" Sie sahen beide ruckartig auf, als seien sie erschrocken, mich zu sehen. Vermutlich sah ich immer noch ziemlich schlimm im Gesicht aus.

„Weinst du?", fragte Taylor und stand auf.

„Mir geht's gut."

Hannah öffnete die Tür und kam hinter mir die Treppe hinunter. „Ich könnte jetzt langsam echt mal ins Bett."

In diesem Moment traf auch mich die Erschöpfung wie ein Vorschlaghammer, und mir wurde klar, wie lang der Tag gewesen war und wie sehr ich mir wünschte, dass er jetzt endlich vorbei wäre.

„Ja, klar." Taylor nahm Hunters Hand und zog ihn die Treppe hinauf. „Nacht!"

„Gute Nacht, Ladies. Und schone deine Hand, du Schlägerin", sagte Hunter und zwinkerte Hannah zu.

„Ich geh mich mal umziehen und mein Gesicht waschen", sagte ich und ging in mein Zimmer. Ich streifte das Kleid ab und ließ meine Haut einen Moment atmen. Dann zog ich meine locker sitzenden Schlafklamotten an und ging mir das Gesicht waschen, wobei ich es vermied, in den Spiegel zu schauen, um nicht sehen zu müssen, wie verschmiert es war.

Wenn ich ein Mädchen in irgendeinem Film wäre, hätte ich weinen können und dabei trotzdem umwerfend ausgesehen. Doch das hier war das wahre Leben, in dem meine Augen ganz verquollen waren, mein Gesicht fleckig und mir die Nase lief. Ich löste mein Haar und bürstete es kurz durch.

Als ich in den Jungskeller kam, fand ich dort Dusty vor, der mit Hannah redete.

„Hey", sagte ich. „Ich dachte, du wärst schon nach Hause gefahren."

„Ich wollte nur Gute Nacht sagen." Er stand auf und kam auf mich zu. Er ließ seine Augen von meinem frisch gebürsteten Haar, das mir lose auf die Schultern fiel, über mein weites Coldplay-Shirt hinunter bis zu den Shorts gleiten, die eindeutig schon bessere Tage gesehen hatten und mir tief auf der Hüfte hingen, da das Gummi so ausgeleiert war.

Ich hatte nicht vorgehabt, dieses Outfit vor irgendwem anders als meinen Mitbewohnern und Hannah zu tragen. Bei ihnen war es mir ziemlich egal, wenn sie mich so sahen. Aber bei Dusty war das eine ganz andere Geschichte … Dass er schon sehr viel mehr Haut von mir gesehen hatte, als ich das Kleid anhatte, änderte daran auch nichts. Ich fühlte mich vollkommen entblößt.

Und ja, außerdem trug ich keinen BH.

Und ja, sein Blick blieb ziemlich lange an genau dieser Stelle hängen. Ich bekämpfte den Drang, die Arme zu verschränken und ihm zu sagen, dass er mir verdammt noch mal in die Augen schauen sollte anstatt auf die Brüste.

„Okay, also, gute Nacht, Rotschopf." Endlich fand sein Blick den Weg in mein Gesicht, und seine Stimme hatte wieder diesen sanften Klang. Ich war mir der Tatsache äußerst bewusst, dass Hannah auch noch da war und so tat, als wäre sie es nicht, indem sie sich mucksmäuschenstill verhielt. Ich konnte jedoch sehen, wie sie über die Couch lugte und uns beobachtete.

„Danke für … fürs Mitkommen.“ Das ist ja mal wieder superlahm, Jos. Warum konnte ich mich nicht einfach mal auf eine coole Art von ihm verabschieden? Oder wenigstens auf eine normale?

„Danke … dass du mir nicht mehr böse bist wegen heute Nachmittag.“

„Na ja, ein bisschen böse bin ich schon noch.“

„Könntest du mir sagen, weshalb genau du sauer bist? Dann kann ich mir was ausdenken, um es wiedergutzumachen. Ich meine, würde es reichen, dir Skittles und M&Ms mitzubringen, oder sollten es doch eher Blumen und Pralinen sein? Oder vielleicht ein schickes Picknick mit Streichquartett und Kerzen?“

Ich starrte ihn eine Sekunde lang an. Meinte er das ernst?

Hannah gab ein quiekendes Geräusch von sich, das sie anscheinend nicht unterdrücken konnte, und sprang von der Couch auf.

„Bevor du noch weitergehst, Alter, werd ich mich, glaub ich mal, entschuldigen, denn ich fühle mich hier gerade sehr fehl am Platz. Und wie eine Voyeurin. Äh, ja. Ich werd mich dann mal ins Wohnzimmer zurückziehen.“ Sie sprang eilig die Treppe hoch und schloss geräuschvoll die Tür hinter sich.

„Ich … bin nicht ganz mitgekommen, ehrlich gesagt.“ Ich ging zur Couch, setzte mich hin und zog mir eine Decke über, ohne es zu offensichtlich werden zu lassen, dass ich nur meine Brüste bedecken wollte.

„Na ja, ich hab mich nur gefragt, welcher Teil dich genau wütend gemacht hat. War es das, was ich gesagt habe? Oder das, was ich getan habe? Oder das, was ich nicht getan habe?“

Eigentlich war ich nicht wirklich sauer. Frustriert war der passendere Ausdruck. Und wenn ich ehrlich war, hatte auch nicht nur er Schuld. Ich war mindestens genauso daran beteiligt gewesen.

„Ich weiß nicht, Dusty.“ Er setzte sich so, dass noch jede Menge Platz zwischen uns war. „Ich hatte noch nie so viel zu kämpfen mit so einer Sache wie dieser hier." Was auch immer das für eine Sache war.

„Ich will es dir nicht schwer machen, Jos. Scheiße", sagte er und lehnte sich zurück. „Mir geht es genauso. Normalerweise muss ich nicht kämpfen."

Jetzt musste ich schnauben.

„Bisschen eingebildet vielleicht?"

„Das war keine Absicht. Ich war bisher nur mit Mädchen zusammen, die mir hinterhergerannt sind. Das hat es sehr viel einfacher gemacht. Außerdem tat es dann nicht so weh, wenn es vorbei war. Weil ich es von Anfang an gar nicht richtig gewollt hatte." Er zuckte mit den Achseln, als wären alle diese Geschichten unerheblich gewesen.

„Das ist ganz schön arschig, so etwas über Mädchen zu sagen, Dusty."

Er nickte und setzte ein halbes Lächeln auf. „Ich war auch irgendwie ein Arsch."

„Irgendwie?"

„Ich hab's dir doch gesagt, Rotschopf. Ich war ein anderer Typ damals. So wie du ein anderes Mädchen warst. Und ich beurteile dich auch nicht aufgrund der Person, die du mal warst und die ich noch nicht mal kenne."

Da war was dran.

„Schön, aber ich glaub immer noch, dass du ein Arsch warst."

„Du hast jedes Recht, das zu glauben."

Keiner von uns schien zu wissen, was er als Nächstes sagen sollte, also saßen wir einfach nur da und sahen einander an. Jeden Moment würde nun die sanfte Musik einsetzen, und er würde sich vorbeugen, und wir würden unseren ersten süßen Kuss austauschen. Wenn mein Leben ein Film von John Hughes wäre, würde genau das passieren.

Was tatsächlich passierte, war ein wenig anders.

„Scheiß drauf", sagte Dusty und machte einen Hechtsprung über die Couch auf mich zu. Ich war so überrumpelt, dass ich einen Moment brauchte, um zu begreifen, dass er plötzlich mehr oder weniger auf mir lag. „Ich halt's nicht mehr aus", sagte er und nahm mein Gesicht in beide Hände. „Seit wir uns das allererste Mal gesehen haben, will ich dich küssen, und das werde ich jetzt auch."

Ich öffnete den Mund, um etwas zu erwidern, doch er nutzte die Gelegenheit und küsste mich.

Er gab einen Laut von sich, der irgendwo zwischen einem Grollen und einem Stöhnen lag, und ich ließ mich in den Kuss hineinfallen. Hörte auf, darüber nachzudenken, was richtig und falsch war und ob ich sollte oder nicht sollte. Das hier war kein Film, und ich hatte keine Ahnung, wie mein Drehbuch weiterging. Das war das Leben. Das richtige Leben.

Ich berührte seine Zunge leicht mit meiner, und er nahm die Einladung an, und so ließen wir zum ersten Mal unsere Zungen spielen und unsere Lippen tanzen. Zunächst etwas ungestüm erkundeten wir gegenseitig unsere Münder. Es war noch kein perfekter Kuss, doch er war so unglaublich gut.

Dusty schmeckte ein wenig nach Cola, und seine Lippen waren weich, aber fest. Er vergrub seine Hände in meinem Haar und zog mich noch enger an sich. Inzwischen lag er vollends auf mir, nur die Decke trennte uns noch. Die hinderte mich jedoch nicht daran, zu fühlen, wie sehr ihm der Kuss gefiel.

Es lagen Welten zwischen diesem Kuss und allen anderen, die ich je bekomme hatte. Sie waren … zufriedenstellend gewesen. Brauchbar. Ausreichend. Aber Dusty zu küssen war … als würde ich einen Durst löschen, unter dem ich schon mein ganzes Leben litt. Und in dem Moment, in dem ich einen ersten Schluck genommen, einen Vorgeschmack bekommen hatte, wusste ich, dass ich mehr wollte. Ich küsste ihn, als würde ich ihn austrinken, in mir aufnehmen und ihn zu einem Teil von mir machen. Es war ein lebensverändernder Kuss.

Ich tat Dinge, von denen ich mir nie hätte vorstellen können, sie zu tun. Zum Beispiel zu versuchen, ihm sein Shirt auszuziehen. Oder die Beine um ihn zu schlingen. Oder zu stöhnen, als er an meiner Unterlippe saugte. Jetzt verstand ich, warum

Leute ungeplant Sex hatten – weil sie sich nicht mehr zurückhalten konnten.

„Ich will dich so sehr, Rotschopf“, sagte er ganz nah an meinem Mund.

„Ich will dich auch“, erwiderte ich und fuhr mit den Händen unter sein T-Shirt, um endlich einmal seine straffen Bauchmuskeln zu berühren. Ja, sie fühlten sich genau so an, wie ich sie mir vorgestellt hatte. Sogar noch besser.

Er küsste mich auf die Wangen, unterhalb meines Ohrs und in kleinen Küssen an meinem Hals entlang. Scheiße, das passierte gerade wirklich.

„Oh Gott, Joscelyn.“

„Dusty“, sagte ich. Na ja, eigentlich war es mehr ein Stöhnen. Ich schien gerade nicht in der Lage zu sein, irgendetwas zu sagen, ohne dass ein Stöhnen hinterherkam. Das könnte zu einem Problem werden.

Er hörte auf, mich zu küssen, und sah mich an. Warum hatte er bloß aufgehört? Nicht aufhören.

„Oh, Rotschopf. Was hab ich nur getan?“ Er küsste mich auf die Stirn und kletterte von mir runter.

Was. Zum. TEUFEL!?

Er starrte auf mich herunter, als hätte er irgendeinen schrecklichen, nicht wiedergutzumachenden Fehler begangen. Auf seinem Gesicht lag das blanke Entsetzen, und er wich immer mehr vor mir zurück. Wenn ich nicht so sauer gewesen wäre, weil er aufgehört hatte, mich zu küssen, hätte ich über das gelacht, was da in seiner Hose vor sich ging.

„Ich hätte das nicht tun sollen. Es … tut mir so leid. Ich muss gehen.“ Er sah auf die Treppe, als wäre sie sein einziger Fluchtweg vor dem sicheren und unmittelbar bevorstehenden Tod.

Schließlich gelang es mir, ein paar Wörter aneinanderzufügen, ohne dabei zu stöhnen.

„Du meinst, so?“ Ich musste noch nicht mal darauf deuten, er sah von selbst auf seinen Schritt hinunter.

„Fuck.“

Das traf es ziemlich genau.

„Hast du irgendeinen Pulli oder so, den du mir leihen kannst?“

Er hatte die Augen aufgerissen wie ein verängstigtes Tier im Käfig. Scheiße, er hatte wirklich Panik. Aber ich sah nicht wirklich, wo das Problem lag. Wen kümmerte es, wenn er mich küsste? Ich war erwachsen, fast neunzehn. Vor ein paar Monaten, während meiner verrückten Phase, hätte ich nicht zweimal darüber nachgedacht.

„Warum … regelst du das nicht einfach? Das Bad ist gleich da drüben.“ Ich deutete auf die Tür. Eigentlich hätte ich ihm das nicht ernsthaft zugemutet, doch ich war immer noch sauer, weil er den Kuss abgebrochen hatte.

„Scheiße, Jos, bitte. Ich kann … ich kann nicht, während du hier vorne sitzt.“ Er hielt die Hände vor die betroffene Stelle. Ich würde es wohl auch für ihn regeln können. Nicht dass ich viel Erfahrung hatte, aber wie schwer konnte das schon sein?

Er sah an die Decke und schloss die Augen, als würde er sich auf etwas konzentrieren. Ich hätte richtig gemein sein und das Ganze noch weiter in die Länge ziehen können. Doch stattdessen stand ich auf, ging in mein Zimmer und holte ein Sweatshirt, das ich in der Männerabteilung gekauft hatte und das ihm daher passen könnte.

„Hier“, sagte ich und reichte es ihm. Er knotete es sich um die Taille, sodass es sein Problem bedeckte. „Brauchst du Hilfe damit?“

Ich hatte gehofft, dass er lachen würde, doch er sah einfach nur wahnsinnig peinlich berührt aus. Tja, das war eigentlich ganz nett. Jetzt stand ich mal auf der anderen Seite, und er war es, der plötzlich sauer wurde.

„Du findest das also lustig?“

„Ja, das ist eigentlich ziemlich lustig. Wenn du nicht du wärst.“ Ich lächelte ihn an.

„Ich kann das nicht, Jos. Ich kann vor dir nicht so sein. Ich hätte nie allein mit dir sein dürfen, das wird nicht wieder passieren." Er wandte sich in Richtung Treppe um, doch ich packte ihn von hinten am T-Shirt.

„Warum? Warum darf das nicht passieren?"

Er drehte sich langsam zu mir um.

„Weil … du tabu bist."

„Tabu? Weil meine Schwester sauer werden könnte? Davon lässt du dich ernsthaft von dem hier abhalten? Was immer es ist oder sein könnte? Sie wird schon drüber hinwegkommen."

Er schüttelte den Kopf.

„Nein, das ist es nicht. Es ist nicht nur wegen Renee."

Jetzt waren wir beide frustriert.

„Kannst du mir einen Gefallen tun? Kannst du nur mal einen Moment ehrlich zu mir sein?"

„Ich muss gehen, Jos. Tut mir leid." Er wich vor mir zurück, rannte zwei Stufen auf einmal nehmend die Treppe hoch, riss die Tür auf und knallte sie hinter sich zu. Oben hörte ich Stimmen und dann, wie die Haustür hinter ihm ins Schloss fiel. Er war so schnell verschwunden, als würde er in Flammen stehen.

Erneut öffnete sich die Tür, und Hannah streckte ihren Kopf hindurch. Vor Verwunderung stand ihr der Mund offen.

„Was zur Hölle war das denn?"

Es würde eine lange Nacht werden.

Ich erzählte Hannah den Großteil der Geschichte – hauptsächlich weil das Ganze so unglaublich war, dass ich es laut aussprechen musste, um sicherzugehen, dass es wirklich passiert war.

„Oh Mann, der steht so was von auf dich." Alle anderen waren ins Bett gegangen, daher hatte sich Hannah in die Küche geschlichen und hatte ein paar Snacks besorgt, darunter jeweils eine Tüte M&Ms und Skittles, die ich im Schrank hinter dem Mehl gebunkert hatte.

„Tja, das tut er wohl." Das war die Untertreibung des Jahres.

„Und mit ‚so was von' meine ich, dass er es dir so richtig besorgen will."

Ich warf mit einem M&M nach ihr.

„Du bist widerlich."

„Er will dich nageln." Ich bewarf sie weiter mit Süßigkeiten, doch sie hörte nicht auf, und irgendwann mussten wir beide so sehr lachen, dass meine Geschosse vollends wirkungslos wurden.

„Oh Mann, du kennst echt viel zu viele von diesen Sprüchen", sagte ich, als ihr die Alternativen endlich ausgingen.

„Na ja, ich habe die viele Zeit, die ich nicht auf Dates war, gut genutzt."

„Eindeutig."

Ich fand ein M&M zwischen den Decken und schnippte ihn mir in den Mund.

„Zurück zu den wichtigen Dingen. Wie war's?" Ihre Augen leuchteten.

„Es war …" Wie sollte ich es beschreiben? „Es war richtig gut. Knieweichwerden gut."

„Na, solange bei ihm nichts anderes weich wird."

Erst sehr viel später ging ich endlich in mein Zimmer und ins Bett, während Hannah sich auf der Couch schlafen legte.

Ich war definitiv zu aufgedreht, um gleich einzuschlafen, also hörte ich ein bisschen Musik. Es war irgendwie ein Ingrid-Abend, also stellte ich „Can't Help Falling in Love" auf Repeat.

Der Moment mit Dusty lief vor meinem inneren Auge immer wieder ab, zunächst in Zeitlupe und dann immer schneller. Ich spürte noch einmal, wie sein Mund meine Lippen eroberte, wie sich seine Hände in meinem Haar verfingen. Und ich … ja, ich hatte mich selbst noch nie so erlebt. Es hatte sich nicht so angefühlt, als hätte ich die Kontrolle verloren. Eher im Gegenteil. Es war, als wüsste ich ganz genau, was ich wollte und wie ich es kriegen konnte.

Doch das würde nie wieder passieren, zumindest nicht laut Dusty. Was war bloß los mit ihm? Ich war es langsam leid, von ihm verarscht zu werden. Ich musste einen Weg finden, dass er es mir erzählte. Vielleicht konnte ich ihn entführen und fesseln.

Das könnte Spaß machen. Es gab nämlich noch jede Menge anderer Dinge, die ich mit ihm anstellen konnte, wenn er gefesselt war. Ich hatte nie verstanden, was daran so reizvoll sein sollte – bis jetzt.

Das Vibrieren meines Handys setzte der Vorstellung, wie Dusty an einen Stuhl gefesselt vor mir saß, ein jähes Ende. Ich hatte den Ton ausgeschaltet, nur für den Fall, dass er mir schreiben oder mich anrufen würde, um zu sagen, dass es ihm leidtat. Wieder einmal.

Wir müssen reden.

Oh, bloß nicht zu eindeutig, Dusty. Hätte ich nicht genau gewusst, worum es geht, wäre ich jetzt komplett durchgedreht.

Nur zu. Ich bin ganz Ohr.

Ein paar Sekunden später kam sein Anruf.

„Bist du wach?“, fragte er beinahe flüsternd, als hätte er Angst, mich zu wecken.

„Also wirklich, wenn ich schlafen würde, hätte ich wohl kaum auf deine SMS geantwortet.“

„Ich würde sagen, das ist ein stichhaltiges Argument.“

Ich erwartete, dass er lachen würde, doch das tat er nicht. „Hör mal, Jos. Was ich getan habe, war völlig unangebracht. Ich habe dich ausgenutzt, und das wird nie wieder passieren.“

„Du hast mich ausgenutzt? Ähm, ich weiß nicht, was du für einen Kuss erlebt hast, aber ich fand ihn ziemlich sensationell. Ich meine, so mit bebender Erde und Feuerwerk und so. Wenn es einen Kusswettbewerb gäbe, hätte dieser mit Abstand den ersten Platz gemacht.“

Er brauchte ein paar Sekunden, um zu antworten. Dann seufzte er.

„Er war ganz schön unglaublich.“

„Ganz schön unglaublich?“

„Was soll ich sagen, Jos? Dass ich, sobald ich wieder mit dir in einem Raum wäre, dich wieder so küssen würde? Und wieder? Und wieder? Ich würde dich küssen, bis wir uns beide nicht mehr an unsere Namen erinnern können. Ich würde dir dieses T-Shirt und die Shorts ausziehen und jede einzelne deiner Sommersprossen zählen, bis ich genau wüsste, wie viele es sind. Und dann würde ich jeden Quadratmillimeter deines Körpers mit dem Mund erkunden, bis er sich so in meine Erinnerung gebrannt hat, dass ich ihn nie wieder vergesse. Und dann …" Er hielt inne und schrie beinahe auf vor Frust. Während er gesprochen hatte, hatte ich die Hand in meine Shorts gleiten lassen, um die Sehnsucht zu befriedigen, die seit unserem Zusammenprall in mir brannte.

„Und dann?!", fragte ich schließlich.

„Jos, ich werd jetzt keinen Telefonsex mit dir haben. Warum tust du mir das nur immer wieder an?"

„Oh nein, jetzt schieb nicht mir die Schuld in die Schuhe, mein Freund. Ich bin nicht diejenige, die dich mit einem Kuss überfallen hat. Das warst ganz allein du. Was kann ich dafür, dass du dein Teil nicht in der Hose behalten kannst? Oder doch, das kannst du, aber es sah nicht gerade bequem aus. Wie geht es dir jetzt da unten?" Ich hatte vielleicht keinen Ständer, aber ich war nichtsdestotrotz sexuell frustriert.

„Gut. Sehr gut." Haha. Ich roch schon die nächste Lüge.

„Also, was machen wir jetzt? Wenn wir, wie du sagst, nicht zusammen sein können und du nicht in meiner Nähe sein kannst, ohne einen schweren Anfall von Erektionitis zu erleiden, was sollen wir dann tun?"

„Ich weiß nicht, Jos. Ich … sehe einfach keinen guten Ausweg."

„Dir ist klar, dass du der Einzige bist, der dem Ganzen im Weg steht, oder? Es sei denn, es gibt etwas, das ich nicht weiß. In dem Fall solltest du es mir verdammt noch mal sagen, denn ich hab keinen Bock mehr auf Leute, die mir Dinge vorenthalten, als wäre ich ein Kind und könnte nicht damit umgehen."

„Ich glaube nicht, dass du ein Kind bist."

„Warum behandelst du mich dann wie eins?"

Er atmete langsam aus.

„Ich wusste von dir. Bevor du hergekommen bist. Als Hunter und ich uns angefreundet haben, hat er mich oft in euer Haus eingeladen, und da hab ich ständig Renee gesehen, die die ganze Zeit von dir gesprochen hat. Sie war so ziemlich mit ihrem Latein am Ende. Hunter hat ihr angeboten, dass du herkommen kannst, und sie hat es deiner Mom vorgeschlagen. Den Teil der Geschichte kennst du. Weißt du was, ich glaube, ich kann das nicht am Telefon. Kann ich … kann ich noch mal vorbeikommen?"

„Bist du sicher, dass du dich dann kontrollieren kannst?"

„Jos."

Ich rollte mit den Augen, was er jedoch nicht sehen konnte. „Okay, okay. Es schlafen alle, ich glaube, ich schaffe es nach oben, ohne dass sie aufwachen. Ich komme zu dir raus, okay?"

„Ich schick dir eine SMS, wenn ich vorm Haus stehe."

Wir legten auf, und ich stellte meine Musik aus. Dann öffnete ich die Tür einen Spaltbreit und lugte zur Couch. Da es draußen höllisch kalt sein würde, zog ich eine Jogginghose über meine Shorts und obenrum ein Sweatshirt an. Außerdem war mein Körper so dick eingepackt und würde ihn vor jeglicher Versuchung schützen. Weniger sexy als in einer Jogginghose und einem University-of-New-Hampshire-Sweatshirt in Übergröße konnte man kaum angezogen sein.

Zehn Minuten später vibrierte mein Handy, und ich schlich aus meinem Zimmer und die Treppe hinauf. Hannah brummte im Tiefschlaf, daher ging ich davon aus, dass sie nichts bemerken würde.

Das Haus war dunkel und still. Selbst aus den oberen Stockwerken war nichts zu hören. Gut so.

Ich war froh, dass Mase und die anderen Bewohner des Hauses mich nicht mehr überwachten.

Dusty hielt mit ausgeschalteten Scheinwerfern direkt vor dem Haus. Ich ging auf Zehenspitzen die Außentreppe herunter und über den kleinen Weg zum Bürgersteig.

„Hat dich jemand gesehen?“, fragte er, als ich die Autotür hinter mir zuzog. Er hatte die Heizung voll aufgedreht, doch ich schlang dennoch die Arme um mich. Obwohl ich nur ein paar Sekunden draußen gewesen war, war mir kalt.

„Nein, ich glaube, wir sind auf der sicheren Seite. Oben war alles ruhig, und Hannah schläft. Also, erzähl.“ Ich lehnte den Rücken gegen die Tür und wandte mich ihm zu.

„Wo war ich stehen geblieben?“ Oh nein, es war keine Einbildung, dass er mich mit den Augen auffraß, trotz der weiten Sportklamotten. Er musste wirklich eine Schwäche für mich haben. Vielleicht versuchte er auch nur, sich davor zu drücken, mir die Wahrheit zu sagen.

„Meine Augen sind hier oben“, sagte ich und deutete mit Zeigefinger und Mittelfinger auf sie. Er räusperte sich und blinzelte ein paar Mal, und als er die Augen wieder öffnete, sah er mir ins Gesicht und nicht mehr auf die Brüste. Die er unter dem dicken Sweatshirt sowieso nicht sehen konnte.

„Du warst da stehen geblieben, wo Hunter Renee sagte, dass ich hier wohnen könnte.“

„Stimmt. Also ich hatte Fotos von dir gesehen. Davon, wie du früher ausgesehen hast. Natürlich habe ich damals schon gedacht, dass du … na ja … du weißt schon, dass du umwerfend aussiehst, Rotschopf. Sogar mit streng zurückgekämmten Haaren und in den spießigen Klamotten. Aber ich hätte nicht gedacht …“ Er hielt inne und atmete tief durch. Normalerweise war er so gut mit Worten. Sie schienen ihm einfach zuzufliegen, doch jetzt musste er ganz schön kämpfen, um die richtigen zu finden.

„Sie haben mich gebeten – vor allem Hunter hat mich gebeten –, ein Auge auf dich zu haben. Aufzupassen, dass du nicht in Schwierigkeiten gerätst. Er wusste, dass ich mich kürzlich selbst erst aus der Scheiße gezogen hatte, und er hat mir vertraut.“

Nun wünschte ich mir, er hätte diese Worte nie gefunden, denn die Bedeutung jedes einzelnen davon versetzte mir einen Schlag in den Magen.

Es war nicht echt. Nichts von alldem war echt gewesen. Er hatte sich nur mit mir angefreundet, weil Hunter ihn darum gebeten hatte. Es war alles nur Show gewesen. Er hatte eine Rolle gespielt. Seinen Text aufgesagt. Nur dass ich nicht gewusst hatte, dass wir uns in einem Theaterstück befanden. Erst vor ein paar Minuten hatte er mich heißer gemacht, als ich es jemals in meinem Leben gewesen war, und jetzt war mir eiskalt. Ich war wie eingefroren.

„Fick. Dich." Das waren die einzigen beiden Wörter, die mir einfielen, und ich schleuderte sie ihm ins Gesicht, so hart ich konnte, bevor ich eilig nach dem Türgriff tastete.

„Jos, warte! Da ist noch mehr." Jaja, ich wollte es gar nicht hören. Endlich bekam ich die Tür auf und rannte zurück zum Haus.

„Kannst du mir einfach nur mal zuhören, verdammte Scheiße?!" Er holte mich ein und packte mich, doch ich wehrte mich mit Händen und Füßen. Ich würde nicht schreien, denn dann würde ich die gesamte Straße aufwecken, und ich konnte es nicht gebrauchen, dass Stephen King aus seinem Haus kam und mich und Dusty im Clinch sah. Ich würde vermutlich sterben vor Scham.

„Kannst du nur mal eine Sekunde aufhören?" Er hielt mich an den Schultern fest, sodass ich nicht wegkonnte.

„Lass mich los!" Er nahm sofort die Hände von mir, als sei er erschrocken, dass er mich festgehalten hatte. Ich wandte ihm erneut den Rücken zu, in der Erwartung, dass er mich wieder mit Gewalt zurückhalten würde, doch das tat er nicht.

„Joscelyn. Bitte. Gib mir nur fünf Minuten. Dann kannst du mich für den Rest deines Lebens hassen. Aber gib mir nur fünf Minuten. Und bitte, steig ins Auto. Es ist kalt hier draußen, und du hast keine richtige Jacke an. Bitte."

Wenn er doch nur nicht *bitte* sagen würde. Und wenn seine Stimme nicht so flehend klingen würde. Als ich mich nach ihm umdrehte, sah ich, dass er völlig verzweifelt war. Seine atemberaubenden Augen flehten mich an.

„Fünf. Minuten."

Wir stiegen wieder in sein Auto, doch ich hielt die Hand auf dem Türgriff, sodass ich jederzeit flüchten konnte, wenn es nötig werden sollte.

„So war das. Am Anfang. Ich hab auf dich aufgepasst, weil Hunter mich darum gebeten hat. Er meinte, du könntest einen Freund gebrauchen, der durchgemacht hat, was du gerade durchmachst, und er hatte was gut bei mir. Er hat mir oft geholfen und war da für mich, wenn ich jemanden brauchte. Ich sah es als Chance, ihm etwas davon zurückzugeben. Das war zunächst mal alles."

Er atmete tief durch, und ich wartete darauf, dass er etwas sagte, das alles, was er zuvor gesagt hatte, wiedergutmachen würde. Denn im Moment war definitiv nichts gut.

„Und dann hab ich dich kennengelernt, und von der ersten Sekunde an wusste ich, dass es niemals nur das sein könnte. Eine Art wohltätige Mission. Du warst … einfach du. So schön und witzig und schlau, und ich wollte einfach nur die ganze Zeit mit dir zusammen sein. Du … machst süchtig, Jos. Ich kriege einfach nicht genug von dir. Du siehst, wie das die Sache verkompliziert. Ich bin mir ziemlich sicher, so hat deine Schwester das nicht gemeint, als sie mir das Versprechen abnahm, dafür zu sorgen, dass dir nichts passiert. Dich zu küssen und beinahe noch andere Dinge mit dir zu tun gehörte sicher nicht mit zu dem Deal, und wenn sie es wüsste, würde sie mich vermutlich auf der Stelle umbringen."

Da hatte er nicht ganz unrecht. Renee würde ihn bei lebendigem Leib häuten, wenn sie wüsste, was er auf der Couch im Jungskeller getan hatte – und was er beinahe getan hatte. Und dann würde sie eine sehr lange und äußerst plastische Vorlesung über sexuell übertragbare Krankheiten halten, inklusive einer Demonstration, wie ein Kondom zu benutzen ist. Das hatte ich schon ein paar Mal hinter mich gebracht, und ich konnte gut auf ein weiteres Mal verzichten. Was diese Art von „Gespräch" betraf, hatte ich schon mehr von Renee erfahren, als ich jemals wollte. Das war vermutlich der Grund, weshalb ich so willig an meiner Jungfräulichkeit festhielt.

„Ich schwöre, Jos, ich hatte nicht vor, mich in dich zu verlieben. Ich hab versucht, es aufzuhalten, aber ich hatte keine Chance. Es ist unmöglich, sich nicht in dich zu verlieben." Ich unterdrückte ein Lachen.

„Was ist daran so lustig?"

„Du sagst, es ist unmöglich, sich nicht in mich zu verlieben. Hast du mich schon mal angeschaut? Siehst du nicht, was ich gerade anhabe? Ich bin nicht gerade ein Supermodel. Und sehr nett bin ich auch nicht. Ich bin mehr als einmal gemein zu dir gewesen. Ich bin nicht so ein Mädchen, von dem alle Jungs träumen, wenn sie sich einen runterholen. Das war ich vielleicht mal, aber jetzt bin ich das definitiv nicht mehr."

„Und das, mein liebster Rotschopf, ist genau der Grund, weshalb es unmöglich ist, sich nicht in dich zu verlieben. Gleichgültigkeit ist verdammt sexy. Dir ist egal, was die Leute von dir denken." Oh, wie falsch er lag. Er hatte keine Ahnung, wie wichtig mir das immer noch war. Das war der Grund, weshalb ich nicht wollte, dass irgendwer etwas von meinem Blog erfuhr – oder von meinem neuen Job bei der Zeitung. In meinem alten Leben hatte sich alles darum gedreht, was die Leute von mir dachten. Das konnte ich nicht so einfach abschalten.

„Das ist mir nicht egal, Dusty. Es ist mir sehr viel weniger egal, als es sein sollte." Wieso fühlte ich mich auf einmal, als würde ich gleich wieder anfangen zu heulen?

„Oh, Rotschopf." Er streckte die Hand aus, um mein Gesicht zu streicheln, doch ich wich zurück.

„Nein. Nur weil du all die netten Sachen zu mir sagst, macht es das alles nicht ungeschehen. Warum hast du mir das nicht gleich erzählt?"

Seufzend ließ er die Hand in den Schoß fallen. „Weil ich es zuerst nicht durfte, und dann, nachdem ich dich kennengelernt hatte, nicht wollte. Ich dachte, ich könnte einfach so weitermachen und für immer und ewig mit einem unerwiderten Ständer rumlaufen. Ich hatte das alles genau durchgeplant."

„Klingt so." Ich war nicht überzeugt.

„Das hat mich total verrückt gemacht, Jos. Du hast mich verrückt gemacht. Und jetzt gerade in diesem Moment machst du mich auch verrückt. Es macht mir etwas aus, dass du sauer auf mich bist, und ich weiß, dass ich mich schlecht fühlen sollte, weil ich dich angelogen habe, aber alles, woran ich denken kann, ist, dich wieder zu küssen und herauszufinden, was sich unter dem ganzen Stoff verbirgt, den du da anhast." Er hielt seine Hände vor ... Oh.

„So schlimm, ja?" Ich werde nicht lügen, ich hatte dasselbe Problem. Bei mir war es nur nicht so offensichtlich, doch mich ließ das Ganze auch nicht kalt.

„Du machst dir keine Vorstellung."

„Ach, unterschätz mich da mal nicht." Meine eigene „Vorstellung" machte sich ebenso bemerkbar. Und zwar mit aller Deutlichkeit. Ich würde das zu Ende bringen müssen, was wir vorhin im Keller gestartet hatten. Die Frage war, würden wir es gemeinsam zu Ende bringen, oder würde ich ein Solokonzert geben?

„Ich hab's dir gesagt, Jos, ich hab nicht gerade die sauberste Vergangenheit."

„Das ist mir egal. Ich bin auch nicht mehr die Unschuld in Person. Scheiß auf Unschuld. Ich bin immer noch sauer auf dich, aber kann ich das vielleicht einfach auf Pause stellen und morgen weiter sauer sein, damit du mich jetzt küsst?"

Er lehnte sich nur ein winziges Stück näher zu mir herüber. „Wenn es das ist, was du willst. Verdammt, ich weiß genau, dass ich das will, aber wir machen es nur, wenn du es auch willst."

Und wie ich das wollte.

„Dusty?"

„Ja?"

„Könntest du aufhören, ein Gentleman zu sein, so für, keine Ahnung, eine kleine Weile?"

Ein sexy Lächeln breitete sich auf seinen Lippen aus.

„Ich glaube, das krieg ich hin."

Knutschen im Auto war nicht ganz so nett wie knutschen auf der Couch. Es waren viel zu viele Sachen im Weg – zum Beispiel der spitze Gangschalthebel, der darauf aus zu sein schien, uns zu nerven.

„Rücksitz", sagte ich schließlich, nachdem ich zum dritten Mal versucht hatte, auf Dusty zu klettern und zum dritten Mal gescheitert war. Wir stiegen beide aus dem Auto und trafen uns auf der Beifahrerseite, wo er mich gegen das Auto presste und aufs Heftigste meinen Mund attackierte. Vielleicht würden wir es noch nicht mal bis auf den Rücksitz schaffen. Ich war mir bewusst, dass es eiskalt draußen war, doch mein Körper stand in Flammen.

Dusty griff um mich herum und öffnete die hintere Autotür.

„Oh, Mist. Gib mir eine Sekunde." Sein Rücksitz war das völlige Chaos, vollgemüllt mit Unibüchern, Klamotten und allem möglichen Jungskram. Er fegte alles auf den Boden und versuchte, den Sitz so sauber zu bekommen, wie es nur ging, während ich draußen wartete.

„Das reicht." Ich schob ihn zur Seite und hechtete auf den Sitz, wobei ich ihn am Sweatshirt packte und gleich mit mir zog.

„Scheiße! Hab ich dir wehgetan?" Ein kleines bisschen, aber das war mir egal. Er setzte sich rittlings auf mich und zog die Tür hinter sich zu.

„Alles okay. Komm her."

Sweatshirts waren sehr gut, um jemanden daran zu ziehen, stellte ich fest. Sein Mund kehrte zu meinem zurück, und seine Hände fuhren fort, über meinen Körper zu wandern, unter meine Klamotten zu tauchen und sich zu Stellen durchzukämpfen, die sie noch nicht kannten. Das … das war Leben. Reines, leidenschaftliches Leben.

Er hielt inne und wich ein Stück zurück, um mich im Dunkeln anzusehen. Die Straßenlaternen tauchten alles in einen orangefarbenen Lichtschein. „Du bist so schön. Wie kannst du nur so schön sein?"

„Du bist auch nicht gerade übel." Ich wollte nicht, dass er sich zu viel darauf einbildete, aber je länger ich ihn ansah, desto klarer wurde mir, wie umwerfend er aussah. Das hatte ich bisher ganz gut verdrängt.

„Jos, ich will so wahnsinnig gerne hiermit weitermachen", sagte er und zog meinen Pulli zur Seite, damit er mich auf das Schlüsselbein küssen konnte, „aber ich glaub nicht, dass der Rücksitz meines Autos der richtige Ort dafür ist. Du bist keine Rücksitzliebschaft."

„Das will ich mal hoffen", erwiderte ich, während er mich weiterküsste und sich dabei immer tiefer vorarbeitete. Obwohl er behauptet hatte, die Pausentaste drücken zu wollen, tat er alles andere als das. Er hatte jedoch recht. Ich wollte meine erste sexuelle Erfahrung nicht auf dem Rücksitz eines Autos machen, auf dem mich ein Stift oder irgendetwas anderes Spitzes die ganze Zeit über in den Hintern pikste.

„Du hast recht, du hast recht." Ich keuchte bereits ein wenig, und er hatte definitiv wieder einen Ständer.

„Ich glaube nicht, dass sich mein Schwanz jemals wieder von deiner Nähe erholen wird", sagte er und stützte sich auf die Ellbogen.

„Na ja, zur Not könntest du dir eins von diesen Dingern besorgen, die sie im Mittelalter benutzt haben. So ein Harnisch, der innen scharfe Metallspitzen hat, die jedes Mal, wenn du ..."

Er küsste mich auf den Mund, sodass ich den Satz nicht beenden konnte. „Ich flehe dich an. Bitte hör auf, davon zu reden, Rotschopf."

„Ich hab nur versucht zu helfen. Wenn du willst, kann ich das auch auf andere Art tun." Ich griff nach seiner Hose, woraufhin er versuchte, zurückzuweichen, mit dem Ergebnis, dass er sich den Kopf am Autodach stieß.

„Scheiße!“ Ich hätte mir vielleicht Sorgen um die Unversehrtheit seines Schädels machen müssen, doch ich musste einfach nur lachen.

„Du … behalt einfach nur deine Hände bei dir. Ich kümmere mich schon darum.“ Er rieb sich den Kopf.

„Armes Baby.“ Ich stützte mich auf die Ellbogen und befühlte sanft seinen Scheitel. Ja, das würde definitiv eine Beule geben. Ich küsste meine Fingerspitzen und berührte seinen Kopf damit.

„Es ist spät. Du solltest ins Bett gehen.“ Ich wünschte, ich könnte ihn bitten, mit mir zu kommen und sich vor dem Morgengrauen wieder aus dem Haus zu schleichen, aber mit der im Nebenraum schlafenden Hannah standen die Chancen verdammt schlecht, unentdeckt zu bleiben. Außerdem konnten wir nicht wirklich tun, was ich tun wollte, ohne dass im Raum nebenan gewisse Geräusche zu hören sein würden. Diese Wände waren verdammt dünn. Allerdings war da ja auch noch die Dusche …

„Gute Nacht, Rotschopf.“ Ich bekam einen letzten keuschen Kuss auf den Mund, bevor er aus dem Auto stieg und mich hinter sich herzog.

„Gute Nacht, Dusty.“ Das war jetzt mal ein ziemlich normaler Abschied. Endlich hatte ich den Dreh raus. Ich ging, so langsam ich konnte, zurück zum Haus.

„Jos?“ Ich hatte darauf gewartet, dass er noch einmal nach mir rufen würde.

„Ja?“ Ich drehte mich um und ging auf ihn zu.

„Hättest du Lust, morgen vorbeizukommen? Bei mir zu Hause?“

„Du meinst in deine Bruchbude?“

„Ja. Ich werde sie so für dich herrichten, dass sie so wenig scheiße wie möglich ist. Aber ich hab gedacht, das ist einer der wenigen Orte, an denen wir uns treffen können … ohne dass uns jemand beobachtet. Ich möchte Zeit mit dir verbringen, ohne dass jemand reinplatzt.“ Oh. *Oh.*

Er musste auf meinem Gesicht abgelesen gesehen haben, wie der Groschen langsam bei mir fiel.

„Nein, das ist definitiv nicht der Grund, warum ich dich einlade."

„A-ha."

Er warf mir einen strafenden Blick zu. „Jos."

„Okay, okay. Ja, ich würde sehr gerne vorbeikommen. Macht es dir was aus, wenn ich es Hannah erzähle? Dann kann sie mein Alibi spielen. Denn ich schätze mal, wir sollten das erst mal geheim halten?"

„Sie wirkt wie ein Mädchen, das ein Geheimnis für sich behalten kann. Außerdem glaube ich, dass sie sich fast so sehr wünscht, dass wir mal alleine sind, wie ich." Das stimmte definitiv.

„Also, dann morgen?", fragte er. „Ich schreib dir eine SMS."

„Morgen."

Ich war jetzt an den Stufen angelangt und schaute mich noch ein letztes Mal um.

„Ich werde die Minuten zählen", sagte er ruhig, ohne den Blick von meinem Gesicht abzuwenden.

„Ich auch."

17. KAPITEL

Mich zurück ins Haus zu schleichen stellte sich als leichte Übung heraus, und ich erreichte mein Bett, ohne dass es jemand mitbekam.

Obwohl ich nur ein paar Stunden unruhigen Schlafs abbekommen hatte, wachte ich am nächsten Morgen so freudig auf wie früher am ersten Schultag. Ja, ich war eins dieser Kinder gewesen, die es nicht abwarten konnten, dass der Sommer vorbei war und die Schule wieder anfing. In gewisser Weise war die Schule mein sicherer Zufluchtsort vor dem Chaos gewesen, das in den zahllosen Häusern herrschte, in denen ich gewohnt hatte. Die Schule hatte einen Sinn. In ihr fand ich Ordnung und Struktur zu einer Zeit, in der ich beides brauchte.

Ich war sogar vor Hannah auf, doch als ich vom Zähneputzen aus dem Bad kam, bewegte sie sich unter der Decke.

„Sieht dein Haar morgens immer so spektakulär aus?" Es sah aus, als hätte ein Stylist Stunden damit verbracht, es so hoch zu toupieren, wie es nur ging.

Sie versuchte, es zu glätten, musste jedoch bald aufgeben.

„So ziemlich. Und wenn du es irgendwem sagst oder ein Foto davon machst, bringe ich dich um." Sie gähnte und kam taumelnd auf die Beine. „Darf ich duschen?"

„Klar. Handtücher sind im Schrank, und du kannst auch sonst alles benutzen, was du willst. Brauchst du irgendwelche Klamotten?"

„Ja, das wär super." Hannah war zwar größer als ich, doch ich fand eine Hose, die ich selbst immer umkrempeln musste, und ein T-Shirt, das ihr passte.

„Wir stehen uns zwar nahe, aber ich weiß nicht, ob ich schon so weit bin, die Unterwäsche mit dir zu teilen", sagte sie. „Ich behalt einfach meine an."

„Klingt gut. Hör mal, ich wollte dich um einen Gefallen bitten, wenn du etwas wacher bist."

Sie hielt den Daumen in die Höhe und schlurfte ins Bad.

Während Hannah duschte, ging ich hoch, um zu sehen, wer schon auf war. Mase lag halb auf dem Esstisch, eine dampfende Tasse Kaffee stand nur Millimeter von seinem Gesicht entfernt. Darah schloss gerade gähnend den Kühlschrank und fuhr sich mit den Fingern durchs Haar. Ich hatte es noch nie so unordentlich gesehen. Definitiv Sexhaar. Wenigstens eine, die letzte Nacht welchen hatte. Na ja, jedenfalls mit jemand anderem als mit der eigenen Hand, worauf ich mich hatte beschränken müssen, nach allem, was mit Dusty gewesen war. Es war der großartigste Sex gewesen, den ich jemals mit mir selbst gehabt hatte.

„Soll ich ein paar Eier machen?", fragte Darah an Mase gewandt. „Hey, Jos. Habt ihr gut geschlafen, du und Hannah?"

„Ja, super", log ich durch meine zusammengepressten Zähne.

Mase murmelte irgendwas Unzusammenhängendes.

„Hey, ich kann nichts dafür, Babe", sagte Darah.

Taylor und Hunter kamen herunter, gefolgt von Renee und Paul, während Darah die Pfanne herausholte und anfing, Eier zu braten. Ich beschloss, ihr zu helfen, indem ich eine Riesenmenge Toast röstete und jedem, der in die Küche kam, eine Tasse Kaffee reichte.

Hannah tauchte aus dem Keller auf und sah bedeutend munterer aus. Ich reichte ihr eine Tasse Kaffee, während sie sich die Haare mit einem Handtuch trocken rubbelte.

„Zucker?" Ich nahm die Zuckerdose und fing an, welchen in ihre Tasse zu löffeln. „Sag Bescheid, wenn ich aufhören soll."

Ich hatte schon ungefähr vier Löffel hineingetan, als sie Stopp sagte.

„Das ist ja widerlich", sagte ich und nippte an meinem Ingwer-Zitronen-Tee. Mittlerweile war ich definitiv abhängig von dem Zeug.

„Mir doch egal", sagte sie und setzte sich auf einen der letzten freien Stühle. Es war Sonntag, das hieß, Putzen war angesagt – aber es sah so aus, als würde es noch eine Weile dauern, bis es dazu kam.

Mein Handy vibrierte in meiner Kapuzenpullitasche.

Okay, ich kann nicht mehr warten. Kannst du kommen … und zwar ungefähr jetzt?

Diesmal konnte ich die Ungeduld, die in den kleinen schwarzen Buchstaben steckte, beinahe fühlen. Vielleicht war es aber auch nur meine eigene.

Ich tippte eine Antwort.

Ich muss erst Hannah nach Hause fahren. Und mir was Hübsches anziehen.

Er antwortete innerhalb des Bruchteils einer Sekunde.

Du siehst immer hübsch aus.

Arschkriecher. Aber: nein. Und ich muss noch duschen.

In einer Stunde dann?

In einer Stunde.

Ich konnte meine Aufregung kaum bändigen. Dann vibrierte mein Handy wieder.

Bring Socken mit. Brandneue.

Wie bitte? Vielleicht hatte er etwas anderes schreiben wollen, aber die Autokorrektur hatte dazwischengefunkt.

Socken?

Ja, genau. Socken.

Ich konnte mir genau vorstellen, wie er das mit einem Lächeln auf dem Gesicht schrieb.

Willst du Puppen basteln? Das fände ich etwas seltsam.

Ich konnte mir nichts vorstellen, was man mit Socken machen konnte, das irgendwie sexy wäre. Aber na ja, ich war ja auch noch Jungfrau. Vielleicht war das etwas, was ich noch lernen musste. Ich führte eine kurze Internetrecherche durch, fand jedoch nichts Erhellendes.

Du wirst schon sehen. Komm schnell. Und bring Socken mit.

Ich würde am Walmart anhalten müssen, um welche zu besorgen. Das klang nach einer Mission, bei der Hannah sicher gerne mitmachen würde.

Sie hatte bereits ihren Kaffee geleert und spülte die Tasse aus.

„Ich sollte mal langsam nach Hause. Hab noch eine Menge für die Uni zu lernen. Und ich brauch Klamotten. Ich würde wirklich gerne eine frische Unterhose anziehen“, sagte sie. Mase erstickte beinahe an seinem Toast.

„Alles okay, Kumpel?“ Hannah warf ihm einen fragenden Blick zu.

„Ja, alles gut. Wie geht's deiner Hand?“

Hannah hielt sie in die Höhe. Ihr Zustand war schwer zu beurteilen, da sie komplett bandagiert war, doch sie schien nicht sehr wehzutun.

„Darf ich noch mal nachsehen?“, fragte Renee. Sobald sie sich vergewissert hatte, dass Hannahs Hand nur geprellt und geschwollen war, kehrte sie zu ihrem Kaffee zurück und starrte weiter ins Leere.

„Ich fahr dich. Ist es okay, wenn ich nur schnell dusche?“ Ich warf ihr einen vielsagenden Blick zu und konnte auf ihrem Gesicht ablesen, wie ihr plötzlich einfiel, dass ich sie noch um einen Gefallen bitten wollte.

„Klar, kein Problem. Hey, hättest du eine Bürste, die ich mal benutzen könnte?“

„Ja, klar." Sie stellte ihre Tasse in das Abtropfgestell und folgte mir nach unten.

Sobald sie meine Zimmertür hinter uns geschlossen hatte, hielt sie mich fest.

„Ich schätze mal, der Gefallen hat was damit zu tun, dass du dich davonschleichen und mit einem gewissen Typen mit wunderhübschen grünen Augen rummachen willst. Hab ich recht?"

„Na ja, sagen wir mal, dass wir uns so ziemlich vertragen haben. Irgendwie zumindest. Jedenfalls wären wir gerne ein bisschen allein. Würdest du daher mein Alibi spielen?"

Sie ging auf die Knie und hielt meine Hand.

„Es wäre mir eine Ehre, dein Alibi zu sein, jedes Mal, wenn du dich mit Dusty treffen möchtest und ihr eure Geschlechtsteile zusammenbringen wollt."

Ich zog meine Hand zurück. „Das klingt nicht sexy. So gar nicht."

Sie zuckte mit den Achseln, und ich ging zu meiner Kommode. Sie folgte mir und schob mich beiseite, während ich versuchte, etwas annähernd Hübsches zu finden.

„Mädchen, du hast eine ernsthafte Outfit-Krise. Wir müssen dir ein paar neue Klamotten besorgen, und zwar schleunigst. Aber wie wär's hiermit, für den Anfang?" Sie zog ein grünes Shirt mit Dreiviertelärmeln hervor, das als blinder Passagier aus meinem alten Leben mitgereist sein musste.

„Das ist süß. Und es betont deine Augen." Dazu wählte sie eine Skinnyjeans, die ich irgendwann gekauft, aber noch nie angezogen hatte.

„Er hat gesagt, ich soll Socken mitbringen. Brandneue."

Sie legte die Klamotten auf meinem Bett aus, ging zu meiner Unterwäscheschublade, suchte die einzige zusammenpassende schwarze Unterwäschegarnitur heraus, die ich besaß, und legte sie ebenfalls auf das Bett. „Wollt ihr Puppen basteln?"

„Genau das hab ich ihn auch gefragt."

Sie zog die Augenbrauen hoch.

„Also gut. Socken." Sie fand ein Paar und legte es zu der übrigen Kleidung. Was die Schuhe betraf, hatte ich keine große Wahl, da Winter war und wir in Maine lebten, wo es einem jederzeit passieren konnte, dass man sich durch den dicksten Schnee kämpfen musste. Das hieß, dass für gewöhnlich Stiefel angesagt waren.

„Ich geh mal duschen."

„Ich bleib hier."

Ich duschte, so schnell es ging, und zog mich an, fragte mich jedoch, was ich mit meinem Haar machen sollte. Dusty schien es zu gefallen, wenn ich es offen trug, doch es war noch feucht, draußen war es kalt, und ich hatte keine Lust auf eine Lungenentzündung. Also nahm ich es hoch und band es zu einem Knoten zusammen. Sobald ich bei ihm angekommen war, würde ich es öffnen und trocknen lassen. Vielleicht würde es durch das Hochstecken sogar ein wenig lockig werden. Na ja, wahrscheinlich eher nicht.

„Wie lautet dein Urteil?", fragte ich und drehte mich um mich selbst, als ich aus dem Bad kam.

„Du brauchst Schmuck. Zusätzlich zu deinem Armband. Weshalb ich dir, als wir letzte Woche shoppen waren, die hier gekauft habe." Sie holte etwas aus ihrer Tasche und reichte es mir. Es waren winzige silberne Ohrstecker, die trompetende Elefanten darstellten.

„Das hättest du nicht tun müssen."

„Hab ich aber. Gefallen sie dir?"

„Ja, sehr. Vielen Dank." Ich umarmte sie kurz und steckte mir dann die Ohrringe an. Sie waren klein und zurückhaltend, was mir gefiel.

„Perfekt. Jetzt müssen wir dir nur noch ein paar Socken kaufen. Ach, übrigens, nimmst du die Pille oder so?"

„Ja, die Pille." Ich hatte angefangen, sie zu nehmen, als ich dachte, dass es mit Matt ernster wurde. Ich weiß, ich hatte nicht vorgehabt, Sex mit ihm zu haben, bevor wir verheiratet waren, aber das hieß nicht, dass es nicht auch früher hätte passieren können. Wahrscheinlich war es vor allem Wunschdenken gewesen. Wenn ich irgendetwas während des Zusammenlebens mit Renee gelernt hatte, dann war es, dass man sich immer selbst schützen musste und es niemals dem Typen überlassen sollte.

„Hast du Kondome?"

Eigentlich hätte das ein total peinliches Gespräch sein sollen, doch aus irgendeinem Grund war es das nicht.

„Meine Schwester hat mir eine Packung geschenkt, als ich zum ersten Mal meine Periode bekommen habe. Kein Scherz." Ich war dreizehn gewesen und so peinlich berührt, dass ich sie in der hintersten Ecke meiner Sockenschublade versteckt hatte. „Und ich finde immer mal wieder welche zwischen meinen Sachen, vor allem im Moment. Es liegt eine Packung in der Schublade da." Ich ging sie holen und steckte sie in eine der kleinen Reißverschlusstaschen in meiner Handtasche.

„Gutes Mädchen. Ich glaube, dann bist du bereit."

„Wir werden keinen Sex haben, Hannah."

„Na ja, aber das wird nicht lange auf sich warten lassen. Ich hab doch gesehen, wie ihr euch anschaut. Die Holzscheite sind ausgelegt und mit Benzin begossen, jetzt muss nur noch jemand ein Streichholz anzünden."

Sie umarmte mich, und dann eilten wir die Treppe hinauf.

„Renee? Ich gehe heute zum Lernen zu Hannah. Wir müssen was für unser Seminar vorbereiten." Das stimmte sogar. Der erste Schritt zu einer guten Lüge war, eine Tatsache zu nehmen, die wirklich stimmte, und darauf aufzubauen.

„Okay. Sei nur vorsichtig. Für heute Nachmittag ist ein Schneesturm angesagt. Falls du stecken bleibst, kann Mase dich abholen." Er hatte einen kleinen Truck mit angebautem Schneepflug, wir mussten also niemanden bezahlen, um die Auffahrt freizuräumen.

Ich war so sehr mit den Vorbereitungen für den Tag beschäftigt gewesen, dass ich gar nicht auf das Wetter geachtet hatte. Ich hoffte, es würde meine Zeit mit Dusty nicht zu sehr verkürzen. Das wäre echt nervig. Andererseits war die Wettervorhersage berühmt dafür, große Stürme vorherzusagen, die niemals kamen. Diesen Winter hatte sie schon mindestens zweimal falschgelegen.

„Das war gekonnt, Jos. Ich bin beeindruckt", sagte Hannah, als wir im Auto saßen, und klatschte mich ab.

„Ich hatte viel Gelegenheit zu üben."

Hannah gab mir noch weitere Ratschläge, wovon die meisten so klangen, als hätte sie sie aus dem Internet oder aus einem Film.

Ich setzte sie ab und musste versprechen, sie am Abend anzurufen und ihr jedes schmutzige Detail zu erzählen.

Dustys Haus war mit der Wegbeschreibung, die er mir gegeben hatte, leicht zu finden. Und er hatte recht: Es war eine Scheißbruchbude. Wie zum Teufel hielt das Haus überhaupt noch zusammen?

Es sah irgendwie so aus, als hätte man drei verschiedene Gebäude genommen, sie zusammengeklebt, aufeinandergestapelt und aneinandergetackert. Ich schickte ihm eine SMS, um ihm zu sagen, dass ich da war, während ich überlegte, was wohl der sicherste Weg zur Eingangstür wäre. Die Veranda war definitiv suspekt. Er schrieb mir zurück, dass es auf der Rückseite des Hauses eine Treppe gebe. Die allerdings nicht viel besser war als die Veranda, wie ich kurz darauf feststellte.

Wenn ich beim Hochgehen sterbe, verklag ich dich von meinem Grab aus.

Ich schaffte es jedoch unbeschadet die Stufen hinauf und klopfte an die Tür.

„Da bist du ja", sagte er, und auf seinem Gesicht breitete sich ein Lächeln aus, das mir die Knie weicher werden ließ als die wackelige Treppe.

„Und ich habe wie befohlen Socken mitgebracht." Ich wusste nicht, was für welche ich mitbringen sollte, also hatte ich drei verschiedene Paare gekauft. Weiße, bunte und ein Paar Kniestrümpfe mit Schottenmuster, die zu hübsch waren, um sie nicht zu kaufen.

„Das sehe ich. Komm rein.“ Er trat beiseite, und ich ging hinein.

„Das ist nicht annähernd so übel, wie ich es mir vorgestellt hatte. Bei dir klang es sehr viel schlimmer.“ Zugegeben, das hier war nicht Yellowfield House, aber die Wohnung war gar nicht so übel. Wir standen in einer winzigen Küche, in der gerade genug Platz für die Küchengeräte auf der einen und einen kleinen Tisch mit zwei Stühlen auf der anderen Seite war. Ein schmaler Flur führte anscheinend zum Rest der Wohnung.

„Soll ich dich rumführen?“, fragte er.

„Gern.“ Ich legte die Socken auf dem Tisch ab und folgte ihm durch den Flur.

„Schlafzimmer, Bad.“ Er zeigte auf die zwei Räume links und rechts von uns. „Und das ist Wohnzimmer, Arbeitszimmer, Bibliothek und Abstellraum in einem.“ Die Wohnung hatte ein wenig die Form einer Sanduhr, doch sie hatte Charme. Die Möbel waren alt und teils notdürftig zusammengeflickt, aber es war nicht dreckig.

„Und das ist Napoleon. Er glaubt, dass er die Weltherrschaft an sich reißen kann.“ Dusty griff hinter die Couch und holte etwas hervor, das wie ein kleines schwarzes Wollknäuel aussah. Bei näherer Betrachtung stellte ich fest, dass es eine kleine Katze mit riesigen blauen Augen war. Dusty wiegte sie in seinen Armen wie ein Baby, und Napoleon miaute, während ich selbst, mitten in Dustys Wohnzimmer, beinahe vor Verzückung gestorben wäre.

Ich hatte schon oft Frauen sagen gehört, wie attraktiv ein Mann mit einem Baby sein konnte, hatte das jedoch nie wirklich nachvollziehen können. Aber Dusty mit einem Kätzchen auf dem Arm, das schnurrt wie ein kleiner Traktor? Einfach nur hinreißend sexy.

„Hier, willst du ihn mal halten?“ Ich hatte nie ein Haustier gehabt. Als Kind hatte ich mir zu jedem meiner Geburtstage und jedes Jahr an Weihnachten eins gewünscht, doch meine Eltern hatten immer nur Nein gesagt. Meistens war der Grund, dass wir gerade in einer Mietswohnung wohnten, in der keine Haustiere erlaubt waren. Ich hatte immer einen Hund haben wollen, doch jetzt konnte ich verstehen, weshalb man sich eine Katze zulegte.

Dusty reichte mir den kleinen Kater, und er miaute mich an.

„Er sagt nur Hallo. Wenn du ihn genau hier kraulst, wird er dich für alle Zeiten lieben." Er kraulte ihn unter dem Kinn, und Napoleon schloss die Augen und fing wieder an zu schnurren. Dusty nahm seine Hand weg, und ich übernahm das Kinnkraulen.

„Ich wusste nicht, dass du eine Katze hast", sagte ich, während Napoleon sich in meine Hand schmiegte.

Dusty setzte sich auf die Couch, die den Großteil des kleinen Raums einnahm.

„Das war auch nicht geplant. Aber dann hat meine Nachbarin von unten einen ganzen Wurf gefunden und mich gefragt, ob ich eine haben will, da konnte ich nicht Nein sagen. Hättest du es gekonnt?"

„Niemals." Ich setzte mich neben ihn, wobei ich aufpasste, dass ich die süße kleine Katze nicht erdrückte. „Es ist wirklich gar nicht so schlecht hier, Dusty." Er hatte die Wohnung gut eingerichtet. Eine Ecke nahm ein Bücherregal mit einigen zerlesenen Taschenbüchern darin ein, und gegenüber von der Couch stand ein alter Fernseher – noch einer von denen, die mit Holz verkleidet waren –, und darauf thronte ein DVD-Player, der völlig fehl am Platz wirkte.

Die Wände waren ziemlich kahl, doch hier und da hingen ein paar Bilder. Es war nicht das, was ich erwartet hatte, aus den wenigen Malen zu schließen, die ich in Wohnungen und Wohnheimzimmern von Jungs gewesen war. Normalerweise gab es immer mindestens ein Poster mit einer halb nackten Frau darauf oder irgendwo einen zerfledderten Playboy sowie jede Menge leere Bierdosen und Chipstüten.

„Sie ist nicht toll, aber wenigstens meine eigene. Und Napoleons. Eigentlich ist sie seine Wohnung, und er lässt mich bei sich wohnen."

Es war still, bis auf Napoleon, der immer noch vor sich hin schnurrte.

„Und, bist du immer noch sauer auf mich?“, fragte Dusty.

Ich wollte nicht lügen. „Ich bin nicht gerade froh über die ganze Geschichte, aber es ist ja nicht nur deine Schuld. Ich werde das mit Renee und unseren Mitbewohnern klären, wenn ich zurück bin.“

„Musst du das wirklich? Ich meine, sie müssen ja nicht unbedingt wissen, dass du es weißt.“

„Aber sie haben mich angelogen, Dusty. Das kann ich nicht einfach so stehen lassen.“

„Da hast du recht.“ Er streichelte Napoleon den Kopf und seufzte. „Also, ich hab da was für dich. Zur Entschuldigung. Oder zumindest als Anfang einer Entschuldigung. Willst du es haben?“

„Hat es was mit den Socken zu tun?“

„Nö.“

Ich hatte keine Ahnung, was es sein konnte. Dusty nahm den inzwischen schlafenden Napoleon von meinem Arm und legte ihn vorsichtig in ein kleines Katzenbettchen, das neben der Couch auf dem Boden stand.

„Bin gleich zurück. Ach, und mach die Augen zu.“ Ich sah ihn fragend an, gehorchte dann aber. Ich hörte, wie er den Raum verließ und ins Schlafzimmer ging. Dann kam er zurück und stellte etwas vor mich auf den Boden.

„Okay, kannst sie wieder aufmachen.“

Als ich die Augen öffnete, stand da ein durchsichtiger Plastikeimer mit einer riesigen Schleife auf dem Deckel. Er war bis zum Rand gefüllt mit …

„Skittles und M&Ms zu gleichen Teilen. Ich hab sie ausgezählt. Wusstest du, dass sie nicht die gleiche Menge in jede Tüte tun? Das hab ich heute um ungefähr fünf Uhr morgens gelernt, als ich nicht aufhören konnte, an dich zu denken.“

„Willst du mir sagen, dass du dich hingesetzt und die alle durchgezählt hast?“ Es mussten Tausende sein.

Er steckte die Hände in die Hosentaschen. „Ja, hat eine Weile gedauert."

Ich sah wieder hinunter auf den Eimer und schüttelte den Kopf. „Du bist so seltsam, Dusty Sharp."

„Ist seltsam gut?"

Ich stand auf, trat über den Eimer hinweg und zog ihn an mich.

„Ja. Seltsam ist großartig." Ich stellte mich auf die Zehenspitzen und küsste ihn. Er nahm die Hände aus den Hosentaschen, legte sie um meine Taille und zog mich an sich. Es fiel mir schwer, mich von seinem Mund zu lösen, der nach Schokolade schmeckte.

„Hast du welche davon gegessen?"

Er grinste.

„Es kam eine ungerade Zahl raus, daher waren ein paar übrig."

„Oh." Ich zuckte mit den Achseln und fuhr fort, ihn zu küssen. Etwas langsamer als letzte Nacht. Sanfter. Es war wie ein vorsichtiger allererster Kuss. Als wüssten wir nun beide, dass wir uns Zeit lassen konnten. Alle meine Sinne wurden geweckt, als er mit den Händen unter mein Shirt fuhr und jede einzelne Nervenbahn in Flammen setzte. Sanft schob er mich mit seinem Körper in Richtung Couch, wobei wir beinahe über den Eimer stolperten. Dann sanken wir nebeneinander auf die Polster, wobei er darauf achtete, mich nicht zu zerdrücken.

Er löste ein paar Haarsträhnen aus meinem Knoten und wickelte sie um seine Finger. „Willst du es heute mal langsamer angehen lassen? Wir haben den ganzen Tag."

„Was meinst du mit langsam? Ich glaube, ich brauche eine kleine Kostprobe, bevor ich mich da festlege", sagte ich mit ernster Miene.

„Ich dachte da an so was", sagte er und küsste mich ganz behutsam auf den Mund, bevor er sich über mein Kinn und meinen Hals weiter nach unten arbeitete. „Und an so was." Er zog mein Shirt zur Seite, sodass eine Schulter freilag, schob meinen BH-Träger zur Seite und küsste mein Schlüsselbein.

„Und so was." Jetzt näherte er sich wieder meinem Mund und ließ seine Hände unter meinem Shirt nach oben gleiten.

„Langsam … gut." Es fiel mir schwer zu reden, weil mein Atem bei jeder Berührung stockte. Er lachte, was mir noch mehr Schauer über den Körper jagte. Oh Gott.

Wir tauschten weiter Zärtlichkeiten aus, und er zupfte an meiner Kleidung, um meine Haut freizulegen, zog sie mir jedoch nicht aus. Was gleichzeitig wunderschön und vollkommen frustrierend war. Auch weil er selbst noch vollständig angezogen war. Ich hatte ihn noch nie ohne Shirt gesehen und war das Warten langsam leid.

Schließlich fing ich einfach an, daran zu ziehen, sodass ihm schließlich nichts anderes übrig blieb, als es auszuziehen.

„Das wurde auch langsam Zeit", sagte ich und betrachtete seine trainierten Muskeln, die ich bisher nur gefühlt hatte. Sie zu sehen war jedoch noch einmal etwas ganz anderes. Er war gut gebaut, aber nicht auf eine übertriebene Art. Einfach nur … auf eine total perfekte Art. Und ich bekam nun auch zum ersten Mal sein Tattoo zu sehen.

Es bestand aus zwei identischen chinesischen Schriftzeichen. Ich hatte keine Ahnung, was sie bedeuteten, nahm mir jedoch vor, ihn später danach zu fragen. Obwohl ich selbst keine Tattoos hatte, hörte ich immer gerne die Geschichten, die hinter denen anderer Leute steckten. Dustys erinnerte mich an ein Tattoo, das ich schon einmal gesehen hatte. Aber ich hatte keine Ahnung, was es bedeutete. Ich hoffte nur, dass es nicht so was wie „Gangster Forever" hieß.

„Wow", sagte ich, bevor ich mich seinem Mund näherte. Ich ließ meine Finger über seine glühende Haut gleiten und gab ihm kleine Küsschen entlang seinem Hals.

„Fuck, Joscelyn." Ich liebte es, wenn er meinen vollen Namen sagte. Als hätte er Sex mit ihm. So richtig guten Sex. „Wenn wir noch viel weitergehen, kann ich irgendwann nicht mehr aufhören, und ich glaube, dafür sind wir beide nicht bereit. Noch nicht."

Er hatte recht, doch ich wollte nicht, dass er recht hatte. Mein Körper schrie so laut, dass ich nichts anderes hörte.

„Weißt du, du bist nicht wirklich fair. Du kannst mich nicht so scharfmachen und dann erwarten, dass ich es einfach ... wieder abschalten kann."

„Hast du eine Ahnung, wie oft ich mir schon einen runterholen musste, seit ich dich kenne? Ich fühle mich wieder wie mit zwölf, als ich mich dafür im Bad verstecken musste und jedes Mal gebetet habe, dass meine Eltern nicht reinkommen."

„Das ist widerlich", sagte ich und legte die Hände an seine Brust, als wollte ich ihn wegschubsen.

„Oh, erzähl mir nicht, dass du es dir nicht gemacht hast." Ich traute meinen Ohren kaum.

„Heute nicht." Das war eine glatte Lüge. Denn genau genommen war der heutige Tag schon angebrochen, als er mich angerufen und wir unsere kleine Session auf dem Rücksitz seines Autos gehabt hatten.

Er kletterte von mir herunter und sah auf seine Hose. Kopfschüttelnd nahm er sein Shirt und zog es wieder an.

„Jedes Mal, bevor ich dich sehe, sage ich mir, dass ich es kontrollieren kann, aber dann kann ich es doch nie", sagte er, als würde er zu der Beule in seiner Hose sprechen und nicht zu mir.

„Redest du dir selbst gut zu?"

Er warf verzweifelt die Hände in die Luft. „Warum kannst du nicht abhauen?" Ja, er redete definitiv mit seinem Teil.

„Ich werde aufhören, so ... verführerisch zu sein", sagte ich und zog meine Kleidung zurecht, sodass alles bedeckt war.

„Oh, Rotschopf. Du kannst nicht damit aufhören. Es ist einfach ... du musst noch nicht mal irgendwas machen. Du könntest einfach hier sitzen und rein gar nichts tun und würdest mich trotzdem scharfmachen."

Tja, mir ging es mit ihm genauso.

„Vielleicht sollte ich mal in der Nase bohren oder auf den Boden rotzen. Wie wär's damit?", fragte ich.

„Das würde ich einfach nur entzückend und hinreißend finden." Napoleon war aufgewacht und schrie in seinem Bettchen. Dusty ging zu ihm und nahm ihn hoch. Er hielt ihn vor sein Gesicht und gab ihm einen Kuss. Oh mein Gott.

„Hilft dir Napoleon bei deinem Problem?" Da ich keinen Penis besaß, war mir nicht ganz klar, wie das Ding funktionierte. Ich hatte zwar Brüder, aber die waren alle jünger, und außerdem war das nicht gerade ein Gesprächsthema für den Abendbrottisch.

„Ein bisschen. Ich komm drüber hinweg. Hoffe ich. Hab schon Schlimmeres erlebt."

Er sah weiter Napoleon an und nicht mich, während ich nicht aufhören konnte, auf seine Hose zu starren. Es hätte eigentlich eine total schräge Situation sein müssen, doch Dusty machte einfach keine große Sache daraus.

„Tut es weh?"

„Mir geht's gut, Rotschopf. Du brauchst dir keine Sorgen um meinen Schwanz zu machen." Vielleicht wollte ich mir ja Sorgen um ihn machen. Doch er ließ mich eindeutig nicht in seine Nähe, also öffnete ich den Deckel des mit M&Ms und Skittles befüllten Eimers und nahm eine Handvoll heraus.

„Ist gar nicht so schlecht. Sie zusammen zu essen, meine ich", sagte er und zog eine Grimasse, da Napoleon seine Nase mit den Pfoten bearbeitete. „Schmeckt wie mit Schokolade überzogene Früchte."

„Genau", sagte ich und zerbiss krachend ein M&M.

„Möchtest du vielleicht irgendetwas anderes essen? Sorry, dass ich dir nicht gleich was angeboten habe." Er ging mit Napoleon in die Küche und warf einen Blick in den Kühlschrank. „Ich hab nicht viel, da ich, wie du weißt, nicht kochen kann."

Ich folgte ihm und genoss seine Rückansicht. Er hatte einen tollen Arsch. Obwohl seine Hose so tief hing, war das nicht zu übersehen. Ach ja, da war ja noch was …

„Wie bleibt deine Hose eigentlich oben?" Er schloss den

Kühlschrank und drehte sich mit einem Stück Käse in der Hand zu mir um.

„Was?"

Ich deutete auf seine Hose.

„Wie deine Hose oben bleibt. Das wollte ich dich schon seit Wochen fragen." Ich setzte mich auf einen der wenigen vorhandenen Stühle, während er ein Messer aus der Schublade holte und anfing, den Käse klein zu schneiden.

„Kannst du ihn mal halten? Er lässt sich nicht gerne absetzen, das kleine Monster." Er reichte mir Napoleon, der zunächst etwas verstimmt darüber war, dass Dusty ihn aus dem Arm gegeben hatte, sich jedoch sofort wieder entspannte, als ich anfing, ihn unter dem Kinn zu kraulen.

„Ich trage einen Gürtel, wie du sehen kannst." Er zog sein Shirt hoch und zeigte ihn mir. Ja, den hatte ich vorhin bemerkt und überlegt, wie ich ihn auf eine möglichst sexy Art und Weise aufmachen konnte.

„Aber deine Hosen sind so weit." In seinem jetzigen Zustand waren sie gerade weit genug, aber sonst war massig Platz darin. „Die verstoßen gegen alle Gesetze der Schwerkraft." Napoleon fing an, mit meinem Finger zu spielen, also bewegte ich ihn ein wenig, damit er ihn angreifen konnte. Er machte einen Sprung auf ihn zu und purzelte dabei beinahe von meinem Schoß.

„Ähm, Jos?" Ich sah auf, um festzustellen, dass Dusty mich mit hochgezogenen Augenbrauen ansah.

„Ja?"

„Über meine Hose zu sprechen ist in meiner momentanen Lage nicht gerade hilfreich." Er deutete auf die Stelle. Wie lange würde das noch dauern? Sollte ich ihm vielleicht anbieten zu gehen?

„Stimmt wohl." Ich fuhr fort, Napoleon zu kraulen, während Dusty den Käse zusammen mit Crackern auf einem Pappteller anrichtete.

„Willst du?" Er hielt mir den Teller hin, und ich griff zu. Ich war zwar nicht hungrig, wusste aber auch nicht, was ich sonst tun sollte.

Dusty holte zwei Gläser aus dem Schrank, schenkte uns Wasser ein und setzte sich. Vermutlich war es so bequemer für ihn.

„Also, was ist jetzt eigentlich mit den Socken?“, fragte ich in dem Versuch, das Thema zu wechseln.

Er lächelte, nahm ein Paar in die Hand und öffnete die Verpackung.

„Ich weiß nicht, ob es dir aufgefallen ist, aber die ganze Wohnung ist mit Linoleum ausgelegt. Und wie du sicher weißt, kann Linoleum sehr rutschig sein, vor allem, wenn es frisch geputzt ist und man neue Socken anhat. Lass uns also Napoleon zurück in sein Bettchen legen, und zieh dir ein Paar Socken an die Füße, Rotschopf.“

„Sockengleiten? Du willst ernsthaft mit mir auf Socken rumrutschen?“, fragte ich, nachdem Dusty Napoleon in sein Schlafzimmer eingeschlossen hatte, damit wir nicht aus Versehen über ihn stolperten.

„Ich habe viel Freizeit“, sagte er und zog sich ein Paar neue Socken an, während ich das Gleiche tat. „Und früher habe ich diese Zeit versoffen oder verraucht oder sonst was Idiotisches damit angestellt. Nachdem ich beschlossen hatte, das alles sein zu lassen, musste ich nüchternere Beschäftigungen finden. Du kennst nur mein nüchternes Ich. Mein betrunkenes Ich war sehr viel lustiger.“

„Da bin ich mir nicht so sicher. Du bist jetzt auch ganz schön lustig. Und ich war das früher überhaupt nicht.“ Er nahm mich bei den Händen und zog mich hoch.

„Bereit, Rotschopf?“ Er nahm eine Position ein, die an einen Läufer erinnerte, der auf den Startschuss wartete.

Ich tat es ihm gleich und ging in Startposition. „Bereit.“

„Und … LOS!“ Wir rannten zunächst ein Stück und ließen uns dann gleiten, wobei wir versuchten, das Gleichgewicht zu halten und nicht zusammenzustoßen. Ich kam bis zum Ende des Flurs, und Dusty schaffte es bis in die Küche.

„Das ist nicht fair“, sagte ich, als er zurück zur Tür ging und sich auf eine weitere Rutschpartie vorbereitete.

„Ich hatte viel Gelegenheit zu üben“, sagte er und nahm die Startposition ein. Ich folgte ihm zur Tür, und wir rannten noch einmal los. Diesmal versuchte ich, ihn zu schubsen, doch er wich mir aus, und ich kam wieder ziemlich schnell zum Stehen.

„Betrüger kommen nicht weit, Rotschopf.“

„Mir doch egal.“

„Oh nein, nicht schmollen. Das ist einfach zu süß. Komm.“ Er stellte sich vor mich und hielt mir die Hände hin. Dann fing er an, rückwärts zu laufen und mich zu ziehen. Ich hatte ein wenig Angst, über etwas zu stolpern, war jedoch zu sehr damit beschäftigt, zu quietschen, während ich durch die gesamte Wohnung hinter ihm her glitt.

„Noch mal“, sagte ich, sobald wir am anderen Ende angekommen waren.

„Lass uns mal das hier versuchen.“ Er ging mein Sweatshirt holen, band es um seine Taille und gab mir die Ärmel in die Hand. Das Ganze erinnerte mich ein wenig an ein Hundeschlittenrennen. Er lief los und ich glitt hinter ihm her. Dusty hatte recht – die neuen Socken funktionierten großartig.

Wieder und wieder durchquerten wir so die ganze Wohnung, bis wir beide vor Anstrengung keuchten und zu sehr lachen mussten, um weiterzumachen. Wir ließen uns auf die Couch fallen, und er legte den Arm um mich und zog mich an sich.

„Ist das erlaubt?“ Ich wandte ihm mein Gesicht zu und sah ihn an.

„Ich glaube, ich habe mich im Griff. Für den Moment jedenfalls. Wir müssen nur gleich mal Napoleon wieder reinlassen.“ Als ob er seinen Namen gehört hätte, drang genau in diesem Moment ein Miauen aus dem Schlafzimmer.

„Armer Kleiner. Ich geh ihn mal holen.“

Ich öffnete die Schlafzimmertür, während Dusty unüberhörbar in meinem Süßigkeiteneimer wühlte.

„Du solltest besser nicht deine Pfoten in meine Süßigkeiten stecken“, rief ich, während ich die Gelegenheit nutzte, mich in seinem winzigen Schlafzimmer umzusehen. Der Platz reichte gerade für ein Bett, eine Kommode, einen Wäschekorb und noch ein paar Kleinigkeiten. Ich nahm den weinenden Napoleon hoch und knuddelte ihn.

„Ist schon gut, Kleiner.“ Ich gab ihm einen Kuss, und er leckte mir das Gesicht.

„Danke, das hatte ich nötig.“ Ich schnüffelte nicht wirklich herum, doch ich war neugierig, mehr über Dusty zu erfahren. Ich wusste bisher so wenig über ihn. Er war sauberer, als ich gedacht hatte. Auf der Kommode entdeckte ich schließlich einen einsamen Bilderrahmen und nahm ihn in die Hand.

Darin war ein Foto von Dusty, das ein paar Jahre alt zu sein schien und auf dem er den Arm um einen anderen Typen gelegt hatte. Einen Typen, den ich kannte.

Das Bild rutschte mir aus der Hand und fiel krachend zu Boden.

„Jos!“ Dusty hörte das Splittern des Glases und kam hereingerannt. „Was ist passiert?“

„N-nichts. Ich hab nur … was fallen gelassen.“

„Sei vorsichtig. Komm hier rüber. Ich will nicht, dass du auf das Glas trittst.“ Er zog mich zur Seite, da wir beide noch immer nur Socken anhatten.

„Ich hol den Besen“, sagte er und ließ mich mit dem Kätzchen auf dem Arm stehen.

Wie war das möglich? Wie konnten die beiden auf demselben Foto sein? Sie mussten sich eindeutig nahestehen, wenn es ein gemeinsames Bild von ihnen gab.

„Wer ist das auf dem Bild?“, platzte es aus mir heraus, als er zurückkam. Ich hütete mich, seinen Namen auszusprechen.

„Was?“ Er hielt inne, den Besen in der Hand.

„Der andere Typ da auf dem Bild. Woher kennst du ihn?“

Und dann sagte er den Satz, der mir den Boden unter den Füßen wegzog.

„Das ist mein Bruder.“

18. KAPITEL

Ich ließ beinahe Napoleon fallen. Nathan war Dustys Bruder. Wie war das möglich?

Ich öffnete den Mund, brachte jedoch keinen Laut hervor. Nur ein einziger Gedanke raste durch meinen Kopf. Immer wieder dieselben zwei Worte. *Hau ab, hau ab, hau ab.*

„I-ich muss gehen. Sofort." Ich setzte Napoleon in seinen Korb und drückte mich an Dusty vorbei.

„Jos, was ist los?" Alles. Verdammt noch mal alles. Ich schnappte mir meine Tasche und meine Schlüssel und stürzte die Treppe hinunter. Wenn sie einbrechen und mich mit sich reißen würde, wäre das vielleicht gar nicht so schlecht. Dann würde ich Dusty niemals erzählen müssen, weshalb ich Panik bekommen hatte und aus seiner Wohnung geflohen war, nachdem ich ein Bild von seinem Bruder fallen gelassen hatte, von dem ich noch nicht mal wusste, dass er ihn hatte. Ein Bruder, der jetzt tot war.

Dusty rannte mir nach, die Treppe hinunter, doch ich hatte einen guten Vorsprung.

Scheiße, ich hatte noch nicht mal meine Schuhe an. Ich stieg in mein Auto und fuhr mit quietschenden Reifen davon. Fort von seinem Haus in Richtung des einzigen Ortes, der mir in diesem Moment einfiel. Tränen strömten über meine Wangen, und ich musste sie immer wieder wegwischen, um etwas sehen zu können und nicht in ein anderes Auto zu krachen. Die ersten Schneeflocken fielen vom Himmel, doch es war noch zu warm, als dass sie liegen bleiben würden.

Es war ein Riesenwunder, dass ich es bis zum Parkplatz von Hannahs Wohnheim schaffte, ohne mich selbst oder irgendjemand anderen umzubringen oder lebenslang zum Krüppel zu machen. Da ich nicht wusste, ob sie in ihrem Zimmer war, schickte ich ihr eine SMS, um sie zu fragen und ihr zu sagen, dass ich mit ihr reden musste.

Sie antwortete sofort und stand kurze Zeit später an der Haustür und hielt sie mir auf, da man ohne entsprechende Chipkarte nicht in das Gebäude kam. Als sie meine Tränen sah, zog sie mich eilig hinein und drückte mich an sich.

„Süße, wo sind denn deine Schuhe?“

Ich trug immer noch die brandneuen Socken, die inzwischen jedoch total verdreckt waren.

„Die habe ich irgendwo gelassen.“ Meine Stimme klang roboterhaft.

„Ich habe keine Ahnung, warum du weinst, aber du siehst aus, als hättest du eine dicke Umarmung nötig. Lass uns hochgehen. Meine Mitbewohnerin ist nicht da.“

Wir nahmen die Treppe in den zweiten Stock und gingen einen der vier identisch aussehenden Flure hinunter, die von der Mitte des Gebäudes ausgingen. Ich war erst einmal hier gewesen, und auch damals hatte ich Hannahs Hilfe gebraucht, um mich zurechtzufinden. Auf dem Campusplan hatte Hannahs Gebäude eine beunruhigende Ähnlichkeit mit einem Hakenkreuz.

Sie schloss ihre Zimmertür auf und zog mich hinein.

„Setz dich. Ich mach dir einen Tee, und dann können wir reden.“ Ich ließ mich auf ihren Futon fallen und nahm mir eines ihrer Kissen. Ihr Laptop stand aufgeklappt auf ihrem Schreibtisch und spielte einen Song, den ich als „Howlin’ for You“ von den Black Keys erkannte. Normalerweise hätte ich sie für ihre Musikauswahl gelobt, doch ich war mit den Gedanken ganz woanders.

Mein Handy fing wieder an zu klingeln. Seit ich seine Wohnung verlassen hatte, waren ununterbrochen Anrufe von Dusty eingegangen. Ich hatte sogar das Gefühl gehabt, seinen Golf im Rückspiegel zu sehen, doch ich hatte ihn abgeschüttelt, indem ich so tat, als würde ich nach Yellowfield House fahren, bevor ich wieder in Richtung Hannah abbogen war.

Hannahs Mikrowelle machte Pling, und sie reichte mir eine Tasse Ingwer-Zitronen-Tee.

„Ich hab wegen dir angefangen, das Zeug zu trinken. Wir dürfen keine Kaffeemaschinen haben, und manchmal bin ich zu faul, um in die Mensa zu gehen.“ Obwohl die Tasse brennend heiß war, umklammerte ich sie, als würde mein Leben davon abhängen. Hannah setzte sich neben mich und berührte mich an der Schulter.

„Was ist los, Jos? Ist irgendwas mit Dusty passiert?"

Wieder ging mein Handy.

„Ist er das?", fragte sie, und ich nickte. „Möchtest du mit ihm reden?" Ich schüttelte den Kopf. Sprechen war gerade einfach nicht möglich. Viel zu anstrengend.

Hannah nahm mein Handy, schaltete es aus und warf es auf ihren Schreibtisch.

„So. Jetzt kannst du reden oder auch nicht reden. Wenn du einfach hier sitzen und Buffy schauen willst, dann können wir das auch machen. Was auch immer du gerade brauchst." Sie sah mich an, und es lagen so viel Zuneigung und Sorge in ihrem Blick, dass ich wieder anfing zu weinen. Dusty hatte recht. Ich hatte so viele Menschen in meinem Leben, die alles für mich tun würden. Das verdiente ich gar nicht.

„Ich kann es dir nicht erzählen. Ich … kann einfach nicht." Ich schleppte ihn schon zu lange mit mir rum, diesen Schmerz in meinem Inneren. Ich hatte ihn weggeschlossen und beiseitegeschoben, ihn in die hinterste Ecke meines Bewusstseins verbannt, und dort saß er nun und hinderte mich am Vergessen. Er war ein hinterhältiges kleines Biest, das sich immer bemerkbar machte, wenn ich es am wenigsten erwartete, wenn ich ein wenig unachtsam wurde. Er suchte ständig nach einer Gelegenheit, mir in den Mund zu springen und sich lauthals bemerkbar zu machen. Doch das ließ ich nicht zu. Jetzt nicht und auch in Zukunft nicht.

„Ist okay, Jos. Ich verstehe, dass du es für dich behalten willst. Wirklich. Also, was brauchst du jetzt? Du weißt schon, im Rahmen meiner Möglichkeiten."

„Ich brauche …" Ja, was brauchte ich? Eine Zeitmaschine. Eine Generalüberholung. Ein anderes Leben.

„Du musst mir schon irgendwas liefern, Mädchen, irgendwas, das ich tun kann. Ich bin nicht gut in diesem Gefühlskram.

Kennst du diese Mädchen, die total gut im Trösten sind und immer genau wissen, was sie in so einer Situation zu sagen haben? Ich gehöre nicht dazu." Das brachte mich beinahe zum Lachen, und unter den gegebenen Umständen sollte das schon etwas heißen.

„Ich bin so verwirrt, Hannah." Ich starrte in den Dampf, der aus der Tasse stieg, und nahm einen Schluck. Er schmeckte tröstlich, nach zu Hause und Aufwachen. Wenn er doch nur alle meine Probleme lösen könnte.

„Das habe ich mehr oder weniger verstanden. So zwischen den Zeilen." Ich trank noch einen Schluck und fühlte mich langsam komisch dabei, von Hannah angestarrt zu werden, als wäre ich eine Bombe, von der sie jeden Moment erwartete, dass sie hochging.

„Ich werde nicht explodieren, weißt du." Sie nickte ein paar Mal langsam.

„Ja, ich weiß. Wie gesagt, ich bin nicht so gut in diesen Dingen. Also werden wir jetzt das machen, was ich immer mache, wenn ich unter der Beschissenheit des Lebens leide – Buffy gucken. Das funktioniert. Ausnahmslos." Sie stand auf, ging zu ihrer DVD-Sammlung und zog die erste Staffel Buffy heraus. Ich konnte mich nicht mehr daran erinnern, wo wir aufgehört hatten, doch Hannah anscheinend schon. Sie legte die DVD ein, suchte nach der richtigen Folge und drückte auf Play.

Und aus irgendeinem seltsamen und unerfindlichen Grund hörte ich auf, über das hässliche Biest in meinem Hinterkopf nachzudenken. Ich nahm seine Anwesenheit zur Kenntnis, entschied mich aber, mich auf etwas anderes zu konzentrieren. Zum Beispiel auf ein Teenagermädchen, das Vampire bekämpft. Zu schade, dass mein hässliches Monster kein Vampir war, den ich pfählen und in Asche verwandeln konnte. Das würde das Ganze verdammt viel einfacher machen. Zack, gepfählt. Erledigt.

Während Buffy sich zusammen mit ihren treuen Gefährten Willow und Xander sowie ihrem Wächter Giles durch die Wirren der Highschool kämpfte und Vampire abschlachtete, fragte ich mich vage, ob Dusty zu unserem Haus gefahren war, und wenn ja, was er den anderen sagen würde. Er konnte die ganze Geschichte nicht erzählen, ohne dass er selbst dabei schlecht wegkam, was konnte er also tun? Seltsamerweise hatte ich Renee letzten Endes gar nicht angelogen. Ich war hier bei Hannah. Okay, wir arbeiteten nicht an unserem Uniprojekt, aber ich war an dem Ort, an dem ich gesagt hatte, dass ich sein würde. Ich hatte nur vorher noch einen kleinen Zwischenstopp eingelegt.

Darüber, dass Dusty mich angelogen hatte, hätte ich hinwegkommen können. Aber das hier … das konnte ich nicht. Und er würde es definitiv auch nicht, wenn er davon erfuhr. Er würde mir niemals verzeihen. Er würde mich hassen. Es war sehr viel besser für ihn zu denken, dass ich durchgeknallt war, als zu wissen, dass ich …

Ja, es war sehr viel besser, ihn glauben zu lassen, dass ich durchgeknallt war.

„Hast du Hunger?“, fragte Hannah. „Ich habe Skittles und Cracker, und wir können die guten Kekse von meiner Mitbewohnerin klauen. Sie wird es niemals merken.“ Sie ging zum Schrank ihrer Zimmergenossin und holte eine Schachtel Milano-Kekse hervor. Die hatte ich seit Ewigkeiten nicht gegessen.

Dass Hannah von Essen sprach, erinnerte mich daran, dass ich den großen Süßigkeiteneimer, den Dusty für mich gemischt hatte, bei ihm gelassen hatte. Das war ein Jammer, doch auf keinen Fall würde ich versuchen, ihn zurückzubekommen.

Sie reichte mir die Schachtel, und wir nahmen uns beide einen Keks.

„Was für eine Schuhgröße hast du?“, fragte sie.

Ich wusste, dass ihre Füße ein paar Nummern größer waren als meine.

„Sechsunddreißig.“

„Perfekt.“ Sie stand auf, wühlte hinter dem Bett ihrer Mitbewohnerin und reichte mir schließlich ein Paar billige Turnschuhe zum Reinschlüpfen. „Die hier müssten passen.“

„Ähm, Hanna? Ich klau doch nicht die Schuhe deiner Mitbewohnerin. Das ist ein bisschen fies."

„Ach, komm schon, sie trägt sie nie. Stell dir einfach vor, du hättest sie auf dem Flohmarkt gekauft. Bis auf die Tatsache, dass du nicht für sie gezahlt hast. Du brauchst Schuhe an den Füßen. Kannst sie ja morgen oder so wiederbringen."

Sie hatte nicht ganz unrecht. Es würde etwas komisch aussehen, wenn ich ohne meine Schuhe zurück ins Haus käme. Das würde auf jeden Fall Renees Misstrauen wecken, und es wäre so schon schwer genug, so zu tun, als sei alles normal, ohne mir auch noch Gedanken um meine Füße machen zu müssen.

Ich nahm die Schuhe und schlüpfte hinein. Sie sahen so ähnlich aus wie ein Paar, das ich besaß, Renee würde daher hoffentlich nichts merken. Hannah nahm sich noch einen Keks aus der Packung und wollte gerade die nächste Folge Buffy anstellen, als plötzlich ein lautes Klopfen zu hören war.

„Was zum Teufel …?" Wir lauschten einen Moment, und ein paar Sekunden später ertönte es wieder, nur diesmal noch näher. Es klang, als würde jemand gegen jede einzelne Zimmertür im Flur hämmern.

„Wahrscheinlich irgendso eine bescheuerte Zimmerinspektion. Scheiße, Scheiße, Scheiße." Sie sprang schnell auf, wühlte in ihrem Schrank herum und kramte schließlich ein Handtuch hervor. „Das hier ist eine illegale Mikrowelle, aber solange sie nicht wirklich zu sehen ist, kann ich keinen Ärger bekommen." Sie warf das Handtuch über das Gerät und zog es zurecht, sodass die Mikrowelle vollständig abgedeckt war. Es würde für alle offensichtlich sein, was sie da versteckte, doch ich vertraute ihr.

Das Klopfen kam immer näher. Hannah wohnte hinter der vierten Tür auf diesem Flur. Inzwischen waren auch Stimmen zu hören, doch wir konnten nicht verstehen, was sie sagten.

Hannah schaute sich noch einmal prüfend im Raum um und sah dann durch den Türspion, bevor es Sekunden später an ihrer Tür klopfte.

„Oh", stieß sie überrascht aus.

„Was ist?“

„Sieh selbst.“ Sie trat beiseite, und im selben Moment klopfte es erneut.

Ich legte mein Auge an das kleine Guckloch und sah niemand Geringeren als Dusty, der rief: „Wohnt hier Hannah Gillespie?“

„Scheiße“, flüsterte ich.

Er fluchte und ging weiter zum nächsten Zimmer, und nun konnte ich sehen, dass er den Eimer voll Süßigkeiten und meine Schuhe in der Hand trug, mit der er nicht klopfte. Er hämmerte gegen die nächste Tür und stellte wieder die gleiche Frage, doch es schien niemand da zu sein.

„Oh Mann, du musst mit ihm reden, bevor noch jemand die Campus-Security ruft. Ernsthaft.“ Hannah öffnete die Tür und schob mich hinaus auf den Gang, kam jedoch auch selbst hinterher.

Als er Geräusche hinter sich hörte, drehte Dusty sich um, und unsere Blicke trafen sich. Oh Gott, Scheiße, Scheiße, *Scheiße*.

„Jos.“ Er ging auf mich zu, doch Hannah stellte sich ihm in den Weg und hob die Hand, um ihn aufzuhalten.

„Hör zu, Kumpel. Ich weiß nicht, was zwischen euch beiden passiert ist. Ich muss nur wissen, ob du ihr wehtust, denn ich schwöre, wenn du das tust, dann schneide ich dir den Schwanz ab und zwinge dich, ihn zu essen.“

Dusty wandte den Blick nicht von mir ab.

„Ich hab keine Ahnung, was passiert ist. Du bist einfach abgehauen. Ich habe nach dir gesucht. Ich wusste, dass du entweder nach Hause oder hierher fahren würdest, also bin ich zu eurem Haus gefahren, und als du dort nicht warst, wusste ich, dass du hier bist. Hab ich irgendwas getan? Bitte, ich kann nicht …“ Er ließ den Eimer los, er fiel krachend zu Boden. Zum Glück blieb der Deckel fest darauf. Ein verängstigter Ausdruck huschte über sein Gesicht, und ich dachte schon, er würde gleich anfangen zu weinen. Doch das tat er nicht.

„Bitte, Jos. Ich … kann den Gedanken nicht ertragen, dass ich etwas getan haben könnte, das dich verletzt hat. Damit könnte ich nicht leben.“

Hannah wandte den Blick von Dusty ab und sah mich an.

„Wollt ihr vielleicht ungestört sein? Ich kann woanders hingehen, wenn ihr beide reden müsst. Aber ich glaube, wir sollten unsere kleine Party auf jeden Fall anderswohin verlegen." Als ich endlich den Blick von Dusty löste, stellte ich fest, dass so ziemlich jede Tür entlang dem Flur geöffnet war und mehrere Augenpaare uns anstarrten.

„Ich kann nicht." Das waren die einzigen beiden Wörter, die ich über die Lippen brachte. Dusty stieß einen frustrierten Laut aus und kam auf mich zu, als wäre es ihm völlig egal, ob Hannah ihre Drohung wahr machte.

„Okay, okay, wir beenden jetzt mal die Show hier." Sie packte mich und Dusty am Arm und schob uns in ihr Zimmer. „Ich werde hier draußen bleiben. Wenn du in Schwierigkeiten bist, ruf ‚Buffy', und ich bin sofort da." Sie schloss die Tür hinter uns, und ich hörte, wie sie die Gaffer anschrie, sie sollten sich um ihren eigenen Kram kümmern.

Ich wich zurück in dem Versuch, so viel Raum wie möglich zwischen uns zu bringen, doch er hatte längere Beine und war schneller als ich. Ich dachte schon, er würde mich packen, doch im letzten Moment hielt er sich zurück.

„Joscelyn." Da war sie wieder, die Art, wie er meinen Namen sagte, die sich anfühlte, als würde er Sex mit ihm haben. „Bitte rede mit mir." Seine Stimme brach. „Ich kann dich nicht verlieren. Nicht so."

Ich hatte ihn noch nie so emotional gesehen. So gebrochen. Sonst war er immer so sicher, so selbstbewusst.

„Es liegt nicht an dir, Dusty. Es liegt an mir." Da war sie also. Die lahmste und überstrapazierteste Ausrede in der Geschichte des Schlussmachens. Nur dass sie dieses Mal stimmte. Es lag an mir. Nur an mir.

„Das sagst du doch nur. Es muss doch etwas geben, das ich getan habe." Er streckte die Hände nach mir aus, und ich versteckte meine hinter dem Rücken, um nicht reflexartig nach ihm zu greifen. Ich wollte … ich wünschte mir nichts sehnlicher, als ihm in die Arme zu fallen und ihn meinen Namen sagen zu hören, immer und immer wieder, bis ich alles andere vergessen hatte.

„Ich würde es am liebsten aus dir rausschütteln, aber das will ich nicht. Bitte, bitte, sag es mir." Seine Angst zu sehen war beinahe mehr, als ich ertragen konnte, also schloss ich die Augen. Ich musste mir etwas einfallen lassen. Und zwar schnell.

„Ich ... mir ist nur klar geworden, dass es so nicht geht. Das mit uns kann nicht funktionieren. Es war schön, solange es gedauert hat, aber ich kann das nicht mehr. Es tut mir leid. Es tut mir so leid." Meine Entschlossenheit, nicht zu weinen, brach in sich zusammen, und ich verlor die Kontrolle. So sehr, dass ich nicht mehr stehen konnte und mir die Beine wegknickten. Doch Dusty fing mich auf, bevor ich zu Boden fiel. Ich versuchte, ihn wegzuschieben, doch seine Arme waren stärker. Er schlang sie um mich und drückte mich an sich.

„Oh, Joscelyn. Was tust du dir nur an." Er fing an, mich in seinen Armen zu wiegen, während ich schluchzte, und ich schaffte es nicht, ihn abzuschütteln. Es fühlte sich einfach zu gut an, gehalten zu werden, während ich weinte. Schon viel zu oft war nur ich selbst da gewesen, um mich zu trösten.

Ich klammerte mich an sein T-Shirt, und er legte mir die Hand auf den Kopf und drückte ihn an sein Herz, das ich rasen hörte.

„Du wunderschönes Mädchen." Er sagte noch andere Dinge, doch ich konnte gar nicht richtig zuhören.

Wir saßen immer noch auf dem Boden, doch dann schaffte er es irgendwie, mich hochzuheben, auf den Futon zu tragen und sich neben mich zu legen. Diesmal suchte ich seine Umarmung. Er seufzte in mein Haar und streichelte mir den Rücken. Nicht auf eine sexy Art. Mehr so, wie man einen guten Freund tröstet.

Er fing an zu summen, doch ich war zu durcheinander, um den Song zu erkennen.

„Guckt ihr gerade Buffy?" Ich fuhr beinahe zusammen. Der Strom meiner Tränen hatte etwas nachgelassen. Ich brauchte dringend ein Taschentuch, doch ich konnte mich nicht bewegen.

„Ähm, ja." Meine Stimme war ganz kratzig vor lauter Tränen und Emotionen.

„Ich hab die Serie nie gesehen. Aber ich hab gehört, dass sie echt gut sein soll. Ich hab immer *Firefly* geguckt. Joss Whedon hat es echt drauf."

„Ich hab sie auch nie gesehen, bis Hannah sie mir gezeigt hat. Sie ist ziemlich gut, aber ich bin erst in der ersten Staffel. Die wurde in den Neunzigern gedreht, die Computer sind echt riesig." Unterhielten wir uns gerade wirklich über Buffy? Ja, das taten wir tatsächlich. Und irgendwie kam es mir völlig logisch vor.

„Oh, sind das Milano-Kekse?" Dusty zog die Packung unter mir hervor. Sie waren inzwischen leicht zerbröselt, was ihn jedoch nicht davon abhielt, in die Packung zu greifen, einen herauszuziehen und ihn mir hinzuhalten.

„Willst du einen?"

Fütterte er mich jetzt tatsächlich mit Keksen und redete mit mir über Buffy?

„Was machst du da? Vor fünf Minuten dachte ich noch, du hättest gleich einen Zusammenbruch."

„Ich weiß. Ich war nahe dran. Aber dann hattest du einen, und das war wichtiger. Du bist immer wichtiger. Ich kann nicht zusammenbrechen, wenn du mich brauchst."

„Wer sagt, dass ich dich brauche?"

Er sah noch nicht mal gekränkt aus. „Iss einfach deinen Keks, Rotschopf."

Also biss ich noch einmal ab, woraufhin er sich den Rest in den Mund schob, einen weiteren Keks nahm und das gleiche Spiel wieder von vorne losging, und so schauten wir Buffy und aßen Kekse. Es war total unlogisch, und gleichzeitig war es so logisch wie nur was.

19. KAPITEL

Als wir die Kekse aufgegessen hatten, war mein Gesicht wieder trocken und ein wenig krümelig, und ich hatte Kopfschmerzen. Dusty hielt mich immer noch im Arm, und mir fiel ein, dass Hannah noch draußen auf dem Gang wartete.

„Oh Gott. Wir haben Hannah völlig vergessen."

„Der geht's schon gut. Um sie musst du dir keine Sorgen machen." Meine Nase war immer noch zu, und ich schniefte.

„Hier", sagte er, blickte sich um und fand schließlich eine Packung Taschentücher auf dem Boden unter dem Futon. Er hatte mich loslassen müssen, um sie zu holen, und sobald ich seine Arme nicht mehr um mich spürte, stellte ich fest, dass ich sie zurückhaben wollte.

„Hier, bitte." Er reichte mir ein Taschentuch, und ich putzte mir die Nase. Das war nicht gerade sexy, aber mein Sex-Appeal war vermutlich sowieso schon völlig demoliert. Auch ohne in den Spiegel schauen zu müssen, wusste ich, dass mein Gesicht fleckig war, als hätte ich irgendeine Krankheit, und meine Augen waren so verklebt, dass das Blinzeln mir schwerer fiel als sonst.

„Brauchst du ein bisschen Wasser? Ich kann dir welches holen."

Ich hätte gerne etwas getrunken, doch ich wollte nicht, dass er wegging, also schüttelte ich den Kopf.

Dusty wandte den Kopf zur Tür und rief: „Buffy!"

Eine Sekunde später flog die Tür auf.

„Das ist ihr Codewort, aber ich bin trotzdem gekommen, nur für den Fall", sagte Hannah. „Wie ich sehe, geht's dir besser."

„Könntest du ihr etwas Wasser holen?"

„Klar." Sie holte einen roten Becher aus ihrem Schrank und eilte davon. Nur einen Moment später war sie zurück und reichte mir den mit kaltem Wasser gefüllten Becher. „Brüll nach mir, wenn du noch irgendwas anderes brauchst." Sie ging zu ihrem

Regal und nahm ein Buch heraus, dann ging sie wieder hinaus und zog die Tür hinter sich zu.

Ich kippte das Wasser so schnell hinunter, dass ich einen Teil davon vergoss.

„Warum hast du nichts gesagt, wenn du so durstig warst?"

„Ich wollte nicht, dass du weggehst", sagte ich und reichte ihm den Becher. Er wischte mir mit einem weiteren Taschentuch das Gesicht ab.

„Ich gehe nirgendwohin. Noch nicht mal, wenn du versuchst, mich wegzuschicken. Nicht noch einmal."

Ich war einerseits überglücklich, das zu hören, andererseits war es mein größter Albtraum.

„Das geht nicht, Dusty. Es geht einfach nicht." Jetzt war ich diejenige, die Nein sagte.

Er legte einen Zeigefinger an die Lippen, um mich zum Schweigen zu bringen.

„Nicht jetzt, Rotschopf. Später. Ist es okay, wenn ich es jetzt einfach genieße, hier zu sein und dich im Arm zu halten?"

Ich nickte. Ich genoss es genauso.

„Wenn du schlafen willst, ist das okay. Mach die Augen zu." Ich gehorchte, und er fing wieder an, eine Melodie zu summen.

Ich hörte ihm zu und ließ die Augen geschlossen. Ich hatte gewusst, dass er wie ein Profi beatboxte, aber nicht, dass er auch richtig singen konnte. Dusty Sharp, ein Mann mit vielen Talenten. Ich ließ mich in seine Stimme fallen und in seine Arme, denn schon bald würde ich einen Weg finden müssen, wieder dort hinauszukommen. Doch jetzt erst einmal würde ich diesen letzten perfekten Moment auskosten. Er würde eine lange Zeit vorhalten müssen.

„Oh, Scheiße, guck mal raus", sagte Dusty, als ich wieder aufwachte. Ich war in einen tiefen, traumlosen Schlaf gefallen und kam erst wieder zu mir, als es in Hannahs Zimmer bereits dunkel geworden war. Ich sah aus dem Fenster, das aussah, als hinge ein Duschvorhang davor. Die Welt draußen war nicht nur dunkel, sondern auch schneebedeckt. Es waren bereits mehrere Zentimeter, und es wurde zusehends mehr. Doppelte Scheiße.

„Renee hat gesagt, dass es schneien sollte, aber ich hatte gehofft, dass die Vorhersage mal wieder falsch sein würde. Ich meine, es ist ja nicht so, als könnten sie die Zukunft voraussagen“, sagte ich und rieb mir die Augen.

„Das stimmt. Aber wir sollten dich wohl besser nach Hause schaffen.“ Er fing an, sich zu bewegen, doch ich klammerte mich an ihn, um ihn bei mir zu halten.

„So schlimm ist es auch wieder nicht.“

„Joscelyn“, sagte Dusty und sah mich an. „Ich werde dich nicht durch diesen Schnee fahren lassen. Auf gar keinen Fall. Also kannst du jetzt gleich nachgeben und dich von mir fahren lassen, oder wir können uns noch ein wenig darüber streiten, und du kannst dann nachgeben und dich fahren lassen. Du hast die Wahl.“

Ich rollte mit den Augen.

„Ich kann Mase anrufen, wenn dir das so wichtig ist. Er hat einen Schneepflug. Dich bringt er sicher auch gern nach Hause.“

„Nein, ist schon okay. Du wärst überrascht zu sehen, wie gut mein Auto im Schnee ist.“

„Du darfst mir also verbieten, durch den Schnee zu fahren, aber ich darf dich nicht davon abhalten? Was ist denn das für eine Doppelmoral?“

„Okay, okay“, sagte er und küsste mich. Es war das erste Mal, dass er mich küsste, seit ich geweint hatte. Und ich gab mich diesem Kuss hin, weil er sich so verdammt gut anfühlte, und wenn es unser letzter sein sollte, wollte ich, dass er so toll wie möglich war.

„Du schmeckst nach Salz und Schokolade“, sagte er und küsste mich lächelnd noch einmal.

„Ist das schlimm?“

„Nein, das ist gut.“

Danach sprachen wir eine ganze Weile nicht mehr. Wir ließen unsere Hände über, unter und zwischen unsere Klamotten gleiten auf der Suche nach Hautkontakt. Wir waren beide ein wenig zögerlich, er vermutlich, weil er mich nicht drängen wollte, nachdem ich gerade noch geweint hatte, und ich, weil ich Angst hatte, zu weit zu gehen.

Ich war so unglaublich nahe dran, drauf zu scheißen und ihm und mir die Klamotten vom Leib zu reißen, obwohl das Hannahs Zimmer war und sie vor der Tür saß und ihre Nachbarn uns vermutlich hören würden. Ich hatte endlich eine Möglichkeit gefunden, die dunklen Stellen in meiner Seele beiseitezuschieben. Seit Jahrhunderten benutzten die Menschen Sex als Fluchtmöglichkeit. Warum hatte ich so lange gebraucht, um zu begreifen, dass das für mich genauso funktionierte?

„Dusty", sagte ich und ließ von seinem Mund ab.

„Oh, Rotschopf. Wir müssen mal auf die Bremse treten, auch wenn ich das nicht will. Das ist nicht gut. Nicht jetzt, sosehr du wahrscheinlich spürst, dass ich es will." Ja, das spürte ich. Und wie.

„Das ist Hannahs Bett, und es ist einfach nicht der richtige Moment. Ich möchte jetzt so nicht weitermachen. Ich möchte, dass es passiert, weil wir beide wissen, dass es richtig ist."

„Warum bist du nur so ein Gentleman?"

„Das würdest du nicht sagen, wenn du mich vor einem Jahr getroffen hättest." Und augenblicklich erstickte die Erwähnung dessen, wie er früher gewesen war, alle guten Gefühle. Was machte ich hier nur? Ich stieß mich von ihm ab.

„Ich ruf Mase an." Ich stand auf, kletterte über ihn hinweg und nahm mein Handy von Hannahs Schreibtisch. Dusty folgte mir und schob mein Shirt beiseite, um meinen Nacken küssen zu können. Ich versuchte, ihn zu ignorieren, während ich feststellte, dass ich ungefähr eine Million verpasste Anrufe von ihm sowie von Renee hatte.

„Hey, was ist los?", fragte ich sie, obwohl ich schon genau wusste, dass Renee mir einen Einlauf verpassen würde.

„Wo zur Hölle bist du gewesen? Ich hab dich immer wieder angerufen. Es wird gerade ziemlich schlimm mit dem Schnee, du solltest nach Hause kommen. Noch zehn Minuten, und ich hätte Mase losgeschickt, um dich zu holen."

„Tut mir leid. Mein Akku war leer, und ich konnte mein Ladegerät nicht finden. Daher musste ich Hannahs benutzen."

Sie seufzte, während Dusty mich weiter küsste. Verdammt, das war ganz schön ablenkend. Ohne hinzusehen, gab ich ihm einen kleinen Klaps ins Gesicht, wobei ich halb seine Nase traf und ihm leicht ins Auge stach.

„Au", sagte er und wich zurück.

„Tut mir leid", formte ich mit den Lippen.

„Was war das?" Renee war sofort alarmiert.

„Nichts, ich hab nur was fallen gelassen." Ich hoffte, sie würde mir das abkaufen.

„Okay, also, Mase fährt jetzt los."

„Okay, bis gleich." Ich legte auf und drehte mich um.

„Das war nicht nett. Renee hat dich definitiv gehört." Er sah von meinem Nacken auf.

„Ja und? Dann sag ich einfach, dass ich vorbeigekommen bin, um Hallo zu sagen. Dass ich meine Beschützeraufgabe ernst nehme." Er lächelte, doch ich fand das nicht besonders witzig.

„Das ist jetzt echt kein guter Moment, auch noch dieses Thema anzuschneiden, Dusty." Ich löste mich von ihm und suchte meine Sachen zusammen.

„Buffy!", rief ich, und Hannah kam herein.

„Was ist los?"

„Nichts. Ich wollte nur wissen, ob es bei mir auch funktioniert. Mase kommt mich mit dem Truck abholen. Könntest du bitte Dusty davon überzeugen, dass er sich auch mitnehmen lassen soll?"

Sie ging zum Fenster und sah hinaus. Der Wind ließ die leichten Schneeflocken durcheinanderwirbeln, und der sonst so trubelige Bürgersteig war menschenleer.

„Verdammt. Das sieht ganz schön übel aus da draußen. Ich würde nirgendwo hinfahren wollen."

„Ich wohne in Old Town. Da könnte ich sogar hinlaufen, wenn ich wollte“, sagte er.

„Du kannst jetzt nachgeben, oder wir können uns darüber streiten, und du gibst dann nach“, gab ich ihm seine eigenen Worte zurück.

Er warf resigniert die Hände in die Luft. „Na gut. Ich bin echt schlecht darin, Nein zu dir zu sagen, Rotschopf.“

„So sollte es auch sein“, sagte Hannah nickend und klopfte Dusty auf die Schulter. „Deine Frau hat immer recht. Selbst wenn sie nicht recht hat.“

Mase schickte mir eine SMS, als er am Wohnheim angekommen war. Hannah hatte sich angeboten, meinen Süßigkeiteneimer für mich zu hüten, denn dessen Existenz würde ich den anderen keinesfalls erklären können, ohne dass sie misstrauisch würden.

„Ich schwöre, ich werde ihn nicht anrühren. Diese Skittles sind verunreinigt.“ Sie verzog das Gesicht und stellte den Eimer in die hinterste Ecke ihres Schranks.

„Gut, denn ich würde mir eine wirklich kreative und schmerzhafte Art ausdenken, wie ich dich umbringen könnte, wenn ihnen etwas passiert.“

„Verstanden.“

Als wir nach draußen kamen, war der Sturm bereits in vollem Gange. Ich zog mir die Kapuze meiner Jacke fest um den Kopf und Dusty die seines Kapuzenpullis.

„Hast du keine Winterjacke?“

„Ich bin etwas in Eile aus dem Haus gerannt, Rotschopf. Da blieb keine Zeit, mir Gedanken über angebrachte Kleidung zu machen.“

Ach ja.

Wir rannten beide zum Truck, und Dusty schob mich als Erste hinein, sodass ich in der Mitte saß.

„Hey, Alter, was machst du hier?“

Dusty grinste ihn locker an. „Ich bin nur mal nach Jos schauen gegangen und saß dann wegen des Sturms fest. Kannst du mich vielleicht bei mir zu Hause absetzen?“

„Kein Problem." Mase warf mir einen verstohlenen Blick zu, und ich fragte mich, ob mein Gesicht vom Weinen immer noch rot war. Hannah und Dusty hatten mir beide versichert, dass es nicht so war, aber man konnte ja nie wissen.

Mase fuhr sicher durch die schneebedeckten Straßen, und ehe ich mich versah, waren wir bei Dusty angekommen.

„Wir sehen uns, Alter", sagte Mase und wandte den Blick ab, als hätte er etwas Interessantes auf der anderen Seite entdeckt. Äußerst geschickt von ihm.

„Ja, danke fürs Fahren."

Dusty sah mich an, und ich konnte in seinen Augen erkennen, dass er mich zum Abschied gerne geküsst hätte, doch das war in der momentanen Situation einfach nicht drin.

„Mach's gut, Rotschopf. Wir sehen uns."

„Bis dann", sagte ich. Jetzt waren wir also wieder bei den lahmen Abschieden angelangt. Beinahe hätte ich ihn gebeten, Napoleon von mir zu grüßen, doch damit hätte ich vor Mase zugegeben, dass ich bei ihm zu Hause gewesen war, und das hätte eine Menge Fragen nach sich gezogen, die ich nicht beantworten konnte.

Bevor er sich vom Sitz gleiten ließ, packte er meine Hand und drückte sie ein Mal fest. Ich drückte zurück. Dann ließ er mich los, und ich atmete einmal tief durch, als er die Tür schloss und ein wenig Schnee in den Truck wirbelte. Ich sah zu, wie er um das Haus herum und dort die Treppe hinaufging, wo sich das automatische Licht einschaltete, als er oben ankam. Er winkte einmal, dann schloss er die Tür hinter sich.

Mase hustete und drehte das Radio lauter.

„Sei vorsichtig", sagte er.

„Vorsichtig weshalb?" Ich beobachtete immer noch Dustys Haus, während wir uns davon entfernten.

„Ich denke, das weißt du", sagte Mase, und ich suchte seinen Blick in der dunklen Kabine des Trucks.

„Bitte erzähl's niemandem." Ich konnte es echt nicht gebrauchen, dass Renee es herausfand und ausflippte, wie zu erwarten war. Außerdem würde ich die Sache mit Dusty beenden, bevor sie überhaupt begonnen hatte, es gab also gar keinen Grund zur Aufregung. Wir waren fertig miteinander. Es war vorbei. Natürlich würde ich immer noch mit ihm abhängen, wenn er zu uns nach Hause kam, das war ziemlich unvermeidbar. Aber ich würde es nicht mehr darauf anlegen, allein mit ihm zu sein, und wenn er irgendwas versuchte, würde ich ihm einfach sagen, dass das nicht ging. Und schließlich würde er eine andere finden. Eine, die nicht emotional gestört war.

Eine, die nicht die Verantwortung dafür trug, dass sein Bruder tot war.

20. KAPITEL

Wie erwartet stürzte Renee sich gleich auf mich, als ich ins Haus kam.

„Tu mir das nie wieder an“, sagte sie und drückte mich beinahe zu Tode. Gott, es war, als käme ich aus dem Krieg zurück oder so. Ich hatte schon sehr viel gefährlichere Dinge getan, von denen sie auch wusste, doch das hielt sie nicht davon ab, mir eine gründliche Standpauke darüber zu halten, dass ich mein Handy immer rechtzeitig aufladen und mich nicht in Schneestürmen herumtreiben sollte. Da wir in Maine wohnten, bedeutete das, dass ich mindestens die Hälfte des Jahres überhaupt nichts tun konnte. Ich hörte einfach nur zu, hoffte, dass ihr keine Ader platzte, und wartete, dass es vorbeiging.

„Also, wie ist es mit eurem Projekt gelaufen?“, fragte sie und schaltete so abrupt in einen niedrigeren Gang, dass ich beinahe ein geistiges Schleudertrauma erlitt. Scheiße. Ich hatte meinen Rucksack, zusammen mit den Socken, mit in Dustys Wohnung genommen und ihn bei meiner panischen Flucht völlig vergessen.

„Mist, ich hab meine Tasche vergessen“, sagte ich.

„Na ja, ich kann dich morgen früh zu Hannah fahren, dann kannst du sie mitnehmen. Hey, vielleicht wird es mit dem Schnee sogar so schlimm, dass sie die Seminare ausfallen lassen.“ Sie klang ein wenig deprimiert bei dem Gedanken, dass ihre Kurse ausfallen könnten. Ich erinnerte mich, dass es mir früher genauso gegangen war.

„Nein, ist schon okay. Ich … hol ihn mir einfach ab, wenn ich das nächste Mal hinkann.“ Ich konnte es nicht zulassen, dass Renee mich zu Hannah fuhr, da mein Rucksack definitiv nicht dort war. In was für ein verworrenes Spinnennetz hatte ich mich da nur verstrickt?

„Bist du sicher?“

„Ja.“ Ich ging ins Wohnzimmer, nur um sie nicht mehr anschauen und ihr ins Gesicht lügen zu müssen.

Die anderen sahen gerade den Wetterbericht.

„Sieht nicht gut aus für morgen, Leute", sagte Taylor. Der Wettermann gestikulierte wild und warf mit Wörtern wie *Nordostwind, schulfrei, Stromausfälle* und *erschwerte Sicht auf den Straßen* um sich. Der Newsticker, der unten durchs Bild lief, kündigte bereits die ersten Schulschließungen an und informierte über ausfallende Bingoabende und Behördenbüros, die komplett dichtgemacht wurden.

„Die machen die Uni nicht dicht. Wisst ihr noch, letztes Jahr, als beinahe dreißig Zentimeter Schnee lagen und es die ganzen Unfälle gab, weil sie sich geweigert haben, die Kurse ausfallen zu lassen?", fragte Hunter.

„Ich bin dafür, dass wir wetten", sagte Taylor. „Wer glaubt, dass sie morgen dichtmachen?" Sie hob die Hand, und Darah, Paul und ich taten es ihr gleich. „Der Rest denkt also, dass sie es nicht machen?" Die anderen nickten.

„Okay, die Verlierer müssen die Gewinner zum Essen ausführen und die Rechnung zahlen. Deal?"

„Deal", erwiderten alle anderen im Chor.

„Wir werden haushoch gewinnen", sagte Taylor und hielt uns die Hand hin. Ich schlug ein und setzte mich an das Ende der Couch, um zuzuschauen, wie der Wettermann weiterschwafelte, wobei ich hoffte, dass die Kurse gestrichen werden würden. Dann hätte ich mehr Zeit, mir zu überlegen, was ich wegen des Rucksackproblems unternehmen konnte.

Außerdem würde es mir etwas Zeit geben, unten in meinem Zimmer rumzuhängen, weit weg von allen anderen, und darüber nachzudenken, was ich Dusty antun müsste, um ihn dazu zu bringen, mich in Ruhe zu lassen, ohne ihm zu sagen, warum ich meine Meinung auf einmal geändert hatte. Das Ganze fühlte sich immer mehr an wie ein echt schlechter Teeniefilm, nur dass meiner nicht mit einem grandiosen Kuss in Zeitlupe, unterlegt mit einem romantischen Song, enden würde.

Erst zum zweiten Mal in diesem Winter wurden die Unikurse abgesagt, während Maine von einem der schlimmsten Stürme überrollt wurde, die der Staat seit Langem gesehen hatte. Er entpuppte sich sogar als noch übler als vorhergesagt und brachte alles zum Stillstand. Alle verbarrikadierten sich in ihren Häusern oder entfernten sich zumindest nicht weit davon. Mase war der Einzige, der nach draußen ging, um ein paar Nachbarn anzubieten, ihnen die Einfahrt freizuräumen.

Die übrigen Hausbewohner schliefen aus, bis auf mich. Da ich in der vorhergehenden Nacht kaum Schlaf bekommen hatte und früh ins Bett gegangen war, wachte ich am nächsten Morgen auch früh auf. Das Nickerchen mit Dusty hatte meinen Schlafrhythmus zusätzlich durcheinandergebracht.

Er hatte mir ein paar SMS geschrieben, um mich zu fragen, ob ich gut nach Hause gekommen war. Ich hatte ihm zurückgeschrieben, und er hatte versucht, ein Gespräch anzufangen, und mich sogar angerufen, doch das hatte ich ignoriert. Warum musste er es mir so schwer machen? Es wäre so viel einfacher, ihn gehen zu lassen, wenn er mir etwas Schlimmes angetan, mich zum Beispiel betrogen hätte.

Es wäre alles so viel einfacher, wenn er nicht … *er* wäre. Als ich beschlossen hatte, mich von Matt zu trennen, war alles so klar, so einfach gewesen. Wir hatten ein vernünftiges Gespräch geführt, es waren ein paar Tränen geflossen, und es hatte nur wenig Reue gegeben. Mit Dusty war das etwas völlig anderes.

Die zweite Sache, die ich versuchte, war, in meinem Gedächtnis zu kramen und zu überlegen, ob Nathan jemals etwas über seinen Bruder erzählt hatte.

Ich hatte tatsächlich gewusst, dass er einen Halbbruder hatte, der in Maine wohnte. Er hatte ihn ein paar Mal erwähnt, doch ein Foto habe ich nie gesehen. Nathan hatte ihn Buzz genannt. Ich kam mir beinahe dumm vor, die Verbindung nicht hergestellt zu haben, doch die beiden hatten unterschiedliche Nachnamen, obwohl sie den gleichen Vater hatten. Dusty musste den Namen seiner Mutter angenommen haben.

Nathan hatte immer voller Zuneigung von seinem kleinen Bruder gesprochen und sich gewünscht, näher bei ihm zu wohnen, um ihn öfter sehen zu können. Sein Bruder schien eher von der wilden Sorte zu sein, und nach und nach erinnerte ich mich auch an ein paar der Geschichten, die er über ihn erzählt hatte.

Zu der Zeit war mir nicht klar gewesen, wie wichtig sie einmal für mich sein würden, daher hatte ich sie nicht als besonders bedeutend abgespeichert. Wenn ich nicht so eine Idiotin gewesen wäre, wäre ich vielleicht früher darauf gekommen, dass die beiden Brüder waren, und hätte das Ganze im Keim erstickt. Aber nein. Ich musste es ja erst mal so weit kommen lassen, dass ich Dusty mochte und ihn nackt sehen und meine Teile mit ihm zusammenbringen wollte, wie Hannah es so überaus elegant ausgedrückt hatte. Das Leben wollte mich beuteln, doch ich hatte es auch verdient.

Das war die einzig mögliche Logik in der ganzen Geschichte: Ich verdiente es, dass mir die Sache, die ich mir so sehr wünschte, unerreichbar vor der Nase baumelte. Das war doch Karma, wie es im Buche steht. Ich sollte meine Bestrafung stillschweigend akzeptieren und einfach weitergehen. Wohin, wusste ich nicht genau, aber wo ich jetzt war, konnte ich nicht bleiben. Etwas musste sich ändern, für mich und für Dusty. Auch er sollte nicht an einem Mädchen hängen bleiben, das er niemals haben konnte. Das wäre nicht fair ihm gegenüber.

Ich presste mein Gesicht ins Kissen und schrie ein paar Mal, doch da das nicht viel brachte, machte ich mich auf den Weg in die Küche, um mir eine Tasse Ingwer-Zitronen-Tee zu holen. Mittlerweile trank ich so viel von dem Zeug, als wäre es eine Droge und ich ein Junkie. Ich kam gerade nach oben, als mich jemand aus dem Wohnzimmer rief.

„Jos?“ War ja klar, dass er hier war. Dusty Sharp war wie der Postdienst. Weder Regen noch Schnee noch die Tatsache, dass ich ihn ignorierte, konnte ihn davon abhalten, in dieses Haus zu kommen.

Bleib cool, bleib cool, bleib cool.

„Ach hey, Dusty. Verrücktes Wetter da draußen, oder?“

Das war jetzt das genaue Gegenteil von cool, Jos.

Er warf mir einen seltsamen Blick zu, dann stand er von der Couch auf und hob meinen Rucksack in die Höhe, der vor ihm auf dem Boden gestanden hatte.

„Ich hab mich von einem Freund zurück zum Campus fahren lassen, um mein Auto abzuholen, und bin kurz reingegangen, um Hannah zu sehen, und da hat sie mir deinen Rucksack gegeben. Ich dachte, du brauchst ihn vielleicht, daher habe ich ihn vorbeigebracht." Ich war hin und her gerissen zwischen dem Gedanken, dass das echt nett von ihm war, und wütend zu sein, dass er nur wegen meines blöden Rucksacks unter diesen Wetterbedingungen Auto gefahren war.

„Das hättest du nicht tun sollen", sagte ich. Mir war klar, dass mich alle beobachteten und ich mich bedeckt halten musste.

„Ich weiß, aber ich war sowieso schon draußen, daher dachte ich, warum nicht? Die Straßen sehen gar nicht mehr so schlimm aus." Der Schnee fiel immer noch, doch nicht annähernd so stark wie vorher, und die Räum- und Streufahrzeuge waren vermutlich in Scharen ausgeströmt, sodass es sicherlich schon weniger gefährlich war als am Abend zuvor – aber trotzdem. Einerseits hatte ich das Bedürfnis, ihn zur Seite zu ziehen und ihn anzuschreien, doch andererseits wollte ich auch nicht, dass er wusste, wie wichtig er mir war. Denn wenn er das merkte, würde ich ihn nie wieder loswerden.

Warum konnte ich ihn nicht einfach hauen und dann wegrennen, als wären wir wieder Fünfjährige auf dem Spielplatz? Das würde das Ganze so viel einfacher machen.

Ich ging zu ihm und nahm den Rucksack entgegen.

„Danke, Dusty. Das hättest du wirklich nicht tun müssen."

„Ich weiß", sagte er sanft, und der Ausdruck in seinen Augen war sogar noch weicher. Diese verfluchten Augen. Sie waren so hypnotisch. „Aber ich hab's für dich getan." Er sagte es so leise, dass niemand anders es hören konnte.

„Tu das nicht", sagte ich, sogar noch leiser, und schüttelte ganz leicht den Kopf.

„Tja, ich glaube, das Wetter schreit nach Schneeballschlacht, Schneemannbauen und einer heißen Schokolade danach. Wer ist dabei?", fragte Taylor und sprang auf.

„Ich bin dabei", sagte Hunter und stand ebenfalls auf. Zwei Sekunden später waren auch alle anderen auf den Beinen und liefen in den Flur, um sich ihre Stiefel, Handschuhe, Mützen und was man im Schnee sonst noch so brauchte, anzuziehen.

„Machst du mit?", fragte Dusty. Sein Gesicht leuchtete auf, wahrscheinlich sah er eine Gelegenheit, mit mir zu flirten.

Na ja, ich konnte nicht wirklich Nein sagen. Alle anderen waren Feuer und Flamme, als wären wir plötzlich wieder Kinder. Mase setzte Darah eine Mütze auf und zog sie ihr über das Gesicht, sodass sie nichts mehr sehen konnte. Sie kämpfte mit ihm und versuchte, sie wieder hochzuziehen. Doch dann küsste er sie, und sie gab auf.

Ich seufzte und ging zu den anderen in den Flur, um meine Wintersachen anzuziehen.

Dusty bückte sich und hielt meine Stiefel, damit ich hineinschlüpfen konnte. Er hatte seine bereits an. Die übrigen Hausbewohner waren zu beschäftigt, um uns zu beachten, also ergriff ich die Gelegenheit, um mit ihm zu reden.

„Ich brauche dich nicht."

„Sei nicht sauer auf mich. Ich wusste, dass du deinen Rucksack brauchen würdest, und da du ihn dir aus naheliegenden Gründen nicht selbst holen konntest, hab ich ihn dir gebracht. Ich wünschte, wir könnten miteinander reden. Meinst du, ich könnte vielleicht heute am späteren Abend mal vorbeikommen?" Er sprach leise und schnell, als würden wir einen Banküberfall planen oder etwas in der Art.

„Ich glaub nicht, dass das eine gute Idee ist. Lass uns jetzt einfach Spaß haben und uns später damit beschäftigen, okay?" Ich setzte ein Lächeln auf und jagte die anderen aus der Tür. Hunter und Taylor waren schon dabei, Schneeengel zu machen, und alle anderen bildeten Teams für eine Schneeballschlacht.

„Jungs gegen Mädchen", sagte Mase.

„Das hättest du wohl gerne, Kumpel", sagte Renee. „Du hast ungefähr doppelt so dicke Arme wie Taylor und ich zusammen. Das ist ein unfairer Vorteil."

„Ist das nicht … unfeministisch?", fragte Mase.

„Ich habe überhaupt kein Problem damit, dass du dickere Muskeln als ich hast, mein Freund, und schwerer heben kannst", sagte Taylor. „Das heißt aber, wenn wir Jungs gegen Mädchen machen, dann kriegen wir dich zum Ausgleich."

Der Vorschlag wurde einhellig angenommen, und Dusty zwinkerte mir zu.

„Keine Gnade, Rotschopf. Hau rein."

Für eine richtige Schlacht mussten wir natürlich Gräben ausheben und Mauern bauen, und das Ganze artete in eine riesige Baumaßnahme aus, die hauptsächlich von Mase erledigt wurde. Renee gab sich jedoch Mühe, mitzuhalten.

Ich wollte nicht hier draußen sein und im Schnee spielen. Ich wollte in den Keller, wo ich hingehörte, und mich selbst hassen.

Oh Mann, das klang jetzt wirklich Emo. Ein Glück, dass keiner meine Gedanken lesen konnte, sonst würden sie sich wirklich Sorgen machen.

„Okay! Auf die Plätze, fertig, LOS!", schrie Mase, als wäre er ein Wikinger, der in die Schlacht zog, und die Mädchen und ich folgten ihm und griffen die restlichen Jungs an. Weiße Bälle flogen durch die Luft und trafen auf schreiende Opfer, die versuchten, sich zu ducken, sich von ihren Treffern schnell zu erholen und gleichzeitig neue Munition zu fabrizieren. Ich hielt mich im Hintergrund, doch Dusty ließ das nicht gelten.

„Komm schon, Rotschopf. Lass uns mal sehen, was du draufhast." Er fing an, mich mit erschreckender Treffsicherheit zu bewerfen, die Schneebälle trafen mich an den Beinen und am Bauch. Ich warf einen Ball, während er drei warf, und er kam immer näher und näher, um mich anzustacheln.

„Zeig mir, was du kannst!" Okay, jetzt reichte es. Mein Haar war rot, und ja, ich war aufbrausend, und ja, er brachte mich in Rage. Ich schob ein bisschen Schnee zusammen, formte ihn zu einer Kugel und pfefferte sie mit so viel Kraft und Präzision, wie ich aufbringen konnte, auf ihn.

Jawoll, Treffer. Direkt über seinem Herzen. Er sah überrascht an sich hinunter und nickte anerkennend.

„Also gut, sehr schön. Langsam kommen wir ins Gespräch." Mase war damit beschäftigt, Hunter fertigzumachen, während Darah und Taylor sich gegen Paul verbündet hatten. Es war ein etwas unfairer Kampf, da Taylor seine Knie bearbeitete und Darah seinen Oberkörper unter Beschuss hielt. Wir hatten ausgemacht „nicht ins Gesicht", aber sie war ziemlich nahe dran, die Regel zu brechen.

Ich schmiss einen weiteren Schneeball auf Dusty, doch diesmal wich er aus. Dann warf er einen auf mich, und ich wich ebenfalls aus. So tänzelten wir umeinander herum und versuchten, den anderen zu täuschen und aus dem Gleichgewicht zu bringen.

„Na, wo willst du hin, Rotschopf?" Er versuchte, mich zu provozieren, doch meiner Erfahrung nach war Schweigen sehr viel nervenzermürbender, als mit nutzlosen Worten um sich zu schmeißen.

Wir umkreisten einander, und ich konnte beinahe die Westernmusik im Hintergrund spielen hören. Dusty holte immer wieder zum Schlag gegen mich aus, und ich tat es ihm gleich. Die Schlacht um uns herum war umgeschlagen in einen Wettbewerb, in dem es darum ging, die anderen in den Schnee zu werfen und sie gnadenlos durchzukitzeln.

„Ich krieg dich schon noch, Rotschopf. Du wirst zu Boden gehen."

Schließlich entschloss ich mich doch, den Mund aufzumachen.

„Ach ja?"

„Ja", sagte er, und im selben Moment schoss ich nach vorne und attackierte seine Kniekehlen. Er fiel nach hinten, und hätten nicht mindestens dreißig Zentimeter Schnee gelegen, hätte er sich ernsthaft wehtun können. Doch er hatte ein dickes Kissen unter sich, als ich auf ihm landete und ihm mit den Händen die Schultern auf den Boden presste.

„Ich hab gewonnen", triumphierte ich und grinste ihn an. Ich hatte mein Haar unter die Mütze gestopft, doch es hatte sich immer weiter daraus befreit und hing nun lose zwischen uns. Viel zu spät wurde mir klar, dass ich rittlings auf Dusty saß und dass wir uns, wären wir nackt gewesen, in einer ziemlich kompromittierenden Position wiedergefunden hätten. Gut, dass wir beide mehrere Lagen Klamotten anhatten. Doch das änderte nichts daran, dass ich fühlte, wie er hart unter mir wurde. Daher rollte ich mich von ihm herunter und blieb auf dem Rücken liegen.

Keuchend rangen wir um Atem, genau wie alle anderen, die auch aufgegeben hatten und im Schnee saßen oder lagen.

„Wir haben gewonnen", sagte Mase und reckte die Faust in die Luft.

„Quatsch", erwiderte Hunter und schaufelte ihm Schnee ins Gesicht. Jungs.

Dusty drehte sich auf die Seite.

„Hat dir das auch so viel Spaß gemacht wie mir?"

„Ich glaube nicht." Ich rückte von ihm ab.

„Ich weiß, was du da machst, und es wird nicht funktionieren."

„Was mache ich denn?"

Er rückte ein Stückchen näher, und ich wich erneut zurück. Wenn wir so weitermachten, würden wir uns auf die Art schlängelnd durch den ganzen Garten bewegen.

„Mich von dir wegstoßen. Das ist so offensichtlich. Ich wusste, dass du ein paar Probleme mit dir rumträgst, als ich dich kennengelernt habe, aber ich werde es nicht zulassen, dass sie zwischen uns stehen. Du bist nicht deine Probleme, Joscelyn." Warum? Warum musste er nur meinen Namen auf diese Art aussprechen? Wenn er nicht so eine sinnliche Stimme hätte, wäre es wahrscheinlich sehr viel leichter für mich, Nein zu ihm zu sagen.

Oh Dusty, du hast einfach keine Ahnung von meinen Problemen. Auch wenn, auf irgendeine verquere Art, meine Probleme dieselben waren wie seine Probleme. Inzwischen verstand ich, weshalb er so verschlossen gewesen war; er hatte seinen Bruder verloren, und das hatte ihn vermutlich sehr hart getroffen. Doch das war ein vergleichsweise einfaches Problem. Ein Gepäckstück, das mit Leichtigkeit in jedes Gepäckfach gepasst hätte. Meins war ein Schrankkoffer. Ein riesiger, schwerer Schrankkoffer, der mit ungefähr vierzig verschiedenen Schlössern verriegelt war. Und mit Ketten, die darum geschlungen waren. Wie um einen Piratenschatz.

Er unterbrach mich bei der inneren Visualisierung meiner Gepäckanalogie.

„Lass mich dir helfen, sie zu tragen. Wir können das gemeinsam bewältigen, Jos. Ich möchte mir dir zusammen sein."

Ich sah in seine grünen Augen, die im Kontrast zum Schnee noch grüner leuchteten, und sprach die Worte aus, die mir selbst mindestens so viele Messerstiche versetzten wie vermutlich ihm.

„Aber ich möchte nicht mit dir zusammen sein. Es tut mir leid, ich sehe dich einfach nicht auf diese Art." Ich hatte ihm einmal vorgehalten, dass er ein Lügner war, aber dieses Mal war ich es.

Ich wartete auf seine Reaktion. Darauf, dass er schockiert wäre oder sauer wurde und abhaute.

Doch das tat er nicht. Stattdessen machte er eine flinke Bewegung, schnellte nach vorne und küsste mich. Erst eine Sekunde zu spät realisierte ich, was gerade passierte, doch da war es schon viel zu spät.

Meine Lippen verrieten mich sogleich.

Sie kannten Dustys Lippen und waren überglücklich, endlich wieder auf sie zu treffen. Es war eine wunderschöne Wiedervereinigung, zumindest für meine Lippen. Sie jubilierten und machten sich über Dustys Mund mit einer Leidenschaft her, von der ich nicht gewusst hatte, dass sie in mir steckte. Mein Gehirn kämpfte darum, die Vorherrschaft über meine Lippen wiederzugewinnen, doch die Lippen behielten die, tja … Oberhand?

Schließlich hörte ich ganz auf zu denken, während Dusty mein Gesicht festhielt und ich den Schnee auf seinen Lippen schmeckte. Dass mir das kalte Nass auch unter die Jacke und den Nacken hinunterkroch, war mir vollkommen egal.

Ein Geräusch, als hätte jemand einen Schuss in die Luft abgefeuert, ließ uns zusammenfahren.

„Was zum Teufel …?!“ Renees Stimme war direkt über uns. Dusty und ich sahen beide auf, doch unsere Gesichter blieben einander so nahe, dass wir uns weiter hätten küssen können. Oder auch rummachen, was die geeignetere Bezeichnung für das war, was wir gerade taten.

„Ist das euer verdammter Ernst?“ Dusty kam als Erster wieder zu sich und rappelte sich auf die Beine, während ich mich in seinem Rücken darum bemühte, mich zusammenzureißen.

„Es ist nicht das, was du denkst …“, sagte Dusty im selben Moment, in dem ich sagte: „Es ist nicht seine Schuld.“

„Geh ins Haus, Joscelyn. Mit dir rede ich später.“ Sie deutete vehement mit dem Finger auf das Haus, als wäre ich ein Kind, das das Blumenbeet ruiniert hatte. Tja, aber ich war kein Kind mehr, und ich hatte langsam genug davon, dass sie mich ständig belehrte und mir sagte, was ich tun sollte, und mich behandelte, als hätte ich keine Kontrolle mehr über mein Leben.

„Nein. Ich gehe nicht rein. Ich bin keine fünf mehr, und du bist nicht meine Mutter. Ich bin fast neunzehn Jahre alt, und ich hab mein Leben im Griff. Wenn ich mit Dusty im Vorgarten rummachen möchte, dann kann ich das auch. Ich betrink mich nicht, kiffe nicht, zerdeppere kein Glas und verstoße nicht gegen die Ausgehsperre. Ja, ich habe all das mal getan, aber jetzt tu ich das nicht mehr. Ich respektiere dich und dein Haus und deine Regeln. Also hör endlich auf, mich nach meinen vergangenen Fehlern zu beurteilen.“

Eigentlich ging es in diesem Moment gar nicht um Dusty. Dass Renee wütend war, weil sie mich beim Knutschen mit ihm erwischt hatte, lieferte mir sogar den perfekten Grund, ihn von mir wegzustoßen, doch ich sollte verdammt sein, wenn sie weiter vor allen anderen so mit mir sprach.

„Joscelyn, geh einfach ins Haus, dann werden wir darüber reden." Sie gab nicht nach. Wir würden das also ausfechten müssen. Da ich es vorzog, das unter vier Augen zu tun anstatt vor allen anderen, stampfte ich, so fest es mir im Schnee möglich war, die Treppe hinauf und ins Haus. Ich hörte noch, wie Dusty versuchte, etwas zu mir zu sagen und dann zu Renee, konnte jedoch ihre Antwort nicht verstehen. Das musste ich auch nicht. Ich konnte sie mir nur zu gut vorstellen.

Ich streifte Stiefel und Jacke ab und ließ sie zum Trocknen gleich neben der Tür, damit ich den schmelzenden Schnee nicht im ganzen Haus verteilte. Dann wollte ich gerade eilig in meine Kellerhöhle flüchten, als die Haustür aufging und ich mich Renees ernsthaft wütendem Gesicht gegenübersah. Es war noch eine Ecke bedrohlicher als ihr normales Wutgesicht. Um genau zu sein, war es sehr nah dran an dem Gesicht, mit dem sie mir begegnet war, als ich versehentlich einmal Paul verraten hatte, dass sie dachte, sie sei schwanger. Letztendlich war sie es nicht gewesen, doch ich hatte nie ihren Blick vergessen, als sie herausfand, dass ich es ihm gesagt hatte.

„Du wirst nicht vor mir wegrennen, Joscelyn Meredith Archer. Wir setzen uns jetzt hin und reden, und ich werde dich nicht gehen lassen, bis wir das geklärt haben und alles offen ausgesprochen ist. Setz dich. JETZT SOFORT."

Sie deutete auf die Couch, und ich hatte keine andere Wahl, als meinen Hintern darauf zu parken. Renee machte keine Scherze.

„Okay, fangen wir mal mit dem Offensichtlichen an. Was fällt dir ein, Dusty zu küssen?"

„Gibt es eine Regel, die besagt, dass ich ihn nicht küssen darf? Denn der habe ich niemals zugestimmt, als ich eingezogen bin."

„Wag es nicht, frech zu werden. Dafür bin ich gerade echt nicht in Stimmung."

Sie setzte sich auf den Sessel und wartete.

„Na schön. Ich hab ihn geküsst, weil er mich geküsst hat. Hast du schon mal versucht, einen Kuss zu beenden, wenn er einmal angefangen hat? Das ist nicht so einfach."

„Wolltest du ihn küssen?"

Die Antwort war Ja und Nein zugleich. Mehr Ja als Nein, aber ich musste Renee unbedingt glauben machen, dass sie Nein lautete. Wenn sie dachte, dass er mich in irgendeiner Form gezwungen hatte, würde er für immer verschwinden. Doch konnte ich ihm das wirklich antun? Sie glauben zu lassen, dass er mich in irgendeiner Form ausgenutzt hatte? Das Ergebnis wäre auf lange Sicht effektiver, aber für wen? Dusty würde sich dem Haus bis auf zehn Meilen nicht mehr nähern dürfen. Wenn er und Hunter miteinander abhängen wollten, würden sie das besser verbergen müssen als eine verbotene Affäre. Und wenn Renee es dann doch herausfand?

Nein, das konnte ich auf keinen Fall machen. Ich hasste Dusty nicht. Ich wollte nicht, dass er litt, und das war genau der Grund, weshalb ich ihn aus meinem Leben verbannen musste.

„Ja", sagte ich leise.

„Wie lange läuft das schon?" Ehrliche Antwort? Seit er mir mit dem Süßigkeitenautomaten geholfen hatte. Wenn ich die Zeit zurückdrehen könnte, würde ich diesmal in meiner Krankenhausecke sitzen bleiben und meiner Gier nach etwas Süßem nicht nachgeben. Doch so ein Eingriff in die Vergangenheit konnte einen Atomkrieg auslösen, zumindest der Schmetterlingseffekt-Theorie zufolge, von daher war das also vielleicht doch keine so gute Idee. Mein Leben war durch einen verdammten Süßigkeitenautomaten vollkommen durcheinandergewirbelt worden.

Was ich sagte, war: „Noch nicht so lange."

„Was hast du dir dabei gedacht, Jos?" Ich hatte mir vorgenommen, so zu tun, als wüsste ich nichts von der ganzen Dusty-als-mein-Babysitter-Sache, doch meine Entschlossenheit bröckelte ziemlich schnell.

„Was hast du denn erwartet, was passieren würde, als du ihm gesagt hast, er solle auf mich aufpassen wie ein schmieriger

Stalker oder Bodyguard? Was hast *du* dir dabei gedacht?" Meine Worte hatten den gewünschten Effekt: Renee wurde blass.

„Woher weißt du davon?"

Ich warf verzweifelt die Hände in die Luft. „Weil er es mir erzählt hat. Wenn hier irgendwer das Recht hat, wütend zu sein und rumzuschreien, dann bin ich das. Warum um alles in der Welt hast du das getan, Renee?" Das war nicht so geplant gewesen, doch ich stand auf, und die Lautstärke meiner Stimme schwoll an, bis ich schrie. Ich war einfach so wütend auf sie.

Renee stand ebenfalls auf.

„Weil ich nicht wusste, was ich sonst machen sollte! Du hast mir keine große Wahl gelassen. Ich konnte dich entweder herkommen lassen oder dich zu Mom schicken. Aber ich wusste, dass das für niemanden gut gewesen wäre, also hab ich gesagt, dass du hierherkommen kannst. Und dann war Dusty öfter hier und hat mir von seiner dunklen Vergangenheit erzählt und wie er es geschafft hat, da rauszukommen. Ich dachte, dass er dir vielleicht helfen könnte zu erkennen, dass es einen Weg zurück gibt, dass du wieder meine Schwester sein könntest …"

Ich schnitt ihr das Wort ab.

„Dann bin ich also nicht mehr deine Schwester? Ist das dein Ernst? Ich kann also nicht mehr deine Schwester sein, weil ich mich verändert habe? So funktioniert das aber nicht in einer Familie, Renee. Da liebt man sich, egal, was passiert. Und egal, wie sehr man sich verändert. Willst du mir sagen, dass du mich nicht mehr liebst?" Ich stand jetzt direkt vor ihr und beobachtete die Wirkung meiner Worte auf sie. Sie sah so schockiert aus, als hätte ich ihr eine Ohrfeige verpasst.

„Ich werde dich immer lieben, aber ich kenne dich nicht mehr. Ich weiß nicht mehr, wie ich mit dir reden soll. Ich weiß nicht, was ich sagen oder tun …" Ihr Kinn zitterte, und Tränen fingen an, über ihr Gesicht zu laufen. „Ich werde dich immer, immer lieben. Das stand niemals infrage. Wie konntest du nur glauben, dass ich dich nicht liebe, Jos?"

Sie warf sich auf mich, und ich musste sie auffangen und in den Arm nehmen, während sie schluchzte. Das war Neuland für mich. Renee wurde nie so emotional. Es war sehr viel normaler für sie, rumzuschreien, um ihre Gefühle auszudrücken. Ich konnte mich nur an ein paar Gelegenheiten erinnern, bei denen sie geweint hatte. Eine davon war, als sie sich von Paul getrennt hatte. Danach war sie ein ziemliches Wrack gewesen, hatte jedoch versucht, es zu verbergen, indem sie unter der Dusche weinte. Doch ich war ihre Schwester, ich hatte auch so gewusst, was los war.

„Ich fühle mich einfach so verloren, Jos. Ich weiß nicht, was ich machen soll. Ich weiß nicht, wie ich dir noch helfen soll, und fühle mich, als würde ich es gerade total vergeigen." Sie legte den Kopf auf meine Schulter, und ich hielt sie fest.

„Du vergeigst gar nichts. Was passiert ist, hat nichts mit dir zu tun. Es ist nicht deine Schuld." Ich rieb ihr den Rücken, der vor Schluchzern bebte.

„Aber ich bin deine große Schwester. Ich sollte wissen, was zu tun ist. Ich sollte gute Ratschläge geben und Kekse backen … und lauter so'n Scheiß." Ich musste ein wenig lachen und sie auch.

„Du gibst gute Ratschläge. Es ist ja nicht deine Schuld, dass ich sie ignoriere. Und es ist nicht deine Aufgabe, mich zu retten, Renee."

Sie wich zurück, und ich benutzte meinen Ärmel, um ihr die Tränen aus den Augen zu wischen.

„Ich bin nicht irreparabel kaputt, Nene. Nur ein bisschen lädiert, aber wer ist das nicht?" Sie nickte, und ich drückte sie noch einmal an mich.

„Aber du bist nicht diejenige, die die klugen Sprüche draufhaben sollte", sagte sie.

„Kommt nicht wieder vor, versprochen."

Irgendwie war es mir gelungen, sie von dem Kuss mit Dusty abzulenken. Das war noch nicht mal meine Absicht gewesen, doch ich würde meinen Vorteil daraus ziehen, solange es andauerte. Sobald er ins Haus kam, war es vermutlich damit vorbei.

Wir setzten uns wieder auf die Couch; diesmal lehnte ich den Kopf an Renees Schulter, und sie spielte mit meinem Haar. Als wir Kinder gewesen waren, hatte sie mich immer um mein Haar beneidet. Keins meiner Geschwister hatte das durchgeknallte Rothaargen geerbt, ich war die Einzige. Ich war oft *Kuckuckskind* oder *Karottenkopf* genannt worden, und das waren noch die netteren Spitznamen gewesen. Irgendwann hatte ich aufgehört zu zählen, wie oft mich Typen gefragt hatten, ob „der Teppich die gleiche Farbe wie die Vorhänge" hatte, also ob ich untenrum genauso aussah.

„Sei nicht sauer auf ihn, Ne", sagte ich, in dem Versuch, sie davon abzubringen, Dusty den Arsch aufzureißen. Das hatte er nicht verdient. „Es war nur ein kleiner Flirt, aber ich werde es beenden."

„Ich bin trotzdem sauer auf ihn. Er sollte auf dich aufpassen und dich von Ärger fernhalten, nicht dich reinreiten."

„Tja, darum brauchst du dir keine Sorgen zu machen, denn das werde ich nicht zulassen."

„Das ist wahrscheinlich weise. Aber darf ich dich fragen, wieso?"

Jetzt war die Zeit für meinen kleinen Auftritt gekommen. Ich würde mir Mühe geben müssen, damit sie es mir abkaufte.

„Ich sehe ihn einfach nicht auf diese Art. Er ist eher nur ein Freund für mich. Und ich glaube, ich sollte gerade mit niemandem zusammen sein. Ich will mich auf die Uni konzentrieren und herausfinden, was ich wirklich will." Dafür hätte ich einen Oscar verdient. Ich nahm es mir sogar selbst ab.

„Das klingt schon mehr nach der Schwester, die ich kannte."

„Vermisst du sie?"

„Ich weiß nicht. Ich vermisse ihre … Beständigkeit. Du warst immer so verklemmt, da wusste ich, woran ich war. Jetzt bist du etwas wilder, unvorhersehbarer."

„Na ja, ich bin halt rothaarig."

„Ja, das bist du, du alte Zicke.“

Wir mussten beide lachen, und ich schmiegte mich enger an sie.

„Hab dich lieb, große Schwester.“

„Hab dich noch lieber, kleine Schwester.“

Unser schwesterlicher Liebesaustausch wurde von der Türklingel unterbrochen.

„Oh Gott. Ich hab ganz vergessen, dass die anderen alle noch draußen sind.“ Renee stand auf und eilte zur Tür.

„Ich auch“, sagte ich und folgte ihr. Anstatt einer ganzen Truppe vor Kälte schlotternder Leute stand nur einer auf der Terrasse, und der schlotterte nicht.

„Dusty“, sagte Renee. „Wo sind die anderen?“

„Die haben den Truck genommen und sind Donuts holen gefahren“, sagte er, den Blick auf mich fixiert. „Können wir reden?“ Ich war mir nicht sicher, an wen er die Frage richtete, doch Renee entschied, dass sie es war, und verschränkte die Arme.

„Okay, rede“, sagte sie.

„Wir sollten ihn wenigstens reinlassen“, sagte ich. Er sah zwar nicht aus, als wäre ihm kalt, aber ich war nicht grausam genug, um ihn draußen stehen zu lassen, während er sich sonst was von Renee anhören musste.

„Vielleicht würde die Kälte ihm ganz guttun. Seinen Penis ein bisschen abkühlen.“

„Das reicht.“ Ich griff um sie herum, packte Dusty am Arm und zog ihn hinein. Er hatte keinen gefrorenen Penis verdient. Er schloss die Tür hinter sich.

„Renee, ich schwöre dir, ich hatte nicht vor, dass das passiert, und es tut mir leid, aber ich kann es jetzt nicht mehr ändern. Gerade du müsstest doch wissen, wie besonders sie ist. Es war einfach … unvermeidlich. Ich hing schon halb drin, ehe ich überhaupt mitbekam, was passierte.“

Ich schluckte und stellte fest, dass es gerade noch viel schwieriger geworden war, Nein zu Dusty zu sagen. Warum musste er nur solche Sachen sagen? Wenn er einfach den Mund halten und aufhören würde, mich zu küssen, hätte ich vielleicht eine Chance.

„Sehr nett“, sagte Renee. „Aber ich habe mit Jos geredet, und ich glaube nicht, dass sie genauso fühlt. Also werde ich jetzt ein bisschen Wäsche falten gehen und versuchen, nicht zu lauschen, während ihr redet. Aber wenn es zum Streit kommt, bin ich auf ihrer Seite. Du kannst nur verlieren.“ Mit diesen Worten machte sie auf dem Absatz kehrt, ging in den Waschraum hinter der Küche und schloss die Tür.

„Du solltest die Stiefel ausziehen. Darah wird dich bei lebendigem Leib häuten, wenn sie herausfindet, dass du Schnee auf dem sauberen Boden verteilt hast.“ Das stimmte noch nicht mal. Ich konnte mir nicht vorstellen, dass Darah so eine Drohung auch nur in den Mund nehmen würde, doch Dusty zog brav die Stiefel aus und stellte sie neben meine. Ihn in Socken zu sehen erinnerte mich daran, wie wir in seiner Wohnung herumgeschlittert waren und wie viel Spaß das gemacht hatte. *Nein, das sind keine guten Gedanken, Jos. Die musst du abschalten.*

Wir gingen zurück ins Wohnzimmer und setzten uns auf die Couch. Dieses Gespräch würde ganz anders verlaufen als das mit Renee, so viel war sicher.

„Also, lass uns das mal klarstellen“, sagte er und hielt die Hände hoch, als wollte er sagen: „Immer langsam.“ „Du hast deiner Schwester also gesagt, dass du nicht so empfindest wie ich.“

Zeit für die oscarreife Performance Nummer zwei.

„Das habe ich, weil es stimmt.“ Mein Text klang, als würde er aus einem schlechten Theaterstück stammen. Einem richtig schlechten. Einem, das noch nicht mal Laientheater-Niveau hatte, eher eine beschissene Highschool-Produktion, in der die Schüler gezwungen worden waren mitzuspielen, um eine gute Note zu bekommen.

„Joscelyn.“ Ich erschauderte, als er meinen Namen in den Mund nahm.

„Was? Es stimmt. Ich verschieb dich in die Kumpelzone, wo du hingehörst. Ich hab mich nur etwas verrannt, und als ich darüber nachgedacht habe, hab ich gemerkt, dass ich etwas anderes will. Mit dir, meine ich. Ich habe gerade eine Menge Probleme, und daher glaube ich nicht, dass das gut wäre mit uns. Selbst wenn ich es wollte.“ Ich sah schon die Schlagzeilen vor mir: *Joscelyn Archer: Das Schlimmste, was dem Theater passiert ist – seit* Cats! … *Ich bin aus dem Theatersaal gestürmt und habe mein Geld zurückverlangt … Dieses Mädchen ist einfach völlig talentfrei und wird in dieser Stadt ganz sicher keine Rolle mehr bekommen.*

Ich beobachtete Dusty aus den Augenwinkeln. Den direkten Blickkontakt mit ihm musste ich unbedingt vermeiden, denn dann hätte ich zu oft geblinzelt oder sonst wie verraten, dass ich log.

Er schwieg einen Moment und sah mich an.

„Du willst mich verarschen. Glaubst du ernsthaft, ich nehme dir das ab? Wenn ja, dann musst du mich für verdammt dumm halten.“

Nein, ich dachte nicht, dass er dumm war. Er war eher zu schlau, als gut für ihn war.

Das Lächeln auf seinem Gesicht war diesmal einfach nur verwirrt und fassungslos. Es war total süß.

Ich entschied mich für die Wahrheit.

„Ich halte dich nicht für dumm.“

„Warum tust du mir das dann an? Vor nicht allzu langer Zeit hast du mich noch geküsst, und dieser Kuss war das genaue Gegenteil von dem, was du mir jetzt sagst. Ich glaube, wenn ich dich jetzt noch einmal küssen würde, wäre deine Reaktion genau die gleiche wie vorhin. Du sagst eine Sache, aber deine Lippen und dein Körper sagen etwas ganz anderes. Sehe ich das richtig?“

Tja, das sah er verdammt richtig.

„Dusty.“

„Nein, Rotschopf. Ich will das hören. Sag mir, warum wir nicht zusammen sein können.“ Er lehnte sich zurück, als würde er darauf warten, dass ich eine Zugabe lieferte. Ich war am Ende meiner Weisheit angelangt.

„Warum musst du es mir so schwer machen? Wenn du einfach irgendein … Idiot wärst oder schlecht riechen würdest oder nicht so nette Sachen sagen würdest, wäre es sehr viel einfacher.“ Ich stand von der Couch auf und setzte mich auf den Sessel, um Abstand zu ihm zu gewinnen. Und um seinem Duft zu entfliehen.

„Vielleicht ist es so schwer, weil du dich von mir angezogen fühlst. Und Leute, von denen man sich angezogen fühlt, packt man nicht in die Kumpelzone.“

„Manche Leute schon.“ Ich war mir sicher, dass irgendwann in der Geschichte irgendwer irgendwo schon mal jemanden aus irgendeinem Grund in die Kumpelzone gesteckt hatte. Es musste einfach einen Präzedenzfall geben.

„Okay. Jetzt rede ich, und du kannst zuhören und mir sagen, ob ich auf der richtigen Fährte bin oder nicht. Okay?“, fragte er.

„Hab ich eine Wahl?“

„Nein.“

Ich verdrehte die Augen.

„Dann fahr fort“, sagte ich und machte eine entsprechende Geste.

„Vor ein paar Tagen waren wir uns noch einig. Falls du dich erinnerst, warst du diejenige, die weitergehen wollte, richtig?“

Ich nickte.

„Ich habe dich geküsst, du hast mich zurückgeküsst, und dann wurde es ein bisschen heißer. Wir wollten das beide so. Richtig?“

Ich nickte erneut.

„Und dann, aus mir unbekannten Gründen, bist du ausgeflippt und aus meiner Wohnung gerannt, und jetzt kommst du mir mit allem, was dir einfällt, um mich von dir fernzuhalten, obwohl du immer noch mit mir zusammen sein willst, wenn ich deine Reaktion auf den Kuss eben richtig deute. Richtig?“

„Das ist nicht genau …“

Er unterbrach mich. „Ja oder nein?“

Ich sah ihn böse an. „Ja.“

„Jetzt muss ich also nur noch herausfinden, was passiert ist. Wieso du deine Meinung geändert hast. Wenn ich mich recht erinnere, bist du in mein Schlafzimmer gegangen, um Napoleon zu holen und ein wenig herumzuschnüffeln …"

Ich versuchte ihn zu unterbrechen, doch er hob die Hand.

„Lass mich ausreden, dann kannst du etwas dazu sagen. Also, du warst in meinem Schlafzimmer und hast ein Bild von mir und meinem Bruder in die Hand genommen und es dann fallen lassen. Als ich reinkam, sahst du aus, als hättest du den Schock deines Lebens erlitten, und dann hast du mir die Katze in den Arm gedrückt und bist aus der Tür gerannt, ohne Schuhe. Richtig?"

Ich musste ein paar Mal schlucken, bevor meine Stimme mir gehorchte.

„R-richtig."

„Also, aus meiner Sicht war also der alles verändernde Moment der, in dem du das Bild gesehen und dann fallen gelassen hast. Was war denn mit dem Bild, warum hast du es fallen gelassen? Was könnte ein Bild von mir und meinem Bruder an sich haben, dass du solch eine Panik bekommst? Mich hast du schon gesehen, du hast mich sogar geküsst. Du weißt, wie ich aussehe." Spätestens jetzt fühlte ich mich, als säße ich im Zeugenstand irgendeines Fernsehgerichtsdramas und er war der hartgesottene Anwalt, der mich ins Kreuzverhör darüber nahm, was in der Nacht zum 14. Juni passiert war. Er würde einen großartigen Anwalt abgeben.

„Also kann ich es nicht gewesen sein, der dir Angst eingejagt hat. Und der Einzige andere auf dem Bild ist mein Bruder."

Es war mehr als dumm von mir gewesen zu denken, dass er nicht dahinterkommen würde, nachdem ich beim Anblick des Bildes so ausgerastet war. Ich hätte nicht abhauen sollen. Ich hätte so tun sollen, als hätte ich einen Notfallanruf bekommen. Ach, Scheiße, ich hätte ihm einfach sagen sollen, dass ich noch Jungfrau war. Den Grund hätte er sicher gelten lassen. Hm, warum eigentlich nicht …

„Ich bin noch Jungfrau", platzte es aus mir heraus. Es war mir lieber, dass er das wusste, als dass er die Wahrheit über mich und Nathan erfuhr. Die Peinlichkeit war mir lieber als der Hass, den er mir entgegenbringen würde, wenn er die Wahrheit erfuhr. Warum war mir das nicht früher eingefallen? Das war perfekt!

„Ich bin noch Jungfrau, und ich war in deinem Schlafzimmer, und als ich dein Bett gesehen habe, musste ich an Sex denken. Und da ist mir klar geworden, dass ich Schiss davor habe, und darum bin ich abgehauen. Das hatte nichts mit dem Bild zu tun." Um Himmels willen, bitte nimm mir das ab, Dusty.

Er sah mich prüfend an, und zum ersten Mal in meinem Leben war ich froh, dass mein Gesicht und meine Ohren rot anliefen. Es war eigentlich mehr aus Angst, dass er mir das nicht abkaufen würde, als vor Scham, ihm zu erzählen, dass ich es noch nie getan hatte. Aber das musste er ja nicht wissen.

„Ernsthaft? Deshalb bist du so ausgerastet?" Gott sei Dank, er nahm es mir ab. Ich seufzte innerlich auf vor Erleichterung.

„Na ja, ich weiß, ich hab dich irgendwie ganz schön angemacht, aber da ist es wohl einfach nur mit mir durchgegangen, und dann hab ich noch mal drüber nachgedacht. Es tut mir total leid, dass ich es dir nicht gesagt habe, aber vielleicht kannst du nachvollziehen, weshalb."

Jetzt sah er wieder verwirrt aus.

„Weshalb denn?"

„Weil ich weiß, dass du schon mit vielen Mädchen zusammen gewesen bist und du deshalb wahrscheinlich Mädchen gewöhnt bist, die mehr Erfahrung haben. Und ich habe kaum welche." Okay, jetzt wurde es mir wirklich langsam peinlich. Das war so nicht geplant gewesen.

„Oh Gott. Ich kann nicht glauben, dass ich dir das erzählt habe." Ich versteckte mein Gesicht hinter meinen Händen.

„Hey." Er kam zu mir und zog sie mir vom Gesicht. „Du hast absolut keinen Grund, dich zu schämen. Das hatte ich schon irgendwie vermutet, aber ich habe drauf gewartet, dass du etwas dazu sagst. Falls du dir Gedanken um mich machst … das musst du nicht. Es macht mir nichts, dass du es noch nie getan hast. Und wenn du es schon mit hundert Typen getan hättest, wäre mir das auch egal. Allein die Tatsache, dass du diesen Moment mit mir teilen wolltest, bedeutet mir … alles. Du bedeutest mir alles, Jos, und ich will dich nicht verlieren. Selbst wenn du versuchst, mich loszuwerden."

Er nahm meine Hände in seine und kam mit seinem Gesicht ganz nahe an meines heran. Ich wusste, dass er mich gleich küssen würde, doch diesmal würde ich ihn daran hindern.

„Dusty, ich kann nicht, es tut mir leid. Es gibt einfach Dinge, die dem im Weg stehen. Zu viele Dinge. Ich will nicht kaputt machen, was ich hier habe, und ich habe Angst, alles zu versauen, und dafür bist du mir zu wichtig. Wenn ich es also verhindern kann, das zu versauen, was wir schon miteinander haben, dann würde ich das gerne tun. Denn was ist, wenn es nicht hinhaut mit uns? Du würdest nicht mehr hierherkommen können. Hunter wäre in einer furchtbaren Position und ich … Ich will nicht, dass wir uns nie wiedersehen. Damit käme ich nicht klar." Wow. Mir war noch nicht mal bewusst gewesen, dass ich so empfand, bevor ich es laut ausgesprochen hatte. Warum hatte ich das nicht gleich gesagt?

Er öffnete den Mund, um dagegenzuargumentieren, doch dann machte er ihn schnell wieder zu und stieß einen frustrierten Laut aus, der fast wie eine Explosion klang.

„Ist angekommen. Ist angekommen, und ich verstehe dich. Das heißt nicht, dass es mir gefallen muss, aber wenn es das ist, was du willst, dann werde ich mich danach richten. Wie auch immer und wann auch immer ich in deinem Leben sein kann … Ich nehme, was ich kriegen kann. Ich will dich, egal auf welche Art. Schätze, du bist meine neue Sucht." Er lächelte, doch es sah nicht sehr glücklich aus.

„Tut mir leid, dass du von mir angefixt bist. Ich würde ja eine Gruppentherapie vorschlagen, aber ich glaube, die Anonymen Joscelyn-Archer-Süchtigen gibt es noch nicht."

„Das ist mehr als okay. Du bist die einzige Sucht, mit der ich leben kann.“ Ich hatte das Bedürfnis, die Hand auszustrecken und sein Gesicht zu berühren, doch das würde vermutlich zu weiteren Küssen führen und alles zunichtemachen, was ich gerade gesagt hatte.

Er ließ meine Hände los und setzte sich ans andere Ende der Couch.

„Also, was meinst du? Können wir Renee aus ihrem Elend befreien und ihr sagen, dass sie jetzt wieder reinkommen kann?“

Ich hörte sie in der Küche rumoren und wusste, dass sie nur so tat, als würde sie nicht zuhören. Doch uns allen war klar, dass sie genau das tat, und wenn es nur war, um sicherzugehen, dass es mir gut ging. Ich nickte und wandte den Kopf in Richtung Küche.

„Renee! Du kannst jetzt rauskommen.“

Sobald sie ihren Namen hörte, stürzte sie herein.

„Geht's dir gut?“ Ihr Blick ging zwischen Dusty und mir hin und her.

„Ja, mir geht's gut. Wir haben geredet, und es ist alles okay. Es gibt keinen Anlass zu Drohungen, Heugabeln oder aus wütenden Bauern bestehenden Mobs“, sagte ich.

Renee warf mir einen strafenden Blick zu, und Dusty zuckte mit den Schultern.

„Keine Ahnung, woher sie das hat“, sagte Renee.

„Ist mir auch ganz egal, wo sie das herhat. Ich will nur dabei sein, egal, wohin es führt“, sagte Dusty. Ich warf ihm einen bösen Blick zu. So etwas durfte er nicht mehr sagen. Er sollte keine herzerweichenden Sachen mehr vor meiner Schwester sagen, nachdem ich ihn eindeutig in die Kumpelzone gepackt hatte. Wollte er mich verarschen?

„Sorry“, formte er lautlos mit den Lippen, sah jedoch überhaupt nicht aus, als würde es ihm leidtun. In diesem Moment klingelte es wieder an der Tür, und Renee ging aufmachen.

„Also echt“, sagte sie, als sie die restlichen Hausbewohner hereinließ.

Ich stand auf und schlug ihm gegen die Brust.

„Du sollst so etwas nicht sagen, du Idiot", sagte ich, während die anderen mit Tüten, Papptabletts voller dampfender Pappbecher und mehreren Schachteln Donuts hereinkamen.

„Wir haben dir einen Chai Latte mitgebracht, kleine Ne", sagte Mase und reichte mir einen der Becher.

„Danke, Mase." Ich nippte an dem Chai, der süß und warm war. Dusty nahm sich einen Becher schwarzen Kaffee und suchte nach den mit Marmelade gefüllten Donuts, bevor jemand anders sie sich schnappte. Vor zwei Sekunden hatte er noch mit mir geflirtet, doch jetzt tat er so, als würde ich gar nicht existieren. Was sollte das denn jetzt?

„Bist du okay?", fragte Taylor und stellte sich neben mich. „Das … ging ja ziemlich heiß her vorhin."

„Mir geht's gut. Dusty und ich haben miteinander geredet und beschlossen, dass wir besser Freunde bleiben sollten."

Sie lachte ein wenig und nahm sich ein Croissant aus einer der Tüten. „Du meinst, *du* hast das beschlossen. Ich kann mir nicht vorstellen, dass er diese Entscheidung treffen würde."

„Er hat gesagt, es sei meine Entscheidung", sagte ich. Immer noch lachend und kopfschüttelnd, ging sie zum Küchenschrank und holte sich ein Glas Nutella. Wenn es etwas gab, das in Yellowfield House nie ausging, dann war es Nutella. Uns mochte das Klopapier ausgehen oder das Waschmittel, aber niemals und unter keinen Umständen Nutella.

Sie riss das Croissant in zwei Hälften, öffnete das Nutella-Glas, tauchte ein Messer hinein und verteilte die Schokoladenköstlichkeit auf den Croissantstücken.

„Glaub mir. Hunter hat auch nicht lockergelassen, als ich ihn weggestoßen habe, und Dusty ist vom selben Kaliber." Ich schaute mich um, doch niemand hörte zu oder beobachtete uns.

„Wovon redest du, Baby?", fragte Hunter, der plötzlich hinter Taylor aufgetaucht war und sein Kinn auf ihre Schulter stützte.

„Über Scheidenpilz“, sagte sie und zwinkerte mir zu.

„Lecker. Gibst du mir was davon ab?“, fragte er und zeigte auf ihre Nutella-bedeckten Croissantstückchen.

Sie seufzte und hielt ihm eines hin, sodass er hineinbeißen konnte, und lachte, als er die Schokolade von ihren Fingern leckte. Taylor warf mir einen Blick zu. Zunächst verstand ich nicht, was sie mir sagen wollte, doch dann zog sie mich zu sich heran, damit sie in mein Ohr flüstern konnte.

„Lass ihn an dich ran. Du wirst es bereuen, wenn du es nicht tust. Glaub mir.“

Sie ließ mich los und fuhr fort, Hunter mit Stückchen von ihrem Croissant zu füttern. Ich ging zurück ins Wohnzimmer, wo Dusty auf Hunters Gitarre herumzupfte. Ich hatte keine Ahnung gehabt, dass er spielen konnte.

Alle anderen waren immer noch in der Küche, und ich hatte das Gefühl, dass sie uns absichtlich ein wenig Privatsphäre ließen.

„Irgendwelche Wünsche, Rotschopf?“, fragte er, während er auf der Gitarre zupfte, als wäre er mit ihr in der Hand geboren worden.

„Kannst du spielen?“

„Ja, Hunter hat es mir beigebracht. Ich finde einfach, man muss als Musiklehrer Gitarre spielen können. Als Begleitung zum Singen und so.“ Das mussten verdammt gute Unterrichtsstunden gewesen sein, und ganz offensichtlich war er dazu auch noch ein Naturtalent.

„Was war das für ein Song, den du mir gestern bei Hannah vorgesungen hast?“, fragte ich so leise, dass es niemand anders hörte.

„Ach, das war ‚Live and Die‘ von den Avett Brothers. Wundert mich, dass du den nicht kennst.“ Ich besaß ein paar CDs der Band, jedoch nicht alle. Er begann, den fröhlichen Song zu spielen, der eine schöne Melodie hatte. Sie passte erstaunlich gut zu dem Text, der auch mit einem weniger schwungvollen Stück funktioniert hätte.

Dustys Singstimme war tiefer, als ich gedacht hätte, und ich hörte, dass er den Song ein paar Oktaven tiefer singen musste, damit er zu seiner Stimme passte. Doch das gelang ihm einwandfrei.

Ich konnte nicht anders, als den eingängigen Refrain mit den Füßen mitzuwippen, und spürte, dass von der Küche aus alle Augen und Ohren auf uns gerichtet waren. Er sah mich die ganze Zeit über an, beinahe ohne zu blinzeln. Ein Lächeln reiner Freude lag auf seinem Gesicht, und ich konnte nicht anders, als ebenfalls zu lächeln. Er schlug den letzten Akkord an, und ich lachte.

„Und jetzt, Rotschopf?"

„Du musst das nicht tun."

„Ich will es aber. Ich spiele gerne. Das ist eins der wenigen Dinge, die mich absolut glücklich machen." Er beugte sich über die Gitarre und senkte seine Stimme. „Neben dir natürlich."

Ich warf einen Blick über die Schulter, doch in der Küche taten alle eilig so, als würden sie keinesfalls lauschen. „Dusty."

„Was denn? Darf ich dir nicht sagen, dass du mich glücklich machst? Verdammt, Rotschopf, das ist echt hart."

„Spiel, was immer du willst. Es ist mir egal", sagte ich und verschränkte die Arme.

„Okay, mach ich."

Und dann fing er an, einen Song zu spielen, der mich beinahe dazu brachte, ihn anzuflehen, aufzuhören und etwas anderes zu spielen. Nachdem ich das Foto von Nathan gesehen hatte, war meine Erinnerung an ihn wieder wie eine frische Wunde, und dieser Song machte es nur noch schlimmer.

Dusty schaffte es irgendwie, der Ingrid-Michaelson-Version von „Creep" gerecht zu werden, obwohl ich keine Ahnung hatte, wie. Zwischen ihrer und seiner Stimme lagen Welten, doch Dusty nahm einfach ihre sanfte Version und fügte ein wenig von der ursprünglichen Rauheit wieder ein, was den Song ein wenig härter und zugleich herzzerreißender klingen ließ, und das ertrug ich nicht.

Ich stand von der Couch auf. Dusty unterbrach sein Spiel und legte seine Hand auf die Saiten, damit sie nicht mehr vibrierten.

„Ich kann nicht." Und dann rannte ich Drama-Queen-mäßig aus dem Raum, die Treppen hinunter und knallte die Tür hinter mir zu, bevor er und alle anderen sehen konnten, dass ich weinte.

Aufgrund der Tatsache, dass ich mit einem Haufen Leuten zusammenwohnte, war nichts anderes zu erwarten, als dass mir jemand hinterhergerannt kam. Ein sanftes Klopfen an der Tür ließ mich von meinem Kissen aufblicken. Ich hatte mich auf mein Bett geschmissen und gehofft, mich so schnell wieder zusammenreißen zu können, dass ich in der Lage sein würde, meine Flucht demjenigen, der mir nachkommen würde, zu erklären.

„Joscelyn." Natürlich war es Dusty. Hätten sie nicht einfach Taylor oder Mase oder meinetwegen sogar Renee schicken können? Ich fragte mich, wie hart er hatte darum kämpfen müssen, derjenige zu sein, der nach mir sehen durfte.

„Geh weg, Dusty. Ernsthaft. Lass mich einfach allein. Fahr zurück in deine Wohnung. Ich bin mir sicher, dass Napoleon dich vermisst."

„Ich gehe nicht weg. Ich dachte, das hätte ich dir klargemacht." Ich hörte, wie er sich auf der anderen Seite der Tür auf den Boden rutschen ließ. „Also, du kannst so lange da drin bleiben, wie du willst, aber irgendwann wirst du etwas essen oder ins Bad müssen oder dir neue Skittles und M&Ms besorgen, und so lange bleibe ich hier."

„Warum kannst du dir nicht einfach eine andere suchen?", fragte ich und pfefferte mein Kissen gegen die Tür. Eine völlig sinnlose Aktion, nach der ich mich nicht einen Deut besser fühlte.

„Ich will keine andere, Rotschopf. Ich will dich."

„Tja, ich will dich aber nicht."

Er lachte, und ich wünschte mir, unter der Tür durchgreifen und ihn erwürgen zu können.

„Ich glaube, ich kann von hier sehen, wie deine Nase immer länger wird."

„Du findest dich verdammt witzig, oder?" Ich stand auf und stellte mich direkt vor die Tür, damit er mich klar und deutlich hören konnte.

„Manchmal ja."

„Dusty. Bitte. Lass. Mich. Einfach. In. Ruhe."

Er schwieg einen Moment, und ich dachte schon, er würde endlich gehen, doch ich hörte ihn nicht aufstehen.

Dann fing er plötzlich leise an zu singen. Es war „This" von Ed Sheeran. Ich liebte diesen Song – unter normalen Umständen.

„Durch Singen kriegst du mich auch nicht dazu, rauszukommen, also hör auf." Doch er hörte nicht auf. Der Song ging weiter, und Dustys Stimme wurde immer lauter.

„Halt verdammt noch mal den Mund!", schrie ich und hämmerte gegen die Tür. Es war einfach zu viel. Ich versuchte, ihn zu übertönen, doch es gelang mir nicht. Ich trat mehrfach gegen die Tür und war kurz davor, sie aufzureißen und ihn umzuhauen, damit er endlich aufhörte und wegging.

„HALT'S MAUL!" Unbeirrt sang er mit ruhiger und sanfter Stimme weiter. Ich trat noch einmal gegen die Tür und schrie vor lauter Frust auf. Er ignorierte mich einfach.

Keuchend ließ ich mich auf den Boden sinken. Meine Nase lief, ich wischte sie mit dem Ärmel ab.

„Warum hörst du nicht auf?", fragte ich, jedoch nicht laut genug, als dass er es hören konnte. „Ich bin schuld daran, dass dein Bruder tot ist. Warum kannst du das nicht verstehen und mich einfach in Ruhe lassen?" Der Song brach ab.

„Was hast du da gesagt?" Es konnte unmöglich sein, dass er mich gehört hatte.

„Nichts." Ich rutschte näher an die Tür heran. „Dusty?"

„Ja, Jos."

„Glaubst du, dass du mich jemals hassen könntest?"

Er veränderte die Position, und seine Stimme hörte sich nun noch näher an, als würde er direkt durch den Türspalt sprechen.

„Hör mir zu, Joscelyn. Ich will, dass du genau hörst, was ich jetzt sage. Und wenn du nichts anderes von dem glaubst, was ich dir erzähle, glaub mir wenigstens das: Es gibt nichts, absolut gar nichts, was du tun könntest, um mich dazu zu bringen, dich zu hassen. Du bist überhaupt nicht in der Lage, etwas zu tun, dass irgendwen dazu bringen könnte, dich zu hassen. Das weiß ich. Und ich weiß außerdem, dass … ich dich liebe."

Ich fing wieder an zu weinen und lehnte den Kopf an die Tür. Sie war so solide und dadurch tröstlich, und das war genau das, was ich jetzt brauchte.

„Das würdest du nicht, wenn du es wüsstest, Dusty. Du würdest mich nicht lieben." Ich legte meine Hand an die Tür, und aus irgendeinem Grund wusste ich, dass er auf der anderen Seite dasselbe tat.

„Oh, Jos. Ich … ich würde dich gerade so gerne berühren und in meinen Armen halten. Kannst du mich nicht bitte reinlassen? Bitte." Ich griff nach oben und schloss die Tür auf.

„Ist offen", sagte ich und rutschte ein wenig von der Tür ab, während er den Knauf drehte und sie langsam öffnete.

Ich sah auf, und da war er.

„Oh, du süßes Mädchen." Er kauerte sich neben mich, hob mich hoch und legte mich auf mein Bett. Dann legte er sich neben mich, wischte mir die Tränen vom Gesicht und küsste mich auf die Nasenspitze. Ich konnte ihn nicht davon abhalten.

„Dusty, nicht."

„Hör auf, mir zu sagen, was ich tun soll, Jos. Ein einziges Mal werde ich kein Gentleman sein und auf dich hören." Er drückte mich fest an sich, und ich wehrte mich ein wenig dagegen, doch seine Arme umklammerten mich wie Stahlkabel, und meine Abwehr war ohnehin nicht stark genug.

„Lass mich. Lass mich einfach für eine Weile." Er presste mich an sich, und ich wandte den Kopf zur Seite, sodass er an seiner Brust lag. Sein Herz schlug mit dem harten Puls eines Schlagzeugs, und ich lauschte ihm und versuchte, alles andere loszulassen.

Sobald er sicher war, dass ich nicht mehr versuchen würde, von ihm wegzukommen, lockerte er seinen Griff und fing an, mir in beruhigenden Wellen über den Rücken zu streicheln.

Mir rannen immer noch Tränen über die Wangen, doch sie ließen langsam nach.

Er sang nicht. Er sprach nicht. Er hielt mich einfach nur und atmete mit mir und ließ mich meine Tränen in sein Shirt weinen, bis ich vollkommen ausgewrungen war und keine mehr übrig hatte. Für den Moment zumindest.

Als mein Arm anfing einzuschlafen, veränderte ich ein wenig die Position, woraufhin er sich augenblicklich anspannte.

„Sorry, ich muss mich nur mal bewegen." Er lockerte seinen Griff wieder, und ich drehte mich zur Seite, bis ich besser lag. Dann fasste er mich mit einer Hand am Kinn und hob mein Gesicht hoch, um mich anzusehen.

„Ich bin ein totales Chaos, ich weiß", sagte ich, während er ein paar Strähnen von meinen Augen strich.

„Ein wunderschönes Chaos, von dem ich nicht weiß, wie ich mich habe hineinziehen lassen."

„Ich hab dich nicht reingezogen."

„Doch, das hast du. Du kannst nur nichts dafür."

*Da*für vielleicht nicht.

„Joscelyn."

„Hm?"

„Du bist doch nicht wegen deiner Jungfräulichkeit so fertig, oder?"

Ich konnte einfach nicht weiter lügen. „Nein."

„Es ist etwas anderes. Etwas sehr viel Größeres."

Ich nickte, während er mich immer noch am Kinn hielt.

„Dann muss ich dir sagen, dass du nicht die Einzige bist, die etwas so Großes und Schlimmes mit sich herumschleppt, dass sie es niemandem erzählen kann. Du bist nicht die Einzige. Hast du das verstanden?"

„Was?" Ich hatte gewusst, dass es eine Menge Geheimnisse aus Dustys Vergangenheit gab, die er lieber nicht ausgraben wollte, doch ich hatte einfach angenommen, dass er eine schlimme Kindheit gehabt hatte, missbraucht worden war oder so was in die Richtung. Was hatte ich nur mit Leuten und ihren Geheimnissen? Ich schien sie magisch anzuziehen. Erst Hannah und jetzt Dusty.

„Aber weißt du was? Verglichen mit dem Gedanken, dich zu verlieren, erscheint mir mein Geheimnis gar nicht mehr so groß. Du bist der erste Mensch, dem ich das jetzt erzählen werde."

Ich versuchte, ihm die Hand auf den Mund zu legen, doch er schob sie weg.

„Nein, ich werde dir das jetzt sagen, und nicht, weil ich es so unbedingt erzählen will, sondern weil es mir wichtig ist, dass du es hörst." Ich klammerte mich an sein Shirt. „Du hast doch das Bild von mir und meinem Bruder gesehen, oder?" Oh nein. Oh nein, nein, nein, nein, nein. Ich wurde ganz steif in seinen Armen, doch er hörte nicht auf zu reden.

„Na ja, er ist gestorben. Vor neun Monaten. Und ich bin schuld daran."

Sobald mein Gehirn die Bedeutung dessen, was er da gerade gesagt hatte, gänzlich aufgenommen hatte, hatte ich das Gefühl, dass mir im nächsten Augenblick das Herz stehen bleiben würde.

21. KAPITEL

Ich setzte mich auf und wand mich aus seinen Armen. „Ich kann mir das nicht anhören. Ich kann nicht, ich kann nicht, ich kann nicht." Ich stürzte zur Tür, doch Dusty hielt mich fest und versuchte, mich zurück zum Bett zu ziehen.

„Lass mich los, lass mich gehen!", schrie ich. In diesem Moment flog die Tür auf, und Dusty erstarrte.

„Was zur Hölle machst du hier!?" Dusty ließ mich los, und Renee zog mich von ihm weg. „Du verschwindest augenblicklich aus diesem Haus, und ich hoffe, dass dir die Tür beim Rausgehen noch einen Arschtritt verpasst."

„Es tut mir so leid … Ich habe nur …" Renee hielt mich fest und drehte sich so, dass sie zwischen Dusty und mir stand.

„Hau. Sofort. AB!"

Er warf mir einen letzten verzweifelten Blick zu, dann drängte er sich an uns vorbei und rannte die Treppe hoch.

„Hat er dir irgendwas getan?", fragte Renee und nahm mein Gesicht zwischen beide Hände, als würde sie es nach Verletzungen absuchen.

„Nein, nichts dergleichen. Er hat mir nicht wehgetan."

„So sah das für mich aber nicht aus. Scheiße, ich hätte ihm niemals vertrauen sollen, aber Hunter war so sehr dafür. Ich schwöre, ich werde ihn nie wieder in deine Nähe lassen." Sie umarmte mich, und ich wollte ihr sagen, dass es nicht Dustys Schuld war. Dass es allein meine war. Das hier, und alles andere auch.

Doch die Worte waren zu groß und zu schwer, als dass meine Zunge sie hätte formen können, also fing ich nur wieder an zu weinen. Das schien in letzter Zeit meine bevorzugte Ausdrucksweise zu sein.

„Ist okay, Jos. Es wird alles gut."

So wenig gut wie jetzt war es noch nie gewesen.

Wir hörten Geschrei oben, und dann wurde die Haustür so laut zugeknallt, dass das ganze Haus wackelte.

„Ist alles okay, Kleine. Ich werde nicht zulassen, dass er dir wehtut."

Renee bestand darauf, mich ins Bett zu stecken und mir später eine Suppe zu bringen. Niemand von den anderen kam herunter, doch ich konnte sie oben hören, und obwohl ich nicht verstand, was sie sagten, wusste ich, dass sie über mich redeten. Ich fragte mich, wer sich wohl auf welche Seite geschlagen hatte. Als Renee mir die Suppe kochen ging, nachdem sie mich zuvor resolut ins Bett verfrachtet hatte, checkte ich mein Handy. Nichts.

Ich hätte zumindest einen Anruf oder eine SMS von Dusty erwartet, doch diesmal schien ich ihn endgültig vertrieben zu haben.

Warum fühlte ich mich dann, als hätte jemand mein Herz eingefroren und es mit dem Hammer in eine Million Stücke zerschlagen? Ich rollte mich in Embryonalstellung zusammen und versuchte, mich davon abzuhalten zu weinen. Ernsthaft, wie viele Liter Tränen konnte man denn produzieren? So langsam arbeitete ich auf einen Weltrekord hin.

Renee kam mit der Suppe zurück, und ich aß ein wenig davon, nur um sie zu beschwichtigen. Sie reichte mir außerdem eine Schmerztablette, die ich runterschluckte, ohne nachzudenken. Andernfalls würde ich nicht schlafen können. Vor neun Monaten hatte meine Abendroutine genauso ausgesehen, nur ohne Renee.

„Ruh dich einfach aus. Und mach dir keine Gedanken um die Uni oder Hausarbeiten oder so. Ich kümmere mich um alles, okay?" Sie küsste mich auf die Stirn und schaltete beim Rausgehen das Licht aus, sodass ich nun in völliger Dunkelheit dalag.

„Komm schon! Ich war noch nie auf einem Konzert. Bitte! Ich kann das nicht ohne dich", sagte ich und klatschte in die Hände. „Bitte steh mir bei, wenn ich meine Konzert-Jungfräulichkeit verliere." Das brachte ihn zum Lachen.

„Na gut, na gut. Aber du zahlst das Benzin."

„Deal!", erwiderte ich und schlang die Arme um ihn. „Du musst mir außerdem sagen, was ich anziehen soll. Ich hab kein richtiges Konzert-Outfit in meinem Schrank."

„Ich weiß. Was ist das nur mit deinen Klamotten? Du siehst immer aus, als wärst du gerade einem politischen Magazin entsprungen."

„Irgendwann werde ich mich ständig so kleiden müssen, dann kann ich mich genauso gut jetzt schon daran gewöhnen."

Ich versuchte, die Erinnerungen wegzuschieben, doch sie wollten einfach nicht zurück an den Ort, an dem ich sie normalerweise verschlossen hielt. Sie waren gerade zu groß, zu nah, und es gelang mir einfach nicht, sie mir vom Leib zu halten, sosehr ich mich auch bemühte.

„Und, wie findest du's?", schrie er mir ins Ohr, als die erste Band ihren Auftritt beendete und die Menge ausflippte.

„Großartig!", schrie ich zurück und kreischte dann aus voller Kehle mit den anderen mit.

„Das ist Leben, Jossy. Das bedeutet es, einfach im Hier und Jetzt zu sein", schrie er, während die Leute lauthals nach einer Zugabe verlangten.

Wir sahen uns die zweite Band an, die nicht so gut war wie die erste, doch das machte nichts. Plötzlich bekam Nathan eine SMS und runzelte die Stirn. Ich fragte ihn, ob etwas nicht stimmte.

„Nein, es ist nichts. Nichts, worum ich mich kümmern müsste. Sollen wir mal schauen, ob wir näher an die Bühne rankommen?" Wir hatten uns gerade nach vorne durchgearbeitet, als die dritte Band auf die Bühne kam. Ich war berauscht von der Musik und der Atmosphäre, so hatte ich mich noch nie im Leben gefühlt. Es war alles zu viel und gleichzeitig nicht genug.

„Ich will hier nie wieder weg!", schrie ich.

„Irgendwann wirst du ja mal schlafen müssen. Außerdem wird man hier am Ende rausgeworfen."

Er schien irgendwie abgelenkt.

„Ist alles okay?"

„Ja, alles gut. Bin nur gerade mit den Gedanken woanders."

„Willst du gehen?"

Er schüttelte den Kopf und lächelte.

„Auf keinen Fall. Ich werde doch nicht dein erstes Mal vorzeitig beenden. Wir bleiben bis zum Ende."

„Das müssen wir nicht."

„Bist du sicher?"

Ich sah auf die Bühne.

„Nur noch einen Song?", schlug ich vor.

„Deal!" Er legte mir den Arm um die Schulter und gab mir einen Kuss auf die Stirn.

Und so blieben wir noch für diesen einen Song, den Song, der unser Leben verändern sollte.

Als er vorbei war, drängelten wir uns durch die Menge und gingen zurück zum Parkplatz. Nathan hatte sich bereit erklärt, mich nach Maine zu fahren, damit ich meine Stiefschwester Jessica zum Geburtstag überraschen konnte. Er sagte, er habe sowieso ein paar Freunde dort, die er besuchen wollte, es würde also gut passen. Ich hatte trotzdem ein schlechtes Gewissen, dass er mich so weit fuhr, doch er sagte, es würde ihm nichts ausmachen und dass ich mich einfach mal revanchieren konnte, wenn er irgendwohin gebracht werden musste. Er war so ein guter Freund. Er hätte mir sein letztes Hemd gegeben.

„Freunde schulden Freunden nichts. Der eine tut dem anderen einen Gefallen, dann revanchiert sich der andere, aber schließlich vergisst man das alles und tut sich einfach gegenseitig Gutes. So sollte es jedenfalls laufen." Nathan hatte immer Ratschläge auf Lager, und sie waren immer gut, auch wenn ich sie zunächst nicht immer verstand oder dachte, er sei verrückt. Am Ende behielt er immer recht.

Wir verbrachten die Rückfahrt damit, alle Radiosender nach neuer Musik abzusuchen. Die Frequenzen rauf und runter, AM- und FM-Sender. Es war erstaunlich, was man alles entdecken konnte, wenn man sich aus seiner Komfortzone herausbewegte – etwas, wovor ich immer Angst gehabt hatte. Nathan hatte mich bei der Hand genommen und mich in eine Welt mitgenommen, von der ich nicht gewusst hatte, dass sie existierte. Eine Welt voller Leidenschaft, Musik und Liebe. Er war einfach so glücklich, dass ich auch glücklich war, wenn ich mit ihm zusammen war.

„Ruf mich jederzeit an, wenn du was brauchst, Jossy. Ich werde da sein", sagte er, als er mich absetzte. Ich hatte ihm von meinen Familienproblemen erzählt und er mir von seinen. „Dann sehen wir uns also Sonntag?"

„Es sei denn, ich drehe bis dahin durch", sagte ich und rollte mit den Augen. Von der Auffahrt aus konnte ich schon meinen Stiefvater hören, wie er irgendeins meiner Geschwister anschrie, und dann gab es ein Riesengetöse.

„Ruf mich einfach an, wenn's nötig ist." Er umarmte mich, und am liebsten wäre ich gar nicht erst aus dem Auto ausgestiegen.

Kaum eine halbe Stunde später hatte ich schon den ersten Streit mit meiner Mutter gehabt und war aus dem Haus geflüchtet. Glücklicherweise hatte einer meiner Stiefbrüder einen Schulbrief bekommen, weil er geschwänzt hatte, da hatte ich meine Chance ergriffen. Ich kam mir ein wenig schlecht dabei vor, Nathan gleich schon anzurufen, aber sagte mir, dass er noch nicht so weit weg sein und mich vielleicht gleich wieder abholen könnte.

„Hey, Jossy, was ist los?"

„Hey, Nathan. Kannst du mich abholen? Tut mir total leid, dass ich dich das frage, aber ich kann einfach nicht hierbleiben."

„Natürlich. Ich muss nur eben noch was erledigen, dann komm ich sofort, okay?"

Ich wischte mir die Tränen aus den Augen und sah zurück zum Haus. Ich wusste einfach nicht, ob ich das aushalten würde. Es war alles ziemlich schlecht gelaufen in letzter Zeit, und ich war mir sicher, dass Mom kurz vor der nächsten Scheidung stand.

„Beeil dich."

„Bin schon auf dem Weg, Jossy." Er legte auf, und das waren die letzten Worte, die er zu mir sagte.

Ein paar Stunden später stand ich auf und machte etwas Musik an, musste sie jedoch gleich wieder abstellen, da mich jeder Song entweder an Dusty oder an Nathan erinnerte. Stattdessen sah ich mir einen Film auf meinem Computer an. Irgendwas mit vielen Explosionen und schlechten Dialogen, die mich nicht zum Weinen oder Nachdenken bringen würden. Doch sogar diese Filme hatten ihre rührseligen Momente, und so ertappte ich mich dabei, wie ich um einen albernen Roboter weinte.

„Klopf, klopf."

„Ist offen", rief ich, wischte mir die Tränen aus den Augen und klappte meinen Laptop zu. Es sollte keiner mitbekommen, dass ich bei einem Film über Roboter aus dem Weltall weinte.

Taylor steckte den Kopf durch die Tür, ein zaghaftes Lächeln auf den Lippen.

„Ich hab gedacht, du könntest vielleicht was zu essen gebrauchen. Oder zu trinken. Oder einfach nur ein bisschen Gesellschaft." Ich wollte nichts von alldem, doch es war lieb von ihr zu fragen, also setzte ich mich auf und klopfte auf mein Bettende.

„Ich hab mich auch schon mal so gefühlt wie du, Jos." Nein, das hatte sie ganz sicher nicht, doch ich hielt den Mund. Der Grund, weshalb Taylor so verkorkst gewesen war, hatte etwas damit zu tun, dass ihr etwas zugestoßen war. Etwas, über das sie keine Kontrolle gehabt hatte. Ich hingegen war verkorkst, weil ich es verdient hatte. Ich verdiente die Qualen, die das Universum mir auferlegt hatte. Ich verdiente es, in ihnen zu ertrinken.

Sie sagte nette Sachen, und ich hörte zu und versuchte, so auszusehen, als würde ich alles aufnehmen, was sie erzählte, und so zu tun, als würde es mir helfen.

„Du darfst also nicht zulassen, dass die schlimmen Dinge, die passieren, dich die guten nicht mehr sehen lassen." Es war wirklich süß von ihr und bestimmt richtig, auf sie traf das alles sicher zu. Ich war froh, dass sie jetzt glücklich war und ein schönes Leben hatte. Doch ich würde das nie haben.

Das war die deprimierendste Mitleidsorgie, die es jemals gegeben hatte, doch das war vermutlich der Sinn des Ganzen.

„Renee ist überzeugt, dass er versucht hat, dir wehzutun, aber sie ist ständig und bei jedem misstrauisch. Und wenn ich was über dich gelernt habe, dann ist es, dass ein Typ, der versuchen würde, dir wehzutun, das niemals überleben würde und du ihn nicht auch noch verteidigen würdest. Daher glaube ich, dass er versucht hat, dir etwas zu sagen, das du nicht hören wolltest. Liege ich richtig?"

Ja.

„Nein."

„Jaja. Also, die Frage ist, was er dir sagen wollte und warum du es nicht hören wolltest."

Okay, ich war es langsam wirklich leid, dass alle irgendeine Theorie über mich parat hatten. Wenn ich eine bessere Lügnerin gewesen wäre, hätte ich mir einfach eine völlig logische Erklärung ausgedacht, die mir alle abnehmen würden. Oder ich hätte einfach getan, was ich ein paar Mal ernsthaft überlegt hatte, nämlich wegzulaufen, ohne mich noch einmal umzudrehen. Doch dieser Plan hatte natürlich einen Haken, und der hieß Renee. Wenn mich irgendwer am Ende der Welt suchen kommen und mich vom Abgrund wegzerren würde, dann war sie es.

„Ich werde das jetzt nicht aus dir rauspressen. Es wird schon von alleine rauskommen, wenn du so weit bist. Oh Mann, ich hab mein Geheimnis jahrelang so erbittert für mich behalten wie du jetzt deins. Ich versteh dich also." Sie stand auf und tätschelte mir die Schulter.

„Diese Dinge finden meistens ihren eigenen Weg ans Licht, ob man sich darum bemüht oder nicht." Mit diesen Worten schloss sie leise die Tür hinter sich und ließ mich wieder allein.

22. KAPITEL

„Du siehst beschissen aus“, begrüßte mich Hannah am Mittwoch in Pams Seminar. Renee hatte darauf bestanden, dass ich mir auch den Dienstag noch zum Ausruhen freinahm, doch ich hatte eher das Gefühl, sie wollte mich noch einen Tag länger im Auge behalten.

Ich war ganz sicher nicht selbstmordgefährdet, doch das spielte keine Rolle, egal, wie oft ich es ihr sagte. Mein Rasierer, alle Küchenmesser und sogar sämtliche Packungen Aspirin im Haus verschwanden auf mysteriöse Art und Weise, und ich hatte sie und mindestens einen weiteren Hausbewohner im Verdacht, doch ich gab vor, nichts zu bemerken.

Brett hatte ich eine E-Mail geschrieben, um ihm zu sagen, dass ich aus Krankheitsgründen an meinem ersten Arbeitstag leider nicht kommen konnte, und Hannah hatte mir Rückendeckung gegeben, indem sie ihm das Gleiche erzählte. Und so hatte er einfach nur gesagt, dass wir uns am Dienstag darauf sehen würden.

„Danke. Du bist die erste Person, die mir das sagt.“

Sie zog eine verschließbare Plastiktüte aus ihrem Rucksack und hielt sie mir hin. „Ich fand, der ganze Süßkram sollte nicht vergeudet werden.“

„Nein, danke“, sagte ich und schluckte eine Übelkeitswelle hinunter. Mir war von Süßigkeiten noch nie schlecht geworden, und es war eine verdammte Schande, dass es plötzlich so war, aber ich konnte sie einfach nicht ansehen, ohne an Dusty zu denken. Er hatte mir die Freude an Süßigkeiten genommen. Und das kotzte mich so sehr an, dass ich ihr die Tüte aus der Hand riss und mir eine Handvoll in den Mund schob. Niemand, noch nicht mal Dusty, würde mir das nehmen.

„Das ist mein Mädchen“, sagte sie und schenkte mir ein Riesenlächeln. „Und so schlimm siehst du gar nicht aus.“

„Danke, das weiß ich zu schätzen.“

Es war nicht leicht, den Mittwoch zu überstehen. Das lag vor allem daran, dass ich so abgelenkt war, weil ich die ganze Zeit über meine Vergangenheit und Dusty nachdachte, über all die Dinge, die ich mich so lange abgemüht hatte zu verdrängen. Es mussten alle ständig wiederholen, was sie zu mir gesagt hatten. Und in Pams Seminar war ich völlig neben der Spur, und der Blick, den sie mir zuwarf, war nicht gerade nett. Am Donnerstag war es noch schlimmer, und beim Mittagessen am Freitag war ich so was von reif fürs Wochenende. Endlich würde ich mich wieder in meinem Zimmer verkriechen können und niemandem mehr etwas vorspielen müssen.

„Hör mal, falls du vorbeikommen willst, meine Mitbewohnerin ist übers Wochenende weg." Hannah hatte mir schon die ganze Zeit über die fehlende Hälfte meines Gehirns ersetzt, was genau das war, was ich gerade brauchte. „Wir könnten einen Buffy-Marathon veranstalten, einfach in meinem Zimmer campen und uns Essen bestellen, wann immer uns danach ist. Oder uns einfach von diesem Süßigkeiteneimer ernähren. Ich meine, wir sind Collegestudentinnen. Das wird fast von uns erwartet."

„Das klingt super, aber ich glaube nicht, dass Renee mich aus den Augen lässt. Allerdings könntest du das alles mit nach Yellowfield House bringen, und dann können wir unten im Jungszimmer campen. Wir können bestimmt eins der Mädchen dazu bringen, uns die Jungs vom Leib zu halten. Obwohl, eigentlich meiden sie mich sowieso schon die ganze Zeit, wenn ich so recht drüber nachdenke." Vielleicht dachten sie, dass ich jetzt alle Männer hasste, sie mit eingeschlossen.

„Gut. Dann können wir uns eine schöne Mädelszeit machen. Wer braucht die Typen schon?"

„Damit rennst du bei mir offene Türen ein." Nicht dass ich jemals sehr jungsbesessen gewesen wäre, aber im Moment konnte ich definitiv damit leben, erst einmal keine zu sehen.

Mein Geburtstag rückte auch immer näher. Ich hatte ihn nicht wirklich vergessen, doch er stand auch nicht gerade ganz oben auf meiner Prioritätenliste. Außerdem war neunzehn sowieso nicht so ein tolles Alter. Nicht so wie achtzehn oder einundzwanzig. Im Haus war bisher auch nicht viel davon zu merken gewesen, bis auf das eine Mal, als die Mädels shoppen gegangen waren und es mir so vorgekommen war, als hätte es irgendwas mit mir zu tun. Ich hatte immer noch nicht rausgefunden, wo sie das Resultat ihres Einkaufs versteckt hatten. Vermutlich auf dem Dachboden, dem ich mich noch nicht mal gegen Bezahlung nähern würde. Als Kind hatte ich mal eine Mutantenspinne von der Größe meiner Hand auf einem entdeckt, als ich mich dort versteckt hatte. Seitdem mied ich diese Orte.

Immer noch kein Wort von Dusty. Auf dem Campus hatte ich ihn auch nicht gesehen, obwohl ich ein paar Mal gedacht hatte, ich würde ihn sehen, und mich hinter einen Busch geduckt hatte. Doch dann war er es doch nie gewesen.

Hannah und ich verbrachten den größten Teil des Wochenendes im Jungszimmer damit, uns Buffy-Folgen anzuschauen und die Kalorienangaben von allem, was wir aßen, zu ignorieren. Ich hatte es endlich mal geschafft, beinahe zehn Minuten nicht an Dusty zu denken, als Hannah ihn plötzlich zur Sprache brachte.

„Ich weiß, ich sollte eine gute Freundin sein und dich nicht fragen, was zwischen dir und Dusty vorgefallen ist, aber das macht mich schon seit Tagen fertig. Erzählst du mir, was passiert ist?"

„Du bist gerade die Richtige, wenn es darum geht, Geheimnisse zu erzählen, Hannah", sagte ich und schob mir eine weitere Handvoll Salt-und-Vinegar-Chips in den Mund. Ich brauchte unbedingt eine Dusche und trug seit Freitagabend die gleiche Jogginghose.

„Okay, wenn du die Karte ausspielen willst: Ich erzähl dir meins, wenn du mir deins erzählst."

„Bist du etwa doch …", fragte ich.

„Nein, so sollte das nicht klingen. Obwohl ich wer weiß wie lange nichts mehr auf dem Gebiet am Laufen hatte, bin ich absolut hetero. Also, willst du das jetzt hören oder nicht?"

„Du wärst bereit, es mir zu erzählen?"

„Klar, das wird uns für unser ganzes Leben zusammenschweißen oder so ein Scheiß. Ich erzähl zuerst, wenn du willst."

War ich bereit dazu? Ich hatte bisher noch keinem einzigen Menschen davon erzählt.

„Okay."

Sie setzte sich auf und drehte die Lautstärke des Fernsehers runter.

„Also, du weißt ja, dass ich diese wunderschönen Brandnarben habe. Tja, die Wahrheit ist, dass mein Bruder mich angezündet hat, als wir Kinder waren. Ich war damals vier und er acht, und wir waren im Garten. Er hatte immer schon ein Faible für Feuer gehabt und schon ein paar Mal fast das Haus abgebrannt, aber egal, wie gut Mom die Streichhölzer versteckte, er schien sie immer wieder zu finden. Aaron ist schlau. Ich meine, richtig schlau. So Ich-hack-mich-mal-eben-kurz-einhändig-in-die-Regierungs-Datenbank-schlau. Jedenfalls hat er mir gesagt, ich sollte ganz still stehen. Ich hatte keine Ahnung, was er vorhatte, er hatte mir nur einfach Süßigkeiten versprochen, wenn ich mich nicht bewegen würde. Ich erinnere mich noch genau an das Geräusch, als er das Streichholz anzündete, und den Ausdruck auf seinem Gesicht, als er es auf mich warf."

Ich bekam kaum mehr Luft.

„Von da an ist alles ein bisschen verschwommen, aber ich glaube, ich habe mich an eine Kindersendung erinnert, in der gezeigt wurde, dass man sich in so einer Situation auf den Boden werfen und sich hin und her rollen soll. Das tat ich, und das hat mir das Leben gerettet. Meine Mom kam herausgerannt, als sie mich schreien hörte, und hielt Aaron davon ab, mich vollends in Brand zu stecken. Nach diesem Horrortrip, einem langen Krankenhausaufenthalt, Tausenden von Operationen und Unmengen von transplantierter Haut später, sitz ich nun vor dir." Sie lächelte mich an, doch es war ein düsteres Lächeln. Ein gequältes.

Mein Mund war so trocken, dass ich einen Schluck Wasser trinken musste, bevor ich etwas sagen konnte.

„Was ist mit ihm passiert?"

Hannah griff nach ihrer Coladose, und ich sah, wie ihre Hand zitterte.

„Sie haben ihn in eine psychiatrische Klinik gesteckt und ihn unter Medikamente gesetzt. Da ist er immer noch. Es hieß damals, entweder das oder Gefängnis, daher haben meine Eltern sich dafür entschieden. Er ist jetzt volljährig, aber er ist immer noch eine viel zu große Gefahr für andere, um ihn rauszulassen. So, das war meine Geschichte. Jetzt erzähl mir deine."

Sie hatte so schnell umgeschaltet, dass ich nicht hinterherkam. Ich konnte gar nicht richtig verarbeiten, was sie mir da erzählt hatte. Doch auch in ihrem Fall war es etwas, das ihr angetan worden war. Etwas, über das sie absolut keine Kontrolle gehabt hatte. Hannah war ein Opfer, ich hatte eines erschaffen.

„Ich ... ich weiß nicht, ob ich das kann, Hannah. Ich hab es noch nie jemandem erzählt."

Sie stand auf und kniete sich direkt vor mich.

„Hör mal, wir haben alle irgendeine schreckliche Scheiße in unserem Leben. Jeder einzelne Mensch auf diesem Planeten hat irgendwann schon mal ein Geheimnis gehabt, das er auf keinen Fall erzählen wollte. Das gehört zum menschlichen Leben dazu. Es passieren einfach Dinge, mit denen wir nicht umgehen können. Aber wenn ich etwas gelernt habe, dann ist es, dass wir stärker sind als das, was uns passiert. Du darfst nicht zulassen, dass dich das definiert. Die verkorksten Teile von dir sind eben nur Teile. Aber ich verstehe es, wenn du noch nicht bereit bist, es zu erzählen. Ich habe lange Zeit und jede Menge Therapiestunden gebraucht, um überhaupt wieder die Erinnerung an das zuzulassen, was passiert ist. Lange Zeit habe ich alles total verdrängt."

Ich ließ den Blick flüchtig über ihre Narbe gleiten, die sich von ihrem Gesicht über ihren Hals und gesamten Arm erstreckte, und konnte mir nicht annähernd vorstellen, was sie für einen Horror durchgemacht haben musste.

„Ich habe jemanden umgebracht", platzte es aus mir heraus. Glücklicherweise rang Hannah nicht nach Luft, wie ich es erwartet hatte. Ihre Augen wurden einen Moment weit, und dann schüttelte sie den Kopf.

„Okay, Moment mal. Ich glaube, ich brauche ein paar mehr Details, bevor ich was dazu sagen kann.“ Sie stand auf und setzte sich wieder neben mich auf die Couch. „Denn das kann vieles bedeuten.“

Ich nahm den tiefsten Atemzug meines Lebens und fing ganz von vorne an. Wie ich Nathan zufällig auf einer Party kennengelernt hatte, zu der ich nur gegangen war, um meine schwachsinnigen Freundinnen zufriedenzustellen; wie wir unsere seltsame Freundschaft eingegangen waren und er mir die Augen für die Welt der Musik geöffnet und mir gezeigt hatte, wie man wirklich Spaß im Leben hatte; und wie ich ihn dann angefleht hatte, mit mir zu dem Konzert zu gehen und mich danach nach Hause zu fahren, und ihn dann noch mal angerufen und gebeten hatte, mich wieder abzuholen.

„Er hatte gerade aufgelegt, als es passierte. Man hat rekonstruiert, dass er auf sein Handy geschaut haben musste oder es fallen gelassen hat oder so was. Und deshalb hat er den Lastwagen nicht gesehen, und das war's. Nathan ist meinetwegen gestorben.“

Es auszusprechen fühlte sich an, als würde ich mir direkt in die Seele schneiden und sie ausbluten lassen, Wort für Wort, Tropfen für Tropfen. Wer auch immer gesagt hatte, dass die Wahrheit befreiend war, hatte noch nie ein Geheimnis wie dieses hier bewahrt. Irgendwann mitten in der Geschichte hatte ich wieder angefangen zu weinen, doch daran war ich mittlerweile fast schon gewöhnt. Ich kam mir schon vor wie ein tropfender Wasserhahn.

Ich versuchte, das Weinen abzuschalten, und wartete auf Hannahs Reaktion.

„Du glaubst also, du bist schuld daran, dass Nathan in diesen Lastwagen gefahren ist.“

„Ich *bin* schuld daran, Hannah. Er wäre nie um die Zeit auf der Straße gewesen, und er wäre nicht abgelenkt gewesen. Ich bin verantwortlich für all das.“

„Du. Bist. Total. Verrückt“, sagte sie, bevor sie ihre Arme um mich schlang und mich so fest an sich drückte, dass ich Angst um meine Rippen bekam. „Wie um alles in der Welt bist du auf die Idee gekommen, dass das deine Schuld war?"

Na, super. Das war genau das, wovor ich immer Angst gehabt hatte. Dass man, wem auch immer ich es erzählte, versuchen würde, mich davon zu überzeugen, dass es nicht meine Schuld war. Dass es nur ein Unfall war und niemand die Schuld trug und so weiter. Nein, darauf würde ich mich nicht einlassen. Diese Ausrede benutzten die Menschen seit Tausenden von Jahren, um sich von den schrecklichen Dingen reinzuwaschen, die sie getan hatten. Aber ohne mich.

Hannah wollte gar nicht mehr aufhören, mich zu drücken, ich bekam kaum noch Luft.

„Du musst mich loslassen", keuchte ich.

„Oh, tut mir leid." Sie wich ein wenig zurück, ließ jedoch die Hände auf meinen Schultern liegen. Ich konnte sie nicht anschauen.

„So, jetzt hab ich's dir erzählt. Kannst du mich jetzt also damit in Ruhe lassen?"

Ich versuchte aufzustehen, doch sie ließ es nicht zu.

„Vergiss es. Du gehst nirgendwohin. Du trägst das schon zu lange mit dir alleine herum, und das lasse ich keine weitere Sekunde lang zu. Was passiert ist, war höhere Gewalt oder einfach nur ein beschissener Tag. Wahrscheinlich gab es tausend Gründe auf einmal. Du bist einer dieser Menschen, Jos, die es nicht ertragen können, keine Erklärung, keinen Grund genannt zu bekommen. Aber es gab keinen Grund. Es gab auch keinen Grund dafür, dass mein Bruder mich in Brand gesteckt hat."

Die Umstände waren aber nicht zu vergleichen, das war einfach nicht dasselbe. Ich wand mich aus ihrer Umklammerung.

„Ich wusste, dass das passiert, wenn ich es jemandem erzähle. Ich wusste, dass man mir die schlechten Gefühle ausreden wollen würde, aber ich will nicht aufhören, mich schlecht zu fühlen. Er war ein großartiger Mensch, und er hatte es nicht verdient zu sterben. Der Welt geht es schlechter ohne ihn, und ich bin schuld daran. Ich lass nicht zu, dass du mir den Schmerz, den ich spüren sollte, wegnimmst. Wenn es selbst mir nicht mehr wehtut, dass er nicht mehr da ist, wem sollte es dann wehtun?"

„Ich hab keine Ahnung, wo du diese verdrehte Logik herhast, aber die werde ich dir auf der Stelle austreiben, denn das ist verrückt. Total verrückt." Sie versuchte, mich wieder an den Schultern zu packen, vermutlich um mich zu schütteln, doch ich wich zurück.

„Toll, jetzt denkst du also, ich bin verrückt. Vielen Dank, Hannah. Jetzt, wo ich es dir endlich erzählt habe, fühle ich mich so viel besser." Ich ging zur Treppe, denn sie war der einzige Fluchtweg.

Doch Hannah schnitt mir den Weg ab. Scheiße, ihre Reflexe waren echt gut.

„Ich hab dir doch gesagt, dass ich jede Menge Therapiestunden gebraucht habe, um dahin zu kommen, wo ich jetzt bin, und Teil dieser wahnsinnig teuren Therapie war es, die Wut auf meinen Bruder loszulassen. Ich musste sie loslassen, sonst wäre ich nie frei von ihm gewesen oder von dem, was passiert ist. Ich sage nicht, dass ich das Paradebeispiel für Loslassen bin, und noch nicht mal, dass es mir wirklich gut geht, aber wenn ich eins weiß, dann, dass du diese Schuld loslassen musst, Jos. Die bringt dich sonst um, und ich glaube nicht, dass Nathan das gewollt hätte."

Jetzt explodierte ich.

„Woher willst denn du wissen, was er gewollt hätte? Du hast ihn nicht gekannt. Und niemand wird ihn jemals wieder kennenlernen können." Auf mein Geschrei waren sogleich polternde Schritte zu hören, und die Tür oben an der Treppe flog auf.

„Was ist los?" Renee kam heruntergerannt, alle anderen folgten ihr auf dem Fuß.

„Warum könnt ihr mich nicht einfach alle in Ruhe lassen, verdammte Scheiße!? Ich will einfach nur, dass ihr aufhört, mich retten zu wollen, denn ich will nicht gerettet werden, okay!? LASST MICH EINFACH IN RUHE!" Da ich nirgendwo anders hin flüchten konnte, lief ich in mein Schlafzimmer, wo ich es schaffte, die Tür hinter mir abzuschließen, bevor mich jemand aufhalten konnte. Ich wartete darauf, dass jemand an meine Tür hämmern würde, doch das passierte nicht. Ich hörte nur leises Stimmengemurmel und wie Leute die Treppe hochgingen.

Dann … Stille. Die obere Tür fiel zu, und ich wartete darauf, dass jemand zu meiner Tür kommen und versuchen würde, durch sie hindurch mit mir zu sprechen. Nichts. Ich hielt das Ohr an den Türspalt und lauschte, nur um sicherzugehen. Nö, es war ganz still.

Wow. Das war das erste Mal, dass jemand auf mich gehört hatte. Ich wischte mir die Augen, putzte mir die Nase und versuchte, mich nicht noch weiter aufzulösen. Ich hatte bereits so viel geweint, so viel Schmerz ertragen, doch so schlecht wie in diesem Moment hatte ich mich noch nie gefühlt.

Ich war am absoluten Tiefpunkt angelangt oder wie auch immer man das nannte. Wahrscheinlich gab es noch nicht mal ein Wort dafür.

Innerhalb der nächsten Stunden weinte ich mehr Tränen, als ich je gedacht hätte, dass ein einzelner Mensch haben konnte, und verbrauchte eine ganze Packung Taschentücher, während ich auf dem Boden meines Zimmers saß und mich fragte, was in aller Welt ich nur tun sollte. Ich ging mehrere Optionen durch, doch keine davon schien praktikabel zu sein.

Was ich wollte, was ich wirklich wollte, war, ganz woanders hinzugehen. Den Schaden begrenzen, indem ich einfach fortging und woanders weitermachte. Alles hinter mir lassen, meine Familie eingeschlossen. Mich neu erfinden, ein neuer Mensch sein, über den mich niemand ausfragen würde. So wie ein Mädchen im Film das machen würde. Allerdings würde ich mir die Haare schneiden und färben und mir völlig andere Klamotten kaufen müssen, damit es funktionierte.

Doch das war eine Illusion. Ich konnte nicht einfach woanders neu anfangen, denn man würde mich nicht lassen. Hannah hatte gesagt, dass sie neidisch sei auf die vielen Menschen, die sich um mich sorgten, doch ich würde sie ihr jederzeit gerne überlassen. Sie brauchte sie dringender als ich. Wie unfassbar schrecklich war das, was ihr passiert war.

Als ich endlich in der Lage war, mich wieder zu bewegen, ging ich zu meinem Computer und stellte „The Scientist" von Coldplay auf Repeat. Mein absoluter Tiefpunkt brauchte einen Soundtrack. Ich musste außerdem dringend mal pinkeln – was verrückt war, angesichts dessen, wie viel Wasser ich schon durch die Tränen verloren hatte –, doch ich wollte sichergehen, dass niemand vor meiner Tür campierte. Nachdem ich eine Weile auf das kleinste Geräusch gelauscht hatte, schloss ich die Tür auf und streckte den Kopf hindurch.

Niemand da. Ich stieß einen kleinen Seufzer der Erleichterung aus und lief schnell ins Bad, nur für den Fall, dass sie oben lauschten und nur darauf warteten, dass ich aus meinem Zimmer kam, um sich auf mich zu stürzen. Ich wollte kein Risiko eingehen. Ich wähnte mich schon in Sicherheit, als ich die Tür zum Bad öffnete, doch in diesem Moment stand jemand von der Couch auf. Er war so leise gewesen, dass ich keine Ahnung hatte, wie lange er schon dort gesessen hatte.

„Dusty." Ich hauchte seinen Namen, und es war ein Ausdruck der Freude und ein Fluch zugleich.

„Hey, Rotschopf, wir müssen reden. Ich weiß, du willst nicht hören, was ich zu sagen habe, aber ich glaube, ich kann deine Meinung ändern."

„Hat Renee dich geschickt, damit du mich hier rausholst und sie tun können, was auch immer sie ausgeheckt haben?" Durch meinen Kopf schossen die verschiedensten Möglichkeiten. Ich wettete, Renee würde auch nicht davor zurückschrecken, mich in eine Anstalt zu stecken. Damit hatte man mir schon unzählige Male gedroht, doch diesmal würden sie es vielleicht wirklich schaffen, obwohl ich schon volljährig war.

„Nein, ich bin von selbst gekommen. Sie wollte mich erst nicht ins Haus lassen, aber Hunter konnte sie davon überzeugen, dass ich der Einzige bin, der vielleicht zu dir durchdringen kann.

Könntest du einfach nur zuhören? Du musst nichts anderes tun. Hör einfach nur zu."

„Dusty …"

Er hielt abwehrend die Hände hoch, als würde ich ihn mit einer Waffe bedrohen.

„Warte einfach hier, ich muss was holen gehen. Bin gleich zurück, versprochen. Ja, du könntest jetzt einfach in dein Zimmer gehen und die Tür abschließen, und diesmal würde ich das auch respektieren, aber ich flehe dich an, das nicht zu tun. Bitte, Joscelyn." Er war mutig, sich dem Haus auch nur zu nähern, in Anbetracht der Tatsache, dass Renee mit ihm auf dem Kriegsfuß stand und ihm ernsthaft gedroht hatte.

„Okay." Langsam bewegte er sich von der Couch weg, behielt mich dabei aber die ganze Zeit im Auge, vermutlich, damit ich nicht unerwartet weglief. Er ging sogar rückwärts die Treppe hoch und musste nach der Klinke tasten. Wenn ich nicht so weit davon entfernt gewesen wäre zu lachen, hätte ich es wahrscheinlich lustig gefunden.

Für den Bruchteil einer Sekunde überlegte ich, doch zurück in mein Zimmer zu gehen und mich wieder einzuschließen, um dem Ganzen zu entgehen, doch etwas sagte mir, dass er nicht aufgeben würde.

Ich hörte Stimmen und fragte mich kurz, ob er mich reingelegt hatte und die anderen gleich die Treppe heruntergestürmt kommen würden, in Kampfausrüstung. Doch mein Verdacht stellte sich als unbegründet heraus, denn in diesem Moment öffnete Dusty langsam die Tür und kam wieder die Treppe runter. Er trug etwas auf dem Arm; ein winziges Geräusch sagte mir, dass es Napoleon war.

„Du glaubst also, du kannst dein entzückendes Katzenbaby dazu benutzen, mich zum Zuhören zu bewegen, ja?" Napoleon steckte den Kopf durch Dustys Ärmelfalten. Warum musste er nur so verdammt niedlich sein?

„Ich spiele mit allen Tricks. Hier." Er hielt mir Napoleon hin, der sofort dagegen protestierte, weggegeben zu werden. „War gar nicht so leicht, ihn von den Ladies oben loszueisen, das kann ich dir sagen. Bin mir ziemlich sicher, dass dieses Haus nächste Woche voller kleiner Katzen sein wird.“ Ich hatte keine andere Wahl, als Napoleon zu nehmen. Ich hielt ihn mir ans Gesicht, und er schmiegte sich an mein Kinn und fing sogleich an zu schnurren. Das ist der Schlüssel zum Weltfrieden, ich schwöre: Katzenbabys. Würde man den Nahen Osten damit bombardieren, wären alle Probleme mit einem Schlag gelöst.

„Würdest du dich gerne setzen?“ Dusty gestikulierte in Richtung Couch, als wäre er ein Gentleman aus alten Zeiten und würde mich zum Tee in seinen Salon bitten. Ich nickte und ging zur Couch, den süßen Napoleon immer noch auf dem Arm, der mit meinem Haar spielte.

„Nicht essen“, sagte ich und zog ihm ein paar Strähnen aus dem Mäulchen.

Dusty sorgte dafür, dass wir nicht zu nah beieinandersaßen, doch ich wusste noch zu gut, wozu das beim letzten Mal geführt hatte. Diesmal würde es jedoch keine Küsse geben, selbst wenn ich das wollte.

„Joscelyn?“

Ich sah von dem bezaubernden Kätzchen auf und direkt in Dustys hypnotisierende Augen. Zwei sehr unterschiedliche Dinge, doch beide gleichermaßen faszinierend.

„Hannah hat mir gesagt, was du ihr vorhin erzählt hast. Über … über Nate.“ Seine Stimme wurde etwas brüchig, als er Nathans Spitznamen aussprach. „Und es stimmt nicht, was du sagst, Jos. Es stimmt einfach nicht.“

„Ich kann nicht fassen, dass sie es dir erzählt hat“, sagte ich und sah wieder auf die Katze, denn das schmerzte nicht so sehr, wie ihn anzusehen.

„Sei nicht sauer auf sie.“

„Ich bin nicht sauer auf sie.“ Das war ich tatsächlich nicht. Ich war inzwischen an dem Punkt angelangt, an dem man einfach gar nichts mehr fühlt. Das war eigentlich ganz angenehm. Emotionales Niemandsland. „Also, mach schon – rede.“

„Es ist nicht deine Schuld, dass Nate gestorben ist, es ist meine."

„Ja, das hast du schon mal gesagt." Ich sah von dem Katzenbaby auf und wünschte sogleich, ich hätte es nicht getan. Dusty weinte, und in der Sekunde, in der mir das klar wurde, fand ich aus meinem emotionalen Niemandsland heraus.

„Doch, es ist meine Schuld. Er wollte mich bei meinen Eltern abholen kommen, und ich habe mit ihm telefoniert, kurz bevor es passiert ist. Wenn er mich nach dem Konzert nicht nach Maine gebracht hätte, wäre er nicht auf diesem Highway gewesen."

Ich fuhr fort, das Kätzchen zu streicheln, während Dusty die Tränen über das Gesicht liefen und auf sein Shirt tropften. Er machte sich nicht die Mühe, sie sich aus den Augen zu wischen, was es irgendwie noch schlimmer machte.

„Joscelyn. Er war auf dem Weg, mich abzuholen. Ich war festgenommen worden, mal wieder, wegen Alkoholkonsums als Minderjähriger. Die Anklage wurde später fallen gelassen, aber das ist jetzt nicht wichtig. Wichtig ist, dass ich ihn gebeten habe, meine Kaution zu stellen, deshalb war er auf diesem Highway. Um mir Idioten den Arsch zu retten. Ich hab irgendwann aufgehört zu zählen, wie oft er meinetwegen nach Hause gefahren ist und …" Schließlich wurde sein Weinen zu stark, und er beugte sich schluchzend zu mir herüber.

„Wie konntest du dir nur die Schuld geben, du süßes Mädchen? Wie konntest du nur glauben, dass du verantwortlich für Nates Tod bist?"

„Wie konntest du glauben, dass du verantwortlich bist?", drehte ich den Spieß um. „Ich trage die Schuld, nicht du. Es ist ganz allein meine."

Er rückte näher an mich heran und nahm meine Hände in seine.

„Nein, du wirst sie nicht alleine tragen. Das ist nicht deine Aufgabe." Er ließ meine Hände los und umfasste mein Gesicht. Mir stockte der Atem. Napoleon protestierte dagegen, eingequetscht zu werden, und ich hielt ihn ein wenig zur Seite.

„Es nicht deine Aufgabe“, gab ich zurück.

„Hör mal, das Spiel können wir noch die ganze Nacht spielen, oder du lässt mich dich einfach küssen, sodass wir die ganze Schuldfrage mal eine Weile beiseiteschieben können. Ich muss dir zeigen, wie sehr ich dich vermisst habe.“ Er wartete nicht auf eine Einladung, sondern senkte seine Lippen auf meine. Er schmeckte salzig von den Tränen, doch dahinter entdeckte ich den vertrauten Dusty, den ich mehr vermisst hatte, als ich ihm gegenüber jemals zugegeben hätte.

„Napoleon“, sagte ich und löste mich für einen Moment von ihm. Dusty nahm das Kätzchen hoch und setzte es auf den Boden, wo es sofort anfing zu schreien. „Nach oben bringen?“ Dusty nickte ganz nah an meinem Mund.

„Bin sofort zurück.“ Er hob die Katze eilig hoch und nahm zwei Stufen auf einmal. Ich lehnte mich auf der Couch zurück und fuhr mir durchs Haar.

Was machte ich da bloß? Ich durfte Dusty nicht küssen, egal, wie gut es sich anfühlte und wie sehr ich es wollte. Es war falsch. Wir waren falsch zusammen. Es würde niemals funktionieren. Immer würde etwas zwischen uns stehen, und selbst wenn es für den Moment kein Problem sein sollte, würde es uns irgendwann auseinanderbringen. Ganz sicher.

Dusty kam zurück und setzte sich rittlings auf mich.

„Wo waren wir stehen geblieben?“

Ich legte ihm die Hand auf die Brust.

„Ich kann nicht.“

Er stieß einen verzweifelten Laut aus und schüttelte den Kopf.

„Doch, du kannst und du willst es auch.“

In beiden Punkten hatte er recht.

„Aber wir sollten das nicht tun. Wir sollten gar nicht erst damit anfangen, denn dann wird es etwas Ernstes, und das kann ich nicht zulassen. Ich kann das nicht ernst werden lassen, weil ich dich nicht verlieren will. Es ist besser, erst gar nichts anzufangen, als sich in etwas hineinzustürzen und dann wieder alles zu verlieren. Ich würde es nicht ertragen, wenn du nicht mehr da wärst, Dusty."

„Du wirst mich nicht verlieren."

„Ich dachte auch nicht, dass ich Nathan verlieren würde. Hat er dir eigentlich jemals von mir erzählt?"

„Ja. Aber ich wusste nicht, dass du das warst. Er hat dich immer Jossy genannt, und ich hab die Verbindung nicht hergestellt. Er hat auch nie richtig viel über dich erzählt. Nur, dass ihr euch angefreundet habt und du einen schrecklichen Musikgeschmack hattest, was er sich verpflichtet fühlte zu ändern."

Bei der Erinnerung daran musste ich beinahe lächeln. „Ja, das hat er gesagt. Sehr oft sogar."

„Hast du ihn geliebt? Ist es deswegen?"

Jetzt legte ich ihm auch die andere Hand auf die Brust.

„Nein, ich habe ihn nicht auf die Art geliebt, die du meinst. Ich habe ihn geliebt wie den älteren Bruder, den ich mir immer gewünscht habe, aber niemals hatte. Ich hab so viele Geschwister, aber fast keinem davon stehe ich wirklich nahe. Die meisten kommen und gehen, wenn meine Eltern mal wieder heiraten oder sich scheiden lassen. Dadurch gab es schon so viele Menschen, die erst in mein Leben gekommen und dann wieder daraus verschwunden sind. Und er war der eine Mensch, bei dem ich mir sicher sein konnte, dass er bleiben und immer da sein würde. Und jetzt ist er weg, und es ist meine Schuld, und ich kann es einfach nicht ertragen, dich auch noch zu verlieren. Ich kann es nicht, Dusty, weil ich dich liebe. Ich liebe dich so sehr, und ich kann dich einfach nicht auch noch verlieren. Ich kann's einfach nicht." Diesmal war ich diejenige, die nach einem Kuss verlangte, und er kam mir auf halber Strecke entgegen.

„Ich will dich auch nicht verlieren, aber jetzt gerade verschwindet niemand nirgendwohin, also sollten wir das hier einfach genießen."

„Im Hier und Jetzt leben", sagte ich und nahm sein Gesicht in beide Hände. Er fühlte sich so gut an.

„Ja, das hat Nate auch immer gesagt."

„Ich weiß."

„Dann lass uns leben, Joscelyn. Jetzt sofort."

Ich zog ihn an mich, und unsere Lippen trafen sich wieder. Jetzt war endlich der Moment gekommen, auch unsere Körper miteinander bekannt zu machen. Der Kuss wurde intensiver, und Dusty drängte sich an mich. Und ich wusste, ohne den geringsten Zweifel, dass ich mich ihm hingeben wollte, voll und ganz.

„Ins Schlafzimmer?", fragte ich.

„Bist du sicher?"

„Ja. Lebe ein wenig mit mir."

„Okay, Rotschopf." Er hob mich hoch und trug mich ins Schlafzimmer. Ich dachte nicht darüber nach, ob das eine schlechte Entscheidung war oder nicht, oder ob es der richtige Moment war, wo ich doch emotional gerade noch an so einem Tiefpunkt gewesen war. Es war so anstrengend, dieses ganze Denken. Genauso wie ich mich einem großartigen Song hingab, wollte ich mich mit meinem Körper diesem großartigen Typen hingeben. Nein, ich wollte mich ihm nicht hingeben, sondern meinen Körper mit ihm teilen.

„The Scientist" lief immer noch, also klappte ich meinen Computer zu, sodass die Musik aufhörte. Jetzt erfüllte nur noch das Geräusch unseres Atems den Raum. Dusty küsste meine Lippen und dann meinen Hals. Er war ein wenig fieberhafter dieses Mal, als könnte er nicht genug von mir kriegen. Nun ja, das Gefühl beruhte auf Gegenseitigkeit. Ich zerriss ihm beinahe das Shirt, so eilig hatte ich es, ihn auszuziehen.

„Immer langsam, Rotschopf", sagte er, als es an seinem Kopf hängen blieb und er mir dabei helfen musste, es auszuziehen. Ich fuhr mit den Fingern das Tattoo auf seinem Arm nach.

„‚Kleiner Bruder'. Nate hatte eins, dass ‚großer Bruder' hieß. Aber das weißt du wahrscheinlich."

„Jetzt weiß ich es", sagte ich und küsste das Tattoo, bevor ich mich wieder seinen Lippen zuwandte, die immer fordernder wurden. Er erforschte sanft meinen Mund mit seiner Zunge, als wollte er meine Seele schmecken. Ich ergab mich dem Kuss, während er mir mein Shirt und meinen BH mit erfahrenen Händen auszog.

„Eins, zwei, drei, vier“, sagte er und ließ seine Lippen von meiner Wange herab zu meinem Hals und schließlich zwischen meine Brüste wandern. „Fünf, sechs, sieben …“

„Was machst du da?“ Ich stöhnte auf, als seine Zunge meine Brustwarzen umspielte.

„Deine Sommersprossen zählen. Das könnte eine Weile dauern. Acht, neun, zehn …“ Ich packte ihn vor Erregung am Kopf, als er eine Brustwarze in den Mund nahm und daran sog. Er hörte auf zu zählen, während er mit meinen Brüsten spielte, und ich schlang die Beine um ihn und gab unverständliche Laute von mir, bettelte nach mehr.

Er ging über zur anderen Brust, um ihr genauso viel Aufmerksamkeit zu schenken, was ich sehr fürsorglich fand. Als er gleichzeitig seine Hand unter den Bund meiner Jogginghose gleiten ließ und mich auch dort streichelte, verlor ich beinahe den Verstand. Das machte er eindeutig nicht zum ersten Mal, er musste ein gelehriger Schüler gewesen sein, doch ich würde nicht weiter nachfragen. Wen interessierte das schon?

„Fuck“, stöhnte ich, als ich spürte, wie meine Lust immer größer wurde. Er zog eine Spur aus Küssen über meinen Bauch und umkreiste mit seiner Zunge meinen Bauchnabel, während er mich weiter streichelte. Ich hatte keine Ahnung gehabt, wie empfindsam diese Region meines Körper war.

Ich hielt ihn nicht auf, als er mir die Hose über die Hüften und weiter hinunterschob, bis ich schließlich nackt vor ihm lag. Er hatte seine immer noch an, was ein wenig ungerecht war, doch ich war nicht mehr in der Lage, etwas dagegen zu unternehmen, denn sein Mund gesellte sich zu seiner Hand, und in meinem Kopf explodierten tausend Lichter. Es kam mir vor, als würde ich sterben, so schön und intensiv war das Gefühl.

Und dann fing er an zu summen, seine Lippen vibrierten so erregend auf meiner Haut, dass ich beinahe aufgeschrien hätte. Kurz dachte ich noch, die Melodie zu erkennen, doch nur einen

Moment später gab mein Gehirn auf, und ich verlor mich vollständig in der Ekstase, die er mir mit seinem Mund schenkte. Summend und küssend arbeitete er sich zu meinen Innenschenkeln vor, die zitterten, als würde mich gleich der nächste Orgasmus überrollen, nur wenige Sekunden nach dem ersten. Das war wirklich überhaupt nicht gerecht.

Ich ließ seinen Kopf los und streckte die Hand nach seiner Hose aus, doch sie war außerhalb meiner Reichweite. Als ich einen leisen Laut des Protests von mir gab, verstummte das Summen.

„Was ist los?“ Er hob den Kopf und hörte auf, seine Hand zu bewegen. So war mir eine kurze Atempause vergönnt.

„Das ist nicht fair, ich will dich auch anfassen.“ Ich versuchte, ihn zu mir hochzuziehen, doch er ließ es nicht zu.

„Tut mir leid“, sagte er, während er einen Finger in mich hineingleiten ließ und seinen Kopf wieder nach unten bewegte. „Ich bin gerade beschäftigt.“ Mit jedem Wort bewegte er seinen Finger vor und zurück und ließ auch seine Zunge an mir spielen. Dann nahm er einen zweiten Finger hinzu, und ich war wieder vollkommen hilflos. Es war, als würde ich in eine Million Scherben glitzernder Lust zerspringen.

Dusty brachte mich an den Rand des Aushaltbaren, indem er mich gnadenlos mit Mund und Fingern bearbeitete, bis ich nur noch zitterte und vollkommen unfähig war, mich zu bewegen.

„Jetzt darfst du mich anfassen“, sagte er und rutschte an meinem immer noch bebenden Körper entlang nach oben. Meine Hände waren zunächst ein wenig zittrig, als ich versuchte, seinen Gürtel aufzubekommen, und dann seinen Reißverschluss in Angriff nahm. Als ich ihm schließlich Hose und Boxershorts heruntergezogen hatte und ihn endlich überall berühren konnte, war es an ihm, aufzustöhnen.

Ich hatte immer Angst vor diesem Moment gehabt, vor dem wirklichen sexuellen Akt. Was, wenn es zu sehr wehtat? Was, wenn ich etwas falsch machte? Was, wenn ich total schlecht darin war? Während meiner Beziehung mit Matt waren mir diese

Gedanken ständig durch den Kopf gegangen, doch in diesem Moment, in dem ich Dusty streichelte, ihn stöhnen und meinen Namen sagen hörte, dachte ich an nichts von alldem.

Ich ließ meine Lippen an seiner Brust herabwandern und bemerkte, dass er Schwierigkeiten hatte, sich über mir zu halten. Ich lächelte innerlich, als ich ihn in den Mund nahm, denn jetzt war er derjenige, der unverständliche Laute von sich gab. Ich hatte keine Ahnung, was ich da tat, doch ihm schien es zu gefallen, also fing ich ebenfalls an zu summen. Beinahe brach er über mir zusammen.

„Oh Gott, Rotschopf. Das kannst du nicht machen, wenn ich über dir bin." Er schob eine Hand in mein Haar und zog meinen Kopf sanft von sich weg. „Irgendwann lasse ich dich das noch mal tun, aber jetzt will ich nur noch in dir sein. Hast du was da?"

„Ich lebe mit der Königin des Safer Sex zusammen", sagte ich und deutete auf meinen Nachttisch. „In der zweiten Schublade ganz hinten." Er langte über mich hinweg, und ich fing wieder an, ihn zu streicheln.

„Jetzt gerade kann ich mich noch nicht mal mehr an meinen eigenen Namen erinnern", sagte er, während er nach den Kondomen tastete. Schließlich fand er eines und legte sich wieder neben mich.

„Sind die okay? Ich weiß nicht, was dir gefällt." *Das ist jetzt nicht der Moment, rumzuquatschen, Jos.*

Er küsste mich, während er die Verpackung aufriss, was ich als ein „Halt den Mund, Jos" interpretierte.

„Ich kann das", sagte ich und nahm es ihm ab. „Renee hat es mir beigebracht. Das ist weniger schräg, als es klingt", fügte ich hinzu, während ich es über ihn rollte und er die Augen schloss und hörbar einatmete. Ich bekam es beim ersten Versuch drauf, Renee wäre stolz auf mich gewesen. Vielleicht aber auch nicht. Ich sollte jetzt wohl besser aufhören, an sie zu denken.

„Bist du bereit?" Er beugte sich über mich. „Aber wenn du es lieber anders hättest, dann können wir ..." Ich schnitt ihm das Wort ab, indem ich ihn packte und ihm meine Hüften entgegenhob. Er glitt in mich hinein, und ich machte mich auf einen Riesenschmerz gefasst.

„Habe ich dir wehgetan?“, fragte er, sobald er ganz in mir war.

„Nein“, log ich. Es war auch mehr ein dumpfes, reißendes Gefühl als ein stechender Schmerz. Ich versuchte, meinen Körper daran zu gewöhnen, ihn in mir zu haben. „Gib mir nur eine Sekunde.“ Er hielt so still, dass ich mich in seine Augen fallen ließ und sogleich in ihnen gefangen war.

„Ich liebe dich“, sagte ich und hob ihm mein Gesicht für einen Kuss entgegen. Er senkte den Kopf, bis unsere Lippen sich trafen.

„Ich liebe dich auch, Rotschopf.“ Ich schlang die Beine um ihn, und er fing an, sich in mir zu bewegen. Beim zweiten Mal tat es schon ein bisschen weniger weh, beim dritten noch weniger, und dann fühlte ich, wie sich ein weiterer Orgasmus anbahnte, sich die Lust und der Schmerz vermischten und mich überrollten. Ich kam ihm mit meinen Hüften entgegen, während er sich immer schneller bewegte, wild entschlossen, uns beide zum Höhepunkt zu bringen. Es wurde immer rauer, und ich genoss es, krallte mich in seine Schultern und flehte ihn an, nicht aufzuhören.

Schließlich erschauerte er und sank auf mich, wobei er darauf achtete, mich nicht zu erdrücken. Wir atmeten beide immer noch schwer und hatten einen Schweißfilm auf der Haut. Er küsste meine Lippen und versuchte, sich aus mir zurückzuziehen, doch ich umschlang seinen Po, um ihn daran zu hindern.

„Bleib noch ein bisschen bei mir.“

Er küsste mich auf die Nase, strich mir das Haar aus dem Gesicht und zog mich an sich. Wir waren so eng miteinander verbunden, wie zwei Menschen es nur sein können, und in diesem Moment der Klarheit erkannte ich, dass es keine Rolle spielte, wer die Schuld an Nathans Tod trug. Dusty und ich waren beide am Leben, und er war es nicht mehr.

Wir würden alles tun können, was er nicht mehr tun konnte. Aber das war okay. Er hatte mir immer gesagt, dass ich einen

Jungen finden müsse, der mich verdiente, der wusste, wie viel Glück er hatte, mich zu haben. Nur dass er keine Ahnung gehabt hatte, dass dieser Junge sein Bruder sein würde. Obwohl, wer weiß, vielleicht wusste er es doch.

Ich war in keine Richtung besonders gläubig, aber es hätte absolut zu Nathan gepasst, sich so etwas auszumalen. Uns zusammenzubringen, uns aber selbst darauf hinarbeiten zu lassen. Der Gedanke daran, was er für ein Gesicht machen würde, wenn ich ihm erzählen könnte, dass ich endlich jemanden gefunden hatte, brachte mich zum Lachen. Dusty hatte sich schließlich doch aus mir zurückziehen müssen, hielt mich jedoch immer noch umschlungen.

„Was amüsiert dich so, Rotschopf?"

„Ich hab mir nur vorgestellt, dass Nathan irgendwo über uns lacht, weil wir solche Idioten sind."

Jetzt breitete sich auch auf seinem Gesicht ein breites Lächeln aus, das von einem Ohr zum anderen reichte.

„Du hast recht, das würde ihm ähnlich sehen. Allerdings weiß ich, dass er dich definitiv nicht mit mir zusammengebracht hätte, als ich noch so drauf war wie früher."

„Dito." Ich bewegte mich ein bisschen und zuckte dabei zusammen.

„Bist du dir sicher, dass es dir gut geht?", fragte Dusty und streichelte mir über den Arm.

Ich gab ihm einen Kuss. „Ich werde es überleben."

„Und leben und leben und leben." Er klopfte im Takt mit seinen Fingern auf meine Schulter, und in diesem Moment wurden mir zwei Dinge auf einmal klar.

Erstens, dass uns im Haus wahrscheinlich jeder gehört hatte, und zweitens, dass ich blutete. Eins von beiden hätte mir schon gereicht, um am liebsten vor Scham im Erdboden zu versinken.

„Oh Gott."

„Was? Was ist los?" Dusty war sofort alarmiert.

„Ich muss mich mal um was kümmern gehen", sagte ich und versuchte aufzustehen, ohne dass er etwas von den Folgen dessen sehen würde, was wir gerade getan hatten. Doch er hielt mich auf und sah auf das Laken herunter.

„Rotschopf, das ist schon okay. Geh dich waschen, und ich kümmere mich um das hier."

„Es ist nicht nur das, Dusty. Der Raum ist nicht schalldicht." Ich deutete auf die Zimmerdecke, und er wandte den Blick nach oben.

„Ich hab vollkommen vergessen, dass wir nicht die einzigen zwei Menschen auf der Welt sind. Tja, war schön, dich kennengelernt zu haben. Denn jetzt wird mich Renee vermutlich endgültig umbringen, mich in gleich große Einzelteile hacken und sie so weiträumig in der Gegend verteilen, dass mich niemals wieder jemand finden und zusammensetzen kann."

Ich kletterte behutsam über ihn rüber und nahm mir das erstbeste Kleidungsstück, das mir in die Finger kam, um mich zu bedecken. Es war sein Shirt.

„Oh nein, das ist schlecht, ganz schlecht." Ich ging in Richtung Tür, doch Dusty hielt mich auf, indem er mir eine Hand an die Taille legte.

„Joscelyn, das Einzige, was gerade schlecht ist, ist, dass ich dich nicht gleich wieder ins Bett zerren kann, denn das würde ich nämlich gerne. Ich wünschte, wir könnten einfach für immer im Bett bleiben und müssten diesen Raum nie wieder verlassen. Ich wünschte, wir könnten diese kleinen Momente ewig andauern lassen."

Ich wandte mich ihm zu.

„Tja, es gäbe da eine Möglichkeit, diesen hier etwas länger andauern zu lassen. Kommst du mit mir duschen?" Er ließ seine Hände unter mein Shirt gleiten, darauf brennend, mich wieder auszuziehen.

„Liebend gerne. Das will ich fast so sehr, wie ich dich liebe." Er drückte mich gegen die Tür.

„Ich kann nicht glauben, dass noch niemand nach unten gekommen ist, um dich für eine gute alte Tracht Prügel nach oben zu zerren."

„Ich bin mir sicher, dass das noch kommt. Wenn das hier also unser letzter gemeinsamer Moment ist, dann will ich ihn nackt mit dir verbringen." Er hob mich knurrend hoch, und ich quiekte, während er mich zur Dusche trug.

„So, du hast also meine Schwester entjungfert", sagte Renee, die vor uns auf und ab lief. Dusty und ich saßen Hand in Hand auf der Couch.

„Renee!", rief ich und lief puterrot an.

Sie brachte mich mit erhobener Hand zum Schweigen.

Nach der wunderschönen Dusche mit Dusty waren wir zurück in mein Zimmer gegangen und hatten uns angezogen, um uns dem Tribunal zu stellen.

Als wir aus dem Untergeschoss gekommen waren, war es ganz ruhig im Haus gewesen, doch dann hatte ich Stimmen aus dem ersten Stock gehört.

„Vielleicht haben sie uns ja tatsächlich ein bisschen Privatsphäre gegönnt", sagte ich erstaunt.

„Oder sie liegen auf der Lauer", hatte Dusty hinter mir gesagt. „Lass mich zuerst gehen."

Er war als Erster die Treppe hochgeschlichen, mit mir im Schlepptau, und schließlich hatten wir alle bis auf Mase und Hunter in Darahs Zimmer vorgefunden, wo sie mit Napoleon spielten.

In dem Moment, in dem Renee aufgeblickt und mich und Dusty gesehen hatte, war sie aufgesprungen und hatte uns nach unten gezerrt. Und nun saßen wir im Wohnzimmer, um uns nach allen Regeln der Kunst den Kopf waschen zu lassen.

Ich rechnete es Dusty hoch an, dass er nicht weggelaufen war. Es war schön, sich an jemandem festhalten zu können, wenn Renee in Angriffslaune war, auch wenn ich mehr Angst um ihn hatte als um mich.

„Also", sagte sie, als sie gerade wieder einmal auf dem Absatz kehrtmachte und wieder in die andere Richtung marschierte. „*Also.*"

Ich wartete darauf, dass sie auch mal irgendetwas anderes sagte.

„Habt ihr euch geschützt?“ Es war ja klar, dass das ihre erste Frage sein würde.

„Ja“, kam ich Dusty mit einer Antwort zuvor. „Mit Kondomen und der Pille.“

Renee verengte ihre Augen zu Schlitzen und funkelte Dusty an.

„Das stimmt“, sagte er und drückte meine Hand etwas zu fest. Ich musste beinahe lachen. Der selbstbewusste Dusty Sharp hatte Angst vor meiner Schwester. Was hieß Angst? Ihm ging der Arsch auf Grundeis.

„Wie lange hast du das schon geplant?“

Ich wollte gerade antworten, als Renee mich böse ansah.

„Ich will es von ihm hören.“

Ich schloss den Mund wieder und sah Dusty an.

„Ganz ehrlich? Ich versuche, mit deiner Schwester zusammen zu sein, seit ich sie das erste Mal gesehen habe. Seit dem Moment, in dem mir klar geworden ist, dass ich sie liebe.“

Renee nickte und fing wieder an, den Raum mit Schritten zu durchmessen.

„Du hast dich auf den ersten Blick in mich verliebt? Wirklich?“ Ich hatte schon davon gehört, dass so was passieren konnte, es aber immer eher unter Lust als unter Liebe verbucht.

Er führte unsere ineinander verschlungenen Hände zum Mund und küsste meinen Handrücken.

„Klar. Ich hab dir doch erzählt, dass ich vom ersten Moment an das Gefühl hatte, dich zu kennen. Ich brauchte nur selbst ziemlich lange, bis ich das so richtig begriffen hatte. Aber ich hab’s dir gesagt – es war unmöglich, mich nicht in dich zu verlieben.“ Er klang so sicher, als wäre es die einfachste Sache der Welt, so etwas auszusprechen.

Renee lief weiter.

„Und wie soll ich dir das glauben? Ich meine, das klingt nach einem ziemlich guten Spruch, um ein verletzbares Mädchen rumzukriegen.“

„Wenn ich sie nur hätte rumkriegen wollen, dann hätte ich schon lange aufgegeben. Deine Schwester ist …“ Ich wartete.

„… dickköpfig“, fuhr er grinsend fort und schnipste mir ein paar Haare von der Schulter. „Hängt wohl mit der Haarfarbe zusammen. Oder es liegt in der Familie.“ Er wandte sich Renee zu und lächelte, was sie kurz zum Straucheln brachte. Ha!

Doch dann räusperte sie sich und versuchte gleich wieder, sich für den nächsten Angriff zu sammeln.

„Wie auch immer, ich bin immer noch nicht glücklich darüber.“ Ich fing an, etwas davon zu erzählen, dass ich volljährig war und verdammt noch mal meine eigenen Entscheidungen treffen konnte und dass ich, nach allem, was Dusty und ich durchgemacht hatten, um zueinanderzufinden, nicht zulassen würde, dass sie uns jetzt ausbremste, doch sie redete einfach weiter und ignorierte mich.

„Ich hab dir vertraut, als du sagtest, du würdest ein Auge auf sie haben. Ein Auge wohlgemerkt und nicht deinen ganzen Körper. Und jetzt traue ich dir nicht mehr wirklich über den Weg und will außerdem gerne wissen, was eigentlich genau zwischen euch vorgefallen ist, aber …“ Dusty und ich warteten mit angehaltenem Atem. Ich hatte nie genau gewusst, was damit gemeint war, doch jetzt konnte ich es plötzlich nachempfinden, denn genau so fühlte es sich an.

„Ich kann euch nicht davon abhalten, euch weiterhin zu sehen. Du bist Hunters Freund, und das hier ist Hunters Haus, daher hängst du sowieso hier ab. Außerdem weiß ich, dass ihr, wenn ich euch den Umgang miteinander verbiete, sowieso schneller wieder zusammen seid, als ich ‚tragische Liebe‘ sagen kann.“ In meinem Kopf wollte schon ein Freudenfest losgehen, doch ich wusste, dass es vermutlich zu früh dafür war.

„ABER …“, sagte Renee auch prompt, als hätte sie etwas von meinem vorschnellen inneren Jubel mitbekommen. Sie stellte sich vor Dusty und beugte sich zu ihm herunter, bis ihre Gesichter auf einer Höhe waren.

„… es wird Regeln geben, und ich werde jeden in diesem Haus dazu bringen, sie durchzusetzen: Du bringst sie immer zu einer angemessenen Uhrzeit nach Hause. Du wirst sie nirgendwo mit hinnehmen, wo ich sie nicht haben wollen würde. Und du wirst ihr niemals, niemals, NIEMALS wehtun, denn sonst bereite ich dir einen langsamen und äußerst schmerzhaften Tod, verstanden?“ Als sie fertig war, hing ihr Gesicht so nah vor seinem, dass ich ihr beinahe gesagt hätte, sie solle den Rückwärtsgang einlegen.

„Ich bin ausreichend verängstigt“, antwortete Dusty. „Von daher ja, ich hab's verstanden.“ Er wandte den Blick von Renee ab und sah mich an.

„Bist du einverstanden mit den Regeln, Rotschopf?“

„Ich stimme ihnen unter einer Bedingung zu“, sagte ich und hielt einen Finger hoch. Renee hatte endlich damit aufgehört, Dusty mit Blicken unterwerfen zu wollen.

„*Du* wirst nett zu meinem Freund sein und ihn nicht mehr bedrohen, verstanden?“

Renee dachte eine Sekunde darüber nach, und ich konnte sehen, wie sie innerlich schäumte.

„Deal.“

„Deal“, sagte ich und streckte die Hand aus. Sie nahm sie und schüttelte sie.

„Dein Freund, ja?“, fragte Dusty. „Das ist das Netteste, was du jemals zu mir gesagt hast.“ Er beugte sich vor und gab mir einen Kuss, was entweder sehr mutig oder sehr dumm von ihm war in Anbetracht der Tatsache, dass Renee sich in Ohrfeigennähe befand.

Ich grinste und erwiderte den Kuss, während Renee Laute des Protests von sich gab.

„Du hast gesagt, du würdest nett sein.“ Ich entfernte mich gerade lang genug von Dustys Mund, um das zu sagen, dann widmete ich mich wieder seinen Lippen.

„Ich kann nett sein“, murmelte Renee leise.

„Können wir jetzt runterkommen? Wir kommen bald um vor Spannung“, rief Taylor von oben, und Dusty brach den Kuss ab.

„Ja, kommt runter, ich stell euch meinen Freund vor", rief ich, worauf ein Ausruf des Entzückens folgte, der vermutlich ebenfalls von Taylor kam.

Sie und Darah kamen mit dem miauenden Napoleon die Treppe herunter; die ganze Aufregung schien ihn angesteckt zu haben. Paul kam hinter ihnen her, ging sogleich zu Renee und rieb ihr die Schultern.

„Juchuh, es leben noch alle", sagte Taylor. „Dare und ich haben uns langsam Sorgen gemacht." Sie hielt Napoleon hoch wie Simba im *König der Löwen*, was ihn allerdings nicht sehr glücklich zu machen schien.

„Oh, alles gut, Kleiner." Dusty streckte die Hände nach ihm aus, und Taylor übergab ihm das Katzenbaby. Sobald er bei Dusty war, fing Napoleon an zu schnurren.

„Guter Schachzug, das mit der Katze", sagte Renee.

„Danke", sagte Dusty und gab Napoleon einen Kuss auf das winzige Köpfchen. Ich wäre beinahe gestorben. „Er ist eben einfach unwiderstehlich. Genau wie du, Rotschopf."

Renee ächzte, während Darah und Taylor gleichzeitig ein verzücktes „Ooohh" von sich gaben. Na ja, man konnte nicht alle Herzen auf einmal gewinnen.

„Jetzt reiß dich mal zusammen, Ne", sagte ich und küsste meinen Freund.

23. KAPITEL

Mit Dusty Sex zu haben war, als hätten wir unsere Beziehung in eine Zeitmaschine in die Zukunft gesteckt. Über den Punkt, an den ich mit Matt erst nach Jahren gekommen war, war ich schon nach ein paar Tagen mit Dusty hinaus. Hauptsächlich, weil wir jeden einzelnen Moment miteinander verbrachten, den wir konnten.

Nach unserem ersten Mal dort widerstrebte es mir ein wenig, in Yellowfield House mit Dusty rumzumachen, also fing ich an, bei ihm zu übernachten. Dort war es natürlich nicht ganz so schön, aber das machte nichts, solange wir zusammen sein konnten. Außerdem schlief dort Napoleon bei uns, und als ich zum ersten Mal aufwachte und sah, wie Dusty um sein Kätzchen herum eingerollt schlief, wäre mir beinahe das Herz explodiert, so süß war der Anblick.

Als ich zu Hannah fuhr, um ihr die guten Neuigkeiten bezüglich Dusty zu überbringen und mich außerdem für den Rauswurf und mein allgemeines durchgeknalltes Verhalten zu entschuldigen, holte ich mir auch meinen Süßigkeiteneimer wieder ab.

„Ist schon okay, ich kenn das. Dein ‚Durchgeknallt' war übrigens lange nicht so schlimm wie meins. Irgendwann erzähl ich dir das mal."

Ich hatte ihr außerdem so ziemlich jedes Detail meiner sexuellen Großtaten schildern müssen. Es war, als würde sie die Sexrubrik in der *Cosmopolitan* lesen und sich innerlich Notizen für ihr erstes Mal machen.

„Summen", sagte ich.

„Summen?" Sie sah verwirrt aus.

„Ja, summen", wiederholte ich augenzwinkernd. „Glaub mir einfach."

Am Dienstag nahm ich an meinem ersten Meeting bei der Zeitung teil, und Brett erteilte mir einen ersten Auftrag. Ich sollte über einen Bandcontest auf dem Campus berichten, bei dem Bands namens Zoom Zoom Bang, Lader Vader und Sterling

Silver Lining gegeneinander antreten würden. Bei dem Meeting lernte ich auch ein paar der anderen Schreiber kennen; sie schienen alle cool und kein Stück überheblich zu sein, worüber ich sehr froh war.

„Was machst du am Samstag?“, fragte ich Dusty abends, als wir nach einer kurzen Nackt-Session in Yellowfield House im Bett lagen. Ich hatte Hunter den Tipp gegeben, dass es für alle Beteiligten von Vorteil wäre, wenn er das Untergeschoss schalldicht isolieren würde, doch bisher war noch nichts in der Richtung passiert.

„Ähm, hoffentlich mehr hiervon mit dir.“ Er streichelte mir den Oberschenkel und küsste dann die Stelle, über die er mit der Hand gestrichen hatte. „Ich hab immer noch nicht alle Sommersprossen gezählt.“

„Man kann nicht sagen, dass du dir keine Mühe gegeben hättest“, sagte ich und fuhr sein Tattoo mit dem Finger nach. „Aber eigentlich muss ich über den Bandcontest schreiben und wollte wissen, ob du Lust hast mitzukommen. Wird wahrscheinlich furchtbar, aber es nervt weniger, wenn du auch da bist.“

„Klar, Rotschopf.“ Er ließ seine Lippen über mein Bein wandern, und ich hatte das Gefühl, dass ich schon bald wieder keine zusammenhängenden Sätze mehr würde von mir geben können.

Ich hatte so eine Angst davor gehabt, dass er erfuhr, welche Rolle ich bei Nathans Tod gespielt hatte, und auf einmal war das alles völlig unwichtig geworden. Fast ein Jahr hatte ich damit verbracht, mich zu hassen, die Welt zu hassen, einfach alles zu hassen, doch das war die reinste Zeitverschwendung gewesen.

Das war es, was Nathan gemeint hatte, als er sagte, man müsse „im Hier und Jetzt leben“. Damit meinte er nicht, sich zu betrinken, alles aufzugeben, was man einmal gewesen ist, und sich von der Welt abzuschotten. Ich wusste, dass das – diese Momente mit Dusty und die Momente mit Renee, Hannah und den übrigen Menschen, die mich mochten – das war, worum es im Leben ging. Und um Musik natürlich. Ohne Musik war das Leben nichts wert.

„Was wünschst du dir eigentlich zum Geburtstag?“, fragte Dusty eine Weile später, nachdem wir uns mal wieder erfolgreich ineinander verhakt hatten.

„Dir wird schon was einfallen“, sagte ich immer noch atemlos. Oh Mann, der Typ wusste, wie man ein Mädchen auslaugte.

„Wie wär's mit einer Wagenladung Süßigkeiten?“ Er stützte das Kinn auf meinen Bauch, und ich streichelte ihm über den Kopf.

„Ich bin immer noch dabei, mich durch den Eimer zu kämpfen, den du mir letztes Mal geschenkt hast.“ Er stand in der Ecke meines Zimmers, und noch nicht mal ein Drittel war verschwunden.

„Oder Gutscheine für Oralsex?“

„Brauch ich jetzt schon Gutscheine dafür?“

Er lächelte.

„Nein, ich mache nur Witze. Du hast recht – ich werd mir was ausdenken.“

„Ich liebe dich“, sagte ich. Wenn ich etwas noch mehr liebte als ihn, dann war es, diese Tatsache laut aussprechen zu dürfen.

„Ich liebe dich auch, Rotschopf.“

„Glaubst du, er ist im Himmel? Ich meine Nathan?“, fragte ich. Dusty und ich hatten noch nicht viel über ihn gesprochen, da die Wunde bei uns beiden noch so frisch war. Doch es würde uns guttun, uns damit auseinanderzusetzen. Wir konnten einfach nicht gemeinsam weitergehen, bevor wir unsere gemeinsame Vergangenheit verarbeitet hatten.

„Ich habe noch nie an so was wie ein Leben nach dem Tod geglaubt, aber … jetzt habe ich irgendwie das Gefühl, dass ich das einfach muss. Dass ich glauben muss, dass er an einem schönen, glücklichen und sicheren Ort ist. Denn wenn irgendjemand es verdient, dort zu sein, dann ist es Nate.“

Ich nickte, denn ich wusste genau, was er meinte.

„Er hatte schon so oft versucht, mich clean zu kriegen, doch erst sein Tod hat mich dazu bewegt. An dem Abend, an dem wir uns im Krankenhaus getroffen haben, kam ich gerade von meiner Selbsthilfegruppe für Süchtige."

„Sollte die nicht eigentlich anonym sein?"

Dusty kroch an meinem Körper entlang nach oben, bis unsere Gesichter wieder auf gleicher Höhe waren.

„Du erzählst es doch niemandem, oder?"

„Ich schwöre, mit der Hand auf dem Herzen", sagte ich und legte mir die Hand auf die Brust, was sogleich Dustys Aufmerksamkeit auf diese Gegend lenkte.

„Mach das noch mal." Ich tat ihm den Gefallen. „Ich liebe es, zuzusehen, wenn du dich selbst anfasst. Hast du eine Ahnung, wie scharf mich das macht?"

Männer. Immer nur das eine im Kopf.

„Hier oben bin ich, Kumpel." Ich legte ihm einen Finger unter das Kinn und hob es an, sodass ich ihm in seine umwerfenden grünen Augen schauen konnte.

„Ach ja. Selbsthilfegruppe." Er versuchte seine Aufmerksamkeit wieder auf das Gespräch zu richten.

„Wann hast du angefangen, da hinzugehen?" Ich legte ihm die Hand auf den Kopf und fing an, ihn in kreisenden Bewegungen zu kraulen. Er schloss genüsslich die Augen.

„Direkt nach Nates Beerdigung. Ich war high an dem Tag, weil ich dachte, dass ich ihn nüchtern nicht überstehen würde. Damals kam ich nicht anders durchs Leben. Ich weiß nicht, wie viel er dir von unserem Dad erzählt hat, aber er ist nicht gerade ein Vater, auf den man besonders stolz sein kann. Er hat Nates und meine Mom bei der erstbesten Gelegenheit sitzen gelassen und sich gleich die nächste Frau geangelt. Manchmal träume ich davon, dass ich noch ganz viele andere Halbgeschwister habe, von denen ich nichts weiß und denen ich irgendwann mal über den Weg laufe werde.

Ich saß also bei dieser Beerdigung, und alles, woran ich denken konnte, war, dass ich schuld an seinem Tod war und dass Nate sich unglaublich geschämt haben musste, mich als Bruder zu haben. Und da machte es Klick, und mir wurde klar, dass ich ihn ja nicht mehr enttäuschen musste. Dass ich versuchen konnte, ein besseres Leben zu führen. Also ging ich nach Hause, warf alle Drogen und sämtlichen Alkohol weg und ging am nächsten Tag zu meinem ersten Treffen. Zunächst war es echt hart. Ich hatte viele Leute in meiner Umgebung, die meine Sucht gefördert hatten, doch von denen habe ich mich dann ganz schnell distanziert. Und irgendwann habe ich Hunter kennengelernt, er war mein erster nüchterner Freund seit Langem. Und bei ihm sah das alles ganz leicht aus."

Er öffnete die Augen wieder und seufzte.

„Es hat mich viel Kraft gekostet, aber ich hab's durchgezogen. Weil es das war, was Nate gewollt hätte."

„Er hat dich immer Buzz genannt, wenn er von dir erzählt hat. Ich dachte immer, das sei, weil du einen Kurzhaarschnitt hast oder weil du ihn an Buzz Lightyear erinnert hast."

Dusty lachte ein wenig.

„Nein, das ist, weil ich als kleiner Junge besessen von Geräuschen war und immer so ein summendes Geräusch von mir gegeben hab, das meine Mutter in den Wahnsinn getrieben hat. Sie und Nates Mom haben uns ab und zu zusammengebracht, damit wir eine geschwisterliche Bindung entwickeln konnten, und da hab ich das auch ständig gemacht. Daher haben mich Mom, Nate und alle anderen Buzz genannt. Oh Mann, ich vermisse ihn so sehr, dass es wehtut." Dusty rollte auf den Rücken und zog mich mit sich, sodass ich nun an seiner Schulter lag. Ich verhakte meine Beine mit seinen, und er ließ seine Finger an meinem Rücken auf und ab wandern.

„Ich weiß. Ich vermisse ihn auch. Als wir uns kennengelernt haben, dachte ich, er wollte mich abschleppen. Ich war mit meinen Freundinnen auf so einer albernen Verbindungsparty, und sie waren alle total betrunken und gingen mit irgendwelchen Typen nach Hause. Daher wusste ich nicht, wie ich nach Hause kommen sollte. Und da kam er zu mir und meinte, er würde mich hinbringen, wohin ich wollte."

Dusty gab mir einen Kuss auf den Scheitel.

„Das hat er immer gemacht. Auf Partys gehen und Mädchen retten. Er hat mir davon erzählt, und ich habe ihm vorgeworfen, dass er versucht, sie abzuschleppen oder sonst wie auszunutzen, denn das war das, was ich getan hätte. Ich hab dir ja gesagt, ich war damals ein ziemlicher Arsch."

„Na ja, er hat mich tatsächlich gerettet. Und irgendwie hat er mich dadurch, dass er mich an dem Abend mitgenommen hat, zu dir gebracht. Auf irgendeine verquere Art hat er mich also für dich abgeschleppt." Ich sah zu ihm auf.

„Er hatte immer schon einen guten Geschmack."

Wir lächelten beide und tauschten einen sanften Kuss aus, der zu mehr hätte führen können, wenn ich ihn nicht abgebrochen hätte.

„Es fühlt sich immer noch falsch an, so glücklich mit dir zu sein."

„Ich weiß, Rotschopf, aber das braucht einfach Zeit. Nachts schrecke ich manchmal aus dem Schlaf und habe furchtbare Angst, dass das alles mit dir nur ein Traum war. Und dann komme ich richtig zu mir und sehe, dass du gleich neben mir liegst. Ich hätte nie gedacht, dass so etwas Gutes wie du jemandem wie mir passieren könnte. Ich verdiene das alles gar nicht, aber ich werde es dankbar annehmen", sagte er und küsste mir die Nase, „und es genießen ...", jetzt küsste er mich auf den Mundwinkel, „und genießen, und genießen ..." Er wanderte immer weiter abwärts mit seinen Küssen, bis ich diejenige war, die ... ähm ... genoss.

24. KAPITEL

Brett hat nach dir gefragt", sagte ich am Freitag zu Hannah, während wir nach unserem Seminar zum Mittagessen zusammensaßen. Pam hatte das Tempo im Hinblick auf unsere erste Prüfung ganz schön angezogen, und daher waren wir alle ein bisschen im Stress. Wenn mich ein Seminar dazu hätte bringen können zu trinken, dann war es dieses.

Hannah verschluckte sich beinahe an ihrem Frozen-Caramel-Starbucks-Gesöff. Ich klopfte ihr auf den Rücken.

„Alles klar?"

„Was meinst du mit ‚er hat nach mir gefragt'?"

Mittwochabend war meine erste Produktionsnacht bei der Zeitung gewesen, sodass ich schließlich allen in Yellowfield House hatte beichten müssen, dass ich einen Job an Land gezogen hatte. Die allgemeine Reaktion war zunächst pures Erstaunen gewesen, dann jedoch schnell in Begeisterung umgeschlagen, als jemand – namens Dusty – meine Blogadresse verkündet hatte. Renee jedoch war zum zweiten Mal in dieser Woche sauer auf mich gewesen, weil ich es ihr nicht erzählt hatte. Offenbar hatte sie gedacht, dass ich irgendetwas Verruchtes in meiner Freizeit trieb, und schon seit einer Weile versucht herauszufinden, was es war.

Es hatte mir großen Spaß gemacht, mit den anderen Leuten zusammen zu sein, die an der Zeitung mitarbeiteten. Und bei der Gelegenheit hatte mich Brett, während wir mit dem Layout für unsere Seite kämpften, so ganz nebenbei gefragt, ob Hannah einen Freund hatte. Na ja, eigentlich war es mehr so, dass er fragte, ob Hannah und ich mit vielen Jungs rumhingen, und ich die eigentliche Frage zwischen den Zeilen las.

„Und?" Hannah packte meine Hand und drückte sie so fest, dass es mir das Blut abschnürte.

„Autsch, lass los, du Verrückte. Ich hab ihm gesagt, dass du keinen Freund hast, aber wir mit vielen Jungs rumhängen."

„Na toll, das klingt, als wäre ich eine Schlampe."

Ich schüttelte den Kopf.

„Nein, das klingt, als hätten viele Typen Interesse an dir. Ich hab es so rübergebracht, dass du mit ihnen abhängst, aber sie nicht datest. Was ja stimmt. Du hängst ständig mit Hunter, Mase, Paul und Dusty ab."

„Ja, nur dass jeder Einzelne davon vergeben ist."

Ich grinste.

„Das weiß Brett ja nicht."

„Tja, okay, nur …"

„Mach dich locker, Hannah. Übrigens ist er echt süß." Brett war sogar noch niedlicher, als Hannah erzählt hatte. Ich meine, er trug eine Fliege, eine Brille und lauter solch süßen Nerd-Kram. Außerdem hatte er einen *Star-Wars*-Witz gemacht, ein Zitat aus dem John-Hughes-Film *Der Frühstücksclub* gebracht und hörte gerne Muse. Was ihm in meinen Augen einiges an Pluspunkten einbrachte. Und abgesehen davon war er sehr nett zu mir gewesen und hatte keine Mühen gescheut, mir zu helfen, mich in die Arbeit bei der Zeitung einzufinden.

„Ich glaube, er kommt auch zum Bandcontest, einfach nur, um zuzuschauen. Dusty geht mit mir hin, aber falls du dort zufällig auch auftauchen willst, wäre das vielleicht gar nicht die schlechteste Idee." Ich würde Hannah nicht sagen, dass Brett sogar gefragt hatte, ob sie hinging. Das hätte sie nur unnötig nervös gemacht und am Ende noch davon abgebracht mitzukommen.

„Ich glaub, da kann ich mitkommen. Muss nur mal im Terminkalender nachsehen." Sie tat so, als würde sie in einem imaginären Kalender blättern und murmelte vor sich hin.

„Ah ja, wenn ich das hier auf Sonntag verschiebe und das auf nächsten Dienstag … Aber dann muss ich …"

Ich schlug mit der flachen Hand auf den Tisch.

„Hannah."

„Ich musste doch nachschauen!" Sie klappte den imaginären Kalender zu. „Okay, ich kann."

„Gut, denn ich war kurz davor, dir eine reinzuhauen."

Der Bandcontest entpuppte sich als eine tolle Veranstaltung. Die Bands waren viel besser, als ich erwartet hatte, und mit meinem brandneuen Presseausweis um den Hals konnte ich vorher und nachher mit ihnen plaudern. Danach eilte ich sofort nach Hause, um bis in die frühen Morgenstunden an meinem Artikel zu schreiben, während Dusty versuchte, mich mit seiner Zunge abzulenken.

Auch für Hannah verlief der Abend gut. Sie tanzte in dem umwerfenden roten Kleid von der Verbindungsparty, was Brett nicht entging. Armer Junge. Er wurde in ihrer Anwesenheit so nervös, dass er die Coladose fallen ließ, die er in der Hand hielt, und um Haaresbreite ihr Kleid damit bekleckert hätte. Ich dachte schon, dass sie ausflippen würde, doch sie tat es einfach mit einem Lachen ab. Nein, eigentlich war es mehr ein Kichern. Es war ein Kichern, wie ich es noch nie von ihr gehört hatte. Und von da an wusste ich ohne den geringsten Zweifel, dass sie ihn auch mochte.

„Glückwunsch zu deinem Verkupplungserfolg. Vielleicht solltest du eine Kolumne darüber schreiben“, sagte Dusty, während wir am Sonntagmorgen in Yellowfield House das Frühstück machten, damit die anderen ausschlafen konnten.

„Genau, da ich ja so viel Beziehungserfahrung habe, aus der ich schöpfen kann“, sagte ich und lud eine Pfannenladung Speck auf einen mit Haushaltspapier ausgelegten Teller.

„Du kannst alles tun, was du dir in den Kopf setzt, Rotschopf.“ Ich sah ihn misstrauisch an.

„Du schmierst mir doch keinen Honig ums Maul, damit du mehr Oralsex bekommst, oder?“

„Ich hoffe, wir sind noch nicht an dem Punkt unserer Beziehung angelangt, an dem ich dir leere Komplimente machen muss, um etwas von dir zu bekommen.“

Ich gab ihm einen Klaps mit dem Pfannenwender, und er stürzte sich auf mich, sodass wir auf dem Boden landeten und herumrollten, bis er auf mir lag.

In diesem Moment räusperte sich jemand, und als wir aufsahen, blickten wir geradewegs in Renees griesgrämiges Gesicht.

„Kein Sex in der Küche. Das ist eine weitere Regel."

Dusty kletterte von mir herunter und half mir auf.

„Speck?" Er hielt ihr den Teller hin wie ein Friedensangebot. Sie nahm sich ein Stück und kaute darauf herum.

„Ich hab euch im Auge", sagte sie und griff zur Kaffeekanne.

„Also." Ich nahm mir auch ein Stück Speck, teilte es in zwei Hälften und gab eine davon Dusty. „Ich hab gehört, es gibt so eine neue Mode, dass man an dem Tag, an dem man geboren wurde, feiert und Geschenke bekommt und so. Außerdem habe ich das Gerücht gehört, dass man da auch Kuchen isst, aber das habe ich noch nicht bestätigt bekommen."

Mein Geburtstag war am kommenden Freitag, und ich wurde langsam unruhig, da ich wusste, dass die anderen hinter meinem Rücken etwas planten.

Renee sah mich mit einem Unschuldsgesicht an, das ich ihr beinahe abgenommen hätte.

„Ich hab keine Ahnung, wovon du redest." Mir entging jedoch nicht der Blick, den sie mit Dusty austauschte, also probierte ich es als Nächstes bei ihm.

„Was?", fragte er mit einem ähnlich unschuldigen Gesichtsausdruck. „Ich habe ebenso wenig eine Ahnung, wovon du da sprichst."

Ich funkelte sie beide an, schnappte mir den Speckteller und rannte damit fort, bis mich beide verfolgten. Schließlich fing Dusty mich ein und nahm mir den Teller ab.

„Das ist nicht fair", sagte ich, als Renee den Teller Darah und Mase hinhielt, die gerade die Treppe herunterkamen.

„Kein Horten von Speck. Das ist eine weitere Regel", sagte Renee.

„Die sollten wir echt mal aufschreiben", sagte Darah. „Die Yellowfield-House-Regeln."

Die nächste Stunde verbrachten wir tatsächlich damit, Hausregeln aufzuschreiben. Manche davon waren ernsthaft brauchbar – zum Beispiel, dass man nach dem Benutzen der Toilette den Deckel runterklappen sollte –, andere jedoch wiederum vollkommen lächerlich, wie zum Beispiel die, dass man keinen Speck horten durfte.

Ich sah in die Runde, und in diesem Moment wurde mir klar, dass dieser Haufen nun, ob ich nun wollte oder nicht, meine Familie war. Ich konnte es mir überhaupt nicht mehr vorstellen, allein zu leben. Als ich noch mit meinen Eltern zusammengewohnt hatte, war ich von Geschwistern, Lärm und Chaos umgeben gewesen, hatte mich aber trotzdem immer total allein gefühlt.

Doch hier, in diesem Haus, hatte ich Menschen gefunden, die mich aufgenommen hatten, ohne Fragen zu stellen. Sie mochten mich und wollten mich um sich haben, und mir ging es genauso mit ihnen. Und genau diese Momente waren es, in denen ich Nathans Stimme am lautesten hörte.

25. KAPITEL

Am Freitagabend wurde ich von Dusty aus Yellowfield House entführt. Was für eine Überraschung! Er hatte mir die Augen verbunden und mich seinen iPod blind bedienen lassen – was schwerer ist, als es klingt. Er fuhr und fuhr, und ich fragte mich, wo um alles in der Welt wir hinfuhren, doch er gab mir keinerlei Anhaltspunkte.

„Komm schon, Dusty."

„Ich schwöre, wenn du das Ding abnimmst, kriegst du null Geburtstagssex." Ich seufzte und ließ das verdammte Tuch um. Er lachte.

„Das werde ich mir für deinen Geburtstag merken. Mach dich auf was gefasst."

„Und da wären wir." Er verlangsamte das Tempo und parkte das Auto.

„Kann ich das Teil jetzt abnehmen?"

„Nö. Und beweg dich nicht." Er stieg aus und öffnete die Tür für mich, dann nahm er mich bei der Hand und führte mich, wohin auch immer wir gingen.

Irgendwer öffnete uns eine Tür, und wir betraten ein Gebäude. Der Geruch kam mir bekannt vor, und schon in der Sekunde, in der Dusty anfing, das Tuch an meinem Hinterkopf aufzuknoten, wusste ich, wo wir waren.

„Überraschung!", riefen alle, als das Tuch fiel und ich nun auch sehen konnte, dass wir im Bull Moose waren.

Obwohl ich jetzt wusste, wo Dusty mich hingeführt hatte, war ich dennoch überrascht von der Menge an Leuten, die gekommen waren.

Neben der gesamten Yellowfield-Haus-Besetzung waren da noch Megan, Jake, Hannah, Brett, ein paar meiner neuen Freunde von der Zeitung und jemand, den ich seit Monaten nicht gesehen hatte.

„Matt?", fragte ich. Er lächelte mich an, und in diesem Moment überflutete mich mit einem Schlag die Erinnerung an unsere gesamte Beziehung.

„Hallo, Jos.“ Er kam zu mir herüber und umarmte mich.

„Oh Gott, ich hab dich so lange nicht gesehen. Und du bist extra den ganzen Weg hierhergekommen?“

„Ich würde niemals deinen Geburtstag verpassen wollen“, sagte er und schenkte mir eine schönere Umarmung als in der ganzen Zeit, in der wir zusammen gewesen waren. „Und ich hab dich vermisst.“

„Ich dich auch.“ Trotz allem vermisste ich tatsächlich diesen Teil meines Lebens, denn obwohl ich Matt nicht mehr liebte, hatte ich das einmal. Und solche Gefühle verließen einen nie, selbst Monate später nicht.

„Du siehst gut aus. Anders, aber gut. Danke, dass du mich eingeladen hast.“ Der letzte Satz war an Dusty gerichtet, und ich drehte mich zu ihm um.

„Du hast ihn eingeladen?“

„Ich dachte, du solltest etwas von deinem alten Ich dabeihaben. Du weißt schon, etwas Altes und etwas Neues.“

„Das macht man nur bei Hochzeiten, Dusty.“

„Ja, ich weiß, aber es kann doch nicht schaden, oder?“ Er schlang die Arme um meine Taille.

„Überhaupt nicht.“ Ich gab ihm einen Kuss, und dann kamen nach und nach alle anderen, um mir zu gratulieren.

„Ist das nicht gegen die Unternehmensregeln?“, fragte ich, während ich den mit Geschenken beladenen Tisch und die Luftballondeko anstarrte.

„Ähm, ich hab ein paar Beziehungen spielen lassen“, sagte Dusty. „Der Laden gehört ganz dir. Das ist der zweite Teil des Geschenks. Du kannst alles durchgehen und dir sämtliche CDs aussuchen, die du haben willst. Ich meine, vielleicht nicht den ganzen Laden, aber tob dich ruhig aus.“

Ich schlang ihm die Arme um den Hals.

„Ich kann alles haben, was ich will?“

„Alles.“ Er beugte sich vor und legte die Stirn an meine.

„Dann will ich dich.“

„Mich hast du schon, Rotschopf, ich gehöre dir. Was willst du noch?“

Ich tat so, als würde ich nachdenken, dann küsste ich ihn.

„Das hier.“

„Das ist gut. Und was noch?“

Ich küsste ihn noch einmal.

„Noch irgendetwas anderes?“

„Vielleicht die neue Avett Brothers? Und eine von A Fine Frenzy? Und von Ed Sheeran und Sparks the Rescue und Pete Kilpatrick und Sia und The Airborne Toxic Event und …“

Er erstickte meinen Wortschwall mit einem Kuss.

– ENDE –

Lesen Sie auch von Chelsea M. Cameron:

Band-Nr. 25749
9,99 € (D)
ISBN: 978-3-95649-014-9
eBook: 978-3-95649-317-1
416 Seiten

Chelsea M. Cameron
My Favorite Mistake – Der beste Fehler meines Lebens

Taylor Caldwell weiß nicht, was sie von ihrem neuen Mitbewohner halten soll. Auf der einen Seite hat Hunter Zaccadelli diese unglaublich blauen Augen, mit denen er direkt in ihre Seele zu schauen scheint. Auf der anderen Seite ist er ein tätowierter, Gitarre spielender Bad Boy, der etwas verheimlicht. Doch wer ist Taylor, ihm das vorzuwerfen? Sie selbst hält ihre Vergangenheit unter Verschluss. Aber als plötzlich der Mann, der beinahe ihr Leben zerstört hätte, wieder auftaucht, hat Taylor sich schon auf Hunter eingelassen. Jetzt muss sie ihm ihr größtes Geheimnis anvertrauen oder alles in ihrer Macht Stehende tun, um ihn für immer aus ihrem Leben zu verbannen.

„Eine wundervolle, packende und herzzerreißende Geschichte, die mich von der ersten Seite an gefesselt hat."

New York Times-Bestsellerautorin Jessica Sorenson

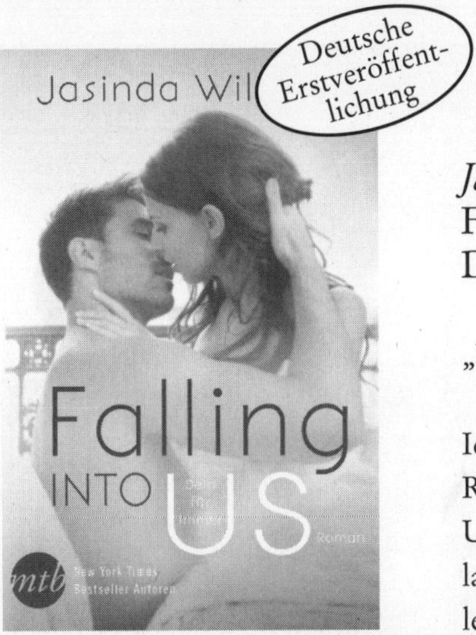

Jasinda Wilder
Falling Into Us –
Dein für immer

Band-Nr. 25782
9,99 € (D)
ISBN: 978-3-95649-061-3
400 Seiten

„Verschwinde."

Ich seufzte. „Ich liebe dich, Rebecca Noura de Rosa. Und ich werde nicht zulassen, dass du aufhörst zu leben."

Eigentlich hatte Jason damals mit Nell ausgehen wollen. Doch zu diesem Date ist es nie gekommen. Stattdessen fand er sich in Gesellschaft mit ihrer besten Freundin Becca wieder. Nie hätte er geahnt, dass dieser eine Abend der Beginn einer lebenslangen Reise an ihrer Seite sein würde. Einer Reise voller Tragödien und Triumphe, voller Trauer und Liebe. Kann sich Jason dieser wundervollen Frau als würdig erweisen?

**„Jasinda Wilder hat es wieder geschafft!
Ich liebe dieses Buch genauso wie das erste.
Es war absolut großartig!"**

Goodreads-Rezension